Issue d'une famille dont les origines remontent aux passagers du *Mayflower*, **Lara Adrian** vit avec son époux sur le littoral de la Nouvelle-Angleterre, où elle profite des charmes de cimetières centenaires, du confort moderne et des embruns de l'océan Atlantique.

Du même auteur, chez Milady :

Minuit :
1. *Le Baiser de minuit*
2. *Minuit écarlate*
3. *L'Alliance de minuit*
4. *Le Tombeau de minuit*
5. *Le Voile de minuit*
6. *Les Cendres de minuit*
7. *Les Ombres de minuit*
8. *Captive de minuit*
9. *Au-delà de minuit*
10. *Après minuit*
11. *Le Fil de l'aube*
12. *Le Désir ténébreux*
13. *Le Lien de minuit*
14. *Aube rebelle*
15. *L'illusion de minuit*

Soleil de minuit (recueil de nouvelles)

Lara Adrian

Le Baiser de minuit

Minuit – 1

Traduit de l'anglais (États-Unis) par Franck Richet

Milady

Milady est un label des éditions Bragelonne

Titre original : *Kiss of Midnight*

Suivi d'un extrait de : *Kiss of Crimson*

ISBN : 978-2-8112-3491-1

Bragelonne – Milady
60-62, rue d'Hauteville – 75010 Paris

E-mail : info@milady.fr
Site Internet : www.milady.fr

Pour John,
dont la foi en moi n'a jamais failli,
et dont l'amour, je l'espère, ne faiblira jamais.

Remerciements

Toute ma gratitude à mon agent, Karen Solem, qui m'a aidée à tracer ma route, et à ses qualités de navigatrice exceptionnelles quelles que soient les conditions.

Ma formidable éditrice, Shauna Summers, mériterait à elle seule sa propre page de remerciements, pour son soutien et ses encouragements, sans parler de cette magnifique vision éditoriale qui trouve toujours le cœur de chaque histoire et aide à le mettre au premier plan.

Merci également à Debbie Graves pour ses critiques enthousiastes, et à Jessica Bird, dont le talent n'est surpassé que par l'extraordinaire générosité d'esprit.

Pour finir, un salut particulier aux muses qui m'ont accompagnée pendant l'essentiel de la création de ce livre : Lacuna Coil, Evanescence et Collide, dont les vibrantes paroles et la musique sensationnelle n'ont jamais manqué de m'inspirer.

Prologue

Vingt-sept ans plus tôt

Son bébé ne cessait de pleurer. La petite avait commencé à s'agiter au dernier arrêt, lorsque l'autocar Greyhound parti de Bangor, dans le Maine, avait fait halte à Portland pour embarquer d'autres passagers. Il était un peu plus de une heure du matin et ils arriveraient bientôt au terminus de Boston. Cela faisait plus de deux heures qu'elle essayait de calmer son enfant et elle était, comme auraient dit ses anciennes camarades de classe, « à deux doigts de péter un câble ».

L'homme assis dans le siège d'à côté n'était probablement pas plus heureux.

— Vraiment désolée, dit-elle en se tournant vers lui pour la première fois depuis qu'il était monté à bord. Elle n'est pas si grincheuse, d'habitude. C'est la première fois qu'on voyage ensemble. Je crois qu'elle a hâte d'arriver, en fait.

L'homme la regarda en battant lentement des paupières, et sourit sans dévoiler ses dents.

— Vous allez où ?

— New York.

— Ah. La Grosse Pomme, murmura-t-il. (Il avait la voix sèche, étouffée.) Tu as de la famille là-bas ? Quelqu'un ?

Elle secoua la tête. Sa seule famille vivait dans un trou perdu, du côté de Rangeley, et lui avait clairement fait comprendre qu'elle devrait désormais se débrouiller seule.

— Je descends là-bas pour le boulot. Enfin, j'espère y trouver du boulot. Je veux travailler comme danseuse. À Broadway, peut-être. Ou dans la revue des Rockettes.

— Ma foi, faut avouer que tu es plutôt mignonne.

L'homme l'observait. Il faisait sombre dans l'autocar, mais il semblait à la jeune femme que ses yeux avaient quelque chose d'étrange. Il eut de nouveau ce sourire crispé.

— Avec un corps comme le tien, tu auras sans doute beaucoup de succès.

Elle piqua un fard, et baissa la tête vers le bébé qui pleurnichait. Son petit copain dans le Maine lui avait souvent dit ce genre de trucs, lui aussi. Il disait bien des choses pour l'attirer sur la banquette arrière de sa voiture. D'ailleurs, ce n'était plus son petit copain. Plus depuis sa première année de lycée, quand la grossesse qu'elle lui devait avait commencé à se voir.

Si elle n'avait pas quitté l'école pour avoir l'enfant, elle aurait terminé le lycée cet été-là.

— Tu as mangé aujourd'hui ? demanda l'homme, tandis que l'autocar ralentissait et entrait dans la gare de Boston.

— Pas vraiment.

Elle fit gentiment sauter sa petite fille dans ses bras, sans plus de succès. Le visage empourpré, le bébé battait l'air de ses petits poings, continuant à pleurer comme si la fin du monde approchait.

—Quelle veine, soupira l'inconnu. Moi non plus je n'ai pas mangé. Je me mettrais bien quelque chose sous la dent, si le cœur te dit de te joindre à moi.

—Non. Ça ira. J'ai des crackers dans mon sac. Et de toute façon, je crois que c'est le dernier car de nuit pour New York : j'aurai juste le temps de changer le bébé avant de reprendre la route. Merci quand même.

Sans rien ajouter, il se contenta de la regarder rassembler ses maigres possessions une fois l'autocar stationné à son emplacement, puis se leva de son siège pour la laisser passer et gagner les toilettes de la gare.

En ressortant, elle trouva l'homme qui l'attendait.

Elle éprouva un léger malaise à la vue de l'étranger. Il ne lui avait pas semblé si grand assis dans son siège. À présent qu'elle le regardait de nouveau, elle vit que ses yeux avaient résolument quelque chose de bizarre. Peut-être qu'il était défoncé ?

—Qu'est-ce qui se passe ?

Il dissimula un petit rire.

—Je te l'ai dit. Il faut que je me nourrisse.

Drôle de façon de s'exprimer.

Elle remarqua malgré elle qu'il n'y avait guère qu'une poignée de passagers dans la gare à cette heure tardive. Une pluie fine avait commencé à tomber, humectant la chaussée et incitant les retardataires à s'abriter à l'intérieur. Toujours garé au même endroit et le moteur tournant au ralenti, son autocar rembarquait déjà. Mais, pour arriver jusqu'à lui, elle devait d'abord dépasser l'homme.

Elle haussa les épaules, trop fatiguée et impatiente pour perdre du temps avec ce genre de conneries.

— Eh ben, si vous avez faim, allez dire ça à Ronald McDonald. Je vais rater mon car…

— Écoute, pétasse…

Il se déplaça si rapidement qu'elle ne comprit pas ce qui lui arrivait. Un instant, il se tenait à un mètre d'elle, et l'instant d'après il lui serrait la gorge, la privant d'air. Il la poussa dans les ténèbres près du bâtiment de la gare. Là où une agression passerait inaperçue. Une agression ou pire. Il avait approché sa bouche si près de son visage qu'elle sentait son haleine fétide. Elle aperçut les dents pointues de l'homme au moment où il retroussa les lèvres et proféra d'une voix sifflante son effroyable menace :

— Un mot, un mouvement, et je dévore sous tes yeux le petit cœur juteux de ton chiard.

Son bébé vagissait entre ses bras, mais elle ne dit pas un mot.

L'idée de bouger ne lui vint même pas à l'esprit.

Seul importait son enfant. Qu'on ne lui fasse aucun mal. Aussi n'osa-t-elle rien faire, pas même quand les dents pointues s'avancèrent soudain vers elle et s'enfoncèrent violemment dans son cou.

Elle se figea totalement de terreur, serrant son bébé tout contre elle, tandis que son agresseur tirait de grandes quantités de sang de l'entaille qu'il avait faite à sa gorge. Elle sentit les doigts s'étirer et agripper sa tête et ses épaules, pénétrant sa chair comme les griffes d'un démon. Il poussa un grognement et enfonça plus profondément ses dents acérées. Les yeux de la jeune femme avaient beau être écarquillés d'horreur, sa vision commençait à s'assombrir, ses pensées à se disperser, à tomber en morceaux. Puis tout devint trouble.

Il était en train de la tuer. Le monstre était en train de la tuer. Puis viendrait le tour de son bébé.

— Non. (Elle s'efforça d'inspirer mais ne sentit rien d'autre que du sang.) Va te faire... Non !

Dans un ultime sursaut de volonté, elle jeta la tête en avant et percuta le visage de son agresseur. Comme il se redressait de surprise en lâchant un grognement, elle en profita pour s'arracher à ses griffes. Elle trébucha et faillit tomber à genoux avant de se reprendre. Étreignant d'un bras son enfant qui hurlait, et levant l'autre main vers la plaie lisse et brûlante à son cou, elle s'éloigna pas à pas de la créature qui relevait déjà la tête en lui adressant un rictus, les lèvres maculées de sang et les yeux luisants.

— Oh, mon Dieu, marmonna-t-elle, prise d'une nausée devant cette vision.

Elle recula d'un autre pas, pivota et se prépara à détaler, quand bien même c'était inutile.

C'est alors qu'elle vit le second.

Ses yeux d'ambre féroces ne semblaient pas la voir, mais le sifflement qui sortit d'entre ses deux immenses crocs brillants lui promettait bel et bien une mort certaine. Elle crut qu'il allait se jeter sur elle et finir ce que le premier avait commencé, mais non. Les deux créatures se crachèrent des paroles gutturales au visage, puis la seconde passa devant elle, une longue épée d'argent à la main.

Emporte l'enfant et va-t'en.

L'ordre avait surgi de nulle part, dissipant la brume de son esprit. Puis il résonna de nouveau, plus sévère cette fois, et la tira de sa paralysie. Elle prit la fuite.

Aveuglée par la panique, l'esprit hébété de peur et de confusion, elle courut loin de la gare et s'engouffra dans une rue voisine, pour s'enfoncer toujours plus profondément dans la nuit, dans cette ville inconnue. En proie à l'hystérie, le moindre bruit – même celui de ses propres pas précipités – lui paraissait soudain monstrueux et mortel.

Et son bébé qui n'arrêtait pas de pleurer.

Ils ne tarderaient pas à les retrouver si elle ne parvenait pas à la faire taire. Il fallait qu'elle la couche, qu'elle l'installe bien au chaud dans son berceau. Ainsi, sa petite fille cesserait de pleurer. Et elle ne serait plus en danger. Oui, voilà ce qu'elle devait faire. Coucher le bébé dans son berceau, là où les monstres ne la trouveraient pas.

Elle-même était fatiguée, mais impossible de se reposer. Trop risqué. Il fallait qu'elle rentre à la maison avant que sa mère se rende compte qu'elle avait une fois de plus dépassé le couvre-feu. Abasourdie et désorientée, elle devait cependant courir. Elle courut donc. Jusqu'à s'effondrer, exténuée et incapable de faire un pas de plus.

À son réveil, quelque temps plus tard, elle sentit son esprit se fêler telle une coquille d'œuf et virer à la démence. Sa raison s'était écaillée et la réalité s'était muée en quelque chose de noir et d'insaisissable qui ne cessait de lui échapper.

Elle perçut des pleurs étouffés, quelque part au loin. Un son très faible. Elle plaqua ses mains contre ses oreilles, mais les petits miaulements impuissants continuaient à lui parvenir.

— Chut, murmura-t-elle, sans interlocuteur précis, tout en se balançant d'avant en arrière. On se tait maintenant, le bébé fait dodo. On se tait on se tait on se tait…

Mais les pleurs ne cessèrent pas. Ils continuèrent. Encore et encore. Ils lui transperçaient le cœur, là, dans la rue crasseuse où elle restait assise, à contempler l'aube naissante d'un regard impassible.

Chapitre premier

De nos jours

— Remarquable. Admirez un peu cet usage de l'ombre et de la lumière…

— Tu as vu comme ce cliché, tout en suggérant la tristesse des lieux, réussit pourtant à véhiculer une note d'espoir ?

— … l'une des plus jeunes photographes à figurer dans la nouvelle collection d'art moderne du musée.

Gabrielle Maxwell se tenait à l'écart du groupe de visiteurs, une flûte de champagne tiède à la main, tandis qu'un nouveau peloton de VIP sans noms ni visages s'extasiaient sur la vingtaine de photographies noir et blanc accrochées aux murs de la galerie. En retrait, elle regardait les images, quelque peu perplexe. Il s'agissait de bons clichés – un brin décalés, ayant pour thème des usines désaffectées et des chantiers navals déserts aux abords de Boston – mais elle ne comprenait pas précisément ce que tout le monde leur trouvait.

Remarquez, c'était toujours ainsi. Gabrielle se contentait de prendre les photos : elle laissait aux autres le soin de les interpréter et, en fin de compte, de les apprécier. Introvertie par nature, elle supportait mal d'être la cible de tant d'éloges et d'attention… mais il fallait avouer que cela rapportait. Et pas qu'un peu. Ce soir-là, c'était également lucratif pour son ami Jamie, le propriétaire de la petite galerie d'art branchée sur Newbury Street qui, à dix minutes de la fermeture, restait bondée d'acheteurs potentiels.

Assommée de serrer des mains et d'afficher des sourires polis à la chaîne tandis que chacun, de l'épouse nantie du quartier de Back Bay au gothique tatoué aux multiples piercings, s'efforçait d'impressionner ses voisins – et l'artiste elle-même – par ses analyses, Gabrielle était impatiente que l'exposition se termine. Elle avait passé l'heure précédente tapie dans l'ombre, à envisager une évasion discrète vers le confort d'une douche chaude et d'un oreiller douillet qui, l'un comme l'autre, l'attendaient dans son appartement de l'est de la ville.

Elle avait cependant promis à une poignée d'amis – Jamie, Kendra et Megan – de se joindre à eux pour prendre un verre et dîner après l'exposition. Une fois les deux derniers clients à la traîne sortis, Gabrielle fut alpaguée et embarquée dans un taxi avant même d'avoir eu la chance de penser à une excuse.

— Quelle super soirée ! (Les cheveux blonds mi-longs de Jamie lui balayèrent le visage comme il se penchait devant les deux autres femmes pour saisir la main de Gabrielle.) La galerie n'a jamais connu une telle affluence en week-end – et les ventes de ce soir ont été incroyables ! Merci mille fois de m'avoir laissé t'accueillir.

L'excitation de son ami fit sourire Gabrielle.

— Je t'en prie. Inutile de me remercier.

— Tu n'as pas trop souffert, au moins ?

— Il ne manquerait plus que ça, avec la moitié de Boston à ses pieds ! s'écria Kendra avant que Gabrielle puisse répondre. C'était bien le gouverneur avec qui je t'ai vue discuter autour des petits-fours ?

Gabrielle hocha la tête.

— Il a offert de me commander quelques œuvres originales pour sa villa sur l'île de Martha's Vineyard.

— Sympa !

— Ouais, répliqua Gabrielle sans trop d'enthousiasme.

Son sac à main regorgeait de cartes de visite – au moins un an de travail régulier en perspective –, alors d'où lui venait cette envie de baisser la vitre du taxi et de les balancer aux quatre vents ?

Elle laissa son regard dériver dans la nuit, vit défiler les lumières et les vies avec un curieux détachement. Les rues grouillaient de monde : des couples se promenaient main dans la main, des groupes d'amis riaient et bavardaient, tous passaient un bon moment. Certains dînaient aux terrasses de bistrots à la mode, d'autres faisaient du lèche-vitrines. Partout, la ville palpitait de couleur et de vie. Gabrielle absorbait l'une et l'autre de son œil d'artiste, mais sans cependant rien ressentir. Ce bouillonnement de vies – la sienne y compris – semblait s'agiter autour d'elle sans la prendre en compte. Elle avait ces derniers temps l'impression grandissante d'être attachée à une roue qui ne cessait de la faire tourner en rond, l'emprisonnant dans un cycle sans fin où le temps passait en pure perte.

— Quelque chose ne va pas, Gab ? demanda Megan, à côté d'elle sur la banquette. Tu ne dis rien.

Gabrielle haussa les épaules.

— Désolée. Je suis juste… Je ne sais pas. Fatiguée, j'imagine.

— Que quelqu'un paie un verre à cette nana… c'est une urgence ! plaisanta Kendra, l'infirmière brune.

— Non, glissa Jamie d'un air narquois. Ce qu'il faut à notre Gab, c'est un homme. Tu es trop sérieuse, ma puce. Ce n'est pas sain de laisser ton travail te consumer de la sorte. Amuse-toi ! À quand remonte ta dernière partie de jambes en l'air, tiens ?

À bien trop longtemps, mais Gabrielle ne comptait pas vraiment les jours. Elle n'avait jamais eu à souffrir d'un manque de rancards lorsqu'elle en cherchait, et le sexe – lors des rares occasions où elle s'y livrait – n'était pas quelque chose qui l'obsédait, contrairement à certaines de ses amies. Elle avait beau manquer de pratique en ce domaine, elle doutait qu'un orgasme puisse guérir son état de lassitude actuel.

— Jamie n'a pas tort, tu sais, disait Kendra. Tu as besoin de te décoincer, de faire un peu la fiesta.

— Et pourquoi reporter à plus tard ce qu'on peut faire ce soir ? ajouta Jamie.

— Oh, je ne crois pas, répondit Gabrielle en secouant la tête. Je ne suis vraiment pas d'attaque pour une nuit blanche, les amis. Les expos me laissent toujours à plat et je…

— Chauffeur ? (Sans lui prêter attention, Jamie s'avança au bord du siège et frappa contre la vitre qui séparait le chauffeur de ses passagers.) Changement de programme. On vient de décider qu'on était d'humeur festive, alors faites une croix sur le restaurant. Emmenez-nous là où vont tous les canons.

— Si vous aimez les boîtes, y en a une nouvelle qui vient d'ouvrir dans le nord de la ville, expliqua le chauffeur tout en faisant claquer son chewing-gum à la chlorophylle. J'ai passé la semaine à conduire des clients là-bas – en fait, j'en ai d'jà déposé deux ce soir. Un club huppé. Ça s'appelle *La Notte.*

— Hou, « La Not-té », roucoula Jamie en jetant un regard taquin par-dessus son épaule, le sourcil arqué d'un air distingué. Voilà qui sonne tout à fait malfaisant, les filles. Allons-y !

La boîte de nuit, *La Notte*, était aménagée dans un édifice gothique victorien qui avait longtemps été l'église de la paroisse de St. John's Trinity, jusqu'à ce que récemment, pour couvrir les frais occasionnés par les scandales sexuels des prêtres, l'archevêché de Boston ait été contraint de fermer des dizaines de lieux de culte dans toute la ville. Ce soir-là, dans la discothèque bondée où Gabrielle et ses amis venaient d'entrer, la transe synthétique et la techno résonnaient sous les chevrons, faisant vibrer d'énormes haut-parleurs braillards disposés de part et d'autre du DJ, sur le balcon surplombant l'autel. Des stroboscopes clignotaient contre un trio de vitraux cintrés. Perçant le fin nuage de fumée qui flottait dans l'air, ils dardaient leurs rayons trépidants au rythme frénétique d'une chanson apparemment sans fin. Sur la piste de danse – et sur le moindre mètre carré ou presque de la salle principale et de l'étage supérieur de la discothèque – les gens bougeaient et ondulaient les uns contre les autres, dans une insouciante sensualité.

— Merde alors ! cria Kendra par-dessus la musique, levant les bras pour se frayer un chemin dans la foule en dansant. Quelle boîte, hein ? C'est la folie !

Ils n'avaient même pas franchi le premier petit groupe de clubbers que déjà un type grand et mince fondit sur la brune délurée et se pencha pour lui parler à l'oreille. Kendra partit d'un rire gras et hocha la tête d'un air enthousiaste.

— Le monsieur veut danser, gloussa-t-elle en tendant son sac à main à Gabrielle. Qui suis-je pour refuser !

— Par ici, indiqua Jamie en désignant une petite table vide près du bar, tandis que leur amie trottait vers la piste avec son partenaire.

Tous trois prirent place et Jamie commanda une tournée. Gabrielle chercha du regard Kendra sur la piste, mais celle-ci avait déjà été engloutie par la masse. Malgré la foule omniprésente, Gabrielle fut assaillie par la sensation persistante qu'elle et ses amis étaient assis sous le feu des projecteurs. Comme si leur simple présence dans le club les mettait d'une certaine manière en ligne de mire de tous les regards. C'était une idée loufoque. Si sortir suscitait chez elle un tel malaise, une telle paranoïa, alors elle avait sûrement passé beaucoup trop de temps seule chez elle à travailler.

— À Gab ! lança Jamie sous le tonnerre de décibels, en levant son martini.

Megan leva elle aussi son verre, et trinqua avec Gabrielle.

— Félicitations pour cette superbe expo !

— Merci, les amis.

Tandis que Gabrielle sirotait son cocktail, son impression d'être observée revint. Ou plutôt, s'amplifia. Elle sentit qu'un regard scrutait la pénombre pour s'arrêter sur elle. Levant les yeux par-dessus le bord de son verre, Gabrielle surprit la lueur d'un stroboscope qui se reflétait sur une paire de lunettes noires.

Des lunettes qui dissimulaient sans le moindre doute un regard rivé sur elle.

Les flashs des stroboscopes découpaient les traits austères de l'homme en ombres dures, mais l'œil de Gabrielle les saisit instantanément. Une chevelure noire en épis retombant librement autour d'un front large et intelligent et des pommettes minces et anguleuses. Une mâchoire robuste et puissante. Et sa bouche… sa bouche était généreuse et sensuelle, malgré le rictus cynique, quasi carnassier qui l'étirait.

Gabrielle détourna le regard avec nervosité, et une onde de chaleur soudaine parcourut tous ses membres. Le visage de l'homme s'imposait dans son esprit, imprimé en un clin d'œil telle une image fixée sur la pellicule. Elle posa son martini et osa un autre coup d'œil dans sa direction. Mais il avait disparu.

Un fracas à l'autre bout du bar attira brusquement l'attention de Gabrielle, qui regarda par-dessus son épaule. Plusieurs verres brisés jonchaient la surface laquée noire d'une des tables bondées, et de l'alcool coulait au sol. Quatre gars en blousons de cuir et lunettes noires se disputaient avec un autre type vêtu d'un débardeur Dead Kennedys et d'un jean délavé et déchiré. Une des grosses brutes avait le bras passé autour d'une blonde platine à l'air éméché, qui semblait connaître le mec en jean. Son petit ami, apparemment. Il tenta d'attraper le bras de la fille, mais celle-ci le repoussa d'une gifle et pencha la tête pour laisser l'un des types de la bande coller sa bouche contre son cou. Elle défiait son petit ami furieux du regard, tout en jouant avec les longs cheveux bruns du gars rivé à sa gorge.

— Ça sent l'embrouille, commenta Megan, qui se retourna en voyant la situation empirer.

— C'est clair, approuva Jamie. (Il termina son martini et fit signe à un serveur d'apporter une autre tournée.) On dirait que la maman de cette fille a oublié de lui expliquer que venir avec un mec et repartir avec un autre, c'était chercher les ennuis.

Comme Gabrielle observait la scène un moment de plus, elle vit un second motard s'approcher de la fille comme pour l'embrasser. Elle les accueillit tous les deux, caressant d'une main la tête sombre à son cou et de l'autre le crâne rasé du type qui lui léchait le visage comme s'il cherchait à la dévorer vivante. Le jeune hurla un chapelet d'obscénités à l'adresse de la fille, avant de faire demi-tour et de fendre la foule en bousculant les spectateurs.

— Cet endroit me fout les jetons, confia Gabrielle, qui venait seulement de remarquer, à l'extrémité du long comptoir de marbre, quelques clients occupés à s'envoyer des lignes de cocaïne au vu de tous.

Ses amis ne semblaient pas l'entendre sous les martèlements puissants de la musique. Ils ne semblaient pas non plus partager son malaise. Quelque chose clochait ici, et Gabrielle ne pouvait se départir du sentiment que la nuit allait mal finir. Jamie et Megan s'étaient lancés dans une conversation sur des groupes de musique locaux, et Gabrielle sirota le reste de son cocktail dans son coin en guettant l'occasion de les interrompre pour prendre congé.

Elle laissa errer son regard parmi la mer houleuse de têtes et de corps qu'elle scruta subrepticement, à la recherche de l'homme qui l'observait quelques minutes plus tôt derrière ses lunettes noires. Était-il avec les autres brutes épaisses – faisait-il partie de cette bande de motards qui cherchait les ennuis ? Il portait en tout cas la même tenue qu'eux, et arborait assurément le même air sinistre et menaçant.

Quoi qu'il en soit, Gabrielle ne voyait plus aucune trace de lui.

Elle s'enfonça dans son fauteuil, puis frôla la crise cardiaque quand des mains se plaquèrent sur ses épaules.

— Vous êtes là ! Je vous ai cherchés partout ! s'écria Kendra d'une voix à la fois essoufflée et animée, en se penchant au-dessus de la table. Venez. Je nous ai dégoté une table de l'autre côté du club. Brent et des amis à lui tiennent à faire la fête avec nous !

— Cool !

Jamie se levait déjà, prêt à y aller. Megan prit son nouveau martini dans une main, son sac et celui de

Kendra dans l'autre. Voyant que Gabrielle ne semblait pas disposée à se joindre à eux, Megan s'arrêta.

— Tu viens ?

— Non. (Gabrielle se leva et passa la bride de son sac à main sur son épaule.) Allez-y, amusez-vous bien. Je suis claquée. Je crois que je vais attraper un taxi et rentrer à la maison.

Kendra fit une moue de petite fille.

— Gab, tu ne vas pas déjà rentrer !

— Tu veux qu'on te raccompagne ? proposa Megan, même si Gabrielle devinait qu'elle préférait rester avec les autres.

— Ça ira. Éclatez-vous, mais faites attention, OK?

— T'es sûre que tu ne veux pas rester ? Un dernier verre ?

— Non. Il faut vraiment que je sorte prendre l'air.

— Tant pis pour toi, la gronda Kendra, faussement méchante.

Elle s'avança et planta une bise rapide sur la joue de son amie. Quand elle recula, Gabrielle décela un relent de vodka, qui semblait dissimuler une odeur moins précise. Quelque chose de musqué et d'étrangement métallique.

— Tu es une rabat-joie, Gab, mais je t'adore quand même.

Avec un clin d'œil, Kendra prit le bras de Jamie et Megan et les entraîna avec espièglerie vers la masse tourbillonnante.

— Appelle-moi demain, articula Jamie par-dessus son épaule tandis que la foule engloutissait lentement le trio.

Gabrielle entama immédiatement son trajet vers la sortie, impatiente de quitter la discothèque. Plus elle s'y éternisait, plus la musique semblait gagner en décibels, tambourinant dans son crâne, brouillant sa réflexion et son sens de l'orientation. Les gens la bousculaient de tous côtés comme elle tentait de passer entre eux, la pressant dans cet étau de corps qui dansaient, se trémoussaient, tournoyaient. Ballottée par les coups de coude, tripotée et pelotée dans le noir par des mains invisibles, elle finit pourtant par atteindre le vestibule puis, une fois passé les lourdes portes battantes, sortit enfin.

La nuit était fraîche. Elle inspira profondément pour se vider la tête du bruit, de la fumée et de l'atmosphère inquiétante de *La Notte*. La musique continuait de retentir, et les stroboscopes de lancer des éclairs semblables à de petites explosions derrière les hauts vitraux. Maintenant qu'elle était à l'extérieur, Gabrielle commençait à se détendre.

Personne ne lui prêta attention quand elle se hâta vers le bord du trottoir afin de héler un taxi pour rentrer chez elle. Il n'y avait qu'une poignée de gens dehors : certains déambulaient un peu plus bas, d'autres faisaient la queue dans l'escalier bétonné puis à l'intérieur du club. Elle repéra un taxi jaune qui venait dans sa direction, et tendit immédiatement la main.

— Taxi !

Alors que le véhicule louvoyait dans la circulation nocturne et s'avançait, vrombissant, à la hauteur de Gabrielle, les portes de la boîte de nuit s'ouvrirent violemment comme sous l'effet d'un ouragan.

— Putain, mec ! Tu te crois où, là ? (Sur les marches derrière Gabrielle, une voix masculine était montée d'une octave à cause de la peur.) Touche-moi encore, fils de pute, et je…

— Tu vas faire quoi, connard ? persifla une seconde voix, celle-ci basse et meurtrière, et flanquée de plusieurs autres qui gloussaient d'amusement.

— Ouais, dis-nous, espèce de petit trou du cul de mes deux. Tu vas faire quoi ?

Les doigts cramponnés à la poignée de la portière du taxi, Gabrielle tourna la tête, l'inquiétude le disputant à la crainte de ce qu'elle verrait. Il s'agissait de la bande de la discothèque – les espèces de motards en cuir et lunettes noires. Tous les six encerclaient le jeune type délaissé telle une meute de loups, lui décochant des directs chacun leur tour, comme s'ils jouaient avec une proie.

Le jeune balança un coup de poing à l'un d'entre eux – le manqua – et la situation dégénéra en un clin d'œil.

La mêlée se déplaça tout à coup dans la direction de Gabrielle. La bande de brutes balança le gamin sur le capot du taxi, sans cesser de le frapper. Du sang gicla de son nez et de sa bouche, et éclaboussa Gabrielle. Elle recula d'un pas, stupéfaite et horrifiée. Le type se débattait comme un beau diable mais ses assaillants ne le lâchaient pas, le tabassant avec une hystérie que Gabrielle ne comprenait pas.

— Dégagez de ma foutue bagnole ! hurla le chauffeur de taxi par sa fenêtre ouverte. Nom de Dieu ! Allez faire ça ailleurs, vous entendez !

L'un des agresseurs tourna la tête vers le chauffeur de taxi et lui adressa un rictus effroyable, avant d'abattre son large poing sur le pare-brise, fissurant le verre. Gabrielle vit le chauffeur se signer et remuer les lèvres en silence à l'intérieur du véhicule. Il y eut un grincement d'embrayage, suivi d'un crissement de pneus strident comme le taxi faisait brutalement marche arrière, dégageant le poids de son capot.

— Attendez ! cria Gabrielle, trop tard.

Son ticket de retour – son issue pour fuir cette scène brutale – venait de s'envoler. Avec une boule de peur au fond de la gorge, elle regarda le taxi s'éloigner à vive allure et s'insérer dans la circulation sans crier gare, ses feux arrière s'évanouissant dans l'obscurité.

Au bord du trottoir, les six motards s'acharnaient sur le jeune homme, trop occupés à l'assommer de coups de poing pour la remarquer.

Gabrielle fit demi-tour et se rua dans l'escalier vers l'entrée du club, tout en fouillant dans son sac à main pour en sortir son portable. Trouvant le mince appareil, elle l'ouvrit d'une chiquenaude pour appeler les secours tout en poussant les portes battantes afin d'entrer dans le vestibule, la poitrine déjà comprimée par l'angoisse. Derrière le vacarme de musique et de voix, et le tambourinement de son propre cœur, Gabrielle n'entendit que des parasites à l'autre bout de la ligne. Elle éloigna le téléphone de son oreille…

Pas de réseau.

— Merde !

Elle rappela. Sans succès.

Gabrielle courut vers l'intérieur de la discothèque et se mit à hurler en désespoir de cause.

—Au secours, quelqu'un! À l'aide!

Personne ne semblait l'entendre. Elle tapota sur des épaules, tira des manches, secoua pratiquement le bras d'un type tatoué au look militaire, mais personne ne faisait attention. Les gens l'ignoraient totalement et continuaient à danser et à bavarder comme si elle n'existait pas.

Était-ce un rêve? Un cauchemar tordu où elle était la seule à avoir conscience du déchaînement de violence à l'extérieur?

Se détournant des inconnus, Gabrielle décida de chercher ses amis. Elle refit son trajet à travers la discothèque obscure, appuyant sans cesse sur la touche « rappel » en priant pour obtenir un signal suffisant. Mais il n'y avait pas de réseau, et elle comprit bientôt qu'elle ne retrouverait jamais Jamie et les autres dans la foule compacte.

Frustrée et déboussolée, elle repartit en courant jusqu'à la sortie de la boîte de nuit. Peut-être pourrait-elle faire signe à un automobiliste, trouver un policier, n'importe quoi!

L'air nocturne glacé heurta son visage dès qu'elle poussa les lourdes portes. Elle descendit rapidement la première volée de marches, haletante, indécise: elle se voyait mal affronter seule six grosses brutes, probablement droguées. Mais elle ne les vit nulle part.

Ils avaient disparu.

Un groupe de jeunes fêtards montait les marches à sa rencontre, l'un d'eux jouant d'une guitare imaginaire tandis que ses camarades envisageaient de terminer la nuit dans une *rave*.

— Hé, s'exclama Gabrielle, s'attendant presque qu'ils la dépassent sans la voir.

Ils s'arrêtèrent en lui souriant, même si, du haut de ses vingt-huit ans, elle avait facilement dix ans de plus qu'eux.

Le meneur lui adressa un signe de tête.

— Qu'est-ce qu'y a ?

— Est-ce que l'un d'entre vous… (Elle hésita, ne sachant pas si elle devait être soulagée de constater qu'il ne s'agissait finalement pas d'un rêve.) Auriez-vous vu la bagarre qui s'est déroulée ici il y a quelques minutes ?

— Il y a eu une bagarre ? Génial ! s'écria le hardos du groupe.

— Non, répondit un autre. On vient d'arriver. On n'a rien vu.

Ils poursuivirent jusqu'au sommet des marches, abandonnant une Gabrielle interloquée, se demandant si elle perdait la tête. Elle s'approcha du bord du trottoir. Il y avait du sang sur le macadam, mais le jeune et ses agresseurs s'étaient volatilisés.

Gabrielle se planta sous un réverbère. Prise d'un frisson, elle se frotta les bras. Elle pivota pour scruter les deux côtés de la rue, à la recherche d'un quelconque signe de la violence dont elle venait d'être témoin.

Rien.

Mais soudain… elle entendit quelque chose.

Le bruit provenait d'une étroite ruelle sur sa droite. Plongée dans une obscurité quasi totale, l'allée était bordée d'un muret en béton montant à hauteur d'épaule qui faisait caisse de résonance et trahissait la présence de ses occupants, dont les légers grognements animaux se propageaient jusque dans la rue. Gabrielle ne put identifier les sons malsains et humides, mais ils lui glacèrent le sang dans les veines et mirent à vif chaque nerf de son corps.

Elle se mit en mouvement presque malgré elle. Pas pour s'éloigner de la source de ces échos troublants, mais pour s'en approcher. Son téléphone semblait peser comme une brique, et ce n'est qu'après avoir fait quelques pas à l'intérieur de la ruelle qu'elle se rendit compte qu'elle retenait son souffle : elle venait de poser les yeux sur un groupe de silhouettes devant elle.

Les types en cuir et lunettes noires.

Ils étaient agenouillés, et semblaient s'arracher quelque chose. Sous l'éclairage chiche de la rue, Gabrielle aperçut un lambeau de tissu déchiré qui gisait près du carnage. Il s'agissait du débardeur du jeune homme, taché et déchiqueté.

Un doigt posé sur la minuscule touche « rappel » de son téléphone, Gabrielle appuya en silence sur le clavier. Il y eut un trille discret puis la voix du standardiste retentit dans la nuit tel un coup de canon.

— *Police. Quelle est la raison de votre appel ?*

L'un des motards tourna brusquement la tête en direction du bruit. Des yeux sauvages emplis de haine clouèrent Gabrielle sur place comme des poignards.

Son visage était sanguinolent, visqueux. Et ses dents ! Elles étaient aussi pointues que celles d'un animal, de véritables crocs, qu'il dévoila tandis qu'il ouvrait la bouche pour souffler un mot étranger à la sonorité terrifiante.

— *Police. Veuillez formuler votre requête.*

Gabrielle était muette. Elle était si choquée qu'elle parvenait à peine à respirer. Elle approcha le téléphone de sa bouche, sans réussir à émettre le moindre mot.

Son appel à l'aide était un échec.

Avec cette certitude et la peur au ventre, Gabrielle fit la seule chose logique qui lui vint à l'esprit. Les doigts tremblants, elle tourna l'appareil en direction de la bande de motards sadiques et pressa le bouton de capture d'image. Un bref éclair illumina la ruelle.

Tous se retournèrent vers elle, les mains levées pour se protéger les yeux dissimulés derrière leurs lunettes de soleil.

Mon Dieu. Peut-être lui restait-il une chance d'échapper à cette nuit infernale. Gabrielle appuya de nouveau sur le bouton, encore et encore, tout en se repliant le long de la ruelle jusque dans la rue. Elle perçut des murmures, des jurons grognés et des bruits de pas dans son dos mais n'osa pas jeter un regard en arrière. Pas même lorsqu'un sifflement d'acier aigu se fit entendre derrière elle, suivi d'une série de cris surnaturels de rage et d'agonie.

Prise de panique, Gabrielle fonça dans la nuit, et courut jusqu'à l'arrêt de taxis sur Commercial Street, où un véhicule attendait une course. Elle sauta à l'intérieur et claqua la porte. Elle haletait, folle de terreur.

— Conduisez-moi au commissariat le plus proche !

Le chauffeur posa un bras sur le dossier du siège et se retourna pour la dévisager en fronçant les sourcils.

— Tout va bien, madame ?

— Oui, répondit-elle machinalement.

Puis :

— Non. Je dois aller signaler un…

Bon sang. Qu'avait-elle donc l'intention de signaler ? Une frénésie cannibale perpétrée par une meute de motards enragés ? Ou la seule autre explication possible, qui était encore moins crédible ?

Gabrielle croisa le regard impatient du chauffeur.

— Dépêchez-vous, s'il vous plaît. Je viens d'être témoin d'un meurtre.

Chapitre 2

Des vampires.

La nuit était peuplée de vampires. Il en avait compté plus d'une dizaine dans la discothèque, la plupart sillonnant la foule ondulante et à demi dévêtue, sélectionnant – et séduisant – les femelles qui, cette nuit-là, étancheraient leur soif. C'était là un arrangement symbiotique qui avait satisfait la Lignée pendant plus de deux millénaires, une cohabitation pacifique qui reposait sur la faculté des vampires à effacer les souvenirs des humains dont ils se nourrissaient. D'ici à l'aube, des quantités de sang seraient versées, mais au petit matin les vampires regagneraient leurs Havrobscurs dans la ville et ses alentours, sans que les humains dont ils se seraient délectés dans la nuit n'en sachent rien.

Excepté dans la ruelle près de la boîte de nuit.

Pour les six prédateurs qui s'y étaient gorgés de sang, ce meurtre illicite serait leur dernier. La faim les avait rendus imprudents : ils n'avaient pas remarqué qu'on les épiait. Pas plus à l'intérieur du club qu'à l'extérieur, où il les avait suivis, les espionnant depuis le rebord d'une fenêtre au premier étage de l'église reconvertie.

Ils étaient aveuglés par l'excitation de la Soif sanguinaire, le fléau qui avait naguère fait des ravages au sein des vampires de la Lignée, changeant tant d'eux en Renégats. Comme ces brutes épaisses qui se nourrissaient sans distinction ni discrétion.

Lucan Thorne ne se sentait aucune affinité particulière avec l'espèce humaine, mais il avait encore moins d'estime pour les Renégats en contrebas. Il n'était pas inhabituel de rencontrer un ou deux de ces vampires sauvages lors d'une patrouille de nuit dans une ville de la taille de Boston. En découvrir plusieurs agissant de concert, et se repaissant à la vue de tous comme ceux-là, se révélait être plus que troublant. Les Renégats augmentaient de nouveau en nombre, et gagnaient en audace.

Il fallait faire quelque chose.

Pour Lucan, et plusieurs autres de la Lignée, chaque nuit était une partie de chasse destinée à débusquer la poignée d'infectés qui mettaient en péril ce que l'espèce des vampires avait obtenu au prix de tant d'efforts. Cette nuit-là, Lucan traquait ses proies seul, sans se soucier de leur nombre. Il avait guetté l'occasion parfaite pour frapper : le moment où les Renégats auraient alimenté à l'excès la frénésie qui guidait leurs esprits.

Ivres de sang, ils avaient continué à se disputer et à déchiqueter le corps du jeune homme de la discothèque, poussant des grognements et donnant des coups de dents, semblables à une meute de chiens. Lucan s'était préparé à administrer une justice expéditive… ce qu'il aurait fait, sans l'irruption d'une femme aux cheveux roux. En une seconde, elle avait fait dérailler le cours de cette nuit-là, suivant les Renégats jusque dans le passage, puis détournant sans le vouloir leur attention de la victime.

Au moment où le flash du téléphone avait illuminé l'obscurité, Lucan avait sauté du rebord de la fenêtre et atterri sans bruit sur le pavé. Comme ceux de ses frères renégats, ses yeux hypersensibles s'étaient trouvés en partie aveuglés par l'éclair de lumière irradiant la nuit. La femelle fuyait la scène du carnage en lançant une rafale de flashs intenses, et ces quelques « clics » paniqués avaient sans doute constitué son seul salut contre la rage des féroces vampires.

Mais tandis que les sens des autres étaient obscurcis par la Soif sanguinaire, ceux de Lucan restaient d'une limpidité implacable. Tirant ses armes de sous son trench-coat noir – deux épées d'acier dont le tranchant était traité au titane –, il pivota pour faucher la tête du Renégat le plus proche.

Deux autres suivirent, leur corps tressautant tandis qu'ils entamaient leur prompte décomposition cellulaire, passant en quelques secondes d'une bouillie acide et suintante à un amas de cendres. Des cris d'animaux stridents emplirent la ruelle comme Lucan en décapitait un quatrième, puis faisait volte-face pour transpercer le torse d'un autre Renégat. La bête siffla entre ses dents dénudées, ses crocs dégouttant de sang. Ses yeux jaune pâle dévisageaient Lucan avec mépris, les énormes iris dilatés par la faim engloutissant les pupilles, réduites à des fentes verticales. Puis la créature fut saisie de spasmes et elle tendit ses longs bras vers lui, étirant sa bouche en un hideux rictus surnaturel tandis que l'acier spécialement forgé empoisonnait son sang de Renégat et réduisait le vampire à une trace fumante sur le pavé.

Il n'en restait qu'un seul. Lucan se retourna pour l'affronter, ses deux lames levées et prêtes à s'abattre.

Mais le vampire avait disparu : envolé dans la nuit avant qu'il puisse le tuer.

Bon Dieu.

C'était la première fois que l'un de ces salopards lui échappait. Et il espérait bien que ce serait la dernière. Il envisagea de pourchasser le Renégat, mais cela impliquait de quitter les lieux de l'agression sans les sécuriser. Il s'agissait là du risque le plus grave : laisser les hommes découvrir la pleine mesure de la menace qui vivait parmi eux. À cause de la sauvagerie des Renégats, Lucan et les siens avaient été persécutés et chassés par les humains tout au long des Temps Jadis : l'espèce ne survivrait peut-être pas à une nouvelle ère de représailles, maintenant que l'homme avait la technologie de son côté.

Tant que les Renégats ne seraient pas maîtrisés – ou mieux encore : éliminés – l'humanité devrait tout ignorer de l'existence des vampires évoluant en son sein.

Tandis qu'il s'affairait à nettoyer la zone de toute trace de la mise à mort, les pensées de Lucan ne cessaient de revenir à la jeune femme aux cheveux de feu et à la douce beauté d'albâtre.

Comment avait-elle fait pour repérer les Renégats dans la ruelle ?

Si la croyance largement répandue chez les humains que les vampires pouvaient disparaître à leur guise était fausse, la vérité était à peine moins extraordinaire. Dotés d'une agilité et d'une rapidité hors du commun, ils se déplaçaient tout simplement trop vite pour l'œil humain, et cette faculté était assortie d'un fort pouvoir d'hypnose sur les esprits plus faibles. Singulièrement, cette femme semblait insensible à l'un comme à l'autre.

Lucan se souvenait à présent de l'avoir vue dans la discothèque. Son regard avait été détourné de sa surveillance par une paire d'yeux mélancoliques et un esprit semblant presque aussi perdu que le sien. Elle aussi l'avait remarqué, et dévisagé, depuis la table où elle et ses amis étaient assis. Malgré la foule et l'odeur confinée de la boîte de nuit, Lucan avait détecté les légers effluves de sa peau parfumée : quelque chose d'exotique et précieux.

Et il la sentait de nouveau : une note délicate qui collait à la nuit, excitait ses sens et s'adressait à quelque chose de primitif en lui. Ses gencives lui démangèrent sous la poussée subite de ses crocs, une réaction physiologique au besoin – charnel ou autre – qu'il était impuissant à refréner. Il sentait son parfum, et ressentit la faim, tel un de ses vulgaires frères renégats.

Lucan inclina la tête en arrière et s'emplit les poumons de l'essence de la jeune femme, suivant sa trace à travers la ville grâce à son odorat aiguisé. C'était l'unique témoin de l'agression des Renégats, et il était bien peu judicieux de la laisser conserver le souvenir de ce qu'elle avait vu. Lucan la retrouverait et prendrait toute mesure nécessaire pour assurer la protection de la Lignée.

Et, dans un coin de son esprit, une conscience ancienne lui murmurait que, qui qu'elle soit, elle lui appartenait déjà.

— Puisque je vous dis que j'ai tout vu. Ils étaient six. Ils s'arrachaient littéralement le jeune homme, avec leurs mains et leurs dents… comme des animaux. Ils l'ont tué !

— Mademoiselle Maxwell, nous sommes déjà revenus là-dessus plusieurs fois ce soir. À l'heure qu'il est, nous sommes tous fatigués et la nuit ne fait que commencer.

Gabrielle venait de passer trois heures au commissariat à tenter de livrer le récit de l'horreur à laquelle elle avait assisté à la sortie de *La Notte*. Les deux agents en face d'elle, d'abord sceptiques, commençaient à montrer un certain agacement, voire une hostilité certaine. Peu après son arrivée, les policiers avaient dépêché une voiture sur les lieux pour vérifier l'information et récupérer le corps que Gabrielle disait y avoir vu. Ils étaient rentrés bredouilles. Aucun signalement d'altercation entre bandes ni de témoignage qu'un crime ait été commis. À croire que l'incident n'avait jamais eu lieu… ou avait été miraculeusement nettoyé.

— Écoutez-moi au moins… Regardez les photos que j'ai prises…

— On les a vues, mademoiselle Maxwell. Plusieurs fois déjà. Franchement, rien de ce que vous avez déclaré ce soir ne s'est vérifié : pas plus votre déposition que ces images floues et indistinctes sur votre téléphone.

— Excusez leur piètre qualité, rétorqua Gabrielle d'un ton acerbe. La prochaine fois que je serai témoin d'un massacre sanglant perpétré par un gang de psychopathes, j'essaierai d'avoir la présence d'esprit d'apporter mon Leica, ainsi que quelques objectifs supplémentaires.

— Peut-être souhaiteriez-vous revenir sur votre déclaration ? proposa le plus âgé des deux agents, dont l'accent portait l'empreinte d'une jeunesse passée dans les quartiers irlandais du sud de Boston. (Il caressa d'une main potelée son front dégarni, puis refit glisser le téléphone sur le bureau.) Sachez, mademoiselle Maxwell, que faire une fausse déposition constitue un délit.

— Ce n'est pas une fausse déposition, s'indigna Gabrielle, frustrée, et plus qu'un peu furieuse d'être traitée comme la criminelle. Je maintiens toutes mes déclarations. Pourquoi irais-je inventer une chose pareille ?

— Vous seule pouvez répondre à cette question, mademoiselle Maxwell.

— C'est incroyable. Vous avez une trace de mon appel au service d'urgence.

— Exact, reconnut l'agent. Mais l'enregistrement ne comporte rien d'autre que des parasites : vous ne parlez pas et ne réagissez pas aux demandes d'information de l'opérateur.

— Oui. Eh bien, c'est dur de trouver les mots pour dire que quelqu'un se fait arracher la gorge.

Il lui adressa un nouveau regard dubitatif.

— Ce club… *La Notte* ? C'est une boîte plutôt déjantée, à ce qu'il paraît. Populaire auprès des gothiques et des fans de techno…

— Où voulez-vous en venir ?

Le policier haussa les épaules.

— Un certain nombre de gamins rentrent dans des délires bizarroïdes ces temps-ci. Vous avez peut-être simplement été témoin d'un petit jeu qui a dérapé.

Gabrielle empoigna son téléphone en laissant échapper un juron.

— Vous trouvez que ça ressemble à un jeu, vous ?

Elle pressa le bouton pour réafficher les images et jeta un autre coup d'œil aux photos qu'elle avait prises. Les clichés avaient beau être flous et noyés par la lumière du flash, elle distinguait clairement plusieurs hommes entourant un autre au sol. Passant à l'image suivante, elle vit un essaim d'yeux lumineux regardant fixement l'objectif et les traits indistincts de plusieurs visages contractés par une fureur animale.

Pourquoi les policiers ne voyaient-ils pas cela ?

— Mademoiselle Maxwell, intervint le plus jeune des deux.

Il contourna tranquillement le bureau pour venir s'y asseoir. Il avait été le plus discret des deux hommes, écoutant avec beaucoup d'attention quand son collègue se répandait en doutes et objections.

— Il est évident que vous croyez avoir vu quelque chose de terrible là-bas cette nuit. L'agent Carrigan et moi-même souhaitons vous aider mais, pour cela, nous devons nous assurer d'être tous sur la même longueur d'ondes.

Elle hocha la tête.

— Entendu.

— Bon. Nous disposons de votre déposition et nous avons vu vos photos. Vous me semblez être une personne sensée. Avant de nous engager plus avant dans cette affaire, je dois vous demander si vous accepteriez de subir un test de dépistage de drogues.

— Un test de drogues ? (Gabrielle bondit de son siège, absolument hors d'elle.) C'est ridicule. Je ne suis pas une toxico en délire, et je n'apprécie pas d'être traitée comme telle. Je m'efforce juste de signaler un meurtre !

— Gab ? Gabby !

Quelque part derrière elle dans le commissariat, Gabrielle reconnut la voix de Jamie. Elle avait contacté son ami peu après son arrivée, cherchant le réconfort de visages familiers après l'horreur à laquelle elle venait d'assister.

— Gabrielle ! (Jamie fonça vers elle et la prit tendrement dans ses bras.) Désolé de n'avoir pas pu venir plus tôt, mais j'étais déjà rentré quand j'ai eu ton message sur mon portable. Bon sang, ma puce ! Est-ce que ça va ?

Gabrielle opina du chef.

— Je crois, oui. Merci d'être venu.

— Mademoiselle Maxwell, pourquoi ne pas laisser votre ami vous raccompagner, suggéra le plus jeune policier. Nous pouvons reprendre cette discussion ultérieurement. Peut-être serez-vous en mesure d'y voir plus clair une fois que vous aurez dormi un peu.

Les deux policiers se levèrent, invitant Gabrielle à faire de même. Elle ne discuta pas. Elle était lasse, épuisée, et même en passant la nuit au poste, elle doutait de pouvoir convaincre les policiers de ce qu'elle avait vu à l'extérieur de *La Notte*. Prise de torpeur, Gabrielle se laissa reconduire jusqu'à la sortie par Jamie et les deux agents. Elle avait descendu la moitié des marches quand le plus jeune policier cria son nom.

— Mademoiselle Maxwell ?

Elle s'arrêta, jetant un coup d'œil par-dessus son épaule vers l'endroit où se tenait l'agent, sous les projecteurs du commissariat.

— Si ça peut vous aider à trouver le sommeil, nous enverrons quelqu'un à votre domicile pour voir si tout va bien, et peut-être parler un peu plus, une fois que vous aurez eu du temps pour réfléchir à votre déposition.

Elle n'apprécia guère son ton paternaliste, mais ne trouva pas non plus la force de décliner son offre. Après ce qu'elle avait vu ce soir-là, Gabrielle apprécierait l'effet rassurant d'une visite de police, fût-elle condescendante. Elle hocha la tête, puis suivit Jamie jusqu'à sa voiture stationnée sur le parking.

À un bureau discret dans un coin du commissariat, un documentaliste lança une impression depuis son ordinateur. Une imprimante laser se mit à bourdonner derrière lui, crachant une page unique. Le gratte-papier vida la dernière goutte de café froid de sa tasse Red Sox ébréchée, se leva de son siège gris-beige et récupéra nonchalamment le document.

Le commissariat était calme, l'équipe de nuit était en pause. Cela dit, même s'il avait fourmillé d'activités, nul n'aurait prêté attention au petit jeune homme timide et complexé qui se mêlait peu aux autres.

Là résidait toute la beauté de son rôle.

C'était pour cette raison qu'il avait été choisi.

Il n'était pas le seul agent de police à avoir été recruté. Il savait qu'il y en avait d'autres, même si leur identité demeurait secrète. C'était plus sûr ainsi, plus net. Pour sa part, il ne se rappelait pas à quand remontait sa première rencontre avec le Maître. Il savait juste qu'il ne vivait désormais plus que pour servir.

Empoignant la fiche, le documentaliste descendit le couloir d'un pas traînant pour aller s'isoler. La salle de pause n'était jamais déserte, et il y trouva deux secrétaires ainsi que Carrigan, un flic obèse à grande gueule qui prenait sa retraite à la fin de la semaine. Il se vantait d'avoir fait une affaire en or en se payant un appartement en copropriété dans un trou perdu de Floride ; les deux femmes, attablées autour d'un gâteau d'anniversaire à glaçage jaune datant de la veille et qu'elles faisaient descendre à grand renfort de Coca light, l'ignoraient complètement.

Le gratte-papier plongea les doigts dans sa chevelure marron clair et dépassa la porte ouverte en direction des W.-C. au fond du couloir. Il s'arrêta devant la porte des toilettes pour hommes, et posa la main sur la poignée métallique abîmée en jetant un coup d'œil désinvolte dans son dos. À l'abri des regards indiscrets, il avança jusqu'à la porte suivante : le placard de produits d'entretien du commissariat. Il était censé rester fermé à clé, mais l'était rarement. Après tout, rien ne valait la peine d'y être volé, à moins qu'on ait un faible pour le papier hygiénique premier prix, les détergents ammoniaqués ou les serviettes en papier brun.

Il tourna le bouton de porte et poussa le panneau d'acier vétuste. Une fois à l'intérieur du local sombre, il verrouilla la serrure d'un « clic » et tira son téléphone de la poche de son treillis. Il appuya sur la touche de raccourci et appela l'unique numéro enregistré dans l'appareil jetable et sécurisé. Après deux sonneries, un silence inquiétant s'installa, et il devina la présence caractéristique de son Maître à l'autre bout de la ligne.

— Sire, souffla le gratte-papier dans un murmure révérencieux. J'ai des renseignements pour vous.

Il débita son récit à voix basse, relatant en détail la visite au commissariat de la dénommée Maxwell, et divulguant l'intégralité de sa déposition sur un meurtre en bande dans le centre-ville. Le jeune homme perçut un grognement, puis le sifflement d'une respiration dans le combiné comme son Maître assimilait la nouvelle en silence. Il détecta dans cette lente et muette expiration une colère qui lui tira un frisson.

— Je vous ai sorti ses données personnelles, sire..., offrit-il. L'intégralité de ce que nous avons.

Puis, s'éclairant de la faible lueur de l'écran de son portable, le Laquais servile livra l'adresse de Gabrielle, son numéro de téléphone placé sur liste rouge, et plus encore, tant il était désireux de plaire à son puissant et redouté Maître.

Chapitre 3

Deux jours entiers s'écoulèrent.

Gabrielle s'était efforcée de chasser de son esprit l'horreur à laquelle elle avait assisté dans la ruelle près de *La Notte.* Quelle importance, après tout ? Personne ne l'avait crue : ni la police, dont elle attendait toujours la visite à son domicile, ni même ses amis.

Jamie et Megan, qui avaient tous deux vu les types en cuir molester le jeune homme à l'intérieur de la discothèque, lui avaient assuré que la bande était partie à un moment de la nuit, sans incident. Kendra était trop occupée avec Brent – le type qui l'avait draguée dès son arrivée – pour remarquer ce qui se passait ailleurs dans la boîte. D'après les policiers en service samedi soir, cette version concordait avec celle de tous les clients de *La Notte* interrogés par leur patrouille dépêchée sur place : une brève échauffourée au bar, mais aucune violence signalée, pas plus à l'intérieur qu'à l'extérieur du club.

Personne n'avait assisté à l'agression dont elle avait fait état. Il n'y avait eu aucune admission à l'hôpital ou à la morgue. Même le taxi devant le club n'avait pas rempli de déclaration de sinistre pour son pare-brise amoché.

Rien.

Comment était-ce possible ? Était-elle réellement en train de délirer ?

C'était comme si ses yeux avaient été les seuls vraiment ouverts cette nuit-là. Soit elle avait été l'unique témoin d'un fait inexplicable, soit elle perdait la tête.

Ou peut-être un peu des deux.

Incapable d'affronter les implications d'une telle conclusion, elle s'était réfugiée dans la seule chose qui lui procurait du plaisir. Derrière la porte close de sa chambre noire, aménagée dans le sous-sol de sa maison de ville, Gabrielle plongea une feuille de papier photo dans le bac de solution révélatrice. Du néant blafard, une image surgit bientôt sous la surface du liquide. Gabrielle la regarda prendre vie : de solides tentacules de lierre à la beauté ironique colonisaient la maçonnerie effritée de l'ancien asile de style gothique qu'elle venait de découvrir en dehors de la ville. Le rendu était meilleur qu'elle l'avait espéré, alléchant ainsi son sens artistique avec la perspective d'une série entière consacrée à ce lieu désolé et obsédant. Elle sortit la photo et la déposa dans un deuxième bain avant de développer un autre cliché, en l'occurrence le gros plan d'un jeune pin croissant d'une fissure dans le bitume craquelé d'une menuiserie désaffectée.

Elle sourit tout en sortant les photos de la dernière solution pour les fixer sur le fil à sécher. Elle avait une bonne dizaine d'images similaires à l'étage, sur sa table de travail, témoignages malicieux de l'obstination de la nature contre la folle arrogance et la cupidité des hommes.

Depuis sa plus tendre enfance, Gabrielle s'était toujours sentie quelque peu étrangère : une observatrice silencieuse. Elle attribuait cela au fait de ne pas avoir eu de parents – pas la moindre famille, excepté le couple qui l'avait adoptée quand elle n'était qu'une turbulente gamine de douze ans, ballottée d'un foyer à l'autre. Mais même les Maxwell, un couple charitable et sans enfant de la haute bourgeoisie qui avait eu pitié d'elle, avaient assorti leur accueil d'une certaine distance. Gabrielle avait été rapidement envoyée en pensionnats, camps de vacances et, finalement, dans une université hors de l'État. Quoi qu'il en soit, les Maxwell avaient trouvé la mort dans un accident de voiture alors qu'elle était encore à l'université.

Gabrielle n'avait pas assisté aux funérailles, mais sa première vraie photographie avait été celle de deux pierres tombales à l'ombre d'un érable dans le cimetière local de Mount-Auburn. Elle n'avait plus reposé son appareil depuis lors.

N'étant pas du genre à pleurer sur le passé, Gabrielle éteignit la lumière de la chambre noire et remonta au rez-de-chaussée pour songer à préparer le dîner. Elle n'était pas dans la cuisine depuis deux minutes que la sonnette retentit.

Jamie avait eu la gentillesse de passer les deux dernières nuits chez Gabrielle, afin de s'assurer que son amie allait bien. Il s'inquiétait pour elle, comme le grand frère protecteur qu'elle n'avait jamais eu. En repartant le matin, il avait proposé de revenir, mais Gabrielle avait affirmé qu'elle pourrait rester seule. En fait, elle avait besoin d'un peu de solitude et, comme la sonnette retentissait de nouveau, elle se dit avec une pointe d'agacement qu'elle pourrait bien ne pas en avoir ce soir-là non plus.

— J'arrive, cria-t-elle depuis le vestibule.

Elle jeta par habitude un coup d'œil par le judas, mais, au lieu d'y voir la tignasse blonde de Jamie, Gabrielle découvrit la chevelure sombre et le visage attirant d'un inconnu qui attendait derrière sa porte. Il y avait un bec de gaz à l'ancienne sur le trottoir juste au pied des marches, et son doux halo ocré enveloppait l'homme telle une cape d'or enrobant la nuit. Les yeux gris clair de l'inconnu avaient quelque chose d'à la fois inquiétant et captivant : ils étaient rivés sur l'étroit cylindre de verre, comme s'ils la voyaient de l'autre côté.

Elle ouvrit la porte, mais jugea préférable de ne pas ôter la chaîne de sûreté. L'homme s'avança devant l'entrebâillement et son regard tomba sur la chaînette tendue entre eux. Puis il leva de nouveau les yeux vers Gabrielle avec un mince sourire, comme s'il trouvait amusant qu'elle s'imagine lui barrer si facilement le passage s'il tenait vraiment à entrer.

— Mademoiselle Maxwell ?

Sa voix caressa les sens de Gabrielle comme un velours sombre et chaud.

— Oui ?

— Je m'appelle Lucan Thorne.

Les mots avaient passé ses lèvres sur un ton régulier et posé qui dissipa aussitôt une partie des inquiétudes de Gabrielle. Comme elle se taisait, il poursuivit :

— J'ai cru comprendre que vous aviez eu quelques soucis au commissariat il y a quelques nuits de cela. Je tenais à m'assurer que tout allait bien.

Elle hocha la tête.

Il fallait croire que les flics ne l'avaient pas totalement oubliée, en fin de compte. Après plusieurs jours sans nouvelles de leur part, Gabrielle ne comptait plus sur la venue de quelqu'un, en dépit de leur promesse d'envoyer une patrouille à son domicile. Rien ne prouvait toutefois que ce mec, avec ses cheveux noirs soigneusement coiffés et ses traits ciselés, soit un policier.

Elle lui trouvait certes l'air assez sérieux et, mis à part son charme ombrageux et menaçant, il ne semblait pas lui vouloir de mal. Pourtant, après ce qu'elle venait d'endurer, Gabrielle préférait pécher par excès de prudence.

— Avez-vous une plaque ?

— Bien sûr.

D'un geste mesuré, presque sensuel, il ouvrit un mince portefeuille de cuir et le lui présenta. L'obscurité était quasi totale au-dehors : c'est sans doute pourquoi il fallut une seconde aux yeux de Gabrielle pour repérer le brillant insigne de police et la pièce d'identité comportant son nom et sa photo.

— Merci. Entrez, inspecteur.

Elle retira la chaîne puis ouvrit la porte pour le laisser passer, constatant que sa large carrure emplissait l'embrasure. Sa présence semblait en fait occuper le vestibule tout entier. C'était un homme solidement bâti sous le drapé de sa gabardine noire, grand et imposant, dont la tenue sombre et la chevelure de jais absorbaient la lumière douce du lustre au plafond. La mine grave, il dégageait une certaine confiance, une sorte de majesté, comme s'il avait davantage eu sa place à la tête d'une légion de chevaliers en armure qu'au chevet d'une hallucinée sur les hauteurs de Beacon Hill.

— Je ne comptais plus sur cette visite. Après l'accueil qu'on m'a réservé au commissariat ce week-end, je pensais que la police de Boston m'avait cataloguée comme cinglée.

Sans relever, il se contenta d'aller se poster dans le salon, où il laissa son regard parcourir librement la pièce. Il s'arrêta devant la table de travail où Gabrielle avait disposé les ébauches de ses derniers clichés. Elle le suivit, guettant d'un œil détaché la réaction du policier à son travail. Il arqua un sourcil noir en examinant les photographies.

— C'est de vous ? demanda-t-il en tournant vers elle son regard clair et perçant.

— Oui, répondit Gabrielle. Elles font partie d'une collection que j'intitule « Renouveau urbain ».

— Intéressant.

Il regarda de nouveau l'éventail d'images et Gabrielle se sentit froncer légèrement les sourcils devant son attitude polie mais indifférente.

— Ce sont juste quelques pistes que je me contente d'explorer pour le moment… Rien que je sois encore prête à exposer.

Il grogna et continua à considérer les photos en silence.

Gabrielle se rapprocha, curieuse de comprendre sa réaction… ou son absence de réaction.

— J'exécute beaucoup de travaux sur commande dans toute la ville. En fait, j'irai probablement réaliser quelques clichés de la villa du gouverneur sur Martha's Vineyard au cours de ce mois.

Ferme-la, s'admonesta-t-elle. Pourquoi s'efforçait-elle d'en mettre plein la vue à ce mec ?

L'inspecteur Thorne ne parut pas plus impressionné que ça. Sans un mot, il allongea le bras et, d'une main résolument trop élégante pour sa profession, déplaça légèrement deux des images sur la table. Sans savoir pourquoi, Gabrielle imagina subitement ces longs doigts habiles frôlant sa peau nue, plongeant dans sa chevelure, soutenant sa nuque… guidant sa tête jusqu'au creux de son bras musclé, tandis qu'elle se noierait dans ce regard gris pâle.

— Bon, dit-elle, se ramenant brutalement à la réalité. J'imagine que vous préféreriez jeter un coup d'œil sur les photos que j'ai prises à la sortie du club samedi soir.

Sans lui laisser le temps de répondre, elle partit dans la cuisine chercher son téléphone portable sur le plan de travail. Elle l'ouvrit d'une main, afficha une photo, et tendit l'appareil à l'inspecteur Thorne.

— C'est la première que j'ai prise. Elle est un peu floue car mes mains tremblaient. Et la lumière du flash a délavé la plupart des détails. Mais, si vous regardez bien, vous verrez six silhouettes sombres recroquevillées près du sol. Ce sont eux… les tueurs. Leur victime est cette masse qu'ils se disputent. Ils étaient en train de… de le mordre. Comme des bêtes.

Thorne ne quittait pas l'image des yeux : son expression demeurait sombre, immuable. D'un clic, Gabrielle passa à la photo suivante.

— Ils ont eu peur du flash. Je ne sais pas… Je crois que ça les a aveuglés. Quand j'ai pris les quelques clichés suivants, certains se sont arrêtés pour me regarder. Je ne distingue pas bien leurs traits, mais voici le visage de l'un d'entre eux. Ces étranges fentes lumineuses, c'est le reflet de leurs yeux. (Elle frémit au souvenir de la lueur jaune, maléfique et inhumaine.) Il regardait droit vers moi.

Nouveau silence de la part de l'inspecteur. Il prit le téléphone des doigts de Gabrielle et fit défiler le reste des photos.

— Qu'en pensez-vous ? demanda-t-elle, espérant une confirmation. Vous le voyez aussi, n'est-ce pas ?

— Je vois… quelque chose, oui.

— Dieu merci. Vos collègues au commissariat ont essayé de me persuader que j'étais une pauvre folle, ou une droguée en pleine hallucination. Même mes amis ne m'ont pas crue quand je leur ai expliqué ce que j'avais vu.

— Vos amis, répéta-t-il avec mesure. Vous voulez dire, quelqu'un d'autre que l'homme qui vous accompagnait au commissariat : votre fiancé ?

— Mon fiancé ? (Elle ne put retenir un rire.) Jamie n'est pas mon fiancé.

Thorne leva les yeux de l'écran du téléphone pour croiser le regard de Gabrielle.

— Il a passé les deux dernières nuits ici, seul avec vous dans cet appartement.

Comment était-il au courant de ça ? Gabrielle fut saisie d'indignation à l'idée que quiconque ait pu l'espionner, y compris la police, surtout que cela était sans doute plus par suspicion que dans l'intention de la protéger. Mais, alors qu'elle se tenait dans son salon au côté de l'inspecteur Lucan Thorne, une partie de cette colère la quitta pour faire place à un sentiment de calme acceptation, de coopération subtile et langoureuse. *Étrange,* pensa-t-elle, sans toutefois se trouver trop déconcertée par ce constat.

— Jamie a simplement dormi ici une nuit ou deux parce qu'il se faisait du souci pour moi après les événements du week-end. C'est juste mon ami.

Bien.

Les lèvres de Thorne n'avaient pas remué, pourtant Gabrielle était certaine d'avoir entendu sa réponse. Sa voix muette et sa satisfaction à constater qu'elle n'avait pas de compagnon semblaient faire écho à un sentiment profond en elle. Sans doute prenait-elle ses rêves pour une réalité. Cela faisait longtemps qu'elle n'avait pas eu un semblant de petit ami, et la seule proximité physique de Lucan Thorne produisait d'étranges effets sur son esprit. Ou, plutôt, sur son corps.

Comme il la dévisageait, Gabrielle sentit une agréable chaleur se loger dans son ventre. Elle semblait émaner de son regard, direct et intime. Une image se forma soudain dans son esprit : elle et lui dans sa chambre à coucher, nus et enlacés sous le clair de lune. Immédiatement, un torrent fiévreux l'envahit. Elle crut sentir la solide musculature de l'homme sous ses doigts, son corps ferme au-dessus d'elle… son sexe durci qui l'explorait, la comblait, explosait profondément en elle.

Effectivement, songea-t-elle, follement embarrassée. Jamie disait vrai. Elle était célibataire depuis bien trop longtemps.

Thorne battit lentement des paupières et ses épais cils noirs recouvrirent les yeux d'argent ombrageux. Gabrielle sentit un peu de sa tension se dissiper comme sous l'effet d'une brise fraîche caressant une peau rougie. Son cœur battait toujours la chamade et la pièce restait étrangement chaude.

Il tourna la tête et le regard de Gabrielle fut attiré vers sa nuque, où elle crut distinguer un tatouage – du moins supposait-elle qu'il s'agissait d'un tatouage. Des volutes complexes et des symboles géométriques à l'encre à peine plus sombre que sa peau dépassaient de sa chemise pour disparaître sous son épaisse chevelure brune. Elle se demandait à quoi ressemblait le reste, et si le magnifique motif avait une signification quelconque.

Elle éprouva une envie quasi irrésistible de suivre ces marques intrigantes du bout du doigt. Ou de la langue.

— Dites-moi ce que vous avez raconté à vos amis à propos de cette agression.

Elle déglutit, la gorge sèche, secouant la tête pour se recentrer sur la conversation.

— Oui. Entendu.

Bon sang, qu'est-ce qui clochait chez elle ? Gabrielle tâcha d'oublier l'emballement singulier de son pouls, et se concentra sur les événements de l'autre nuit. Elle en refit le récit à l'inspecteur tel qu'elle l'avait livré aux autres agents et, par la suite, à ses amis. Elle relata chaque détail épouvantable, et Thorne l'écouta attentivement, sans l'interrompre. Sous son regard calme et compréhensif, Gabrielle vit ses souvenirs du meurtre se préciser, comme si l'objectif de sa mémoire venait d'être réglé et grossissait les détails.

Lorsqu'elle eut fini, elle s'aperçut que Thorne faisait de nouveau défiler les photos de son téléphone. Son rictus amer se fit franchement sinistre.

— Selon vous, que montrent au juste ces images, mademoiselle Maxwell ?

Elle leva la tête et croisa son regard : ces yeux avisés et perspicaces, qui semblaient lire son âme. À cet instant, un mot traversa la pensée de Gabrielle : incroyable, ridicule et terriblement net.

Vampire.

— Je ne sais pas, bredouilla-t-elle pour chasser ce terme qui résonnait sous son crâne. Je veux dire, je ne sais pas trop quoi en penser.

Les doutes que pouvait encore avoir l'inspecteur sur sa santé d'esprit seraient balayés si elle lâchait ce mot qui lui glaçait le sang dans les veines. C'était la seule explication à l'horrible tuerie dont elle avait été témoin cette nuit-là.

Des vampires ?

Nom de Dieu. Elle était vraiment folle.

— Je vais devoir emporter cet appareil, mademoiselle Maxwell.

— Gabrielle, suggéra-t-elle. (Son sourire lui parut maladroit.) Pensez-vous que les experts médicolégaux – enfin, ceux qui s'occupent de ça – seront en mesure d'éclaircir les photos ?

Il lui adressa un léger signe de tête, puis empocha le téléphone.

— Je vous le rapporterai demain soir. Vous serez chez vous ?

— Bien sûr. (Comment se débrouillait-il pour faire sonner une simple question comme un ordre ?) J'apprécie que vous soyez passé, inspecteur Thorne. Ces derniers jours n'ont pas été faciles.

— Lucan, rectifia-t-il, avant de l'étudier un moment. Appelez-moi Lucan.

Son regard irradiait une fougue qui semblait dirigée vers elle, et une compréhension stoïque, comme si cet homme avait assisté à davantage d'atrocités qu'elle pourrait jamais en concevoir. Elle n'aurait su mettre un nom sur l'émotion qui la parcourut à ce moment-là, mais son pouls s'accéléra et la pièce parut subitement vidée de tout son oxygène. Il continuait à la regarder dans l'expectative, comme s'il attendait qu'elle s'exécute et prononce immédiatement son prénom.

— Très bien… Lucan.

— Gabrielle, répliqua-t-il, et l'entendre prononcer son prénom envoya dans les veines de la jeune femme un curieux frémissement.

Quelque chose sur le mur derrière elle attira l'attention de Lucan. Son regard s'était posé à l'endroit où trônait l'une de ses photographies les plus encensées. Il eut une légère moue, un tic sensuel suggérant l'amusement, l'étonnement peut-être. Gabrielle pivota, pour contempler l'image d'un parc urbain gelé et désolé sous une lourde couche de neige hivernale.

—Vous n'aimez pas mon travail, hasarda-t-elle.

Il secoua doucement la tête.

—Je le trouve… intrigant.

Elle fut saisie de curiosité.

—Comment ça ?

—Vous trouvez de la beauté dans les endroits les plus improbables, expliqua-t-il après un long moment, son attention désormais tournée vers elle. Vos photos sont pleines de passion…

—Mais ?

Au grand étonnement de Gabrielle, il leva le bras vers elle, et laissa glisser son doigt le long de sa mâchoire.

—Les gens en sont absents, Gabrielle.

—Bien sûr que…

Elle s'apprêtait à objecter quelque chose, mais, avant que ses paroles puissent passer ses lèvres, elle se rendit compte qu'il disait vrai. Son regard s'arrêta sur chacun des cadres accrochés dans son appartement, sa mémoire visualisant tous ceux figurant dans des galeries, musées et collections privées aux quatre coins de la ville.

Il disait vrai. Toutes les images, quels que soient leurs thèmes, étaient des lieux déserts, vides.

Pas un seul d'entre eux ne comportait le moindre visage, ni même une ombre de vie humaine.

—Oh, mon Dieu, murmura-t-elle, abasourdie par cette révélation.

En l'espace de quelques instants, Lucan Thorne avait défini son travail comme jamais personne auparavant. Même elle n'avait jamais décelé la flagrante vérité dans son art avant que cet homme lui ouvre les yeux de façon inattendue. C'était comme s'il avait percé les secrets de son âme.

—Il faut que j'y aille, maintenant, dit-il tout en se dirigeant vers la porte.

Gabrielle lui emboîta le pas, regrettant de le voir partir. Peut-être repasserait-il plus tard. Elle faillit le lui proposer, mais se contraignit à afficher un semblant de détachement. Alors qu'il franchissait le seuil, Thorne se retourna brusquement. Il s'approcha de Gabrielle, bien trop près étant donné l'exiguïté du vestibule. Son grand corps la dominait mais cela ne la dérangeait pas. Elle retenait son souffle.

—Un problème?

Elle surprit un frémissement presque imperceptible de ses narines.

—Quel parfum portez-vous?

Sa question la troubla. C'était si inattendu, si personnel. Elle sentit ses joues s'empourprer, sans avoir la moindre idée de ce qui justifiait sa gêne.

—Je n'en porte pas. Je ne peux pas, j'y suis allergique.

—Ah oui?

Ses lèvres s'incurvèrent en un sourire dur, comme si sa bouche était soudain devenue trop petite pour ses dents. Il se pencha vers elle et inclina lentement la tête vers son cou. Gabrielle entendit le murmure rauque de sa respiration, sentit la caresse de son souffle contre sa peau, frais puis chaud, tandis qu'il s'emplissait les poumons de son parfum avant de l'exhaler. Sa gorge s'assécha. Elle aurait juré sentir une brève pression de sa bouche contre son pouls, qui prit un rythme erratique en réaction à cette intime proximité. Elle surprit un grognement sourd près de son oreille, quelque chose qui s'apparentait fort à un juron.

Thorne recula aussitôt, évitant le regard surpris de Gabrielle. Il n'offrit pas plus d'excuse que d'explication à son étrange comportement.

— Vous sentez le jasmin, se contenta-t-il de dire.

Puis, sans même la regarder, il franchit le seuil et s'éloigna dans la rue enténébrée.

Il n'aurait pas dû s'enticher de cette femme.

Lucan en avait eu conscience ce soir-là, alors même qu'il se tenait sur le perron de l'appartement de Gabrielle Maxwell et lui présentait un insigne d'inspecteur de police accompagné d'une photo. Ce n'était pas le sien. Ce n'en était même pas un vrai : rien qu'une manœuvre hypnotique visant à convaincre cet esprit humain que Lucan était bien celui qu'il prétendait être.

Une ruse enfantine pour les anciens de son espèce tels que lui, mais qu'il s'abaissait rarement à employer.

Il était pourtant de retour sur les lieux, peu de temps après minuit, à faire une entorse de plus à son code d'honneur pourtant mince en soulevant le loquet de la porte d'entrée, pour le trouver déverrouillé. Il s'y attendait : il l'avait suggéré mentalement à la jeune femme dans la soirée tandis qu'ils bavardaient. Il lui avait également laissé entrevoir ce qu'il désirait lui faire et avait lu dans son doux regard brun sa réaction : surprise, mais favorable.

Il aurait pu la prendre à ce moment-là. Il avait la certitude qu'elle l'aurait Reçu sans hésiter, et avait manqué faillir à l'idée du plaisir intense qu'ils auraient ainsi partagé. Mais le devoir premier de Lucan était envers son espèce, et les guerriers qui s'étaient groupés à ses côtés afin de combattre la menace grandissante des Renégats.

Non seulement Gabrielle avait assisté au meurtre de la discothèque et en avait fait part à la police et à ses amis avant qu'il ait pu l'effacer de sa mémoire, mais elle avait également réussi à en prendre des photos. Elles étaient floues et quasiment indistinctes, mais néanmoins accablantes. Il était impératif de s'emparer de ces images avant qu'elle puisse les montrer à quelqu'un d'autre. Il avait au moins assuré cet objectif. En principe, il aurait dû se trouver au labo avec Gideon, en train d'identifier le Renégat qui avait pris la fuite près de *La Notte*, ou au côté de Dante, Rio, Conlan et les autres, à traquer dans les rues de la ville leurs semblables infectés. Ce qu'il ferait, une fois qu'il aurait réglé un dernier petit détail avec la délicieuse Gabrielle Maxwell.

Lucan se glissa à l'intérieur du vieux bâtiment de brique sur Willow Street, et referma la porte derrière lui. Le parfum alléchant de Gabrielle lui emplit les narines, le menant jusqu'à elle, tout comme il l'avait fait l'autre nuit, aux abords du club, puis au commissariat du centre-ville. Il traversa en silence le rez-de-chaussée de l'appartement, puis monta jusqu'à sa chambre mansardée. Le pâle clair de lune s'invitait dans la pièce par les lucarnes du toit incliné, jouant doucement sur les courbes gracieuses de Gabrielle. Elle dormait nue, comme si elle attendait sa venue, ses longues jambes lovées dans les draps froissés et sa chevelure étalée sur l'oreiller en voluptueuses boucles d'or sombre.

Son parfum suave et sensuel vint envelopper Lucan, et ses dents l'élancèrent.

Le jasmin, songea-t-il, retroussant les lèvres en un sourire malicieusement appréciateur. Fleur exotique qui n'ouvre ses pétales odorants qu'à la sollicitation de la nuit.

Ouvre-toi pour moi, Gabrielle.

Mais il avait décidé de ne pas la séduire. Pas de cette façon. Cette nuit, il ne souhaitait qu'un échantillon, juste assez pour satisfaire sa curiosité. C'était tout ce qu'il se permettrait. Et, une fois qu'il serait parti, Gabrielle n'aurait plus aucun souvenir de leur rencontre, ni de l'horreur dont elle avait été témoin dans la ruelle quelques nuits plus tôt.

Son désir à lui devrait attendre.

Lucan s'approcha et vint s'asseoir près d'elle sur le matelas. Il caressa la soyeuse chevelure cuivrée, laissa courir ses doigts le long de son bras fin.

Elle bougea et gémit à voix basse, éveillée par le léger contact.

— Lucan, murmura-t-elle d'une voix endormie, pas tout à fait réveillée mais néanmoins consciente, à un certain degré, qu'il l'avait rejointe dans la chambre.

— Ce n'est qu'un rêve, chuchota-t-il, stupéfait d'entendre son prénom sur ses lèvres alors qu'il n'avait usé d'aucune ruse vampirique pour l'y placer.

Elle poussa un profond soupir et se lova contre lui.

— Je savais que tu reviendrais.

— Ah oui ?

— Hmm.

Le miaulement était monté de sa gorge, rauque, érotique. Ses yeux restaient clos, et son esprit était pris dans la toile de son rêve.

— J'avais envie que tu reviennes.

Lucan sourit à ces mots, effleurant de ses doigts son front lisse.

— Je ne t'effraie pas, ma beauté ?

Elle secoua légèrement la tête, blottissant sa joue dans la paume de sa main. Ses lèvres entrouvertes découvraient ses petites dents blanches qui brillaient à la faible lumière des lucarnes. Son cou était gracieux, altière colonne d'albâtre sur l'ossature fragile de ses épaules. Comme il serait souple contre sa langue, comme son goût serait doux.

Et ses seins… Lucan ne put résister au joli téton sombre que dévoilait le drap négligemment tiré sur sa poitrine. Il le saisit entre ses doigts, le pinça doucement en réprimant un grognement de désir comme la pointe plissait et durcissait à son toucher.

Lui aussi se sentit durcir. Il se lécha les lèvres, affamé, impatient de la posséder.

Gabrielle remua langoureusement sous les draps emmêlés. Lucan écarta lentement le dessus-de-lit de coton, la dévoilant entièrement à son regard. Elle était magnifique, comme il l'avait imaginée : menue mais vigoureuse, son corps ondoyant de jeunesse, souple et beau. Des muscles fermes dessinaient ses membres élégants, et ses mains d'artiste graciles et expressives se serrèrent machinalement comme Lucan laissait ses doigts courir le long de son sternum et descendre vers le creux de son ventre. Sa peau y était chaude et veloutée, irrésistiblement tentante.

Lucan se plaça au-dessus d'elle et glissa les mains sous ses hanches. Il la souleva doucement du matelas, l'amena vers lui. Il embrassa la courbe délicate de sa hanche, puis promena sa langue dans le vallon de son nombril. Elle haleta comme il sondait la légère dépression, et le parfum de son désir enveloppa ses sens.

— Jasmine, souffla-t-il d'une voix rauque sur sa peau échauffée, ses dents l'effleurant légèrement tandis que son baiser s'aventurait plus bas.

Le gémissement de plaisir de Gabrielle au moment où sa bouche prit possession d'elle envoya en Lucan une violente décharge de désir. Il était terriblement excité ; son membre palpitait sous la mince barrière de ses habits. Il promena ses lèvres sur la peau satinée et humide, et plongea une langue inquisitrice dans les replis brûlants. Il lapa sa liqueur comme un nectar sucré et bientôt elle se contracta de tout son corps tandis que le plaisir déferlait sur elle. Mais il continua à la lécher malgré tout, la menant à un nouvel orgasme, puis un autre encore.

Elle s'était totalement abandonnée entre ses bras, tremblante et relâchée. Il tremblait lui aussi tandis qu'il la reposait délicatement sur le lit. Jamais il n'avait désiré une femme à ce point. Mais cet instinct protecteur qu'il avait envers elle le troublait, et il se rendit compte qu'il voulait plus que ça. Gabrielle, qui reprenait doucement son souffle après son ultime orgasme, roula sur le côté avec l'innocence d'un chaton.

Lucan l'observait, animé d'une fièvre muette et étourdi par la force de son désir. Sa bouche se crispa d'une douleur sourde comme ses crocs surgissaient de ses gencives. Il avait la langue sèche. La faim lui nouait les entrailles. Sa vision s'aiguisa comme la soif de sang et d'apaisement lançait ses appels enjôleurs, et ses pupilles s'étrécirent comme celles d'un chat dans ses yeux clairs.

Prends-la, l'exhorta la part inhumaine et surnaturelle en lui.

Elle est tienne. Prends-la.

Rien qu'un échantillon – c'est ce qu'il s'était promis. Il ne lui ferait pas de mal, mais augmenterait seulement son plaisir tout en s'en accordant un peu. L'aube venue, elle n'en garderait même aucun souvenir. Elle serait son Amphitryonne de sang et lui offrirait une gorgée revitalisante, puis s'éveillerait engourdie et rassasiée, mais loin d'en imaginer la raison.

Il n'en tirerait qu'un faible réconfort, mais, tandis que son corps se tendait du besoin de se nourrir, il songea que la moindre goutte serait un délice.

Lucan se pencha au-dessus de la forme alanguie et balaya tendrement la profusion de boucles rousses dissimulant le cou de Gabrielle. Son cœur battait la chamade dans sa poitrine ; il lui tardait d'étancher sa soif brûlante. Juste un échantillon pour le plaisir, pas plus. Il s'avança, la bouche ouverte, les sens submergés par l'enivrant parfum de la jeune femme. Il posa les lèvres contre son cou, et sentit le pouls délicat battre contre sa langue. Il promena ses crocs, qui palpitaient à présent autant qu'une autre partie de son anatomie, sur la douceur veloutée de sa gorge.

À l'instant où ses dents acérées allaient pénétrer la peau fragile, sa vue perçante distingua une petite tache de naissance juste derrière l'oreille de Gabrielle.

Lucan recula d'effroi devant la marque minuscule, presque indétectable : une larme tombant dans un croissant de lune renversé. Ce symbole, si rare chez les humaines, ne pouvait signifier qu'une seule chose…

Compagne de sang.

Il s'écarta du lit comme touché par le feu, et cracha dans le noir un juron furieux. La faim continuait de le tenailler alors même qu'il mesurait les conséquences que son geste aurait entraînées pour eux deux.

Gabrielle Maxwell était une Compagne de sang, une humaine pourvue d'un sang particulier et de propriétés génétiques complémentaires à celles de son espèce. Elle et le petit nombre de ses semblables étaient considérées comme des reines parmi les autres femelles humaines. Pour la race de Lucan, composée exclusivement de mâles, cette femme était chérie telle une déesse, donneuse de vie destinée à s'unir par le sang et à porter la progéniture d'une nouvelle génération de vampires.

Et, dans son désir imprudent de la goûter, Lucan avait failli la faire sienne.

Chapitre 4

Gabrielle pouvait compter sur les doigts d'une main le nombre de rêves érotiques qu'elle avait eus dans sa vie, mais jamais aucun n'avait eu l'intensité – sans rien dire du réalisme – du fantasme orgiaque de la nuit passée, qu'elle devait à l'aimable collaboration d'un Lucan Thorne virtuel. Elle avait senti son souffle dans la brise nocturne qui avait pénétré par la fenêtre ouverte de sa chambre mansardée ; elle avait vu dans les ténèbres de la nuit sa chevelure d'obsidienne, et dans la claire lueur de la lune ses yeux d'un gris argenté. Elle avait cru sentir ses mains se glisser sous elle pour la soulever et l'attirer à lui.

Sa bouche avait incendié chaque centimètre de sa peau, la léchant comme une flamme invisible. « Jasmine. » C'est ainsi qu'il l'avait appelée dans son rêve, et le doux bruissement de ce mot avait trouvé un écho dans les frémissements soyeux de son entrejambe. Elle avait gémi de plaisir, affolée par l'agilité de sa langue, abandonnée à une douce torture qu'elle espérait sans fin. Elle avait pourtant cessé. Trop tôt. Gabrielle s'était réveillée dans son lit, seule dans le noir, murmurant d'une voix pantelante le nom de Lucan, épuisée et alanguie, mais dévorée par un désir insatiable.

Sa peau restait brûlante à ce souvenir, et cela l'ennuyait davantage encore que le fait que l'énigmatique inspecteur Thorne lui ait posé un lapin.

Même si son offre de passer chez elle ce soir-là n'avait rien d'un rendez-vous, elle s'était fait une joie de le revoir. Elle était curieuse d'en savoir plus à son sujet, lui qui semblait si doué pour décrypter son âme d'un simple regard. Outre quelques éclairages supplémentaires sur les événements du week-end, Gabrielle avait espéré bavarder un peu avec Lucan, peut-être prendre un verre de vin ou dîner. Le fait qu'elle se soit rasé les jambes avec soin et ait passé de la lingerie noire sexy sous son chemisier en soie et son jean était purement fortuit.

Gabrielle avait attendu jusqu'à 21 heures passées, avant de capituler et d'appeler Jamie pour lui proposer d'aller dîner au *Ciao Bella*.

Attablé face à Gabrielle dans une alcôve près de la fenêtre, Jamie reposa son verre de pinot noir et jeta un regard de convoitise sur les fruits de mer qu'elle n'avait quasiment pas touchés.

— Voilà dix minutes que tu promènes cette pauvre coquille Saint-Jacques dans ton assiette, ma puce. Tu n'aimes pas ?

— Si, c'est très bon. La cuisine de ce bistrot est toujours excellente.

— Alors, c'est la compagnie qui n'est pas à ton goût ?

Elle leva les yeux vers lui et secoua la tête.

— Arrête, Jamie. Tu es mon meilleur ami, et tu le sais.

— Mouais, dit-il en souriant. Mais je n'arrive pas à la cheville de ton rêve érotique.

Gabrielle sentit son visage s'échauffer lorsqu'un des clients à une table voisine tourna la tête dans leur direction.

— T'es con des fois, tu sais, chuchota-t-elle à son ami. Je n'aurais pas dû t'en parler.

— Oh, ma chérie. Ne sois pas gênée. Si je touchais un dollar chaque fois que je me réveille lessivé en hurlant le prénom d'un mec sexy…

— Je ne hurlais pas son prénom. (Non, elle le susurrait, dans son lit d'abord, puis sous la douche, alors que le souvenir de Lucan Thorne persistait.) J'aurais *juré* qu'il était là, Jamie. Là, dans mon lit… Que j'aurais pu le toucher.

— Toujours les mêmes qui ont de la chance, soupira Jamie. La prochaine fois que tu vois ton amant onirique, sois gentille et envoie-le chez moi quand tu auras fini.

Gabrielle sourit : elle savait que son ami ne manquait de rien côté cœur. Il vivait depuis quatre ans un bonheur monogame avec David, un antiquaire actuellement en déplacement pour affaires.

— Tu veux savoir le plus étrange, Jamie ? Quand je me suis levée ce matin, ma porte d'entrée n'était pas fermée à clé.

— Et alors ?

— Alors tu me connais, je la verrouille toujours pour la nuit.

Les sourcils soigneusement épilés de Jamie s'arquèrent d'un air soupçonneux.

— Où veux-tu en venir ? Tu crois que ce mec s'est introduit chez toi durant ton sommeil ?

— Ça paraît dingue, je sais. Un inspecteur de police entrant chez moi au beau milieu de la nuit pour me séduire. Je dois perdre la tête.

Elle avait dit ça sur le ton de la plaisanterie, mais ce n'était pas la première fois qu'elle s'interrogeait sur sa santé mentale. Loin de là. Elle tripota d'un air absent la manche de son chemisier, sous le regard de Jamie. Elle devinait qu'il s'inquiétait sans rien oser dire, ce qui ne faisait qu'accroître son malaise lié à la possible précarité de son équilibre.

— Écoute, ma belle. Tu as subi beaucoup de stress depuis ce week-end. C'est toujours déstabilisant. Tu étais bouleversée et déboussolée, et tu as dû oublier de fermer ta porte, c'est tout.

— Et mon rêve ?

— Un rêve, rien de plus. Juste ton esprit tracassé qui essaie de te dire de décompresser, de te détendre.

Gabrielle acquiesça machinalement.

— Oui. Tu as sans doute raison.

Elle aurait bien aimé croire que l'explication était aussi sensée que son ami le laissait entendre. Mais une partie d'elle rejetait viscéralement la possibilité qu'elle ait laissé la porte ouverte par inadvertance. C'était quelque chose qu'elle ne pourrait tout simplement jamais oublier, quel que soit son degré de stress ou de confusion.

— Hé. (Jamie tendit le bras pour lui saisir la main.) Ça va aller, Gab. Et tu sais que tu peux m'appeler quand tu veux, n'est-ce pas ? Je suis là pour toi, quoi qu'il arrive.

— Merci.

Lâchant sa main, il leva sa fourchette pour désigner ses fruits de mer.

— Et sinon, tu comptes finir ton plat ou je peux le récupérer ?

Gabrielle échangea son assiette presque intacte contre celle de Jamie.

— Tiens, régale-toi.

Tandis que son ami attaquait le plat refroidi, Gabrielle posa son menton dans sa paume et but une longue gorgée de vin. Ce faisant, elle passa négligemment les doigts sur les légères marques qu'elle avait repérées sur son cou ce matin-là, après la douche. La porte restée ouverte n'était pas sa découverte la plus étrange : les deux zébrures sous son oreille remportaient sans conteste ce titre.

La double égratignure était trop superficielle pour entamer la peau, mais elle était néanmoins visible : deux marques parallèles là où son pouls battait le plus fort contre ses doigts. Elle avait d'abord cru s'être éraflée pendant son sommeil : peut-être s'était-elle griffée, emportée par son drôle de rêve.

Mais les traces ne ressemblaient pas à des griffures. Elles ressemblaient à… autre chose.

Comme si quelqu'un, ou quelque chose, avait essayé de mordre dans sa carotide.

Complètement dingue…

C'était de la folie pure. Il fallait qu'elle cesse de raisonner de la sorte : elle se faisait plus de mal qu'autre chose. Elle devait se reprendre et débarrasser son crâne de tous ces délires paranoïaques autour de visiteurs nocturnes et de monstres de films d'horreur qui ne pouvaient en aucun cas exister dans la vraie vie. Si elle ne prenait pas garde, elle risquait de terminer comme sa mère biologique…

— Oh, mon Dieu, s'écria soudain Jamie, faisant irruption dans ses pensées, quel imbécile je fais : je mériterais que tu me gifles ! J'oublie sans cesse de t'en parler : quelqu'un a appelé la galerie hier au sujet de tes photos. Un gros bonnet du centre-ville est intéressé par une expo privée.

— Sérieux ? Qui est-ce ?

Il haussa les épaules.

— Aucune idée, ma puce. Je n'ai pas parlé à l'acheteur potentiel en personne, mais, à en juger par l'accent snob de son assistant, je dirais que ton admirateur – ou admiratrice – doit rouler sur l'or. J'ai rendez-vous demain soir dans un bureau avec terrasse au dernier étage d'un immeuble du Financial District. Pas mal, non ?

— Incroyable, hoqueta-t-elle, incrédule.

— N'est-ce pas ? *Molto fantastico*, ma grande. Bientôt, tu seras trop célèbre pour un petit marchand d'art comme moi, plaisanta-t-il avec un large sourire, tout excité pour elle.

Difficile de ne pas être intriguée, particulièrement après tout ce qu'elle avait traversé ces derniers jours. Gabrielle s'était certes acquis un public non négligeable, et attiré de très chaleureuses critiques, mais une exposition privée pour un acheteur anonyme constituait une première.

— Quelles pièces t'ont-ils demandé d'apporter ?

Jamie leva son verre de vin en simulant un toast.

— Toutes, chère madame. La moindre pièce de votre collection.

Sur le toit d'un vieil immeuble en brique du quartier animé des théâtres, le clair de lune vint illuminer le rictus meurtrier d'un vampire tout de noir vêtu. Accroupi au bord de la corniche, le guerrier de la Lignée tourna sa tête brune et leva la main, lançant un signal discret.

Une proie humaine, et quatre Renégats qui foncent droit sur elle.

Lucan adressa un signe de tête à Dante avant de descendre de l'escalier de secours au quatrième étage d'où il montait la garde depuis une demi-heure. D'un mouvement fluide, il sauta dans la rue en contrebas où il atterrit sans bruit, tel un chat. Deux épées de combat entrecroisées dépassaient de son dos, comme les extrémités osseuses d'ailes démoniaques. Lucan tira les deux armes au tranchant de titane avec un léger sifflement de métal, et se glissa dans la pénombre de la petite rue étroite, prêt à bondir.

Il était presque 23 heures, bien après l'heure à laquelle il aurait dû passer chez Gabrielle Maxwell afin de lui restituer son téléphone, comme il le lui avait promis. L'appareil était resté au labo entre les mains de Gideon, qui en extrayait les photos pour les comparer à la base de données d'identification internationale de la Lignée, la BD2I.

De toute manière, Lucan n'avait aucune intention de rendre le portable à Gabrielle, en personne ou de quelque autre façon que ce soit. Les images de l'agression perpétrée par les Renégats ne devaient pas tomber entre des mains humaines, et, après l'impair qu'il venait d'éviter dans la chambre de la jeune femme, plus il se tiendrait éloigné d'elle, mieux il se porterait.

Une Compagne de sang, bordel.

Il aurait dû s'en douter. Rétrospectivement, certains détails auraient dû lui mettre la puce à l'oreille sur-le-champ : sa capacité à percer le voile hypnotique que les vampires faisaient planer l'autre nuit sur la discothèque, par exemple. Gabrielle avait été la seule humaine capable de voir les Renégats – quand ils étanchaient leur Soif sanguinaire dans la ruelle, puis sur les images floues de son téléphone. Par la suite, à son appartement, elle s'était montrée réfractaire à ses tentatives de suggestion mentale : il la soupçonnait d'avoir succombé uniquement au désir inconscient du plaisir qu'il lui proposait.

Nul n'ignorait que les femelles humaines pourvues de la constitution génétique propre aux Compagnes de sang étaient dotées d'une intelligence affûtée et d'une santé sans faille. Beaucoup possédaient des dons extrasensoriels inouïs ou des pouvoirs paranormaux qui s'amplifiaient une fois qu'elles s'étaient unies à un vampire.

Gabrielle Maxwell, pour sa part, semblait dotée d'une vision particulière, lui permettant de voir ce qui restait invisible aux yeux des autres humains, mais dont nul ne connaissait l'étendue. Lucan était résolu à la découvrir. Son instinct de guerrier lui commandait d'aller sans tarder au fond de cette affaire.

Mais se rapprocher d'elle était absolument proscrit.

Alors pourquoi ne pouvait-il se défaire du souvenir de son parfum suave, de sa peau douce… de sa chaude sensualité ? Il détestait l'idée que cette femme ait fait ressortir une telle faiblesse en lui, et le fait que son corps soit douloureusement rongé par le besoin de se nourrir n'arrangeait en rien son humeur actuelle.

Heureusement, une distraction survint sous la forme d'un bruit de bottes sur le pavé : des Renégats arrivaient dans sa direction.

L'individu qui venait d'entrer dans la ruelle, les précédant de quelques pas, était un humain mâle. Jeune et vigoureux, il portait un pantalon en pied-de-poule noir et blanc et une vareuse blanche tachée ; il traînait un relent de graisse de cuisine et de sueur angoissée. Le cuisinier jeta un coup d'œil par-dessus son épaule aux quatre vampires qui gagnaient du terrain et étouffa un juron nerveux. L'homme tourna vivement la tête et pressa le pas, les poings serrés à ses côtés et les yeux rivés sur le ruban d'asphalte enténébré qui s'étirait à ses pieds.

— Inutile de courir, petit gars, railla l'un des Renégats d'une voix grinçante.

Un autre s'élança devant ses trois compagnons en poussant un cri moqueur.

— Ouais, tu peux arrêter de courir. De toute façon, t'iras pas bien loin.

Le rire des Renégats résonna dans l'étroite ruelle.

— Merde, murmura le cuisinier.

Sans plus se retourner, il fonça droit devant lui à grandes enjambées. Deux secondes plus tard, il détalait dans un sprint effréné mais vain.

Au moment où l'humain terrifié approchait, Lucan sortit lentement des ténèbres et se campa fermement sur ses jambes. Les bras écartés, il barrait la rue de son corps et de ses deux épées. Les crocs étirés par l'attente du combat à venir, il décocha un sourire glacial aux Renégats.

— Bonsoir, mesdames.

— Oh, bon sang, lâcha l'humain, le souffle coupé. (Il s'arrêta brusquement pour lever vers Lucan un regard horrifié, et un de ses genoux se déroba.) Oh, merde !

— Debout. (Lucan adressa une ombre de regard au jeune homme qui s'échinait à se relever.) Tire-toi d'ici.

Frappant ses épées jumelles l'une contre l'autre, il fit résonner la rue sombre du crissement strident des lames d'acier meurtrier et inflexible. Dante atterrit lestement derrière les quatre Renégats, avant de se redresser de toute sa hauteur. Il ne portait pas d'épée, mais un ceinturon de cuir garni d'une collection d'armes blanches létales, dont une paire de dagues incurvées tranchantes comme un rasoir, prolongements infernaux de ses mains à la rapidité éblouissante. Il les nommait « malebranches », en référence aux démons habitant l'un des neufs cercles de l'enfer dans *La Divine Comédie*, et il s'agissait bel et bien de griffes maudites. En un clin d'œil, Dante, guerrier coriace toujours prêt pour un round de combat très rapproché, avait ses armes au poing.

— Oh, mon Dieu, s'époumona l'humain d'une voix craintive comme il prenait la mesure du danger qui le cernait. (Levant son regard ébahi vers Lucan, il tira d'une main tremblante un portefeuille élimé de sa poche arrière et le jeta au sol.) Prends-le, mec ! Je te le donne. Mais me tue pas, je t'en supplie !

Lucan gardait un œil sur les quatre Renégats qui prenaient leurs positions, portant la main à leurs propres armes.

— Fiche-le camp d'ici. Tout de suite.

— Il est à nous, siffla l'un des Renégats.

Deux yeux jaunes emplis de haine se rivèrent sur Lucan, leurs pupilles définitivement réduites à deux raies verticales et avides. Les longs crocs dégoulinaient de salive, manifestation supplémentaire de l'état d'addiction avancé du vampire à la Soif sanguinaire.

Tout comme un humain pouvait développer une dépendance à un puissant narcotique, la Soif sanguinaire se révélait destructrice pour les vampires de la Lignée. Le seuil au-delà duquel l'assouvissement naturel de la faim basculait vers une dangereuse overdose de sang était aisément franchi. Certains vampires plongeaient dans cet abîme de leur plein gré, tandis que d'autres succombaient à la maladie par inexpérience, ou manque de retenue. Lorsqu'un vampire était trop gravement atteint, et depuis trop longtemps, il devenait un Renégat, pareil à ces bêtes féroces qui grognaient devant Lucan.

Impatient de les démolir, Lucan entrechoqua ses longues épées, reniflant l'étincelle de chaleur émise par les lames d'acier.

L'humain restait figé, abêti par la peur, la tête oscillant entre les Renégats, qui avançaient vers lui, et Lucan qui ne cillait pas. L'homme paierait sans doute cher ce moment d'hésitation, mais Lucan écarta cette considération avec une froide indifférence. Il n'avait rien à faire de l'humain. Seul lui importait d'éradiquer ces sangsues infectées et le reste des leurs.

L'un des Renégats essuya sa bouche baveuse d'un revers de main sale.

— Dégage, ducon. Laisse-nous grailler.

— Pas ce soir, rugit Lucan, pas dans ma ville.

— Ta ville ? (Les autres ricanèrent comme le Renégat à leur tête crachait aux pieds de Lucan.) Cette ville nous appartient. Encore un peu et elle sera entièrement à nous.

— Tout juste, ajouta l'un des quatre. Alors on dirait qu'en fin de compte, c'est toi l'intrus, ici.

L'humain avait fini par rassembler ses esprits et s'était décidé à prendre la fuite. Il n'alla pas loin. D'un geste incroyablement vif, l'un des Renégats le saisit brutalement à la gorge. Il le tint à bout de bras, et ses baskets montantes noires s'agitèrent à quinze centimètres du sol. L'humain se débattait furieusement avec des cris de panique étouffés tandis que le Renégat continuait à serrer, l'étranglant lentement à main nue. Lucan contemplait la scène, impassible. Le vampire lâcha alors sa proie convulsée et planta ses dents dans le cou de l'homme.

Du coin de l'œil, Lucan aperçut Dante qui s'approchait sans bruit derrière les Renégats. Crocs dénudés, le guerrier se passa la langue sur les lèvres, impatient de passer à l'action. Il ne serait pas déçu. Lucan frappa le premier, et l'instant d'après la rue retentit d'un fracas de métal et de bruits d'os brisés.

Alors que Dante combattait tel un démon rugissant tout droit surgi des Enfers, ses malebranches lançant des éclairs dans la nuit, Lucan conservait une froide maîtrise et une précision mortelle. Un à un, les Renégats tombèrent sous les coups punitifs des guerriers. Le baiser empoisonné de l'acier mêlé de titane passait dans le sang altéré des Renégats, accélérait leur mort et précipitait la décomposition caractéristique de leur déchéance.

Tandis que les cadavres de chair et d'os de leurs ennemis se réduisaient à un amoncellement de cendre fine, Lucan et Dante inspectèrent l'autre victime.

L'humain ne bougeait pas, et le sang s'écoulait abondamment de l'entaille à sa gorge.

Dante s'agenouilla près de l'homme et renifla la forme sauvagement agressée.

— Il est perdu, ou il le sera dans une minute.

L'odeur de sang frais atteignit les narines de Lucan comme un violent coup de poing au ventre. Ses crocs déjà étirés par la rage l'élançaient à présent sous le coup de la faim. Il posa sur l'humain agonisant un regard dégoûté. Prélever du sang avait beau lui être indispensable, Lucan méprisait l'idée d'accepter les restes des Renégats, sous quelque forme que ce soit. Il préférait tirer sa pitance d'Amphitryons complaisants, qu'il choisissait autant que possible. Mais ces maigres repas ne faisaient que tromper sa faim plus grande.

Tôt ou tard, un vampire devait tuer.

Lucan ne cherchait pas à renier sa nature, mais, chaque fois qu'il tuait, il le faisait par choix et selon ses propres règles. Lorsqu'il était en quête d'une proie, il prenait principalement des criminels, des dealers ou des ordures du même genre. Il faisait preuve de discernement et d'efficacité et ne tuait jamais pour le plaisir. Tous ses frères de la Lignée obéissaient au même code d'honneur : c'est ce qui les différenciait des Renégats sans foi ni loi.

Un nouvel effluve de sang l'atteignit, et son estomac gronda. Sa bouche asséchée s'emplit de salive.

Quand s'était-il nourri pour la dernière fois ?

Il ne s'en souvenait plus. Cela faisait un moment, plusieurs jours au moins, et il n'avait pas bu assez. Il avait pensé refréner un peu sa faim – à la fois charnelle et métabolique – la nuit précédente avec Gabrielle Maxwell, mais cette brillante idée s'était révélée catastrophique. Pour l'heure, il tremblait du besoin de se nourrir : à ce stade, il ne considérait plus rien d'autre que ses besoins physiologiques primaires.

— Lucan.

Dante appuya les doigts contre le cou de l'homme, cherchant un pouls. Le vampire avait les crocs sortis et pointus, excité par la bataille et par l'odeur émanant du liquide vital cramoisi.

— Si on attend plus longtemps, le sang aussi sera perdu.

Il leur deviendrait dès lors inutile, car seul le sang frais et vivant pouvait étancher la soif des vampires. Dante patientait, mais il était par trop visible qu'il ne désirait rien de plus que baisser la tête et se rassasier à la veine de cet humain qui avait été trop stupide pour fuir lorsqu'il en avait l'occasion.

Mais Dante attendrait, quitte à gâcher leur proie, car un protocole tacite voulait qu'un vampire de dernière génération ne se nourrisse pas en présence d'un aîné, en particulier lorsque ce dernier appartenait à la première génération (Gen-1), et était affamé par-dessus le marché.

Contrairement à Dante, Lucan avait pour géniteur un Ancien, l'un des huit guerriers extraterrestres venus des milliers d'années auparavant d'une sombre et lointaine planète s'écraser sur une Terre implacable et inhospitalière. Pour survivre, ils s'étaient nourris du sang des humains, leur soif et leur sauvagerie décimant des populations entières. En de rares occasions, ces conquérants étrangers avaient réussi à s'accoupler à des femelles humaines – les premières Compagnes de sang –, qui avaient donné naissance à une nouvelle génération de vampires.

Tous ces féroces ancêtres venus d'un autre monde avaient à présent disparu, mais leur lignée s'était perpétuée, à travers Lucan et une poignée d'autres. Ceux-ci représentaient une sorte d'aristocratie dans la société des vampires – respectée, et largement redoutée. La vaste majorité des vampires de la Lignée étaient plus jeunes, issus des innombrables générations qui s'étaient succédé.

La faim était toujours plus forte chez les Gen-1, tout comme la propension à céder à la Soif sanguinaire et à devenir un Renégat. La Lignée avait appris à vivre avec ce risque, et la plupart d'entre eux le géraient en ne prélevant du sang que lorsque cela était nécessaire, et en petites quantités. Ils n'avaient pas d'autre choix : une fois égarés dans la Soif sanguinaire, il leur était impossible de faire machine arrière.

Le regard aiguisé de Lucan tomba sur l'humain grelottant et suffoquant sur le pavé. Le grondement bestial qu'il entendit alors montait de sa propre gorge desséchée. Comme Lucan avançait vers le fumet du sang frais revitalisant, Dante inclina la tête d'un geste discret et respectueux, et recula pour laisser son aîné se restaurer.

Chapitre 5

Il ne s'était même pas donné la peine de téléphoner et de lui laisser un message, la veille.

Le coup classique.

Il avait sans doute rancard avec sa télécommande et sa chaîne sportive. Ou peut-être qu'en sortant de chez elle, l'autre soir, il avait reçu une proposition plus intéressante que de se trimballer jusqu'à Beacon Hill pour lui rapporter son foutu téléphone. Peut-être même qu'il était marié, ou en couple. Mais pour le savoir il aurait fallu qu'elle le lui demande, et qu'il lui dise la vérité. Lucan Thorne n'était sans doute pas différent des autres mecs.

Sauf que, justement, il était… *différent*.

Elle n'avait jamais rencontré personne qui lui fasse le même effet : celui d'un homme très réservé, presque fuyant, à coup sûr redoutable. Elle ne l'imaginait pas davantage affalé dans un fauteuil devant sa télévision qu'engagé dans une relation sérieuse, et encore moins avec une femme et des enfants. Ce qui la ramenait à sa première hypothèse : il avait dû recevoir une offre plus attrayante et décider de la laisser en plan. Cette idée l'irritait plus qu'elle n'aurait dû.

— Oublie-le, se reprit-elle à voix basse tandis qu'elle garait sa Mini Cooper noire le long de la paisible route de campagne et coupait le contact.

La sacoche de son appareil photo et son équipement étaient posés près d'elle sur le siège passager. Elle rassembla le tout, récupéra une petite lampe torche dans la boîte à gants, rangea ses clés dans sa poche et sortit de la voiture.

Elle referma doucement la portière et jeta un rapide coup d'œil alentour. Pas un chat en vue : rien de surprenant vu qu'il n'était pas encore 6 heures du matin et que le bâtiment dans lequel elle s'apprêtait à s'introduire illégalement pour le photographier était condamné depuis une vingtaine d'années. Elle avança sur la chaussée déserte, puis piqua à droite pour descendre dans un fossé, avant de remonter dans un bois de pins et de chênes qui formait une épaisse muraille autour du vieil asile.

L'aube commençait seulement à poindre à l'horizon. La lumière était fabuleuse, irréelle, une légère brume rose et lavande enveloppant les bâtisses gothiques d'une lueur éthérée. Pourtant, même baigné de ces couleurs pastel, l'endroit gardait un air menaçant.

C'était précisément ce contraste qui l'avait conduite sur les lieux ce matin-là. Le choix naturel aurait été de venir au crépuscule, en misant sur l'aspect hanté des bâtisses abandonnées. Mais c'était la juxtaposition des chaudes lueurs de l'aurore et du sujet froid et sinistre qui plaisait à Gabrielle. Elle s'arrêta pour sortir son appareil de la sacoche passée à son épaule et prit une demi-douzaine de photos avant de rabattre le capuchon de l'objectif et de continuer sa route vers les bâtiments fantomatiques.

Une haute clôture grillagée apparut au loin devant elle, protégeant le terrain des fouineurs dans son genre. Mais Gabrielle en connaissait le point faible. Elle l'avait découvert la première fois qu'elle était venue prendre des clichés extérieurs. Elle longea rapidement la clôture jusqu'à l'angle sud-ouest, où elle s'accroupit. À cet endroit, quelqu'un avait ménagé un trou discret dans le grillage à l'aide d'une pince coupante, ouvrant une brèche juste assez large pour qu'un adolescent curieux s'y glisse – ou une photographe déterminée tendant à considérer une pancarte « entrée interdite » ou « accès réservé au personnel autorisé » comme une invitation à entrer plutôt que comme un règlement ayant force de loi.

Gabrielle écarta le morceau de grillage, balança son équipement à l'intérieur et rampa sur le ventre à travers l'ouverture comme une araignée. Un frisson d'appréhension la parcourut tandis qu'elle se relevait de l'autre côté de la clôture. Elle était pourtant coutumière de ce genre d'expédition secrète et solitaire : son art reposait bien souvent sur sa faculté à dénicher des lieux désolés – d'aucuns diraient « dangereux ». C'était clairement le cas de cet inquiétant asile, pensa-t-elle comme son regard allait se poser sur un graffiti peint à la bombe près d'une porte extérieure. On y lisait : « SALe AMBIANCe ».

— Je ne te le fais pas dire, marmonna-t-elle à voix basse.

Comme elle débarrassait ses habits de la terre et des aiguilles de pin sèches, elle passa machinalement la main sur la poche avant de son jean où elle rangeait son téléphone. Il ne s'y trouvait évidemment pas, puisque l'inspecteur Thorne l'avait toujours en sa possession. Raison supplémentaire de lui en vouloir pour le lapin qu'il lui avait posé la nuit passée.

Peut-être fallait-il lui laisser le bénéfice du doute, songea-t-elle, soudain désireuse d'éloigner ses pensées du sombre pressentiment qui pesait sur elle à présent qu'elle se trouvait dans le parc de l'hôpital. Thorne lui avait peut-être fait faux bond parce qu'il lui était arrivé quelque chose en service.

Et s'il avait été blessé en mission, et qu'il n'était pas venu comme promis parce qu'il était cloué au lit ? Peut-être qu'il était dans l'impossibilité physique de l'appeler pour s'excuser ou s'expliquer, après tout.

Mais bien sûr. Ou peut-être qu'elle avait rangé son cerveau dans sa culotte à la seconde où elle avait posé les yeux sur ce mec.

Gabrielle rit de propre bêtise, puis ramassa ses affaires et se dirigea vers la construction élevée du bâtiment principal. Au centre, une tour abrupte en pierre calcaire s'élevait vers le ciel, surmontée de crêtes et d'aiguilles dignes des plus belles cathédrales gothiques. Tout autour s'élevaient les ailes annexes, des bâtiments aux murs de brique rouge et aux toits de tuiles reliés entre eux par une série de passerelles couvertes et de colonnades.

Mais, si impressionnant que soit l'édifice, Gabrielle ne pouvait se défaire de cette impression de menace dormante, comme si un millier de fautes et de secrets la guettaient derrière ces murs effrités et ces fenêtres en ogives aux vitres brisées. Elle chercha le meilleur éclairage et prit quelques photos. Il n'y avait plus aucun point d'entrée ici : on avait cloué de grosses planches sur la porte principale pour la condamner. Si Gabrielle voulait entrer afin de prendre quelques clichés intérieurs – et c'était clairement son intention –, il lui faudrait faire le tour et tenter sa chance avec une fenêtre du rez-de-chaussée ou une porte du sous-sol.

Elle descendit un talus herbeux conduisant à l'avant du bâtiment et trouva ce qu'elle cherchait : trois fenêtres au ras du sol, dissimulées derrière des volets en bois et donnant de toute évidence sur une aire de maintenance ou un vide sanitaire du bâtiment. Les loquets des volets étaient rongés par la rouille mais pas verrouillés, et Gabrielle les fit sauter à l'aide d'une pierre qu'elle trouva à proximité. Elle ouvrit les battants de bois, souleva le lourd carreau de la fenêtre et le cala à l'aide du tirant.

Après un balayage sommaire de sa torche électrique afin de s'assurer que l'endroit était désert et ne risquait pas de s'effondrer, elle se glissa par l'ouverture. Quand elle atterrit à l'intérieur, les semelles de ses bottes firent crisser du verre cassé et les débris accumulés par des années d'abandon. Les murs de parpaings des fondations s'enfonçaient quatre mètres à l'intérieur de la pièce avant de disparaître dans l'obscurité du sous-sol non éclairé. Gabrielle braqua le mince faisceau de sa lampe vers les ténèbres. Alors qu'elle le ramenait lentement le long de la paroi, le rayon éclaira une vieille porte de service cabossée portant l'inscription au pochoir « interdit au public ».

— On parie ? murmura-t-elle en s'approchant de la porte.

Elle n'était pas verrouillée, et Gabrielle l'ouvrit avant d'éclairer le long couloir étroit qui se profilait. Des néons disloqués pendaient au plafond ; certaines des grilles de protection étaient tombées au sol sur le linoléum bon marché où elles gisaient, brisées et couvertes de poussière. Gabrielle avança dans l'espace sombre, sans savoir exactement ce qu'elle cherchait et un peu inquiète de ce qu'elle risquait de découvrir au cœur de l'asile abandonné.

Elle passa devant une porte ouverte, et le faisceau de sa torche éclaira brièvement un fauteuil de dentiste en vinyle rouge, passablement élimé et trônant au centre de la pièce, comme s'il attendait son prochain patient. Gabrielle sortit son appareil de son étui et prit deux rapides clichés, avant de reprendre son chemin à travers ce qui avait dû être l'aile médicale du bâtiment, dépassant d'autres salles d'examen et de traitement. Elle finit par déboucher sur une cage d'escalier, et monta deux étages pour arriver à son grand soulagement dans la tour centrale, où de hautes fenêtres laissaient généreusement entrer la douce lumière du matin.

À travers l'objectif de son appareil, elle contempla les vastes pelouses au-dehors et les cours bordées d'élégants bâtiments de brique et de pierre. Elle photographia en quelques clichés la gloire fanée des lieux, tout aussi sensible à l'architecture qu'au jeu des rayons chaleureux du soleil sur la pénombre fantomatique. C'était étrange de regarder par la fenêtre d'une bâtisse qui avait jadis retenu tant d'âmes dérangées. Dans l'angoissant silence, Gabrielle croyait presque entendre les voix des patients – des gens qui, contrairement à elle, n'avaient pas eu la possibilité de quitter ces lieux à leur guise.

Des gens comme sa mère biologique, que Gabrielle n'avait connue qu'au travers de messes basses surprises entre les travailleurs sociaux et ses familles d'accueil, qui finissaient toutes par la ramener à l'orphelinat, comme un chiot qui se révélerait plus problématique qu'autre chose. Elle ne comptait plus le nombre d'endroits où on l'avait envoyée, mais les motifs invoqués pour se séparer d'elle étaient toujours les mêmes : agitée et renfermée, fuyante et farouche, socialement déstructurée avec des tendances à l'autodestruction. C'étaient là les qualificatifs dont on avait affublé sa mère, avec l'addition de « paranoïaque » et « délirante ».

Lorsque les Maxwell surgirent dans sa vie, Gabrielle venait de passer trois mois dans un foyer supervisé par un psychologue commis par l'État. Elle ne s'attendait plus du tout – et imaginait encore moins réussir – à intégrer une famille d'accueil. Pour être franche, elle n'en avait plus rien à faire. Mais ses nouveaux tuteurs s'étaient montrés gentils et patients. Pensant que cela l'aiderait à gérer ses désordres émotionnels, ils avaient aidé Gabrielle à obtenir une poignée de documents juridiques concernant sa mère.

Il s'agissait d'une adolescente non identifiée, probablement à la rue, sans papiers d'identité ni personne au monde, à l'exception du nouveau-né hurlant et terrifié qu'elle venait d'abandonner, au beau milieu d'une nuit d'août, dans un conteneur à ordures de la ville. La mère de Gabrielle avait été brutalisée et présentait au cou de profondes blessures qu'elle avait encore aggravées en les griffant dans son hystérie. À peine arrivée aux urgences, elle avait sombré dans une catatonie dont elle n'était plus ressortie.

Plutôt que de la poursuivre pour l'abandon de son enfant, la justice avait préféré la déclarer irresponsable et la placer dans une institution sans doute peu différente de celle-ci. Moins d'un mois après son internement, elle s'était pendue au moyen d'un drap noué, laissant derrière elle une foule de questions sans réponses.

Gabrielle s'efforça de chasser le poids de ces vieilles blessures, mais sa présence dans ce lieu, derrière ces fenêtres poussiéreuses, lui renvoyait son passé avec plus de netteté. Elle ne voulait plus penser à sa mère, ni à l'infortune de sa naissance et aux années sombres et solitaires qui l'avaient suivie. Il fallait qu'elle se concentre sur son travail. C'était ce qui la sauvait toujours, après tout. Il s'agissait de la seule constante dans sa vie, et parfois de la seule chose qui la rattachait véritablement au monde.

Et cela lui suffisait.

La plupart du temps, du moins.

— Prends tes clichés et tire-toi d'ici, se reprit-elle en levant son appareil pour prendre deux autres photos à travers le fin treillage métallique inséré dans le double vitrage de la fenêtre.

Elle avait compté ressortir par l'endroit où elle était entrée, mais pensa qu'elle trouverait peut-être une autre issue au rez-de-chaussée de la tour centrale. La perspective de redescendre dans les ténèbres du sous-sol était peu attrayante. Elle s'était fichu la chair de poule en repensant à la démence de sa mère, et plus elle s'attardait dans le vieil hôpital psychiatrique, plus sa frousse grandissait. Ouvrant la porte de l'escalier, elle aperçut avec soulagement une lumière diffuse filtrer par les fenêtres d'une des pièces vides ainsi qu'au fond du couloir adjacent.

De toute évidence, l'auteur du graffiti « sale ambiance » était également arrivé jusqu'ici. Sur chacun des quatre murs, on avait peint en noir de larges et étranges symboles enroulés. Sans doute des tags de gangs ou les signatures stylisées de gamins qui l'avaient précédée. Une bombe de peinture usagée traînait dans un coin, ainsi qu'une ribambelle de mégots, bouteilles de bière cassées et autres débris.

Gabrielle sortit son appareil et chercha le bon angle pour le cliché qu'elle avait en tête. La lumière n'était pas terrible, mais, en changeant d'objectif, le résultat pourrait se montrer intéressant. Alors qu'elle fouillait dans sa sacoche, elle se figea en percevant un ronronnement distant quelque part sous ses pieds. Le bruit était faible mais rappelait inexplicablement celui d'un ascenseur. Gabrielle rangea son équipement, le corps parcouru de frissons prémonitoires et l'oreille attentive aux sons environnants.

Il y avait quelqu'un d'autre ici.

Et, à présent qu'elle y pensait, elle sentait un regard rivé sur elle, tout proche. Ce pressentiment lui fit dresser les cheveux sur la nuque et lui donna la chair de poule. Elle tourna lentement la tête et jeta un coup d'œil derrière elle. C'est alors qu'elle la vit : une petite caméra de surveillance en circuit fermé, installée dans l'angle obscur du couloir, au-dessus de la porte de l'escalier qu'elle avait monté quelques minutes plus tôt.

Peut-être qu'elle ne fonctionnait pas, qu'il s'agissait d'un simple vestige de l'époque où l'asile était encore en service. L'idée aurait pu être rassurante, seulement la caméra paraissait trop bien entretenue et trop compacte pour être autre chose qu'un système de contrôle sophistiqué récent. Histoire de vérifier cette hypothèse, Gabrielle avança d'un pas vers le dispositif et vint pratiquement se placer juste en dessous. Celui-ci pivota sans bruit sur sa base pour orienter l'objectif droit sur Gabrielle.

Merde, articula-t-elle en silence devant l'œil noir inexpressif. *Grillée.*

Elle entendit dans les profondeurs du bâtiment le grincement métallique d'une lourde porte qu'on ouvrait avec fracas. Visiblement, l'asile abandonné ne l'était pas tant que ça. Il était au moins gardé, et par des types qui auraient pu donner des leçons de réactivité à la police de Boston.

Un bruit de pas régulier s'éleva alors que la personne en faction se dirigeait vers Gabrielle. Elle se retourna et dévala les marches quatre à quatre, son équipement lui battant la hanche. Plus elle descendait et plus la lumière se faisait rare. Elle serra le poing sur sa torche mais renonça à l'utiliser, de peur d'indiquer sa position au vigile. Arrivée à la dernière marche, elle poussa le battant en métal et s'engouffra dans l'obscurité du couloir souterrain.

Derrière elle, elle entendit la porte de l'escalier s'ouvrir d'un coup et son poursuivant se ruer à ses trousses, gagnant rapidement du terrain.

Elle finit par atteindre le bout du couloir et se jeta contre le battant de métal froid, pour se précipiter dans la cave humide et s'élancer vers la petite fenêtre donnant sur l'extérieur. Revigorée par une bouffée d'air frais, elle agrippa la fenêtre et se hissa, roulant dans les gravillons de l'autre côté.

Elle n'entendait plus son poursuivant. Peut-être avait-elle réussi à le semer le long des couloirs obscurs et tortueux. Pourvu que ce soit le cas.

Gabrielle se releva aussitôt et fonça vers le coin de clôture percé. Elle le retrouva rapidement et plongea à quatre pattes pour s'engouffrer sous le morceau de grillage sectionné. Ses oreilles bourdonnaient et l'adrénaline fusait dans ses veines. Dans sa précipitation, elle s'écorcha le visage sur un fil de fer. Elle sentit sa joue s'enflammer et un chaud filet de sang couler près de son oreille. Mais, sans se soucier de la brûlure lancinante ni du poids de sa sacoche contre son ventre, elle rampa sous le grillage en direction de la liberté.

La clôture franchie, Gabrielle sauta sur ses pieds et s'élança à travers l'étendue de pelouse accidentée de l'autre côté. Elle ne s'accorda qu'un bref coup d'œil derrière elle – mais assez long pour constater que l'immense vigile était toujours à ses trousses : il avait surgi d'une porte au rez-de-chaussée et bondissait à sa poursuite comme une bête débarquée des Enfers. Une boule de panique lui monta dans la gorge à la vue du type. C'était une armoire à glace qui devait peser au bas mot cent vingt kilos, tout en muscles, avec une grosse tête carrée coiffée d'une coupe militaire. Le mastodonte courut jusqu'à la haute clôture, frappant le grillage du poing comme Gabrielle s'enfonçait dans l'épais rideau d'arbres séparant l'enclos de la route.

Sa voiture était garée sur le bas-côté de la petite route, exactement à l'endroit où elle l'avait laissée. Les mains tremblantes, Gabrielle chercha la serrure, pétrifiée à l'idée que le GI Joe sous stéroïdes puisse encore la rattraper. Ses craintes lui semblaient irraisonnées, mais cela n'en diminuait pas pour autant sa poussée d'adrénaline. Se jetant dans le siège en cuir de la Mini, Gabrielle mit la clé dans le contact et démarra. Le cœur battant, elle poussa le levier de vitesse, écrasa l'accélérateur et lança la petite voiture sur la chaussée dans un crissement de pneus et une odeur de caoutchouc brûlé.

Chapitre 6

En milieu de semaine durant la haute saison, les parcs et les avenues de Boston fourmillaient d'humanité. Des trains de banlieue transportaient les voyageurs à leur bureau ou au musée, ou sur l'un des innombrables sites historiques de la ville. Des touristes armés d'appareils photo grimpaient dans des bus ou des calèches qui les baladaient aux quatre coins de la ville, tandis que d'autres faisaient la queue pour monter à bord d'autocars surpeuplés et hors de prix qui les trimballeraient par centaines jusqu'à Cape Cod.

Non loin de cette joyeuse agitation, à l'intérieur du complexe des guerriers de la Lignée, enfoui à une centaine de mètres sous un manoir hypersécurisé aux abords de la ville, Lucan Thorne se pencha sur un moniteur à écran plat et marmonna un juron bien senti. Des fiches d'identification de vampires défilaient en rafales à l'écran tandis qu'un logiciel épluchait la gigantesque base de données internationale pour la recouper avec les photos que Gabrielle Maxwell avait prises.

— Qu'est-ce que ça donne ? s'enquit-il en lançant un regard impatient à Gideon, assis devant le clavier.

— Que dalle, pour l'instant. Mais la BD2I n'a pas fini de tourner : il y a plusieurs millions de fiches à examiner. (Les vifs yeux bleus de Gideon apparurent par-dessus la monture argentée de ses élégantes lunettes.) Je mettrai le grappin sur tes sangsues, t'en fais pas.

— Je ne m'en fais pas, répliqua Lucan.

Gideon possédait un Q.I. hors norme, augmenté d'une réserve inépuisable de ténacité. Ce vampire était aussi fin limier que pur génie, et Lucan était sacrément heureux de le compter dans son camp.

— Si quelqu'un peut les débusquer, Gideon, c'est bien toi.

Le gourou de l'informatique aux cheveux blonds en épis se fendit d'un large sourire crâneur.

— Il faut bien que je mérite mon gros chèque.

— Ouais, on va dire ça, conclut Lucan en se détournant du flot continu d'informations sur l'écran.

Aucun des guerriers de la Lignée qui s'étaient engagés à protéger leur espèce du fléau des Renégats ne l'avait fait par intérêt, pas plus à l'époque de la formation de l'alliance, au Moyen Âge de l'humanité, qu'aujourd'hui. Chaque guerrier avait eu ses raisons de choisir cette vie dangereuse, et certaines, bien sûr, étaient plus nobles que d'autres. Gideon avait ainsi opéré seul avant de rejoindre Lucan quand ses deux frères jumeaux – encore enfants – s'étaient fait tuer par des Renégats tout près du Havrobscur de Londres. Il y avait de cela trois siècles, à quelques dizaines d'années près.

À cette époque déjà, la finesse de sa lame n'avait d'égale que celle de son esprit, et il avait éliminé un bon nombre de Renégats en son temps. Mais récemment, son attachement à sa Compagne de sang, Savannah, ainsi qu'une promesse échangée entre eux l'avaient amené à abandonner le combat sur le terrain pour brandir les armes de la technologie au service de la Lignée.

Chacun des six guerriers qui luttaient aux côtés de Lucan disposait de talents particuliers. Ils avaient également leurs propres démons, même si aucun n'était du genre à aller pleurnicher sur le canapé d'un psy. Mieux valait garder certains secrets, et le seul à le penser plus fortement encore que Lucan était le guerrier de la Lignée baptisé Dante.

Lucan adressa un signe de tête au jeune vampire qui sortait d'un des nombreux appartements du complexe pour entrer dans le labo. Dante, tout de noir vêtu comme à son habitude, portait un pantalon de motard en cuir et un débardeur moulant qui dévoilait aussi bien ses tatouages que les marques plus alambiquées propres à la Lignée. Aux yeux d'humains, les lignes enchevêtrées qui ornaient ses épais biceps demeuraient étrangement abstraites : une série de symboles entrelacés et de motifs géométriques aux profondes teintes ocre. Mais un vampire y reconnaissait les « dermoglyphes », des marques naturelles héritées de leurs ancêtres extraterrestres, qui recouvraient leur corps glabre d'un camouflage de pigments changeants.

Les vampires de la Lignée tiraient naturellement fierté de leurs « glyphes », lesquels indiquaient leur ascendance et leur rang social. Les inscriptions étaient plus nombreuses et plus prononcées chez les Gen-1 tels que Lucan. Ses propres dermoglyphes couvraient son torse et son dos et couraient le long de ses cuisses et de ses bras, tandis que d'autres encore remontaient le long de sa nuque et jusque sur son crâne. Pareils à des tatouages vivants, les glyphes changeaient de teinte selon l'humeur de leur propriétaire.

Ceux de Dante, d'un bronze roussâtre intense, indiquaient qu'il venait de se rassasier récemment. Sans doute, après leur chasse aux Renégats de la nuit précédente, avait-il fini dans le lit – et dans la veine juteuse et savoureuse – d'une accueillante Amphitryonne de la surface.

— Ça avance ? demanda-t-il en se laissant tomber dans un fauteuil avant de poser le talon de sa botte sur le pupitre devant lui. Je pensais que tu nous aurais déjà collé un nom sur ces bâtards, Gid.

Aux accents cultivés de son élocution, qui gardait les traces de ses origines italiennes du XVIIIe siècle, s'était substitué ce soir-là un ton rude qui trahissait la fougue et l'impatience du vampire. Comme pour appuyer sa remarque, il tira du fourreau à sa hanche l'une de ses fidèles dagues incurvées et commença à taquiner la griffe d'acier poli.

« Malebranche » était le nom qu'il donnait aux lames arquées, mais il lui arrivait parfois, non sans ironie, d'employer ce mot comme patronyme lorsqu'il évoluait parmi les humains. C'était là toute la poésie que renfermait l'âme de ce guerrier : le reste n'était que menace froide et sans pitié.

C'était une des raisons pour lesquelles Lucan l'admirait, et il lui fallait admettre que regarder Dante mener bataille avec ses dagues impitoyables était un spectacle qui ridiculisait bon nombre d'artistes.

— Beau travail, hier soir, déclara Lucan, conscient de la parcimonie avec laquelle il livrait ses compliments, même mérités. Tu m'as sauvé la peau.

Il ne parlait pas de la confrontation avec les Renégats, mais de ce qui s'était produit ensuite. Lucan avait trop tardé pour se nourrir, et le manque de sang se révélait presque aussi dangereux pour leur espèce que l'excès maladif dont souffraient les Renégats. Dante indiqua d'un regard qu'il avait saisi l'allusion, mais éluda la remarque avec son habituelle nonchalance.

— Tu rigoles ? répliqua-t-il par-dessus un petit rire. Après toutes les fois où tu m'as tiré de la merde ? Oublie ça, mec. Je te devais bien ça.

Les portes vitrées du labo s'ouvrirent avec un léger chuintement et deux autres compagnons de Lucan entrèrent. Ils formaient une paire insolite. Nikolaï, grand et athlétique, avait les cheveux couleur sable, les traits étonnamment anguleux et un regard bleu perçant à peine plus froid que les hivers de sa Sibérie natale. De loin le plus jeune du groupe, Niko avait grandi au cœur de ce que les humains nommaient la Guerre froide. Bricoleur depuis sa plus tendre enfance et amateur de sensations fortes à haute dose, il constituait la première ligne de défense de la Lignée dès qu'il s'agissait de gadgets, d'armes à feu et de tout le reste.

Conlan, tacticien accompli, paraissait à l'inverse posé et sérieux. Aussi gracieux qu'un grand félin comparé à la morgue impétueuse de Niko, c'était une montagne de muscles aux cheveux cuivrés coupés ras sous le triangle de soie noire qu'il nouait sur son crâne. Issu d'une des dernières générations de la Lignée – un môme aux yeux de Lucan –, Conlan avait pour mère la fille d'un chef de clan écossais, et se mouvait avec un port rien moins que royal.

Danika, sa bien-aimée Compagne de sang, réservait d'ailleurs le surnom affectueux de « seigneur » au grand Highlander – et cette dernière, du haut de son mètre quatre-vingt, était tout sauf servile.

— Rio arrive, annonça Nikolaï, la bouche étirée en un sourire rusé qui creusait deux fossettes dans ses joues maigres. (Il adressa un signe de tête à Lucan.) Eva te fait dire qu'elle nous enverra son homme une fois qu'elle en aura fini avec lui.

— S'il en reste quelque chose, ajouta Dante d'une voix monocorde, en tendant la main pour saluer les autres d'un frôlement de paumes suivi d'un bref cognement de phalanges.

Lucan accueillit Niko et Conlan avec le même égard, mais dut réprimer un léger agacement à l'annonce du retard de Rio. Il ne reprochait à aucun de ses frères de s'unir à une femelle, mais lui-même ne voyait pas l'utilité de s'enchaîner aux exigences et à la charge d'une Compagne de sang. La plupart des vampires de la Lignée étaient censés choisir une femme pour s'accoupler et engendrer la génération suivante, mais pour la classe des guerriers – ces quelques mâles triés sur le volet ayant renoncé de plein gré au confort des Havrobscurs pour une vie dédiée au combat –, Lucan voyait l'union sanguine au mieux comme un geste sentimental. Et, au pire, comme une invitation au désastre, si par malheur un guerrier était tenté de privilégier ses sentiments pour sa compagne au détriment de son devoir envers la Lignée.

— Où est Tegan ? demanda-t-il, ses pensées se tournant naturellement vers le dernier des guerriers du complexe.

— Pas encore revenu, répondit Conlan.

— Il a signalé où il se trouvait ?

Conlan échangea un regard avec Niko, puis secoua la tête.

— Non.

— C'est la première fois qu'il disparaît aussi longtemps, observa Dante à voix haute, tout en laissant courir son pouce sur le tranchant incurvé de sa dague. Ça fait combien… trois, quatre jours ?

Quatre jours, bientôt cinq. Mais qui se fatiguait encore à compter ?

Réponse : tous, mais aucun n'ouvrit la bouche pour exprimer l'inquiétude qui circulait ces derniers temps dans leurs rangs. Lucan dut réprimer une montée de fiel à l'évocation du membre le plus solitaire de leur groupe.

Tegan avait toujours préféré chasser seul, mais les autres commençaient à se fatiguer de ses cachotteries. C'était un électron libre, et de plus en plus incontrôlable. À dire vrai, Lucan trouvait difficile de se fier à ce mec. Sa méfiance vis-à-vis de Tegan n'avait toutefois rien d'inhabituel : tous deux avaient eu des brouilles par le passé, mais c'était de l'histoire ancienne, qu'ils le veuillent ou non. La lutte dans laquelle ils étaient depuis si longtemps engagés côte à côte passait avant leur animosité mutuelle.

Néanmoins, Lucan gardait un œil sur son frère d'armes. Il connaissait mieux que quiconque les faiblesses de Tegan, et n'hésiterait pas à agir si jamais ce dernier faisait le moindre écart.

Les portes du labo coulissèrent de nouveau et Rio apparut enfin, vêtu d'une élégante chemise blanche dont il rentrait le pan dans un pantalon noir taillé sur mesure. Quelques boutons manquaient à la soie pimpante, mais Rio portait sa mise débraillée d'après l'amour avec la fière nonchalance dont il ne se départait jamais. Le regard topaze de l'Espagnol scintilla sous la mèche d'épais cheveux noirs qui tombait sur son front. Il sourit, dévoilant la pointe éclatante de ses crocs, encore étirés par la passion qu'il venait de partager avec sa dame.

— J'espère que vous m'avez laissé quelques Renégats, les amis. (Il se frotta les mains.) Je suis en pleine forme, prêt à leur faire la fête.

— Prends un siège, répliqua Lucan d'une voix monocorde, et tâche de ne pas pisser le sang sur les ordinateurs de Gideon.

Rio porta ses longs doigts à son cou, sur la boursouflure cramoisie où Eva avait semblait-il planté ses petites dents humaines pour boire son sang. Elle avait beau être une Compagne de sang, elle restait une *Homo sapiens* du point de vue génétique. Malgré les nombreuses années partagées avec leur partenaire, les

Compagnes de sang ne développaient pas de crocs, ni d'autre trait caractéristique des vampires. Le fait pour un vampire de laisser sa femme s'abreuver à une entaille qu'il s'infligeait au poignet ou à l'avant-bras était une pratique communément acceptée, mais la passion coulait sans retenue dans les veines des guerriers de la Lignée, comme dans celles de leurs femelles d'élection. Le sexe et le sang formaient un cocktail puissant… trop, parfois.

Avec un large sourire impénitent, Rio se laissa tomber de tout son long dans un des fauteuils pivotants et s'y renversa, en posant ses grands pieds nus sur la table basse en verre. Ses camarades et lui commencèrent à détailler leur palmarès de la nuit passée, comparant leurs scores respectifs et débattant des meilleures techniques en échangeant des rires.

Alors que certains guerriers tiraient plaisir de la traque de leurs ennemis, Lucan avait pour unique motivation la haine pure et simple. Il ne s'en cachait pas, et méprisait ouvertement tout ce que les Renégats représentaient. Il s'était jadis juré d'éradiquer leur espèce, quitte à y laisser la vie, et, certains jours, il en oubliait de craindre la mort.

— Allons-y, annonça enfin Gideon lorsque le logiciel fut venu à bout de la base de données. On dirait qu'on a touché le gros lot.

— Qu'est-ce que ça donne ?

Lucan et les autres se tournèrent vers le gigantesque écran plat situé au-dessus de l'alignement de microprocesseurs du labo. Les visages des quatre Renégats éliminés par Lucan aux abords du club s'affichèrent, à côté des photos des mêmes individus prises par Gabrielle avec son téléphone.

— D'après leurs fiches BD2I, tous ces mecs ont été portés disparus. Deux au Havrobscur du Connecticut le mois dernier ; un autre à Fall River ; et le dernier est du coin. Ils sont tous de la génération actuelle : le plus jeune n'avait même pas trente ans.

— Merde, lâcha Rio en sifflant tout bas. Quels petits cons.

Lucan restait silencieux : il ne déplorait nullement la perte de ces jeunes vies devenues renégates. Ce n'étaient pas les premiers, et ce ne seraient certainement pas les derniers. La vie dans les Havrobscurs pouvait paraître ennuyeuse à un jeune mâle désireux de faire ses preuves. L'attrait du sang et de la conquête était profondément enraciné dans les gènes vampires, même des plus récentes générations pourtant éloignées de leurs sauvages ancêtres. Si un vampire cherchait les ennuis, en particulier dans une ville de la taille de Boston, il en trouvait à la pelle.

Gideon pianota à toute vitesse sur son clavier, et une nouvelle série de photos apparut sur l'écran.

— Voici les deux dernières fiches. Le premier individu est un Renégat notoire et récidiviste de Boston, bien qu'il ait apparemment gardé profil bas pendant plus de trois mois. Enfin, jusqu'à ce que Lucan lui règle son compte dans la ruelle le week-end dernier.

— Et lui ? interrogea Lucan, l'œil sur l'image restante : celle du seul Renégat qui avait réussi à lui échapper à la sortie du club. (Sa fiche biométrique apparut sous la forme d'une image fixe, sans doute prise lors d'un quelconque interrogatoire à en juger par les sangles qui retenaient le vampire et les électrodes fixées sur son crâne.) De quand date cette photo ?

— D'il y a six mois environ, répondit Gideon en consultant le dateur. Elle provient d'une des opérations de la côte Ouest.

— Los Angeles ?

— Seattle. Mais, à en croire le dossier, L.A. a également un mandat contre lui.

— Un mandat, persifla Dante. Quelle perte de temps !

Lucan devait en convenir. Pour la majorité de la population vampire aux États-Unis et au-delà, des règles et des procédures très spécifiques régissaient le maintien de l'ordre et l'interpellation des individus devenus Renégats. On rédigeait des mandats, on procédait à des arrestations, on menait des interrogatoires, et, après avoir rassemblé des preuves suffisantes et rendu un jugement en bonne et due forme, on prononçait une peine. Tout était très civilisé… et rarement efficace.

Tandis que la Lignée et les habitants de ses Havrobscurs étaient méticuleux, volontaires et empêtrés sous la paperasse, leurs ennemis étaient irréfléchis et imprévisibles. Et, à moins que l'instinct de Lucan le trompe, voilà qu'après des siècles d'anarchie et de chaos général les Renégats s'organisaient et s'apprêtaient à recruter.

S'ils n'avaient pas déjà commencé depuis des mois.

Lucan considéra l'image à l'écran. Le plan fixe montrait le captif ligoté à une table métallique verticale, entièrement nu, la tête rasée afin de faciliter le contact des électrodes sur son crâne, vraisemblablement dans le cadre de son interrogatoire. Lucan n'éprouvait aucun scrupule devant la torture qu'avait subie le Renégat. Ce type d'interrogatoire se révélait souvent nécessaire et, à l'instar d'un humain bourré d'héroïne, un vampire atteint de Soif sanguinaire pouvait supporter une douleur dix fois supérieure à celle de ses frères de la Lignée avant de céder.

Ce Renégat était grand, doté d'un front proéminent et de traits primitifs. Il grognait face à la caméra, ses longs crocs brillants, ses yeux fous couleur d'ambre fendus par ses pupilles en ellipse. Des fils électriques couraient le long de son énorme tête et de son cou noueux jusqu'à son torse musculeux et ses bras massifs.

—À moins qu'avoir une sale gueule soit devenu un délit, pour quel motif a-t-il été alpagué à Seattle?

—Voyons ce qu'on a. (Gideon se retourna vers sa rangée d'ordinateurs et fit apparaître une nouvelle fiche sur un des écrans.) Il s'est fait choper pour des trafics en tout genre: armes, explosifs, produits chimiques. Charmant bonhomme, dites donc. Il trempe dans toutes les sales combines.

—Une idée du destinataire de ces armes?

—Rien ne l'indique. Ils n'ont pas poussé l'interrogatoire assez loin, visiblement. Le dossier dit qu'il s'est évadé aussitôt après que ces images ont été enregistrées, tuant deux de ses gardiens au passage.

Et voilà qu'il s'était de nouveau échappé, pensa Lucan avec amertume, en regrettant de ne pas avoir éliminé ce salopard lorsqu'il l'avait eu en ligne de mire. Il tolérait mal l'échec, surtout quand il en était responsable.

Lucan lança un regard à Nikolaï.

— Tu as déjà croisé ce gars ?

— Non, répondit le Russe, mais je vais vérifier auprès de mes contacts.

— Commence immédiatement.

Sur un brusque hochement de tête, Nikolaï sortit du labo, composant déjà un numéro sur son portable.

— Ces photos sont compromettantes, fit remarquer Conlan, l'œil rivé par-dessus l'épaule de Gideon sur les photos que Gabrielle avait prises du massacre. (Le guerrier lâcha un juron.) Il est déjà arrivé que des humains soient témoins de tueries par le passé, mais voilà qu'ils prennent le temps d'immortaliser la chose, maintenant ?

Dante posa bruyamment son pied au sol et se leva pour faire les cent pas, agacé par la lenteur de la réunion.

— Tous ces clowns à la surface se prennent pour des foutus paparazzis.

— Le mec qui a pris ces photos a dû se chier dessus en voyant un guerrier de plus de cent kilos foncer droit sur lui, ajouta Rio. (Tout sourires, il adressa un regard à Lucan.) T'as pris le temps de lui effacer la mémoire, ou tu l'as éliminé sur place ?

— L'humain qui a assisté à l'agression cette nuit-là était une femelle. (Lucan considéra ses frères de la Lignée l'un après l'autre, sans rien trahir de la nouvelle qu'il s'apprêtait à révéler.) Il s'avère que c'est aussi une Compagne de sang.

—*Madre de Dios*, s'exclama Rio en passant une main dans sa chevelure noire. Une Compagne de sang… Tu en es certain ?

—Elle porte la marque. Je l'ai vue de mes propres yeux.

—Qu'est-ce que tu as fait d'elle ? *Cristo*, tu ne l'as pas…

—Non, répliqua vivement Lucan, irrité par les insinuations de l'Espagnol. Je ne lui ai pas fait de mal. Il y a des limites que même moi je ne franchis pas.

Il ne l'avait pas faite sienne non plus, même s'il en avait été à deux doigts lors de cette nuit de malheur chez elle. Lucan serra la mâchoire quand la faim le saisit au souvenir de Gabrielle, si tentante, lovée dans son lit, abandonnée à son rêve. Et si délicieuse sous sa langue…

—Que comptes-tu faire d'elle, Lucan ? (Cette fois, l'interrogation inquiète venait de Gideon.) On ne peut décemment pas la laisser en surface, à la merci des Renégats. Elle a sûrement attiré leur attention en prenant ces clichés.

—Et si les Renégats découvrent qu'il s'agit d'une Compagne de sang…, ajouta Dante, dont la remarque élusive tira aux autres guerriers de graves hochements de tête.

—Elle sera plus en sécurité ici, affirma Gideon. Sous la protection de la Lignée. Mieux encore, elle devrait être officiellement admise dans un Havrobscur.

—Je connais le protocole, gronda Lucan.

Il tremblait de colère à l'idée que Gabrielle tombe entre les mains des Renégats, ou finisse dans les bras d'un autre membre de la Lignée, comme ce serait le cas s'il s'acquittait de son devoir et l'envoyait dans un des sanctuaires de la nation. L'élan de possessivité brûlante qui s'était invité en lui rendait pour l'instant ces deux options aussi inacceptables l'une que l'autre.

Il décocha un regard dur à ses camarades.

— La femelle est de mon ressort jusqu'à nouvel ordre. Je déciderai comment agir au mieux.

Nul n'émit d'objection, et il n'en attendait d'ailleurs pas. Son statut de Gen-1 faisait de lui un aîné ; et, en tant que fondateur de la classe des guerriers de la Lignée, il disposait de la légitimité du sang et de l'épée. Sa parole faisait loi, et tous s'y conformaient.

Dante se leva, retournant la malebranche entre ses longs doigts agiles pour la rengainer d'un geste fluide.

— Crépuscule dans quatre heures. Je me tire. (Il darda un regard espiègle vers Rio et Conlan.) Des amateurs pour une séance d'entraînement en attendant que ça s'anime à la surface ?

Les deux hommes s'empressèrent d'accepter l'invitation et, après un signe de tête respectueux en direction de Lucan, les trois imposants guerriers sortirent du labo pour descendre le corridor menant à la salle de tir du complexe.

— Tu as d'autres infos sur ce Renégat de Seattle ? demanda Lucan à Gideon tandis que les portes vitrées se refermaient, laissant les deux hommes seuls dans le labo.

— J'ai lancé un recoupement de toutes les sources. D'ici une minute, on devrait obtenir un résultat.

Il fit cliqueter les touches à toute allure, puis :

— Bingo. On a une réponse sur une interface GPS de la côte Ouest. Ces infos semblent dater d'avant l'arrestation de notre gaillard. Jette un coup d'œil.

L'écran afficha des images satellite nocturnes ciblant le débarcadère d'un port de pêche du Puget Sound. Le système de surveillance était braqué sur une longue berline noire stationnée derrière un bâtiment délabré au bout des docks. Penché vers la vitre arrière côté passager de la voiture se tenait le Renégat qui avait échappé à Lucan quelques jours plus tôt. Gideon fit défiler les captures d'écran suivantes, lesquelles dévoilaient une conversation apparemment assez longue entre le Renégat et le mystérieux individu dissimulé derrière les vitres teintées. Puis les images montrèrent bientôt la portière s'ouvrir de l'intérieur pour laisser le Renégat monter.

— Attends, dit Lucan, le regard rivé sur la main de l'énigmatique passager. Tu peux resserrer ce plan ? Zoome sur la portière ouverte.

— Je vais essayer.

L'image grossit par degrés, mais Lucan n'avait guère besoin d'une vue plus nette pour confirmer ce qu'il venait d'apercevoir. On les distinguait à peine, mais ils étaient bien là. Sur l'intervalle de peau entre la grande main du passager et le poignet de sa chemise de luxe s'étirait une suite ahurissante de dermoglyphes de Gen-1.

Gideon venait de les remarquer à son tour.

— Sacré bon sang, t'as vu ça ! s'exclama-t-il, les yeux rivés sur l'écran. Notre sangsue de Seattle était en intéressante compagnie.

— Il l'est peut-être toujours, rétorqua Lucan.

Il n'y avait pas pire fouteur de merde qu'un Renégat dans les veines duquel coulait du sang de Gen-1. Les vampires de la première génération contractaient la Soif sanguinaire plus rapidement et plus violemment que les dernières générations de la Lignée, et constituaient des adversaires mortellement coriaces. Si l'un d'eux se mettait dans l'idée de conduire les Renégats dans un soulèvement, ce serait le début d'une guerre terrible. Lucan avait déjà livré pareille bataille dans un lointain passé : il n'avait aucune envie de recommencer.

— Imprime tout ce que tu as obtenu, y compris des gros plans de ces glyphes.

— Ça marche.

— Et fais-moi directement part de tout autre élément que tu récolteras sur ces deux individus. Je m'en charge en personne.

Gideon opina du chef, mais le regard qu'il décocha par-dessus ses lunettes argentées trahissait une hésitation.

— Jamais tu ne réussiras à les éliminer tous par toi-même, tu sais.

Lucan fixa sur lui un regard noir.

— C'est ce qu'on verra.

Le génie vampire avait sans nul doute un discours sur la loi des probabilités au bord des lèvres, mais Lucan n'était pas d'humeur à l'entendre. La nuit tombait, apportant avec elle une nouvelle occasion de traquer ses ennemis. Il devait profiter des heures restantes pour se vider l'esprit, fourbir ses armes et décider du plan d'attaque le plus judicieux. Le prédateur en lui débordait d'une impatience et d'un appétit qui n'avaient rien à voir avec la perspective d'un affrontement avec des Renégats.

Au lieu de cela, Lucan sentait son esprit vagabonder et retourner dans un paisible appartement de Beacon Hill, ainsi qu'à cette visite nocturne qui n'aurait jamais dû avoir lieu. Le souvenir de la peau douce de Gabrielle et de son corps chaud et accueillant l'enivra, comme son entêtant parfum de jasmin. Il se redressa, tendu comme un arc, le sexe durci à cette simple évocation.

Bon sang.

Voilà pourquoi il ne l'avait pas encore placée sous la protection de la Lignée, ici au complexe. Loin de lui, elle constituait déjà une distraction, alors entre quatre murs, ce serait une catastrophe.

— Tout va bien ? demanda Gideon, le fauteuil tourné vers Lucan. Tu as l'air d'un tigre enragé, mon pote.

Lucan émergea de ses sinistres cogitations, juste à temps pour constater que ses crocs avaient commencé à s'allonger à l'intérieur de sa bouche, et sa vision à s'aiguiser à mesure que ses pupilles s'étiraient. Mais ce n'était pas la rage qui le transformait ainsi. C'était le désir, et il allait devoir l'assouvir, le plus tôt possible. Les veines palpitantes à cette idée, Lucan attrapa le téléphone de Gabrielle posé sur le bureau et sortit du labo.

Chapitre 7

— Encore dix minutes, et à moi le paradis, dit Gabrielle à voix haute en ouvrant son four pour y jeter un coup d'œil, et laisser par la même occasion le riche arôme des cannellonis maison envahir la cuisine de son appartement.

Elle referma la porte vitrée, reprogramma le minuteur, puis se resservit un verre de vin rouge et l'emporta dans le salon, où sa chaîne diffusait un vieux CD de Sarah McLachlan. Il était 19 heures passées de quelques minutes et Gabrielle commençait seulement à se détendre après sa petite aventure matinale à l'asile désaffecté. Elle en avait tiré deux ou trois clichés intéressants qui pourraient porter leurs fruits, mais surtout elle avait réussi à échapper à l'effrayant vigile qui l'avait poursuivie.

Cet exploit à lui seul méritait d'être fêté.

Gabrielle se lova dans le coin de son canapé moelleux, vêtue d'un pantalon de yoga gris perle et d'un tee-shirt rose à manches longues. Tout droit sortie du bain, elle avait encore les cheveux humides et des boucles éparses s'échappaient de la queue-de-cheval nouée à la va-vite sur sa nuque. Après avoir lavé son corps du stress de cette journée, Gabrielle se faisait une joie de passer une soirée chez elle, au calme, et de savourer sa solitude.

Aussi, lorsqu'on sonna à la porte moins d'une minute plus tard, elle étouffa un juron et envisagea d'ignorer l'intrusion indésirable. Il y eut un second coup de sonnette, insistant, suivi de plusieurs coups secs délivrés par un poing passablement puissant, dont le propriétaire ne semblait pas disposé à essuyer un refus.

— Gabrielle.

Elle s'était levée et approchait prudemment de la porte lorsqu'elle entendit une voix qu'elle reconnut sur-le-champ. Elle avait un peu honte de l'admettre, mais elle l'identifia avec une absolue certitude. À travers la porte, le timbre grave de Lucan Thorne résonna en elle comme si elle l'avait entendu à un millier de reprises, à la fois apaisant et stimulant, entraînant soudain son pouls dans une chamade d'impatience.

Surprise – et plus agréablement qu'elle souhaitait l'admettre –, Gabrielle déverrouilla la porte, dégagea la chaîne et lui ouvrit :

— Salut.

— Bonsoir, Gabrielle.

Il l'avait saluée avec une troublante familiarité, l'œil intense sous ses sourcils fournis. Le regard perçant de l'inspecteur décrivit un lent parcours depuis les cheveux emmêlés de la jeune femme jusqu'aux orteils nus dévoilés par l'ourlet de son pantalon ample en passant par le symbole de la paix sur son tee-shirt, qu'elle portait à même la peau.

— Je n'attendais personne.

Elle ressentait le besoin d'expliquer sa tenue, mais Thorne ne semblait pas s'en soucier. En fait, lorsqu'il releva les yeux vers son visage, Gabrielle sentit tout à coup ses joues s'échauffer sous le regard qu'il posait sur elle.

Comme s'il voulait la dévorer sur place.

— Oh, vous avez mon téléphone, balbutia-t-elle devant l'évidence, en apercevant le métal argenté briller dans sa grande main.

Il le lui tendit.

— Avec un peu de retard, et toutes mes excuses.

Était-ce son imagination ou l'inspecteur venait-il d'effleurer délibérément ses doigts quand elle avait saisi l'appareil ?

— Merci bien, balbutia-t-elle, alors qu'il ne la quittait pas des yeux. Avez-vous, euh… Avez-vous pu tirer quelque chose de ces images ?

— Oui. Elles se sont révélées très utiles.

Elle poussa un soupir, soulagée de constater que la police avait peut-être bien fini par accepter sa version des faits.

— Croyez-vous être en mesure de capturer ces individus ?

— J'en suis certain.

Il parlait sur un ton si sérieux qu'elle n'en douta pas une seconde : à vrai dire, l'inspecteur Thorne lui donnait l'impression d'être le pire cauchemar des criminels.

— Ah bon, tant mieux. Je dois avouer que toute cette affaire m'a rendue un peu nerveuse. J'imagine qu'il n'y a rien d'étonnant, quand on assiste à un meurtre atroce, n'est-ce pas ?

Il lui adressa un imperceptible hochement de tête. Un homme peu disert, de toute évidence, mais, après tout, nul besoin d'avoir de la conversation quand on avait un regard qui savait déshabiller l'âme.

À son soulagement – mêlé d'agacement –, elle entendit derrière elle le minuteur du four retentir dans la cuisine.

— Zut. C'est, euh… C'est mon dîner. Je ferais mieux d'aller le sortir avant que le détecteur de fumée se déclenche. Attendez ici une sec… Enfin, voulez-vous… (Elle prit une longue inspiration pour se calmer. Personne ne la mettait dans un tel état d'agitation.) Entrez donc. Je reviens tout de suite.

Sans hésiter, Lucan Thorne franchit le seuil tandis que Gabrielle posait son téléphone et se dirigeait vers la cuisine pour extraire ses cannellonis du four.

— J'interromps quelque chose ?

Elle fut surprise de l'entendre près d'elle dans la cuisine, comme si, dès l'instant où elle l'avait invité à entrer, il était resté silencieusement sur ses talons. Gabrielle sortit le plat de pâtes fumantes et le déposa sur le dessus de la cuisinière pour le laisser refroidir. Elle ôta ses maniques et se retourna pour adresser un large sourire à l'inspecteur.

— Je fête quelque chose.

Il inclina la tête pour considérer la pièce déserte derrière eux.

— Seule ?

Elle haussa les épaules.

— À moins que vous vouliez vous joindre à moi.

Son menton légèrement baissé parut trahir une réserve, mais il retira toutefois son manteau sombre et le plia sur le dossier d'un tabouret de comptoir. Sa présence était singulière et troublante, tout particulièrement lorsqu'il se tenait dans son étroite cuisine… cet inconnu solidement musclé, doté d'un regard désarmant et d'une beauté un rien menaçante. Il s'adossa au bar et la regarda se charger du gratin bouillonnant.

— Que fête-t-on, Gabrielle ?

— J'ai vendu certaines de mes photos aujourd'hui, lors d'une exposition privée dans un bureau du centre-ville. Mon ami Jamie m'a annoncé la nouvelle au téléphone il y a une heure.

Thorne eut un léger sourire.

— Félicitations.

— Merci. (Elle sortit un second verre du placard, et leva la bouteille de chianti ouverte.) Un verre ?

Il secoua lentement la tête.

— Je regrette mais je ne peux pas.

— Oh. Désolée, s'excusa-t-elle en se souvenant de sa profession. En service, c'est ça ?

Un muscle de sa solide mâchoire tressauta.

— Toujours.

Gabrielle sourit en levant la main pour glisser une boucle rebelle derrière son oreille. Thorne suivit le geste du regard, et s'arrêta sur la fine égratignure qui lui barrait la joue.

— Que vous est-il arrivé ?

— Oh, rien, répondit-elle, estimant préférable de ne pas révéler à un flic qu'elle avait occupé une partie de sa matinée à s'introduire illégalement dans un asile désaffecté. Juste une égratignure... Les aléas du métier. Vous savez ce que c'est.

Elle laissa échapper un petit rire nerveux, car soudain il avança vers elle avec une expression très sérieuse. En quelques souples enjambées, il se trouvait juste en face d'elle. Sa stature – sa force évidente – la submergeait. De près, elle distinguait les muscles denses se contracter et bouger sous sa chemise noire. Le fin tissu dessinait ses épaules, ses bras et son torse comme s'il avait été taillé sur mesure.

Et il sentait étonnamment bon. Elle ne décelait pas d'eau de Cologne, mais une légère odeur de menthe et de cuir, ainsi qu'autre chose de plus obscur : comme une épice exotique qu'elle n'aurait su nommer. Ce parfum réveillait en Gabrielle quelque chose d'élémentaire, de primal, qui l'attirait vers lui au moment même où il aurait été plus sage de s'éloigner.

Elle retint son souffle comme il levait le bras pour effleurer tendrement sa joue du bout des doigts. Elle sentit une onde de chaleur lui parcourir la nuque tandis qu'il posait sa grande main fine dans son cou, juste sous son oreille. Il fit glisser son pouce le long de la marque sur sa joue. L'éraflure l'avait piquée lorsqu'elle l'avait nettoyée plus tôt dans la journée, mais à présent, sous cette caresse étonnamment douce, elle ne ressentait plus la moindre douleur. Rien qu'une chaleur langoureuse, et le lent tourbillon du désir au plus profond d'elle-même.

À sa stupéfaction, il se pencha sur elle et vint déposer un baiser sur sa joue meurtrie. Il laissa ses lèvres s'attarder assez longtemps pour qu'elle comprenne qu'il ne s'agissait que d'un prélude. Elle ferma les yeux, le cœur battant. Elle n'osait pas bouger, respirant à peine alors qu'elle sentait les lèvres de Lucan descendre vers les siennes. Il l'embrassa tendrement, et sa faim se fit sentir, pressante, dans la chaude étreinte de sa bouche. Elle ouvrit les yeux et vit son regard plongé dans le sien. Celui-ci brillait d'une sauvagerie animale qui lui fit naître un frisson d'angoisse.

Lorsqu'elle réussit enfin à parler, ce fut pour émettre un murmure rauque et essoufflé.

— Vous êtes sûr de vouloir faire ça ?

Son regard pénétrant restait rivé sur elle.

— Oh, oui.

Il se pencha de nouveau vers elle, promenant ses lèvres sur ses joues, son menton, son cou. Elle émit un petit soupir, qu'il accueillit avec un baiser torride, insinuant sa langue entre les lèvres entrouvertes de Gabrielle. Elle répondit à son baiser, vaguement consciente qu'il venait de glisser la main dans son dos, et sous son tee-shirt. Il suivit la cambrure de ses reins, puis il laissa descendre sa main sur le mince tissu de son pantalon de yoga et saisit de ses doigts forts la rondeur de sa fesse, qu'il pressa vigoureusement. Elle cessa de résister tandis qu'il l'embrassait plus profondément et l'attirait à lui jusqu'à ce que le bassin de Gabrielle vienne appuyer contre le muscle dur de sa cuisse.

Qu'était-elle en train de faire, bon sang ? Où avait-elle la tête ?

— Non, protesta-t-elle, sa conscience luttant pour reprendre le dessus. Non, attends. *Arrête.* (Elle détestait s'entendre dire ce mot alors que la bouche de Lucan était si douce contre la sienne.) Y a-t-il… Lucan… y a-t-il quelqu'un d'autre ?

— Vois par toi-même, Gabrielle. (Ses lèvres effleuraient sa peau et la rendaient ivre de désir.) Nous sommes seuls.

— Une petite amie, balbutia-t-elle entre deux baisers. (Il était probablement un peu tard pour s'interroger, mais il fallait qu'elle sache, même si elle n'était pas sûre de savoir que faire d'une réponse décevante.) As-tu une petite amie ? Es-tu marié ? Je t'en prie, dis-moi que tu n'es pas marié…

— Il n'y a personne d'autre.

Rien que toi.

Elle était raisonnablement sûre qu'il n'avait pas prononcé ces trois derniers mots, mais Gabrielle perçut pourtant leur écho chaud et provocant dans son esprit, et cela suffit à vaincre ses ultimes réserves.

Oh, il savait parfaitement s'y prendre. Ou peut-être qu'elle ne le désirait aussi ardemment que parce que ce maigre et simple gage était tout ce qu'il lui avait offert – ça, et la vertigineuse combinaison de ses mains douces et de ses lèvres brûlantes et affamées… Et, malgré tout, elle le crut sans l'ombre d'une hésitation. Il lui semblait que le moindre de ses sens était dirigé vers elle seule. Comme s'il n'y avait qu'elle, lui, et cette tension torride qui les liait.

Qui avait surgi entre eux dès l'instant où il s'était présenté pour la première fois à sa porte.

— Oh, soupira-t-elle, l'air s'échappant lentement de ses poumons. (Elle s'abandonna à lui, savourant la sensation de ses mains contre sa peau, caressant son cou, son épaule, le creux de ses reins.) Que sommes-nous en train de faire, Lucan ?

Il émit un grondement amusé qui ronronna à son oreille, profond comme la nuit.

— Je crois que tu le sais.

— Je ne sais plus rien, quand tu fais ça. Oh… *mon Dieu.*

Il interrompit un instant leur baiser pour plonger son regard dans le sien tout en venant peser contre elle d'un mouvement lent et délibéré. Elle sentit son membre raide contre son ventre. Elle devinait sa longue rigidité, la puissance de son sexe derrière la barrière de ses habits. Un flot de chaleur humide l'inonda à l'idée de l'accueillir en elle.

— C'est la raison de ma venue ici ce soir, gronda Lucan à son oreille. Tu comprends, Gabrielle ? Je te veux.

Le sentiment était plus que mutuel. Gabrielle laissa échapper un gémissement et se cambra contre le corps de Lucan avec une excitation incontrôlable.

Tout cela n'était pas réellement en train de se produire, c'était impossible. Ce devait être encore un de ces rêves insensés, comme celui qu'elle avait fait la nuit de la première visite de Lucan. Elle ne pouvait pas vraiment se trouver dans sa cuisine avec Lucan Thorne, à laisser cet homme dont elle ne connaissait que le nom la séduire. Elle devait être plongée dans un rêve – forcément – et elle ne tarderait pas à se réveiller sur son canapé, seule comme d'habitude, pour retrouver son verre de vin rouge renversé sur la moquette et son dîner brûlé dans le four.

Mais pas tout de suite.

Oh, mon Dieu, s'il vous plaît… pas tout de suite.

Sentir ses caresses sur sa peau, se consumer sous le jeu de sa langue habile, surpassait n'importe quel rêve ; même celui, si délicieux fût-il, qu'elle avait fait l'autre nuit.

— Gabrielle, chuchota-t-il. Dis-moi que tu en as envie, toi aussi.

— Oui.

Elle sentit sa main se déplacer entre eux et défaire son pantalon d'un geste fébrile, puis son souffle chaud dans son cou.

— Sens, Gabrielle. Sens combien j'ai envie de toi.

Ses doigts forts emprisonnèrent doucement les siens, pour les guider vers son membre érigé libéré de ses entraves. Gabrielle le saisit, et caressa d'un geste lent et admiratif le membre soyeux. Il était aussi impressionnant que le reste de son corps, brutalement dressé et cependant si doux. Le poids de ce sexe entre ses doigts la grisait telle une drogue. Elle serra plus fort et fit coulisser la peau fine sur le membre dur, effleurant au passage le gland turgescent.

Lucan se contracta sous l'effet des caresses de Gabrielle, et elle sentit ses mains tremblantes descendre sur ses hanches jusqu'à la ceinture de son pantalon. Il tira sur le cordon noué, sa respiration chaude balayant le crâne de Gabrielle d'un juron étouffé aux sonorités étrangères. Elle sentit tout à coup l'air frais contre son ventre, puis une excitation soudaine comme Lucan glissait une main dans sa culotte.

Elle était éperdue de désir, et crut perdre la raison lorsqu'elle sentit ses doigts écarter les quelques boucles entre ses cuisses pour se glisser en elle et titiller sa chair ardente de sa main agile. Elle poussa un cri de plaisir, submergée de frissons.

— Moi aussi, j'ai envie de toi, avoua-t-elle d'une voix faible et éraillée d'ardeur.

En réponse, il glissa un long doigt en elle, puis un autre. Gabrielle gémit sous l'effet de cette caresse inquisitrice, qui ne la comblait pas tout à fait.

— J'en veux plus, implora-t-elle. Lucan, je t'en prie… continue, ne t'arrête pas.

Un grognement grave s'échappa de ses lèvres comme il se penchait pour déposer sur sa bouche un nouveau baiser affamé. Son pantalon de yoga tomba à terre dans un bruissement de tissu, puis ce fut le tour de sa culotte, la fine dentelle cédant sous la force des mains impatientes de Lucan. Gabrielle sentit l'air sur sa peau soudain dénudée, mais Lucan tomba à genoux devant elle et aussitôt elle s'embrasa, avant même d'avoir pu reprendre son souffle. Il l'embrassait et la léchait, ses mains plaquées contre l'intérieur de ses cuisses, l'ouvrant sans relâche à ses désirs charnels. Gabrielle sentit le bout de sa langue fouiller sa chair, l'aspirer avec délices, et tous ses membres se liquéfièrent sous l'effet de ce plaisir presque insoutenable.

L'orgasme déferla sur elle, plus fort qu'elle aurait pu l'imaginer. Lucan la maintenait fermement contre lui, sans répit pour son corps qui tremblait et se tordait, son souffle réduit à un halètement étranglé à mesure qu'il l'emmenait doucement vers un nouvel orgasme. Elle ferma les yeux et bascula la tête en arrière, s'abandonnant à lui et à la déraison de cette rencontre inespérée. Gabrielle agrippa les épaules de Lucan pour ne pas tomber, ses jambes se dérobant sous elle.

Une deuxième vague de plaisir délirant l'emporta, la saisit dans une brusque étreinte pour l'élever vers un paradis des sens, avant de la laisser retomber…

Mais soudain, au beau milieu de cette délicieuse torpeur, elle prit conscience qu'on la soulevait. Lucan la portait tendrement, un bras glissé dans son dos et l'autre sous ses genoux. Il était à présent nu, comme elle – alors qu'elle n'avait aucun souvenir d'avoir ôté son tee-shirt. Elle passa ses bras autour du cou de Lucan tandis qu'il la transportait de la cuisine au salon, où la voix de Sarah McLachlan continuait à chanter l'histoire d'une femme qu'on déposait quelque part, avant de lui couper le souffle d'un baiser.

Les coussins amortirent sa chute comme Lucan l'allongeait sur le canapé et venait s'arc-bouter au-dessus d'elle. Ce n'est qu'alors qu'elle put le voir entièrement, et il était magnifique. Deux mètres de muscles solides et de pure vigueur masculine l'entouraient, ses bras puissants l'emprisonnant de part et d'autre.

Et, comme si la beauté brute de son corps ne suffisait pas, elle découvrit que la peau de Lucan était ornée d'une époustouflante série de tatouages raffinés. Les motifs complexes d'arcs et de courbes entrelacés s'enroulaient en spirales autour de ses pectoraux et de ses abdominaux, remontaient sur ses épaules, puis redescendaient le long de ses épais biceps. Ils étaient d'une couleur insaisissable, un panaché de tons vert marin, terre de Sienne et bordeaux qui semblaient palpiter et tirer vers des nuances plus foncées, à mesure qu'elle les fixait.

Lorsqu'il inclina la tête vers ses seins, Gabrielle vit le tatouage qui montait le long de sa nuque jusqu'à la naissance de sa chevelure noire. Elle avait eu envie de suivre les mystérieuses marques la première fois qu'elle avait vu Lucan et céda sans retenue à ce désir, laissant ses mains courir sur tout son corps, à la fois intriguée par sa personnalité sibylline et les dessins peu communs qu'il arborait.

— Embrasse-moi, supplia-t-elle, ramenant les épaules tatouées à sa hauteur.

Il commença à se soulever au-dessus d'elle et Gabrielle se cambra contre lui, enfiévrée du désir de le prendre en elle. Elle sentait son sexe dressé et brûlant, pesant entre ses cuisses comme un tison ardent et dur comme l'acier. Gabrielle glissa une main le long de son ventre et le caressa, soulevant son bassin pour l'accueillir.

— Prends-moi, murmura-t-elle. Remplis-moi, Lucan. Vas-y. Je t'en supplie.

Il obéit.

Son gland trépidait de désir, dur et impatient, à l'entrée de son corps. Elle se rendit vaguement compte qu'il tremblait. Elle sentit ses épaules massives frémir sous ses mains, comme s'il s'était retenu tout ce temps et qu'il était à présent sur le point de craquer. Elle voulait qu'il explose de plaisir, comme elle. Il fallait absolument qu'elle le sente en elle, elle en mourait d'envie. Il poussa un grognement étranglé, la bouche enfouie dans le creux délicat de son cou.

— Oui, le pressa-t-elle en positionnant son bassin au-dessous de lui de sorte que l'extrémité de sa verge écarte ses lèvres. N'aie pas peur. Je ne me casserai pas.

Il redressa enfin la tête, et l'espace d'un instant plongea son regard dans le sien. Gabrielle le contempla de sous ses paupières lourdes, surprise par l'ardeur indomptée qu'elle y vit. Ses yeux semblaient étinceler : deux flammes jumelles d'un gris pâle argenté qui envahissaient ses pupilles et dardaient sur elle un feu surnaturel. Les angles de son visage semblaient s'être aiguisés, sa peau tendue sur ses pommettes saillantes et sa mâchoire robuste.

L'éclairage diffus de la pièce jouait sur ses traits d'une manière si étrange...

Cette impression s'était à peine formée que les lampes du salon s'éteignirent simultanément. Elle aurait pu trouver cela insolite, mais tandis que l'obscurité s'installait autour d'eux, Lucan la pénétra d'un puissant coup de boutoir. Gabrielle ne put réprimer un gémissement de plaisir tandis qu'il l'écartait, la comblait enfin.

— Oh, mon Dieu, gémit-elle, au bord des larmes. C'est si bon.

Il laissa retomber sa tête dans le creux de son épaule en poussant un grognement tandis qu'il se retirait pour plonger encore plus profondément en elle. Gabrielle agrippa son dos musclé pour l'attirer vers elle tandis qu'elle soulevait son bassin à la rencontre de ses puissants élans. Il lâcha un juron à voix basse : un son sauvage et enragé. Son sexe vibrait en elle, et semblait grossir à chaque furieux coup de reins.

— Je voulais tant te baiser, Gabrielle. J'en ai eu envie dès que je t'ai vue.

Ces paroles franches et brutales – l'aveu qu'il l'avait désirée autant qu'elle – ne fit que l'embraser davantage. Elle fourra la main dans sa chevelure, haletant des cris de plaisir inarticulés à mesure qu'il accélérait son rythme. Il allait et venait à présent tel un piston puissant. Gabrielle sentit un torrent orgasmique l'envahir.

— Je pourrais continuer toute la nuit sans m'arrêter, gronda-t-il, son souffle chaud contre son cou. Je ne crois pas pouvoir m'arrêter un jour.

— Ne t'arrête pas, Lucan. Dieu du ciel… continue.

Gabrielle s'accrochait à lui tandis qu'il s'activait en elle. C'était là tout ce dont elle était capable alors qu'un hurlement rauque surgissait de sa gorge et qu'elle jouissait, encore et encore.

Lucan descendit le perron de la maison de Gabrielle et s'éloigna à pied sur le trottoir calme et sombre. Il l'avait déposée encore endormie sur son lit, dans sa chambre mansardée. Elle avait retrouvé une respiration régulière et apaisée, son corps gracile épuisé après plus de trois heures de passion effrénée. Jamais il n'avait fait l'amour si intensément et si longtemps… ni si pleinement.

Et pourtant son désir n'était pas rassasié.

Son désir d'elle.

Qu'il soit parvenu à lui cacher l'étirement de ses crocs et son regard rendu bestial par le désir tenait du miracle.

Et qu'il ait pu résister à l'envie violente et implacable de planter ses canines dans la gorge délicate de Gabrielle et d'y boire jusqu'à l'ivresse était proprement ahurissant.

Il préférait du reste ne pas s'attarder près d'elle alors que chaque cellule enfiévrée de son corps brûlait de se rassasier de son sang.

Cette visite avait été une erreur colossale. Il avait cru que lui faire l'amour le soulagerait d'une partie de l'excitation qu'elle attisait en lui. Quelle erreur ! Posséder Gabrielle, la pénétrer, n'avait fait qu'exposer davantage sa vulnérabilité, sa faim. Il l'avait traquée comme un fauve, comme le prédateur qu'il était. Pas sûr qu'il aurait su se maîtriser si elle lui avait opposé un refus. Il n'aurait sans doute pas réussi à réprimer son désir pour elle.

Mais elle ne s'était pas refusée à lui.

Oh, non.

À la réflexion, cela aurait peut-être été une gifle salutaire. Au lieu de ça, Gabrielle avait accepté sans retenue sa fureur charnelle, l'avait poussé à déchaîner son désir.

Il était encore temps de faire demi-tour pour se faufiler dans son appartement et la rejoindre : passer une poignée d'heures de plus entre ses cuisses souples et accueillantes. Cela satisferait tout au moins une partie de son besoin. Et, s'il ne pouvait assouvir le second tourment qui le rongeait, il pourrait toujours attendre l'aube et laisser les rayons meurtriers du soleil le carboniser.

Si son devoir envers la Lignée n'avait pas eu tant d'importance pour lui, cette option aurait pu lui paraître franchement séduisante.

Lucan quitta le quartier de Gabrielle avec un juron, pour s'en aller errer plus avant dans la ville endormie. Ses mains tremblaient, sa vision s'aiguisait et ses pensées viraient à la sauvagerie. Son corps tout entier tressaillait d'impatience. Il gronda de frustration face à ces symptômes qu'il ne connaissait que trop.

Il lui fallait de nouveau se nourrir.

Son dernier prélèvement de sang, censé lui tenir une semaine au minimum, n'était pourtant pas si éloigné. Il remontait seulement à quelques nuits, et cependant son estomac le tiraillait affreusement. Depuis longtemps déjà, sa faim ne faisait qu'empirer. Plus il tâchait de la brider, plus elle frisait l'insoutenable.

Le déni.

Voilà ce qui lui avait permis de tenir jusqu'à présent.

Tôt ou tard, il allait finir par craquer. Que se passerait-il alors ?

Croyait-il réellement être si différent de son père ?

Ses frères en avaient été incapables, alors qu'ils étaient tous deux plus âgés et plus forts que lui. La Soif sanguinaire avait fini par s'emparer de l'un comme de l'autre : le premier avait mis fin à ses jours après que la dépendance fut devenue trop pressante ; le second avait sombré davantage et viré Renégat, avant d'être décapité par la lame létale d'un guerrier de la Lignée.

Lucan devait à son statut de Gen-1 une force et un pouvoir non négligeables – ainsi qu'un respect immédiat, qu'il savait immérité – mais il s'agissait tout autant d'une malédiction. Il se demandait combien de temps encore il pourrait combattre le côté obscur de sa nature sauvage. Certaines nuits, cette contrainte le fatiguait terriblement.

Lucan parcourait du regard la population nocturne des rues qu'il arpentait. Il avait beau être prêt à se battre, il constata avec satisfaction qu'il n'y avait aucun Renégat à l'horizon. Seuls quelques vampires de dernière génération ici et là, sortis du Havrobscur de la région. Un groupe de jeunes mâles s'étaient mêlés à une bande de jeunes humaines qui piaillaient d'enthousiasme : tout comme lui en ce moment, ils tentaient de trouver des Amphitryonnes saines.

Il vit les jeunes échanger des coups de coude, les entendit chuchoter les mots « guerrier » et « Gen-1 » tandis qu'il remontait le trottoir dans leur direction. Leur admiration béate et leur curiosité flagrante l'agaçaient sans toutefois le surprendre. Les vampires qui étaient nés et avaient grandi dans les Havrobscurs avaient rarement l'occasion de rencontrer un membre de la classe des guerriers, et encore moins le fondateur de l'Ordre, faction autrefois tant vantée mais à présent presque tombée dans l'oubli.

La plupart connaissaient les vieilles histoires qui racontaient comment, bien des siècles plus tôt, huit des mâles les plus féroces et les plus dangereux de la Lignée s'étaient regroupés pour assassiner les quelques Anciens qui avaient survécu, ainsi que l'armée de Renégats à leur service. Ces guerriers étaient entrés dans la légende et, depuis, l'Ordre avait connu des hauts et des bas, ne multipliant ses effectifs et ses bases aux heures de conflit contre les Renégats que pour s'effacer durant les longues périodes de paix.

Aujourd'hui, la classe des guerriers se composait d'une discrète poignée d'individus dans le monde, opérant en majorité seuls, victimes d'une pointe de mépris de la part de l'ensemble de la communauté. En cette ère radieuse où l'équité et les lois régnaient sur la nation vampire, les lignes de conduite guerrières étaient vues comme dissidentes, et un rien illégales.

Comme si Lucan, ou n'importe quel autre des guerriers l'accompagnant au front, était du genre à s'encombrer de diplomatie.

Avec un grognement à l'adresse des jeunes restés bouche bée, Lucan lança une invitation mentale aux femelles humaines que les vampires draguaient. Elles cessèrent aussitôt de glousser gaiement, subjuguées par les vagues de puissance brute qu'il était conscient de dégager. Deux filles – une blonde à la poitrine opulente et une rousse à la chevelure à peine plus claire que celle de Gabrielle – sortirent alors du groupe pour venir l'aborder, oubliant sur-le-champ leurs amies et les jeunes mâles.

Mais une seule suffisait à Lucan, et le choix fut rapide. D'un geste de la tête, il renvoya la blonde. Sa camarade vint se blottir contre son épaule en lui murmurant des mots doux tandis qu'il la menait à l'écart du trottoir, dans le renfoncement sombre et discret d'un immeuble voisin.

Sans plus attendre, il écarta ses cheveux roux qui empestaient la bière et la cigarette, se lécha les lèvres, puis plongea ses crocs étirés dans la chair de sa gorge. Elle fut prise d'un spasme et leva instinctivement les mains comme il tirait une première et longue gorgée de sa veine. Il n'avait aucune envie de faire durer la chose, et aspira fort. La femelle gémit, non d'angoisse ou de douleur, mais du plaisir exceptionnel de sentir son sang couler sous la morsure d'un vampire.

Tout d'un coup, le liquide chaud et épais afflua dans la bouche de Lucan.

Une image mentale lui apparut malgré lui de Gabrielle, dans ses bras, et durant une fraction de seconde il se permit d'imaginer que c'était à son cou qu'il était en train de boire.

Que c'était son sang à elle qui coulait au fond de sa gorge et lui parcourait le corps.

Oh, quel effet cela ferait de boire à sa veine pendant que son sexe trépidait en elle avant de jaillir dans son ventre…

Bon Dieu.

Il chassa ce fantasme d'un grondement féroce.

Ça n'arrivera jamais, se reprit-il durement : la réalité lui souriait rarement, mieux valait ne pas l'oublier.

À cet instant-là, il ne s'agissait pas de Gabrielle, mais d'une parfaite inconnue – ce qu'il préférait. Le sang qu'il prélevait pour l'heure n'était pas le nectar aux notes de jasmin qui lui faisait tant envie, mais un liquide à l'âcreté piquante et cuivrée, altéré par le léger narcotique que l'Amphitryonne venait d'ingérer.

Il se fichait complètement du goût de cette fille. Il avait seulement besoin de calmer sa faim, et pour cela n'importe qui ferait l'affaire. Mais il ne voulait pas s'éterniser à la veine de la jeune femme, et but avec hâte, comme à son habitude.

Lorsqu'il eut fini, il passa sa langue sur la double perforation afin de la cicatriser, puis se libéra de cette étreinte sans passion. La jeune femme avait le souffle court, la bouche ouverte et le corps alangui, comme après un orgasme.

Lucan posa la main à plat sur le front de la fille et la fit glisser sur ses paupières pour les refermer sur son regard vitreux. Ce contact effacerait tout souvenir de ce qui s'était passé entre eux.

— Tes amies te cherchent, lui dit-il en laissant retomber son bras comme elle considérait le visage au-dessus d'elle en battant les cils sans comprendre. Tu ferais mieux de rentrer chez toi. La nuit regorge de prédateurs.

— D'accord, acquiesça-t-elle en hochant la tête.

Lucan attendit dans l'ombre qu'elle rejoigne en titubant ses camarades au coin du bâtiment. Il prit alors une profonde inspiration, serrant les mâchoires, chaque muscle de son corps tendu, ferme et trépidant. Son cœur tambourinait dans sa poitrine et son sexe dressé palpitait rien que d'imaginer quel goût le sang de Gabrielle pourrait avoir dans sa bouche.

Son appétit physique s'était peut-être calmé depuis qu'il avait bu, mais il était loin d'être satisfait.

Son désir ne voulait pas le lâcher.

Avec un feulement sourd, il reprit sa traque dans les rues, d'une humeur massacrante. Il mit le cap sur les quartiers malfamés de la ville, dans l'espoir d'y croiser un Renégat ou deux avant l'aube. Il avait subitement envie d'une méchante bagarre. Besoin de faire du mal – même si, au final, il s'en faisait surtout à lui-même.

N'importe quoi… pourvu qu'il reste le plus loin possible de Gabrielle Maxwell.

Chapitre 8

Gabrielle crut d'abord avoir fait un rêve érotique. Mais en se réveillant dans son lit, tard dans la matinée, nue et endolorie, elle sut que Lucan Thorne avait bien été présent en chair et en os, cette fois. Et il avait été extraordinaire. Elle ne savait plus combien de fois elle avait joui. Elle aurait pu additionner tous ses orgasmes des deux dernières années, et ce serait resté ridicule en comparaison de ce qu'elle avait connu avec lui la nuit passée.

C'est cependant avec l'espoir de renouveler ce plaisir qu'elle ouvrit paresseusement les paupières, pour constater avec regret que Lucan était parti. Le lit était vide, l'appartement silencieux. De toute évidence, il s'était éclipsé au cours de la nuit.

Gabrielle aurait pu passer la journée à dormir tant son épuisement était grand, mais elle avait prévu de déjeuner en ville avec Jamie et les filles, et aux alentours de midi vingt elle sortit de chez elle. Quand elle entra dans le restaurant du quartier chinois, elle sentit des têtes se tourner dans sa direction : un groupe de publicitaires près du comptoir à sushis lui décocha des regards appréciateurs et cinq ou six jeunes cadres en costume la suivirent des yeux quand elle les dépassa pour aller rejoindre ses amis dans un box près du fond.

Elle se sentait sexy et sûre d'elle dans son pull à col V rouge et sa jupe noire, et se moquait éperdument que toutes les personnes présentes dans le restaurant devinent qu'elle venait de vivre la nuit la plus excitante de sa vie.

— Voilà qu'elle daigne enfin nous gratifier de sa présence ! s'exclama Jamie alors que Gabrielle arrivait à leur table et les saluait d'un rapide baiser.

Megan claqua une bise sur la joue de son amie.

— Tu as une mine superbe.

Jamie opina du chef.

— C'est vrai, ma puce. J'adore ta tenue. C'est nouveau ? (Sans attendre la réponse, il se laissa retomber sur son siège et engloutit en une bouchée son ravioli frit.) Je commençais à mourir de faim, donc on a déjà commandé quelques amuse-bouches. Où étais-tu ? J'étais à deux doigts d'envoyer une équipe à ta recherche.

— Désolée, j'ai fait la grasse matinée. (Elle s'assit en souriant près de Jamie sur la banquette fleurie en vinyle.) Kendra ne vient pas ?

— Portée disparue, une fois de plus. (Megan but une gorgée de thé et haussa les épaules.) Pas grave. Ces derniers temps il n'y en a que pour son nouveau mec. Tu sais, le type qu'elle a dragué ce week-end à *La Notte*.

— Brent, dit Gabrielle, en accusant un violent malaise à l'évocation de cette horrible nuit.

— Ouais, Brent. Elle s'est même débrouillée pour échanger ses gardes de nuit à l'hôpital contre des journées histoire de passer toutes ses nuits avec lui. À ce qu'il semble, il est souvent sur la route pour son boulot ou autre chose, et rarement joignable en journée. Je n'arrive pas à croire que Kendra laisse un mec lui dicter sa vie de la sorte. Ray et moi sortons ensemble depuis trois mois, mais je trouve encore du temps pour mes amis.

Gabrielle fronça les sourcils. D'eux quatre, Kendra était la plus libérée, et n'en rougissait pas. Elle préférait garder un cheptel de petits amis sous la main et s'était promis de rester célibataire au moins jusqu'à son trentième anniversaire.

— Tu crois qu'elle est amoureuse ?

— Le sexe, trésor. (Jamie saisit le dernier ravioli frit entre ses baguettes.) Ça vous amène parfois à faire des trucs encore plus dingues que l'amour. Crois-moi, je parle d'expérience.

Jamie engloutit son entrée, et soutint longuement le regard de Gabrielle, avant de noter sa chevelure défaite et le rougissement soudain de ses joues. Elle tenta un sourire désinvolte, mais la lueur de joie dans ses yeux révéla malgré tout son secret à son ami. Jamie posa ses baguettes sur le bord de son assiette et inclina la tête, ses cheveux blonds coupés au carré lui balayant le menton.

— Oh. Je le crois pas. (Il sourit de toutes ses dents.) Elle l'a fait.

— Fait quoi ?

Elle laissa fuser un petit rire.

— Tu l'as *fait*. Tu as fait l'amour. J'ai raison ?

Le rire de Gabrielle se mua brusquement en un gloussement timide de petite fille.

— Oh, ma puce. Je dois dire que ça te va bien. (Jamie lui tapota la main avec un sourire complice.) Laisse-moi deviner : l'inspecteur Beau Brun de la police de Boston ?

Elle leva les yeux au ciel en entendant le sobriquet ridicule, et hocha la tête.

— Quand ?

— La nuit dernière. Pratiquement toute la nuit.

Jamie lâcha un sifflet enthousiaste qui attira quelques regards aux tables alentour. Il se reprit mais continua à sourire telle une mère poule admirative.

— Tu as pris ton pied, hein ?

— C'était fantastique.

— Minute, comment se fait-il que j'ignore tout de ce beau brun mystérieux ? s'exclama à cet instant Megan. Et il est flic, en plus ? Ray le connaît peut-être. Je pourrais lui poser…

— Non. (Gabrielle secoua la tête.) S'il vous plaît, ne racontez rien de tout ça à personne. Ça n'est pas comme si Lucan et moi sortions ensemble. Il est passé hier soir me rapporter mon téléphone, et les choses ont juste… pris un tour inattendu. Je ne sais même pas si je le reverrai.

Elle n'en avait aucune idée, en fait, mais elle en mourait d'envie.

Une partie d'elle-même la mettait en garde contre ce qui s'était passé entre eux : c'était irréfléchi au point d'être dangereux. Elle devait bien l'admettre. C'était complètement dingue. Elle s'était toujours considérée comme une personne prudente et raisonnable – la première à mettre en garde ses amis contre le genre de pulsion irréfléchie à laquelle elle venait de céder la nuit passée.

Idiote, idiote et triple idiote.

Et pas seulement parce qu'elle s'était laissée emporter dans le feu de l'action au point d'en oublier toute forme de protection. Coucher avec un quasi-inconnu n'était déjà pas très avisé, mais Gabrielle avait la terrifiante impression qu'il lui serait très facile d'offrir son cœur à un homme comme Lucan Thorne.

Voilà qui remportait, sans conteste, la palme de la bêtise.

Il n'en restait pas moins que le genre de plaisir fabuleux qu'elle avait pris avec lui n'arrivait pas tous les jours. Du moins, pas à elle. Ses entrailles se nouèrent d'un doux désir rien qu'en songeant à Lucan Thorne. S'il venait à entrer dans le restaurant à cet instant, elle sauterait sans doute sur les tables pour se jeter à son cou.

— On a passé une nuit extraordinaire ensemble, mais ça s'arrête là. Je ne veux pas y voir davantage.

— Mais bien sûr. (Jamie posa son coude sur la table et s'avança d'un air conspirateur.) Dans ce cas, comment expliques-tu ce sourire béat ?

— Où diable étais-tu ?

Lucan avait flairé Tegan avant de l'apercevoir à l'angle du couloir des appartements du complexe. Le vampire revenait de chasse. Il dégageait encore la douce odeur métallique du sang – du sang à la fois humain et renégat.

Lorsqu'il vit que Lucan l'attendait, posté devant l'une des chambres, Tegan s'arrêta, les mains enfoncées dans les poches de son jean taille basse. Son tee-shirt gris était lacéré par endroits et maculé de crasse et de taches de sang. Ses paupières semblaient lourdes sur ses yeux vert pâle cernés de fatigue. Ses longs cheveux fauves ébouriffés lui mangeaient le visage.

— Tu as une sale tête, Tegan.

Le vampire jeta un regard à Lucan de derrière sa tignasse et afficha son éternel rictus désabusé.

Ses avant-bras et ses puissants biceps étaient sillonnés de glyphes. Les fines spirales avaient une teinte à peine plus sombre que le doré de sa peau, et leur couleur ne trahissait rien de son humeur actuelle. Lucan ignorait si le vampire devait cette apathie immuable et permanente à sa seule volonté, ou si les ombres de son passé avaient véritablement éteint toute émotion en lui.

Dieu sait que les épreuves qu'il avait subies auraient eu raison d'une troupe entière de guerriers.

Mais les démons de Tegan lui appartenaient. Tout ce qui importait à Lucan était que l'Ordre conserve sa force et sa précision. Il n'y avait pas de place dans la chaîne pour le moindre maillon faible.

— Il y a cinq jours que tu n'as pas donné signe de vie, Tegan. Je te repose la question : où étais-tu, bordel ?

Tegan ricana.

— Va chier, mec. T'es pas ma mère.

Comme le vampire commençait à s'éloigner, Lucan couvrit en un éclair la distance qui les séparait. Il saisit Tegan à la gorge et le plaqua dos au mur afin d'obtenir toute son attention.

Lucan ne contenait plus sa colère : en partie à cause du mépris général qu'affichait dernièrement Tegan à l'encontre de l'Ordre, mais surtout du fâcheux manque de discernement dont lui-même avait fait preuve en s'imaginant pouvoir passer la nuit avec Gabrielle Maxwell pour ensuite l'oublier au petit matin.

Ni le sang ni la violence inouïe avec laquelle il s'était débarrassé de deux Renégats dans les heures précédant l'aube n'avaient suffi à estomper le désir qui continuait de le tenailler. Lucan avait écumé la ville comme une âme en peine toute la fin de la nuit, et regagné le complexe débordant d'une rage noire.

Le sentiment persistait tandis qu'il resserrait les doigts autour de la gorge de son frère de Lignée. Il fallait un exutoire à son agressivité et Tegan, avec son aspect farouche et ses cachotteries, était le candidat rêvé.

— J'en ai marre de tes conneries, Tegan. Si tu ne te reprends pas en main tout seul, alors je le ferai pour toi. (Il appuya plus fort sur le larynx du vampire, mais Tegan broncha à peine malgré la douleur évidente.) Maintenant dis-moi où tu étais tout ce temps-là, ou on va avoir des problèmes à régler, toi et moi.

Les deux vampires étaient de taille équivalente, et largement égaux en force. Tegan aurait pu se rebiffer, mais il n'en fit rien. Sans dévoiler la moindre émotion, il considérait Lucan d'un regard froid, indifférent.

Il ne ressentait rien, et cela même enrageait Lucan.

Il desserra son étreinte autour de la gorge du guerrier avec un grognement, en s'efforçant de museler sa rage. Cela ne lui ressemblait pas de s'emporter ainsi. C'était indigne de lui.

Bordel.

Et il avait eu le culot d'ordonner à Tegan de se ressaisir.

Très bon conseil. Il pourrait peut-être essayer lui-même de le suivre, pour changer.

Tegan exprimait plus ou moins le même constat dans son regard vide, mais il eut le bon sens de ne pas piper mot.

Tandis que les deux alliés incertains se dévisageaient mutuellement dans un silence hostile, ils entendirent une porte vitrée s'ouvrir derrière eux dans le couloir. Les semelles des baskets de Gideon crissèrent sur le sol poli comme il sortait de ses appartements pour rejoindre le corridor.

— Hé, Tegan, beau boulot, mec. J'ai mis en place une surveillance du métro après notre discussion d'hier soir. Il semblerait que t'aies eu du nez en soupçonnant les Renégats de mijoter un coup sur la ligne verte du métro.

Lucan ne cillait pas ; Tegan quant à lui soutenait son regard, prêtant à peine attention aux compliments de Gideon. Sans même protester contre les soupçons erronés de Lucan, il se contenta de rester immobile l'espace d'une longue minute, sans rien dire. Il passa alors devant Lucan et continua son chemin dans le couloir du complexe.

— Il faut que tu viennes voir ça, Lucan, annonça Gideon en prenant la direction du labo. On dirait qu'il se trame quelque chose.

Chapitre 9

Tenant sa tasse chaude à deux mains, Gabrielle sirotait son thé oolong en regardant Jamie lui rafler ce qui restait de son plat. Il lui soutirerait également son biscuit de la chance – comme toujours – mais elle n'y voyait aucun inconvénient. Elle appréciait le simple fait de sortir avec ses amis, de retrouver un semblant de vie normale après la série d'événements survenus le week-end dernier.

— J'ai quelque chose pour toi, déclara Jamie en s'invitant dans ses pensées. (Il fouilla dans une sacoche en cuir couleur crème posée entre eux sur la banquette et en tira une enveloppe blanche.) Les recettes de l'expo privée.

Gabrielle arracha le cachet et sortit le chèque de la galerie. C'était plus qu'elle n'escomptait. Quelques milliers de plus.

— Ouah.

— Sur-prise, chantonna Jamie avec un large sourire. J'ai fait grimper le prix. Je me suis dit : qui ne risque rien n'a rien. Et ils ont sauté dessus sans même marchander. Tu crois que j'aurais dû demander plus ?

— Non, répondit Gabrielle. Non, c'est, euh… ouah. Merci.

— Pas de quoi. (Il indiqua son biscuit de la chance.) Tu vas le manger ?

Elle le fit glisser vers lui.

— Alors, qui est l'acheteur ?

— Ça, ça reste un grand mystère, avoua-t-il en brisant le gâteau dans son emballage plastique. Ils ont payé en espèces : à l'évidence, ils tenaient réellement à ce que la vente reste anonyme. Et ils ont envoyé un taxi pour nous emmener, moi et la collection.

— De quoi vous parlez, tous les deux ? s'enquit Megan. (Elle considérait Gabrielle et Jamie en fronçant les sourcils.) Ma parole, je suis toujours la dernière informée.

— Notre talentueuse petite artiste ici présente a un admirateur secret, déclara Jamie sur un ton théâtral. (Il sortit le message du biscuit, le lut, et déposa le ruban de papier dans son assiette vide en secouant la tête.) Fut un temps où ces trucs voulaient dire quelque chose… Bref, il y a quelques soirs de cela, on m'a convoqué dans le centre-ville pour présenter toute la collection de Gabby à un client anonyme. Il les a toutes achetées – sans exception.

Megan adressa un regard éberlué à Gabrielle.

— C'est génial ! Je suis ravie pour toi, ma chérie !

— En tout cas, cet acheteur mystère doit avoir un faible pour les films d'espionnage.

Gabrielle jeta un regard vers son ami tout en glissant le chèque dans son portefeuille.

— Comment ça ?

Jamie avala un morceau de biscuit, puis s'essuya les doigts sur une serviette.

— Eh bien, quand je suis arrivé à l'adresse qu'ils m'avaient indiquée – une de ces suites de bureaux commerciaux partagées par plusieurs entreprises –, une espèce de garde du corps vient me chercher dans le hall. Il ne me décroche pas un mot, et se contente de marmonner un truc dans un micro sans fil avant de me conduire dans un ascenseur qui nous emmène au tout dernier étage.

Megan haussa les sourcils.

— Le penthouse ?

— Ouais. Mais écoute la suite. L'endroit est complètement vide. Toutes les lumières de la suite sont allumées mais il n'y a personne à l'intérieur. Ni meuble ni équipement : rien. Juste un mur de vitres surplombant la ville.

— C'est vraiment bizarre. Tu ne trouves pas, Gabby ?

Gabrielle hocha la tête en réprimant un frisson de malaise tandis que Jamie poursuivait.

— Donc le garde du corps me demande de sortir la première photo du porte-documents et d'aller la présenter devant la rangée de vitres du fond. Tout est noir au-dehors et je lui tourne le dos, mais il insiste pour que je lève chaque photo devant moi jusqu'à ce qu'il m'ordonne de la ranger et d'en sortir une autre.

Megan gloussa.

— Alors que tu lui tournais le dos ? C'est n'importe quoi.

— Pas si l'acheteur observait d'autre part, fit doucement remarquer Gabrielle. D'un endroit où il avait vue sur le bureau.

Jamie acquiesça.

— Apparemment, oui. Je n'entendais rien, mais je suis persuadé que le garde du corps – si c'en était un – recevait des instructions dans son oreillette. Pour tout vous dire, je commençais à flipper un peu, mais ça a été. Tout s'est bien passé, au final. Ce qu'ils voulaient, c'étaient tes photos. À la quatrième, ils m'ont carrément demandé un prix pour l'intégrale. Alors, comme je disais, j'ai un peu gonflé le prix, et ils ont accepté.

— Trop bizarre, commenta Megan. Hé, Gab, tu as peut-être tapé dans l'œil d'un milliardaire beau à tomber par terre, mais timide. Si ça se trouve, à cette heure-ci dans un an, on sera en train de danser à ton mariage en grande pompe à Mykonos.

— Hou là là, pitié, s'esclaffa Jamie. Mykonos, c'est dépassé. C'est à Marbella qu'il faut aller, maintenant, chérie.

Gabrielle chassa l'inquiétude singulière que l'étrange récit de Jamie avait provoquée en elle. Comme il l'avait dit, tout s'était bien passé, et elle avait empoché un gros chèque par-dessus le marché. Peut-être allait-elle inviter Lucan à dîner, puisque son repas de fête de la veille était resté à se figer misérablement sur le plan de travail de la cuisine.

Elle ne regrettait pas le moins du monde ses cannellonis, évidemment.

Oui, un dîner romantique en ville avec Lucan était une super idée. Avec un peu de chance, ils prendraient le dessert à la maison… ainsi que le petit déjeuner.

Son moral immédiatement retrouvé, Gabrielle se joignit aux rires de ses amis, qui continuaient d'échanger leurs théories fantasques sur l'identité du mystérieux collectionneur et ce que cela impliquait quant au futur de leur amie et, partant, du leur. Ils continuèrent une fois la table débarrassée et l'addition réglée, puis le trio sortit du restaurant dans la rue ensoleillée.

— Il faut que je me sauve, annonça Megan en embrassant rapidement Gabrielle, puis Jamie. On se voit bientôt ?

— Oui, répondirent-ils à l'unisson avec un signe de la main tandis que Megan remontait la rue en direction de l'immeuble de bureaux où elle travaillait.

Jamie leva la main pour héler un taxi.

— Tu rentres directement, Gabby ?

— Non, pas tout de suite. (Elle tapota le boîtier de son appareil pendu à son épaule.) Je comptais marcher jusqu'au parc, peut-être griller un peu de pellicule. Et toi ?

— David doit rentrer d'Atlanta d'ici à une heure, dit-il en souriant. Je fais l'école buissonnière aujourd'hui. Demain aussi, peut-être.

Gabrielle sourit.

— Passe-lui le bonjour de ma part.

— Sans problème. (Il se pencha vers elle et l'embrassa sur la joue.) Heureux que tu aies retrouvé le sourire. Je me faisais vraiment du mauvais sang pour toi après le week-end dernier. Je ne t'avais jamais vue aussi secouée. Ça va aller, tu es sûre ?

— Oui. Je vais bien, je t'assure.

— Et désormais l'inspecteur Beau Brun veille sur toi, c'est plutôt une bonne chose, ça.

— Oui. C'est même une très bonne chose, reconnut-elle, rougissant rien que de penser à lui.

Jamie la serra dans ses bras d'un geste fraternel.

— Ma foi, trésor, s'il y a un truc dont tu as besoin qu'il ne puisse t'apporter – ce dont je doute fort –, tu m'appelles, entendu ? *Ciao*, ma puce.

— Salut. (Ils se quittèrent au moment où un taxi s'arrêtait à leur hauteur.) Amuse-toi bien avec David.

Elle fit un signe de la main à Jamie et il grimpa dans le taxi, qui s'inséra de nouveau dans la circulation toujours dense à l'heure du déjeuner.

Il ne fallut que quelques minutes à Gabrielle pour franchir les pâtés de maisons séparant le quartier chinois du parc de Boston Common. Flânant le long des étendues de pelouses, Gabrielle prit quelques clichés, puis s'arrêta pour observer un groupe d'enfants jouant à colin-maillard sur une aire de pique-nique. Elle examinait la fillette qui se trouvait au milieu, un bandeau sur les yeux. Ses couettes blondes s'agitaient tandis qu'elle tournoyait d'abord d'un côté, puis de l'autre, en tendant les bras devant elle pour tenter d'attraper ses camarades qui l'esquivaient.

Gabrielle leva son appareil et fit la mise au point sur les gamins vifs et hilares. Elle suivit de son zoom le visage de la blondinette aux yeux bandés, sous les éclats de rire qui fusaient et résonnaient à travers la pelouse du parc. Elle ne prit aucune photo, et se borna à contempler leurs jeux insouciants de derrière son objectif, en tâchant de se rappeler si, un jour, elle avait ressenti un tel sentiment de plénitude et de sécurité.

Jamais ?

Un des adultes qui surveillaient les gamins les appela pour déjeuner, mettant un terme à leur jeu bruyant. Comme les enfants se ruaient vers la nappe de pique-nique, Gabrielle ramena son objectif le long des pelouses du parc. Dans le déplacement flou du viseur, elle remarqua une silhouette qui regardait dans sa direction, à l'ombre d'un grand arbre.

Elle éloigna l'appareil de son visage et scruta l'endroit où se tenait un jeune homme en partie dissimulé par le tronc d'un vieux chêne.

Elle avait à peine noté sa présence dans le parc grouillant de monde, mais sa silhouette lui était vaguement familière. Avec sa crinière brun cendré, sa chemise terne et son treillis kaki passe-partout, on le remarquait à peine parmi la foule, mais elle était sûre de l'avoir vu quelque part récemment.

Est-ce qu'il ne se trouvait pas au commissariat lorsqu'elle était allée faire sa déposition le week-end dernier ?

Quoi qu'il en soit, il avait dû s'apercevoir qu'elle l'avait repéré, car il se retrancha derrière l'arbre et le contourna pour se diriger vers la sortie du parc donnant sur Charles Street. Il tira un téléphone portable de la poche de son pantalon, puis jeta un regard à Gabrielle par-dessus son épaule sans ralentir le pas.

Gabrielle fut saisie d'un frisson d'angoisse.

Il était en train de l'épier… mais pour quelle raison ?

Que se passait-il, à la fin ? Elle sentait qu'il se tramait quelque chose, et elle comptait bien en avoir le cœur net.

Les yeux rivés sur le type au treillis, Gabrielle se lança à ses trousses, tout en rangeant son appareil dans son étui avant de remonter les bretelles de son petit sac à dos sur ses épaules. Le temps qu'elle franchisse la vaste pelouse du parc et débouche sur Charles Street, le jeune la devançait d'à peu près un pâté de maisons.

— Hé ! appela-t-elle en s'élançant à petites foulées.

L'oreille toujours collée au téléphone, il tourna la tête vers elle. Elle l'entendit parler dans le portable d'un ton animé, avant d'en rabattre le clapet et de refermer le poing dessus. Puis il détourna la tête et détala.

— Arrêtez ! cria-t-elle. (Elle attira des regards curieux de passants, mais le type l'ignora.) Je vous ai dit de vous arrêter, bon sang ! Qui êtes-vous ? Pourquoi m'espionnez-vous ?

Il déboula parmi la foule de Charles Street, disparaissant dans le flot de piétons. Lancée sur ses talons, Gabrielle esquivait les touristes et les employés de bureau en pause déjeuner sans quitter des yeux le gros sac qui tressautait sur le dos du jeune homme. Il bifurqua dans une rue, puis dans une autre, s'enfonçant plus profondément dans la ville et quittant les commerces et les bureaux de Charles Street pour la ramener dans le labyrinthe grouillant du quartier chinois.

Elle ne savait pas depuis combien de temps elle le filait, ni même où elle se trouvait au juste, quand elle se rendit compte tout à coup qu'elle l'avait perdu.

Elle s'arrêta près du croisement de deux rues animées et fit un tour d'horizon. Elle était seule au monde, et prisonnière de lieux inconnus. Des commerçants la dévisageaient, cachés à l'ombre de leur auvent ou dans l'embrasure de portes laissées ouvertes pour accueillir la chaleur estivale. Des passants défilaient en la fusillant du regard comme elle restait plantée au milieu du trottoir et osait faire obstacle à leur marche.

C'est alors qu'elle perçut une présence inquiétante sur la chaussée derrière elle.

Gabrielle jeta un regard par-dessus son épaule et aperçut une berline noire aux vitres teintées qui louvoyait tranquillement parmi les autres voitures. Le véhicule avançait avec grâce et détermination, tel un squale fendant un banc de menu fretin en quête d'une meilleure proie.

Venait-il dans sa direction ?

Peut-être que le type qui l'espionnait se trouvait à l'intérieur. Son apparition, et celle de ce véhicule inquiétant, avait peut-être un rapport avec l'individu à qui Jamie avait vendu ses photos.

Ou pire…

Peut-être était-ce lié à l'épouvantable agression dont elle avait été témoin le week-end dernier, et à sa déposition au commissariat. Et si elle avait bel et bien surpris un règlement de compte entre bandes ? Peut-être que ces viles créatures – elle ne pouvait se résoudre à y voir des hommes – avaient décidé de faire d'elle leur prochaine cible.

Un frisson glacial lui parcourut l'échine lorsqu'elle vit le véhicule s'engager dans la file qui longeait le trottoir où elle restait plantée.

Elle se mit à marcher, de plus en plus vite.

Le moteur de la berline rugit dans son dos.

Dieu du ciel.

Ils étaient bel et bien à ses trousses.

Gabrielle n'attendit pas d'entendre un crissement de pneus caractéristique et menaçant ; elle hurla et prit ses jambes à son cou.

Mais les trottoirs étaient bondés, et trop d'obstacles entravaient sa course. Elle bousculait les piétons sans prendre le temps de s'excuser, et laissait dans son sillage un flot d'injures bien senties.

Mais elle n'y prêtait pas attention, persuadée qu'il s'agissait d'une question de vie ou de mort.

Elle craignait de jeter même un rapide coup d'œil dans son dos. À quelques mètres derrière elle, la berline continuait à la suivre en vrombissant. Gabrielle baissa la tête et courut de plus belle, en priant pour réussir à quitter le trottoir avant que le véhicule la renverse.

Dans sa précipitation, elle se tordit la cheville.

Elle trébucha, déséquilibrée. Elle vit le sol se rapprocher et heurta le béton rugueux. Elle amortit le plus gros de sa chute avec ses paumes et ses genoux, les écorchant au passage. Malgré la brûlure qui lui fit monter les larmes aux yeux, Gabrielle se releva aussitôt.

Mais à peine s'était-elle redressée qu'elle sentit la poigne de fer d'un inconnu autour de son coude.

Elle sursauta, prise de panique.

— Ça va, m'dame ?

Le visage d'un ouvrier aux cheveux grisonnants apparut dans son champ de vision. Il inspecta ses plaies de ses yeux bleus sertis de rides profondes.

— Oh, ben mince. Vous saignez, dites donc.

— Lâchez-moi !

— Vous avez pas vu les plots ou quoi ? (Il désigna du pouce les cônes orange par-dessus son épaule, devant lesquels elle venait de passer comme une flèche.) On a retiré toute cette portion de macadam.

— S'il vous plaît, je vais bien. Il n'y a pas de mal.

Prisonnière de la poigne secourable mais oppressante de l'employé municipal, Gabrielle tourna la tête juste à temps pour voir la berline noire s'approcher de l'angle où elle se trouvait un moment plus tôt. La voiture s'arrêta brusquement le long du trottoir, la portière côté conducteur s'ouvrit et un grand costaud en sortit.

— Bon sang, mais lâchez-moi ! (Gabrielle s'efforça d'arracher son bras à l'emprise de l'homme qui cherchait à l'aider, sans quitter des yeux la grosse voiture noire et la menace qui s'en extirpait.) Vous ne comprenez pas, ils sont à ma poursuite !

— Qui ça ? demanda l'ouvrier, incrédule. (Il suivit son regard et s'esclaffa.) Ce gars-là, vous voulez dire ? Ça, m'dame, c'est le maire de Boston, je vous signale.

— Que…

Il disait vrai. D'un regard effaré, elle considéra le remue-ménage à l'angle de la rue sous une autre perspective. La berline noire n'était pas du tout à ses trousses. Elle avait fait halte au bord du trottoir et à présent le chauffeur en tenait la portière arrière ouverte. Le maire en personne sortit d'un restaurant, flanqué de gardes du corps en costume. Tous montèrent sur la banquette arrière de la berline.

Gabrielle ferma les yeux. Ses paumes à vif lui brûlaient, tout comme ses genoux. Son cœur battait toujours la chamade, mais tout le sang avait reflué de sa tête.

Elle était blême, et se sentait complètement idiote.

— J'ai cru…, marmonna-t-elle alors que le chauffeur refermait la portière, montait à l'avant et engageait le véhicule officiel dans la circulation.

L'employé lui lâcha le bras. Il retourna à son sandwich et à sa bouteille isotherme de café en secouant la tête.

— C'est quoi votre problème ? Vous êtes marteau ou quoi ?

Merde.

Elle n'était pas censée le repérer. On lui avait ordonné d'observer la dénommée Maxwell, de noter ses occupations, définir ses habitudes, et d'en faire un rapport détaillé au Maître. La consigne primordiale était de ne pas se faire remarquer.

De sa cachette, le Laquais cracha un juron, le dos plaqué contre une porte d'entrée banale, à l'intérieur d'un bâtiment anodin tel qu'il en existait des tas nichés entre les marchés et les restaurants du quartier chinois. Avec prudence, il entrouvrit la porte et jeta un coup d'œil pour repérer la femme.

Il finit par l'apercevoir, sur le trottoir d'en face.

Il constata avec soulagement qu'elle quittait le quartier. Il eut juste le temps de distinguer sa chevelure cuivrée avant qu'elle se fonde dans le flot de piétons, la tête baissée et le pas nerveux.

Il attendit dans sa cachette qu'elle disparaisse de sa vue. Puis il sortit discrètement et partit dans la direction opposée. Il avait passé plus de une heure en pause déjeuner. Mieux valait regagner le commissariat avant qu'on remarque son absence.

Chapitre 10

Gabrielle passa une nouvelle serviette en papier sous le filet d'eau froide qui coulait dans son évier. Il en gisait déjà plusieurs au fond du bac, mouillées et tachées de rose et de gris après qu'elle eut nettoyé le sang et retiré les graviers de ses genoux écorchés. Debout dans sa cuisine, en culotte et soutien-gorge, elle fit jaillir une giclée de savon liquide sur la boule de papier détrempé avant de nettoyer délicatement les plaies sur chacune de ses paumes.

— Aïe, s'écria-t-elle alors qu'elle frôlait au passage un petit caillou pointu.

Elle l'extirpa et l'envoya rejoindre les autres gravillons retrouvés au fond de l'évier.

Dans quel état elle se trouvait.

Elle avait déchiré sa nouvelle jupe, désormais fichue. Sa glissade sur le trottoir avait râpé les manches de son pull. Ses mains et ses genoux ressemblaient à ceux d'un vrai garçon manqué.

Et, par-dessus le marché, elle s'était complètement ridiculisée devant tout le monde.

Mais qu'est-ce qui lui avait pris de flipper comme ça ?

Le maire, bon sang. Et elle s'était sauvée à toutes jambes comme si elle l'avait pris pour un…

Un quoi ? Une espèce de monstre ?

Un vampire.

Sa main s'arrêta net.

Elle entendit ce mot résonner sous son crâne mais se refusait à le prononcer. Il était resté tapi dans un coin de sa conscience depuis le meurtre dont elle avait été témoin. Mais impossible de l'admettre, même ici, seule dans le silence de son appartement vide.

C'était sa mère biologique et démente qui était obsédée par les vampires, pas elle.

L'adolescente anonyme était en proie à un profond délire lorsque la police l'avait trouvée dans la rue, il y a bien des années de ça. Elle racontait que des démons la poursuivaient pour boire son sang – ils avaient déjà essayé, en fait, avait-elle expliqué pour justifier les étranges lacérations dans son cou. Les documents juridiques qu'on avait remis à Gabrielle étaient truffés de références insensées à des démons assoiffés de sang qui rôdaient dans la ville.

Impossible.

Il s'agissait de folie pure, et Gabrielle le savait.

Elle était en train de se laisser déborder par son imagination, et par ses craintes de perdre un jour la boussole comme sa mère. Elle était plus maligne que cela. Plus raisonnable, en tout cas.

Il le fallait, à tout prix.

Le fait d'apercevoir le type du commissariat aujourd'hui – ajouté à tout ce qu'elle avait vécu ces quelques derniers jours – avait déclenché quelque chose en elle. Pourtant, avec le recul, elle n'était même pas certaine que le jeune homme du parc et l'employé du poste de police soient réellement la même personne.

Et quand bien même ? Peut-être prenait-il son déjeuner dans Boston Common en profitant comme elle du beau temps. Où était le mal ? Et, s'il l'avait dévisagée, c'était sûrement parce qu'il croyait lui aussi la reconnaître. Peut-être serait-il venu la saluer si elle n'avait pas foncé sur lui comme une cinglée paranoïaque en prétendant qu'il l'épiait.

Oh, et pour couronner le tout, il allait peut-être rentrer au commissariat et leur raconter comment elle l'avait pourchassé jusqu'au cœur du quartier chinois...

Si Lucan venait à entendre ça, elle mourrait d'humiliation.

Gabrielle reprit le nettoyage de ses paumes écorchées en s'efforçant d'oublier toute cette journée. Son angoisse persistait, et son cœur continuait à battre la chamade. Elle tamponna les plaies superficielles en regardant le mince filet de sang couler le long de son poignet.

Étrangement, la vue de son propre sang l'apaisa, comme toujours.

Lorsqu'elle était plus jeune, et que l'émotion et le stress s'accumulaient en elle au point de l'étouffer, une simple petite coupure suffisait parfois à la calmer.

Elle en avait fait la découverte par accident. Alors qu'elle pelait une pomme dans l'un de ses foyers d'accueil, le couteau avait dérapé et entamé la partie charnue à la base de son pouce. Elle avait ressenti une pointe de douleur, mais quand le sang avait perlé en un ruisselet écarlate et brillant, Gabrielle n'avait éprouvé ni peur ni panique.

Elle avait été fascinée.

Et ressenti un incroyable sentiment de paix.

Quelques mois après cette étonnante révélation, Gabrielle s'était de nouveau coupée. Elle l'avait fait volontairement, en cachette, sans aucune intention de se faire mal. Elle recommença fréquemment au fil du temps, chaque fois qu'elle aspirait à ce profond sentiment de calme.

Et c'était le cas en ce moment même : elle était pétrie d'angoisse et sursautait comme un chat au moindre petit bruit dans l'appartement ou à l'extérieur. Sa tête semblait sur le point d'éclater. Elle respirait péniblement entre ses dents.

Des souvenirs troublants fusaient dans sa tête et lui rappelaient l'horreur de l'autre nuit près du club, les images de l'asile sinistre qu'elle avait photographié la veille, ainsi que la panique confuse, irrationnelle et viscérale qui s'était emparée d'elle cet après-midi.

Elle avait besoin d'un peu de répit.

Ne serait-ce que de quelques minutes de calme…

Le regard de Gabrielle glissa vers le bloc de bois disposé sur le plan de travail voisin et où étaient rangés les couteaux. Elle tendit la main et en saisit un. Il y avait des années qu'elle n'avait pas fait ça. Elle avait fait tant d'efforts pour maîtriser cette étrange et honteuse compulsion.

S'en était-elle jamais vraiment débarrassée ?

Les psychologues nommés par l'État et les assistantes sociales avaient fini par s'en convaincre. Tout comme les Maxwell.

Gabrielle s'interrogeait à présent, tandis qu'elle approchait le couteau de son bras nu, avec un frisson de sombre anticipation. Elle appuya la pointe de la lame contre la partie charnue de son avant-bras, pas assez fort toutefois pour entamer la chair.

C'était là son démon personnel – quelque chose dont elle n'avait jamais fait part à quiconque, pas même à Jamie, son plus proche confident.

Personne ne comprendrait.

Elle-même ne se l'expliquait pas.

Gabrielle bascula la tête en arrière et inspira à pleins poumons. Comme elle ramenait le menton en avant en expirant lentement, elle surprit son reflet dans la fenêtre au-dessus de l'évier. Elle y vit un visage las et affligé, aux yeux tourmentés et hagards.

— Qui es-tu ? murmura-t-elle à l'adresse de l'image fantomatique sur le carreau. (Elle ravala un sanglot.) Qu'est-ce qui ne tourne pas rond chez toi ?

D'un geste de dépit, elle balança le couteau dans l'évier et recula tandis qu'il tombait bruyamment dans le bac inoxydable.

Le vrombissement régulier des rotors d'hélicoptère fendit la tranquillité du ciel nocturne au-dessus de l'asile désaffecté. Un Colibri EC-120 noir surgit de la basse couverture nuageuse, pour venir doucement se poser à un endroit où le toit était plat.

— Coupe le moteur, ordonna le chef des Renégats au Laquais qui pilotait une fois que l'engin eut atterri sur son héliport de fortune. Attends-moi ici.

Il s'extirpa du cockpit et fut aussitôt accueilli par son lieutenant, un individu redoutable qu'il avait recruté sur la côte Ouest.

— Tout est en ordre, sire.

Les épais sourcils du Renégat se rejoignirent au-dessus de ses féroces yeux jaunes. Son grand crâne chauve portait encore les stigmates de brûlures électriques reçues lors d'un interrogatoire auquel la Lignée l'avait soumis à peu près six mois plus tôt. Les nombreuses cicatrices se remarquaient à peine au milieu de ses traits hideux. Le Renégat dévoila ses immenses crocs dans un large sourire.

— Vos cadeaux ont été très appréciés, sire. Nous attendions tous impatiemment votre arrivée.

Les yeux dissimulés derrière des lunettes noires, le chef des Renégats fit un bref signe de tête avant de suivre son guide d'un pas tranquille à l'intérieur du dernier étage du bâtiment, puis de continuer jusqu'à l'ascenseur qui le mènerait au cœur de la base. S'enfonçant bien au-dessous du rez-de-chaussée, ils sortirent de l'ascenseur pour s'engouffrer dans le dédale de tunnels abritant une partie de la garnison du repaire renégat.

Leur chef, quant à lui, s'était établi depuis un mois dans une résidence privée au centre de Boston, d'où il supervisait personnellement les opérations, évaluait les obstacles et choisissait ses meilleurs atouts pour obtenir le nouveau territoire sur lequel il avait jeté son dévolu. Il se préparait à faire sa première apparition publique – et comptait bien marquer l'événement.

Il s'aventurait rarement parmi la populace : les vampires devenus Renégats constituaient une engeance grossière et rustre, tandis qu'il avait pris goût à certains raffinements au fil de ses longues années d'existence. Mais il se devait de faire une apparition, même brève. Il fallait rappeler à ces animaux qui ils servaient, aussi leur avait-il offert un échantillon du butin qui les attendrait au terme de leur ultime mission. Certes, ils ne survivraient pas tous. Il y avait toujours des pertes au cœur d'une guerre.

Et c'était justement la guerre qu'il venait leur vendre ce soir.

Assez des luttes territoriales minables. Assez de ces querelles intestines qui divisaient les Renégats, et de ces actes de représailles isolés et absurdes. Le moment était venu de s'unir et d'écrire une page jamais encore imaginée dans la bataille séculaire qui brouillait depuis toujours la nation vampire. La Lignée régnait depuis trop longtemps déjà, et avait osé conclure un accord tacite avec l'humanité insignifiante tout en luttant pour éradiquer ses frères renégats.

Les deux factions de vampires n'étaient pourtant pas si différentes : ce n'était pas une question de nature, mais de degré. La distinction entre la faim légitime d'un vampire de la Lignée et l'inextinguible soif de sang des Renégats était minime. Le lignage de la race s'était dilué au fil du temps depuis l'époque des Anciens, à mesure que de nouveaux vampires atteignaient l'âge adulte et s'accouplaient à des Compagnes de sang humaines.

Mais toute cette corruption génétique ne suffirait jamais à effacer totalement les gènes vampires dominants. La Soif sanguinaire était un spectre qui hanterait à jamais la Lignée.

Du point de vue du meneur de cette guerre en gestation, on pouvait soit résister aux pulsions inhérentes à son espèce, soit en tirer le meilleur parti.

Escorté par son lieutenant, il avait à présent atteint le bout du couloir, et les pulsations monotones d'une musique assourdissante résonnaient à travers les murs et le sol. Derrière deux portes battantes en acier cabossé, une fête battait son plein. Le Renégat en faction à l'entrée posa pesamment un genou au sol sitôt que ses pupilles fendues identifièrent l'individu en face de lui.

— Sire. (Il y avait une note de révérence dans le timbre rugueux de sa voix, et de la déférence dans sa manière de baisser les yeux pour éluder le regard abrité par les lunettes noires.) Monseigneur, nous sommes honorés.

C'était effectivement le cas. Le chef salua d'un bref signe de tête la vigie qui se relevait. D'une main crasseuse, le garde poussa les portes pour permettre à son supérieur d'accéder à la foule bruyante rassemblée à l'intérieur. Le chef renvoya alors son acolyte pour se livrer à une observation personnelle des lieux.

C'était une orgie de sang, de sexe et de musique. Où qu'il dirige son regard, des Renégats palpaient des corps, forniquaient ou se nourrissaient d'un vaste assortiment d'humains, à la fois mâles et femelles. Qu'ils aient rejoint cette fête de leur plein gré ou pas, ces « cadeaux » n'avaient pas souffert. La plupart avaient été mordus au moins une fois, et drainés suffisamment pour être inondés d'un flot d'insouciance, d'une profonde béatitude. D'autres plus atteints étaient affalés telles de jolies poupées de chiffon sur les genoux de prédateurs aux yeux fous, qui ne rangeraient leurs crocs qu'une fois qu'il n'y aurait plus rien à dévorer.

Mais quoi de moins étonnant lorsqu'on jetait de tendres agneaux en pâture à des bêtes affamées.

Comme il s'avançait parmi cet attroupement, ses paumes devinrent moites. Sa queue se raidit sous les plis soigneusement repassés de son pantalon. Ses crocs commencèrent à lui démanger et à l'élancer mais il se mordit la langue dans une tentative pour les empêcher de s'allonger sous l'effet de l'appétit, à l'instar de son sexe qui venait de réagir avec tant d'empressement au barrage de stimuli érotiques l'assaillant de toutes parts.

Les odeurs mêlées de sexe et de sang l'appelaient comme le chant d'une sirène – un chant qu'il connaissait bien, en dépit du temps écoulé. Bien sûr, il savait toujours apprécier un beau cul et une veine juteuse, mais ces besoins n'avaient désormais plus aucune prise sur lui. L'ascension avait été difficile depuis l'abîme où il gisait autrefois, mais il avait triomphé.

Il était aujourd'hui le Maître, maître de lui-même et, bientôt, de beaucoup, beaucoup plus.

Une nouvelle guerre s'amorçait, et il était disposé à livrer l'Armageddon même. Il montait son armée, perfectionnait ses méthodes, rassemblait les alliés qu'il sacrifierait sans hésitation sur l'autel de son ambition personnelle. Il assouvirait sa sanglante vengeance sur la nation vampire et sur ces humains qui n'existaient que pour servir les siens.

Quand la grande bataille prendrait fin et qu'ils seraient débarrassés de la poussière et de la cendre, nul ne se tiendrait plus en travers de son chemin.

Il monterait sur ce foutu trône, conformément au droit que lui conférait sa naissance.

— Hé, beau gosse… tu viens t'amuser avec moi ?

L'invitation rauque lui était parvenue par-dessus le vacarme. De la fosse grouillante de corps nus et humides, une main de femme avait surgi pour s'agripper à sa cuisse. Il s'arrêta, baissant vers elle un regard d'agacement non dissimulé. Sous les coulées de mascara noir se cachait une beauté fanée, dont l'esprit était perdu, en proie au délire orgiaque. Deux filets de sang coulaient le long de son cou gracieux jusque sur les pointes de ses seins parfaits. Elle portait également des traces de morsure en d'autres endroits : sur son épaule, autour de son ventre, et à l'intérieur de sa cuisse, juste au-dessous de l'étroite toison.

— Joins-toi à nous, implora-t-elle, s'extirpant de la mêlée de bras et de jambes et de vampires trépignants et hurlants.

La femelle était pratiquement vidée de son sang, à deux doigts de la mort. Elle avait le regard flou et vitreux. Ses mouvements étaient alanguis, comme si ses os étaient devenus élastiques.

— J'ai ce que tu cherches. Je ferai couler mon sang pour toi, aussi. Viens me goûter.

Sans rien dire, il se contenta d'arracher les doigts pâles et maculés de sang de la soie de son pantalon hors de prix.

Il n'était franchement pas d'humeur.

Et, comme tout bon dealer, il ne consommait jamais sa propre marchandise.

Plaquant sa grande main contre la poitrine de la femme, il la repoussa dans la cohue de corps. Elle glapit alors que l'un des Renégats l'empoignait sans ménagement, avant de la retourner sauvagement d'un bras pour l'amener sous lui et la pénétrer par-derrière. Elle laissa échapper des petits cris et des gémissements tandis qu'il s'enfonçait en elle, mais se tut bientôt lorsque le vampire livré à la Soif sanguinaire planta ses longs crocs dans son cou, buvant la dernière goutte de vie de son corps desséché.

— Savourez ce butin, déclara celui qui serait bientôt roi d'une voix grave résonnant avec majesté par-dessus les rugissements de bêtes et le martèlement fracassant de la musique. La nuit se lève, et vous serez bientôt rétribués selon mon bon vouloir.

Chapitre 11

Lucan frappa une énième fois à la porte de Gabrielle. Toujours aucune réponse.

Il se tenait sur le perron depuis déjà cinq minutes, dans le noir, à attendre qu'elle ouvre cette fichue porte et l'invite à entrer, ou que, se croyant à l'abri derrière son armée de serrures, elle le traite de tous les noms et lui dise d'aller se faire voir.

Après tout ce qu'il lui avait fait la nuit passée, il ignorait quelle réaction il méritait au juste. Sans doute un adieu furibond.

Il cogna une fois de plus son poing contre la porte, probablement assez fort pour être entendu des voisins, mais il ne percevait aucun mouvement dans l'appartement de Gabrielle. Juste le silence, et un calme inquiétant.

Elle était pourtant là. Il sentait sa présence derrière les couches de brique et de bois qui les séparaient. Et il sentait aussi le sang… pas en grande quantité, mais un soupçon, tout près de la porte.

Bordel de merde.

Elle était chez elle, et blessée.

— Gabrielle !

L'angoisse lui fouetta le sang telle une flamme acide et il s'efforça de retrouver un calme suffisant pour concentrer son esprit sur la chaîne et les deux loquets engagés de l'autre côté. Au prix d'un effort intense, il tourna le bouton du premier verrou, puis de l'autre. La chaîne sortit de sa glissière et vint heurter le montant de la porte avec un bruit métallique.

Lucan ouvrit grande la porte et le bruit de ses bottes résonna sur le carrelage de l'entrée. Sur le sol devant lui, il découvrit la sacoche de Gabrielle, qu'elle avait probablement laissé tomber dans sa hâte. Le doux parfum du jasmin emplit brusquement ses narines, et aussitôt une traînée de petites taches écarlates attira son regard.

Un relent amer de peur se mêlait également à l'air de l'appartement. L'odeur avait déjà eu le temps de s'estomper un peu, mais persistait tel un brouillard.

Il traversa le salon à grands pas pour suivre les gouttelettes de sang, qui menaient vers la cuisine. Mais soudain, son regard s'arrêta sur une pile de photos posée sur la table basse.

Il s'agissait d'ébauches, un assortiment d'images hétéroclites. Il reconnut certains clichés du projet que Gabrielle avait baptisé « Renouveau urbain ». Mais il y en avait une poignée qu'il voyait pour la première fois. Ou peut-être qu'il n'y avait pas prêté attention.

À présent il les remarquait.

Et il en avait la chair de poule.

Un vieil entrepôt près des docks. Une usine à papier désaffectée juste à la sortie de la ville. Plusieurs autres constructions d'aspect sinistre que tout humain – qui plus est une frêle jeune femme telle que Gabrielle – serait bien avisé d'éviter.

Des repaires de Renégats.

Certains avaient été neutralisés par Lucan et ses guerriers, mais une poignée de cellules étaient encore opérationnelles. Il en releva plusieurs que Gideon avait depuis quelque temps placées sous surveillance, puis passa le reste en revue en se demandant combien des photos de Gabrielle représentaient des bases de Renégats que la Lignée n'avait pas encore repérées.

— Oh, putain, marmonna-t-il tout bas en dégageant du doigt deux autres photos.

Il y avait également des clichés extérieurs de quelques Havrobscurs de la région : des recoins sombres masqués par une signalisation bidon censée dérober les sanctuaires de vampires à la vue des humains trop curieux comme à celle de leurs ennemis renégats.

Et, malgré tout, Gabrielle avait découvert ces endroits. Mais comment ?

Une chose était sûre, ce n'était pas par hasard. Son œil extraordinaire avait dû la mener sur ces lieux. Elle s'était déjà révélée pratiquement immunisée contre les subterfuges classiques des vampires : illusions hypnotiques de masse, contrôle de l'esprit… et il semblait qu'elle ait un autre don en prime.

Lucan grommela un juron, fourra une poignée de photos dans la poche de sa veste en cuir et rejeta le reste sur la table.

— Gabrielle ?

Il entra dans la cuisine, où l'attendait quelque chose d'encore plus troublant.

Le parfum du sang de Gabrielle y était plus intense, et l'attira vers l'évier. Il se figea devant le bac, et la panique lui serra la poitrine lorsqu'il regarda au fond.

On aurait cru que quelqu'un avait tenté de nettoyer une scène de crime, et s'y était pris comme un sagouin. Plus d'une dizaine de serviettes en papier trempées et tachées de sang s'amassaient au fond de l'évier, près d'un couteau à légumes qu'on avait retiré du bloc en bois sur le plan de travail.

Il ramassa l'instrument tranchant et l'examina rapidement. Il n'avait pas été utilisé, mais le sang dans l'évier, comme celui qui tachait le sol, appartenait uniquement à Gabrielle.

Le morceau de tissu déchiré traînant à ses pieds portait lui aussi son odeur.

Bon sang, si quelqu'un l'a touchée…

Si jamais quelque chose lui est arrivé…

— Gabrielle !

Lucan suivit son odorat jusqu'au sous-sol. Il ne prit pas la peine d'allumer ; sa vue perçait sans problème l'obscurité. Il descendit l'escalier en trombe et appela son nom dans le silence.

Le parfum de Gabrielle semblait concentré dans un coin au fond de la pièce. Lucan se trouva face à une nouvelle porte close, celle-ci entourée d'un épais ruban isolant qui empêchait toute lumière d'entrer. Il tourna plusieurs fois la poignée et la porte trembla, maintenue par une fragile serrure.

— Gabrielle. Tu m'entends ? Ouvre la porte, ma belle.

Il n'attendit pas qu'elle réponde. Il manquait de patience, ou de la concentration nécessaire pour calmement dégager le crochet derrière la porte. Avec un grondement de colère, Lucan enfonça la porte d'un coup d'épaule et déboula à l'intérieur.

Il la repéra aussitôt dans l'espace obscur. Son corps était roulé en boule sur le sol dans la chambre noire exiguë, et quasiment nu, à l'exception d'une culotte et d'un mince soutien-gorge en dentelle. Gabrielle sursauta au fracas de son arrivée brutale.

Elle releva vivement la tête. Elle avait les paupières lourdes et gonflées d'avoir récemment pleuré. Il devina qu'elle avait dû rester longtemps dans cette pièce, à sangloter. Il se dégageait d'elle une impression de très grande fatigue, et elle semblait minuscule, si vulnérable.

— Oh, bon sang, Gabrielle, murmura-t-il en s'accroupissant devant elle. Mais qu'est-ce que tu fabriques ici ? Quelqu'un t'a fait du mal ?

Elle secoua la tête mais ne répondit pas immédiatement. Elle passa ses mains tremblantes sur son visage pour en écarter ses cheveux emmêlés, et essayer de le distinguer dans le noir.

— J'étais… fatiguée. J'avais besoin de silence… de paix.

— Alors c'est toi qui t'es enfermée ici ? (Il poussa un court soupir de soulagement, mais il n'en restait pas moins que son corps portait des traces de blessures qui venaient seulement d'arrêter de saigner.) Tu es certaine que ça va ?

Elle hocha la tête et se pencha vers lui dans l'obscurité.

Lucan fronça les sourcils et tendit le bras pour lui caresser les cheveux. Elle y vit une invitation, et se réfugia dans ses bras comme un enfant cherchant la chaleur et le réconfort. Le fait que la prendre dans ses bras lui paraisse si naturel ne présageait rien de bon, tout comme sa forte envie de lui assurer qu'elle était en sécurité avec lui, qu'il la protégerait comme un homme protège sa...

Sa femme.

Impossible, se reprit-il. Plus qu'impossible : c'était grotesque.

Il baissa les yeux sur ce petit bout de femme tendrement lové contre lui, délicieux et quasi nu. Elle n'avait absolument aucune idée du monde de dangers dans lequel elle évoluait désormais – et se doutait encore moins que le vampire qui la serrait dans ses bras à cet instant représentait peut-être le plus grand danger de tous.

Il était bien le dernier à pouvoir offrir sa protection à une Compagne de sang. Surtout à Gabrielle, dont le parfum suffisait à déchaîner sa soif de sang avec une force vertigineuse et terrifiante. Il lui caressa le cou, puis l'épaule, en s'efforçant de faire abstraction du pouls régulier qui battait sous ses doigts. Il luttait de toute sa volonté pour refouler le souvenir de leur dernière rencontre, et son furieux désir de la posséder de nouveau.

— Mmm, tu es si doux, ronronna-t-elle contre son torse d'une voix ensommeillée qui envoya une onde de chaleur courir le long de son échine. C'est encore un rêve ?

Incapable de répondre, Lucan émit un grognement. Il ne s'agissait pas d'un rêve, et il ne trouvait aucune douceur en lui. Il sentait dans son corps la bête ancestrale et affamée qui montrait ses crocs tandis qu'elle se nichait toujours plus près de lui, avec une confiance et une naïveté attendrissantes.

Il cherchait une distraction et il lui suffit d'un coup d'œil.

Il fixa son regard sur une autre série de photos que Gabrielle avait épinglées sur un fil à sécher dans la chambre noire, et ses muscles se raidirent aussitôt. Parmi les vues sans importance figurait une poignée d'autres clichés de bases vampires.

Au nom du ciel… elle en avait même pris un du complexe des guerriers, en pleine journée, depuis la route qui menait à l'imposante propriété. Aucune erreur possible, il s'agissait bien de l'immense portail de fer forgé orné d'arabesques qui interdisait au grand public l'accès à la longue allée, et au manoir hautement sécurisé.

Gabrielle avait dû se trouver juste en dehors du domaine pour prendre cette photo. À voir le feuillage touffu des arbres environnants, l'image devait dater au plus de quelques semaines. Elle s'était tenue là, à quelques centaines de mètres à peine de là où il vivait.

Il n'avait jamais été du genre à croire au destin, mais il semblait suffisamment clair que, d'une manière ou d'une autre, cette femelle était appelée à croiser sa route.

Oh que oui. À la manière d'un chat noir.

C'était bien sa veine : après des siècles passés à esquiver projectiles cosmiques et galères émotionnelles, il s'était fait rattraper par la destinée et la réalité, ces sœurs sournoises qui avaient décidé de le mettre à double épreuve.

— Tout va bien, dit-il à Gabrielle, même si c'était de moins en moins vrai. Je vais t'aider à remonter, tu vas t'habiller, et ensuite on discutera.

Avant que la vue de ces légers bouts de dentelle et de satin ne lui fasse perdre les pédales.

Lucan la prit dans ses bras, puis sortit de la chambre noire et l'emporta au rez-de-chaussée. À la tenir tout contre lui, il observa le détail de ses diverses blessures : des écorchures à vif sur ses paumes et ses genoux, témoins d'une assez mauvaise chute.

Elle avait tenté d'échapper à quelque chose – ou quelqu'un – qui la terrifiait, quand elle avait trébuché. Le sang de Lucan bouillait d'impatience de savoir quelle avait été la cause de cette terreur, mais chaque chose en son temps. Sa priorité immédiate était le confort et le bien-être de Gabrielle.

Lucan traversa le salon et monta l'escalier menant à sa chambre mansardée. Il comptait seulement l'aider à s'habiller, mais, alors qu'il passait devant la salle de bains attenante, il ouvrit les robinets de la baignoire d'un ordre mental. Tous les deux avaient sérieusement besoin de discuter, et elle serait sans doute plus à même d'encaisser ce qu'il avait à lui dire après un bon bain chaud.

Gabrielle avait passé les bras autour de son cou, et Lucan la porta jusque dans la salle de bains. Une petite veilleuse répandait une lumière d'ambiance : exactement l'éclairage qui lui convenait. Il s'assit sur le rebord de la baignoire, et installa Gabrielle, alanguie, sur ses genoux.

Dégrafant la fermeture du mince soutien-gorge de dentelle, il dévoila ses seins et son regard s'enfiévra aussitôt. Ses mains réclamaient qu'il la touche, et il céda : caressa ses courbes voluptueuses du bout des doigts et effleura de son pouce le rose foncé de ses tétons.

Comme pour mieux l'achever, elle émit un doux soupir de plaisir qui l'excita douloureusement.

Il parcourut son dos jusqu'au fin morceau de tissu qui cachait son sexe. Ses mains lui paraissaient trop grandes et vigoureuses pour le fragile morceau de dentelle, mais il réussit tout de même à faire glisser le sous-vêtement le long des jambes fines de Gabrielle.

Le sang afflua en lui comme de la lave en fusion à la vue de cette femme, nue devant lui de nouveau.

Il aurait peut-être dû se sentir coupable de la désirer ainsi alors qu'elle était si vulnérable, mais il ne cédait pas facilement à la honte, pas plus qu'il n'aimait jouer les âmes charitables. Et il avait déjà pu constater par lui-même que tenter de se contrôler en présence de cette femme-là était une bataille perdue d'avance.

Lucan aperçut un flacon de bain moussant près de la baignoire, et en versa une généreuse dose sous le jet d'eau. Tandis que la mousse s'accumulait, il déposa doucement Gabrielle dans le bain chaud. Elle laissa échapper un gémissement approbateur en plongeant dans l'eau écumeuse et ses muscles se relâchèrent visiblement ; ses épaules vinrent reposer mollement contre la serviette que Lucan s'était empressé de glisser dans son dos pour lui éviter de rencontrer la porcelaine froide.

La petite salle de bains s'emplit de vapeur et du léger parfum de jasmin de Gabrielle.

— Tu es bien, là ? demanda-t-il en se débarrassant de sa veste, qu'il lança par-dessus le lavabo.

— Mmm, gémit-elle.

Il ne put résister à l'envie de poser ses mains sur elle. En caressant gentiment son épaule, il murmura :

— Laisse-toi glisser sous l'eau, et mouille-toi les cheveux. Je vais te les laver.

Elle obéit et le laissa lui guider la tête sous le jet d'eau, puis la relever, sa longue chevelure rousse désormais lisse et auburn. Elle resta un long moment sans rien dire, puis souleva lentement les paupières et lui sourit, comme si elle venait seulement de reprendre conscience et s'étonnait de le trouver là.

— Salut.

— Salut.

Elle s'étira et réprima un bâillement avant de demander :

— Quelle heure est-il ?

— Il doit être environ 20 heures, répondit-il en haussant les épaules.

Gabrielle se redressa dans la baignoire et ferma les yeux en poussant un soupir las.

— Dure journée ?

— J'ai connu mieux.

— J'avais deviné. Tu as les paumes et les genoux bien amochés.

Lucan se pencha pour couper l'eau. Il attrapa un tube de shampooing et s'en versa un peu au creux de la main.

— Tu veux me raconter ce qui s'est passé ?

— Je ne préfère pas. (Un pli se dessina entre ses fins sourcils.) J'ai agi comme une idiote cet après-midi. Je suis sûre que tu en entendras parler bien assez tôt.

— Comment ça ? demanda Lucan en faisant mousser le liquide entre ses mains.

Tandis qu'il faisait doucement pénétrer l'épaisse mousse dans sa chevelure, Gabrielle ouvrit un œil et lui glissa un regard en coin.

— L'employé du commissariat n'a rien raconté à personne ?

— Quel employé ?

— Celui qui travaille comme auxiliaire au commissariat. Grand, dégingandé, il ressemble à M. Tout-le-monde. Je ne connais pas son nom, mais je suis quasiment certaine qu'il était présent la nuit où j'ai fait ma déposition sur le meurtre. Je l'ai vu aujourd'hui à Boston Common. Je croyais qu'il m'observait, en fait, et je… (Elle ne termina pas sa phrase, et secoua la tête.) Je me suis lancée après lui comme une folle, en l'accusant de m'espionner.

Les mains de Lucan cessèrent leur massage et ses instincts de guerrier se mirent en alerte.

— Tu as quoi ?

— Je sais, répondit-elle, se méprenant sur sa réaction. (Elle dispersa une motte de bulles d'un geste de la main.) Je t'avais dit que je m'étais comportée comme une idiote. Bref, j'ai poursuivi ce pauvre garçon jusque dans le quartier chinois.

Même s'il n'en disait rien, Lucan savait que le premier instinct de Gabrielle avait été juste lorsqu'elle avait soupçonné cet inconnu de l'épier dans le parc. L'incident s'était produit en plein jour, il ne pouvait donc pas s'agir d'un Renégat – c'était déjà ça –, mais les humains à leur service pouvaient se révéler tout aussi dangereux. Partout dans le monde, les Renégats employaient des Laquais, des humains que la morsure d'un vampire suffisamment puissant assujettissait en les vidant de leur conscience et de leur libre arbitre pour ne laisser qu'une obéissance inconditionnelle.

Lucan avait l'absolue certitude que l'homme qui avait observé Gabrielle l'avait fait sur les ordres d'un Renégat.

— Est-ce que cette « personne » t'a fait du mal ? Est-ce ainsi que tu as reçu ces écorchures ?

— Non, non. Je me suis fait ça toute seule. J'ai paniqué sans raison. Après avoir perdu la trace du gamin, j'ai simplement pété les plombs. Je me suis mis en tête qu'une voiture me suivait, alors que c'était faux.

— Comment peux-tu en être sûre ?

Elle lui adressa un regard penaud.

— Parce qu'il s'agissait du maire, Lucan. Je croyais que cette grosse berline me suivait et j'ai commencé à courir, mais c'était juste le chauffeur du maire. Et, pour couronner cette journée désastreuse, je suis tombée la tête la première sur le trottoir, au beau milieu de la foule, et j'ai dû rentrer chez moi en boitillant, les mains et les genoux en sang.

Il proféra un juron à voix basse quand il comprit quels risques insensés elle avait pris. Nom de Dieu, elle s'était lancée seule à la poursuite du Laquais. Cette pensée fit frémir Lucan plus qu'il n'osait se l'avouer.

— Tu dois me promettre d'être plus prudente, la gronda-t-il, conscient de son ton sévère mais trop inquiet pour s'embarrasser de délicatesses alors qu'elle aurait pu se faire tuer. Si quelque chose comme ça se reproduit, tu dois aussitôt m'en parler.

— Ça ne se reproduira plus, car je ne recommencerai plus. Et je n'allais pas t'appeler, toi ou quelqu'un d'autre au commissariat, pour un truc aussi stupide. Qu'iraient-ils s'imaginer si je les appelais pour leur signaler qu'un de leurs stagiaires m'espionnait sans motif apparent ?

Bordel. Son mensonge était en train de lui revenir en pleine poire. Pire encore, il avait failli la mettre en péril : supposons qu'elle ait appelé le commissariat en demandant à parler à l'inspecteur Thorne, et du même coup attiré l'attention d'un Laquais infiltré…

— Je vais te donner mon numéro de portable. Tu pourras m'y joindre jour et nuit. N'hésite pas à t'en servir, tu m'entends ?

Elle hocha la tête tandis que Lucan rouvrait le mitigeur, puis passait ses mains sous l'eau avant d'arroser ses boucles brunies et soyeuses.

Fâché contre lui-même, il attrapa un gant de toilette sur une étagère au-dessus de sa tête et le plongea dans l'eau du bain.

— À présent, montre-moi ce genou.

Elle leva la jambe au-dessus de la mousse du bain. Lucan saisit son pied dans sa main, et lava délicatement la plaie à vif. Ce n'était qu'une égratignure, mais elle avait recommencé à saigner au contact de l'eau chaude. Lucan serra les dents avec force à mesure que le filet écarlate et odorant traçait son lent chemin sur la peau de Gabrielle et tombait sur la mousse immaculée du bain.

Il nettoya le second genou blessé, puis fit signe à Gabrielle de lui montrer les paumes de ses mains. Il n'essaya même pas de parler, sonné par la vue du corps nu de Gabrielle combinée à l'odeur exquise de son sang.

Sans s'appesantir, il tamponna les éraflures sur ses mains, douloureusement conscient qu'elle suivait tous ses mouvements de son regard sombre et intense. Le pouls à son poignet battait rapidement sous la pression de ses doigts.

Elle aussi avait envie de lui.

Au moment où Lucan lui lâchait le bras, elle le tourna légèrement et il remarqua un détail troublant : une suite de petites marques entachant la perfection de sa peau de pêche. Il s'agissait de cicatrices, de minuscules entailles à l'intérieur de ses avant-bras, et il en releva d'autres sur ses cuisses.

Des coupures de rasoir.

Comme si elle avait subi des tortures odieuses et répétées dans sa très tendre enfance.

— Nom de Dieu. (Il dirigea brusquement son regard vers elle, contenant à grand-peine sa fureur.) Qui t'a fait ça ?

— Ce n'est pas ce que tu crois.

Il fulminait à présent, déterminé à ne pas passer l'éponge.

— Dis-moi.

— Ce n'est rien, je t'assure. Oublie…

— Donne-moi un nom, bordel de merde, et je jure de tuer cette ordure de mes propres mains…

— C'est moi, murmura-t-elle dans un souffle précipité. C'est moi qui l'ai fait. Moi et personne d'autre.

— Quoi ? (Il saisit de nouveau son poignet fragile entre ses doigts, et lui leva le bras afin d'inspecter la trame de cicatrices violacées et à demi effacées.) C'est toi qui t'es fait ça ? Mais pourquoi ?

Elle dégagea son poignet et plongea ses deux bras sous l'eau, comme pour les dissimuler à un examen plus approfondi.

Lucan jura tout bas, dans une langue qu'il ne pratiquait plus que rarement.

— À quelle fréquence, Gabrielle ?

— Je n'en sais rien. (Elle haussa les épaules, évitant à présent son regard.) Il y a longtemps que je ne l'ai plus fait. Ça m'est passé.

— Que fait alors ce couteau dans l'évier de ta cuisine ?

Elle lui retourna un regard froissé et hostile. Elle n'aimait pas qu'il fouine dans sa vie, et il la comprenait mieux que personne, mais Lucan cherchait une explication. Il imaginait difficilement ce qui pouvait la pousser à s'enfoncer une lame dans sa propre chair.

Encore, et encore.

Elle se renfrogna et riva son regard sur les bulles de savon qui se dissipaient autour d'elle.

— Écoute, est-ce qu'on pourrait changer de sujet, s'il te plaît ? Je ne tiens pas franchement à parler de…

— Peut-être que tu devrais en parler, justement.

— Oh, mais bien sûr. (Elle lâcha un petit rire empreint d'ironie.) Est-ce le moment où vous me suggérez d'aller voir un psy, inspecteur Thorne ? Et, pourquoi pas, d'entrer dans un endroit où l'on m'abrutira de médicaments et où un médecin m'examinera au microscope ?

— Tu as déjà vécu ça ?

— Les gens ne me comprennent pas. Ils ne m'ont jamais comprise, d'ailleurs. Moi-même j'ai parfois du mal.

— Qu'y a-t-il à comprendre ? Que tu ressentes le besoin de te faire du mal ?

— Non. Pas du tout. Ce n'était pas pour ça que je le faisais.

— Pourquoi alors ? Enfin, Gabrielle, il doit y avoir plus d'une centaine de cicatrices.

— Je ne le faisais pas pour avoir mal. Ça ne m'en faisait aucun.

Elle prit une inspiration et souffla lentement entre ses lèvres. Il lui fallut une seconde pour commencer à parler, mais dès lors le regard ébahi de Lucan ne la quitta plus.

— Il n'a jamais été question de souffrance. Je ne cherchais pas à enfouir des souvenirs traumatisants ou à dénoncer de mauvais traitements, en dépit de l'avis de plusieurs soi-disant experts mandatés par l'État. Je m'entaillais la peau parce que… ça m'apaisait. Ça me calmait de voir mon sang couler. Il ne me fallait pas grand-chose, juste une petite coupure, jamais très profonde. Je saignais un peu, et tout ce qui semblait bizarre et déplacé en moi redevenait tout à coup… normal.

Elle soutint son regard imperturbable avec un nouvel air de défi, comme si une porte s'était ouverte quelque part au plus profond de son âme et qu'elle s'était libérée d'un poids. D'une certaine façon, Lucan comprit que cette image n'était pas totalement fausse. Excepté qu'il manquait encore à Gabrielle un élément d'information essentiel pour compléter le puzzle.

Elle ignorait qu'elle était une Compagne de sang.

Elle ne pouvait deviner qu'un jour, un membre de son espèce à lui en ferait sa bien-aimée pour l'éternité et l'éveillerait à un monde dont elle n'aurait jamais soupçonné l'existence. Ses yeux s'ouvriraient à un plaisir qui n'existait qu'au sein d'un couple uni par le sang.

Lucan s'aperçut qu'il haïssait déjà le mâle anonyme qui aurait le privilège d'aimer Gabrielle.

— Je ne suis pas cinglée, si c'est ce que tu penses.

Lucan secoua doucement la tête.

— Loin de moi cette idée.

— Je déteste la pitié.

— Tout comme moi, dit-il en réponse à l'avertissement qu'il décela dans ses paroles. Tu n'as pas besoin de la pitié des gens, Gabrielle. Et tu n'as pas non plus besoin de médecins ou de médicaments.

Elle s'était repliée sur elle-même depuis qu'il avait découvert ses cicatrices, mais à présent il sentit une hésitation, et sa confiance qui revenait timidement.

— Tu n'appartiens pas à ce monde, déclara-t-il sur un ton factuel. (Il tendit la main et lui prit le menton.) Tu es bien trop extraordinaire pour cette vie, Gabrielle. Je crois que tu le sais depuis toujours. Un jour, tout ça prendra un sens pour toi, je te le promets. Alors tu comprendras, et tu découvriras ton véritable destin. Peut-être que je pourrai t'y aider.

Le gant en main, il s'apprêtait à reprendre sa tâche, mais il devina son regard rivé sur lui et s'arrêta. Le sourire profondément chaleureux qu'elle lui adressa en retour lui transperça le cœur. Pris au piège de son regard doux, il sentit un curieux serrement dans sa gorge.

— Qu'y a-t-il ?

Elle secoua très légèrement la tête.

— Je suis surprise, c'est tout. Je ne m'attendais pas à entendre un policier coriace et baraqué comme toi parler en termes si romantiques de la vie et du destin.

Cela lui rappela qu'il s'était présenté – et se présentait encore – à elle sous un faux prétexte, et lui remit brutalement les idées en place. Il replongea le gant de toilette dans l'eau savonneuse et le laissa flotter au milieu des bulles.

— Peut-être que c'est du baratin à deux balles.

— Je ne crois pas.

— Ne m'accorde pas tant de crédit, rétorqua-t-il avec une décontraction forcée. Tu ne me connais pas, Gabrielle. Pas vraiment.

— Pourtant, j'aimerais vraiment bien te connaître.

Elle se redressa dans la baignoire, les vaguelettes tièdes léchant les contours de son corps nu comme Lucan aurait voulu le faire. Le haut de ses seins émergeait juste au-dessus de la surface de l'eau ; une mousse blanche entourait ses tétons, roses et durs comme des boutons.

— Dis-moi, Lucan. Est-ce que tu as trouvé ta place, toi ?

— Non.

Il avait laissé échapper cette réponse dans un grondement, et elle constituait un aveu plus proche de la vérité qu'il n'aurait voulu l'admettre. Tout comme elle, il détestait la pitié, et fut soulagé de lire davantage de curiosité que de compassion dans le regard de Gabrielle. Il fit glisser son doigt le long de son nez coquin et constellé de taches de rousseur.

— Je suis le paria originel. Je n'ai jamais réellement eu ma place nulle part.

— Ça, c'est faux.

Gabrielle passa les bras autour de son cou. Elle plongea son doux regard brun dans le sien, et l'observa avec une tendresse semblable à celle qu'il avait déployée pour la conduire de la chambre noire fermée à clé jusque dans ce bain chaud. Elle l'embrassa et, au moment où sa langue lui effleurait les lèvres, Lucan sentit l'entêtant parfum du désir et d'une suave affection féminine aiguiser tous ses sens.

— Tu t'es si bien occupé de moi ce soir. À mon tour de m'occuper de toi, Lucan.

Elle l'embrassa de nouveau, et sa petite langue curieuse et douce lui arracha un profond râle de plaisir. Quand elle recula, Gabrielle avait le souffle court et le regard enflammé de désir.

— Tu es bien trop couvert. Déshabille-toi, je te veux nu avec moi dans ce bain.

Lucan obéit, abandonnant bottes, chaussettes, pantalon et chemise sur le sol. Il ne portait rien d'autre et se dressa entièrement nu devant Gabrielle.

Son sexe bandé palpitait de désir pour elle.

Il prit soin de détourner les yeux, dont les pupilles étaient étrécies sous l'effet de la faim ; il avait aussi cruellement conscience de ses crocs étirés derrière ses lèvres. Si l'éclairage avait été plus puissant que la petite veilleuse près du lavabo, elle aurait sans doute pu contempler toute l'étendue de son désir.

Voilà qui aurait sans doute refroidi l'ardeur d'un moment qui s'annonçait pourtant prometteur.

Il n'allait certainement pas courir ce risque.

D'une impulsion mentale, il fit éclater la petite ampoule logée derrière le couvercle en plastique de la veilleuse. Le claquement soudain fit sursauter Gabrielle, mais elle lâcha bientôt un soupir apaisé tandis qu'une obscurité bienheureuse les entourait.

—Allume une autre lumière, si tu veux.

—Je te trouverai même dans le noir, promit-il d'une voix enrouée de désir.

—Alors viens, l'invita sa sirène depuis la chaleur de son bain.

Il entra dans l'eau, et s'installa dans le noir en face d'elle. Il ne désirait rien tant que l'attirer à lui… l'asseoir sur ses cuisses et s'enfoncer en elle d'un seul mouvement. Mais, pour le moment, il la laisserait faire à son rythme.

La nuit dernière, il était venu à elle affamé et conquérant ; ce soir, il serait généreux.

Au prix d'une douloureuse maîtrise.

Gabrielle se glissa vers lui à travers les nuages de mousse subsistants. Ses pieds vinrent encercler ses hanches pour se rejoindre au-dessus de ses fesses. Elle inclina son buste en avant, et ses doigts trouvèrent ses cuisses à tâtons sous la surface de l'eau. Elle en pressa les muscles tendus, les massa, puis remonta le long de celles-ci avec une atroce et délicieuse lenteur.

— Il faut que tu saches que ce n'est pas dans mes habitudes.

Il émit un grognement qui se voulait curieux mais sonna faux à ses propres oreilles.

— Tu veux dire, exciter un homme au point de le réduire en cendres à tes pieds ?

Elle eut un petit rire.

— C'est l'effet que je te fais ?

Il guida ses mains aguicheuses jusqu'à son sexe massif.

— Qu'en dis-tu ?

— J'en dis que tu es magnifique.

Il lâcha ses mains, mais elle les laissa où elles étaient. Ses doigts glissèrent le long de son membre dur et sur ses testicules, avant de remonter nonchalamment vers le gland turgescent qui saillissait largement à la surface du bain.

— Je n'ai jamais connu quelqu'un comme toi. Et ce que je voulais dire, c'est que d'ordinaire, je ne suis pas si… eh bien, entreprenante. Je ne drague pas beaucoup.

— Tu ne ramènes pas beaucoup d'hommes dans ton lit ?

Même dans l'obscurité, il la sentit rougir.

— Non. Ça fait très longtemps.

À ce moment-là, il voulait qu'elle n'accueille plus aucun mâle dans son lit, humain ou vampire.

Il voulait qu'elle ne baise plus jamais quelqu'un d'autre.

Et, Dieu lui pardonne, il traquerait et étriperait l'ordure de Laquais qui avait failli lui faire du mal aujourd'hui.

Cette pensée soudaine et brutale s'accompagna d'un élan furieux de possessivité tandis que les doigts de Gabrielle enserraient son sexe d'où perla une goutte de liqueur. Elle se pencha alors sur lui, prit sa queue dans sa bouche et la caressa de sa langue. Il se cambra à sa rencontre, tendu comme un arc.

Rectification : il assassinerait ce Laquais sauvagement et sans préliminaires.

Lucan posa les mains sur les épaules de Gabrielle tandis qu'elle s'appliquait à lui faire perdre la tête. Ses doigts, ses lèvres, sa langue, son souffle contre son ventre à mesure qu'elle l'avalait toujours plus profondément dans sa bouche en feu… cette combinaison le poussait au bord d'une incroyable folie. Il n'y tenait plus. Quand elle s'arrêta et se redressa, il lâcha un franc juron.

— J'ai besoin de te sentir en moi, dit-elle, haletante.

— Oui, grogna-t-il. Oh oui.

— Mais…

Son hésitation le déconcerta, et enragea la part de lui qui tenait davantage du sauvage Renégat que de l'amant attentionné.

— Quel est le problème ?

Les mots étaient sortis sur un ton plus pressant qu'il ne comptait.

— Est-ce qu'on ne devrait pas… ? La nuit dernière, la situation nous a échappé avant que j'aie eu le temps d'évoquer la chose… mais cette fois, est-ce qu'on ne devrait pas, tu sais bien, faire attention ? (Sa gêne fendit sa passion brûlante comme un coup de hache. Comme il se figeait, Gabrielle se dégagea et fit mine de sortir de la baignoire.) J'ai des préservatifs dans l'autre pièce...

Il agrippa son poignet avant qu'elle puisse se relever.

— Je ne peux pas te mettre enceinte.

Pourquoi ces mots lui semblaient-ils à présent si durs ? C'était pourtant la vérité. Les seuls couples féconds étaient les couples liés : ceux où une Compagne de sang et un vampire mâle avaient échangé leur sang.

— Pour le reste, tu n'as aucun souci à te faire. Je suis sain, et rien de ce que nous ferons ensemble ne nous causera de mal.

— Oh. Pareil pour moi. J'espère que tu ne vas pas me prendre pour une sainte-nitouche parce que je demande...

Il l'attira à lui, et fit taire son malaise d'un lent baiser. Quand leurs lèvres se séparèrent, il dit :

— Je vous prends, Gabrielle Maxwell, pour une femme intelligente qui respecte son corps et se respecte elle-même. Je t'admire d'avoir le courage d'être prudente.

Il la sentit sourire contre sa bouche.

— Je ne veux pas être prudente quand je suis près de toi. Tu me rends folle. Tu me donnes envie de hurler.

Les mains posées contre son torse, elle le repoussa doucement jusqu'à ce qu'il soit allongé contre le bord de la baignoire. Elle s'avança alors au-dessus de la hampe de son sexe et y promena sa fente humide, joua à parcourir sa longueur pour presque – *putain de supplice* – l'accueillir.

— Je veux t'entendre hurler, lui chuchota-t-elle à l'oreille.

Lucan poussa un grognement éperdu sous cette danse lascive. Il serrait les poings sous l'eau, pour se retenir de l'attraper et de l'empaler sur son érection près d'exploser. Il prit son mal en patience tandis qu'elle continuait son petit jeu, jusqu'à ce qu'il sente l'orgasme gonfler son membre. Il était sur le point de jouir, et elle continuait son impitoyable torture.

— Putain de merde, jura-t-il en basculant la tête, les dents et les crocs serrés. Gabrielle, tu vas me tuer.

— Je veux t'entendre, lui intima-t-elle, taquine.

L'instant d'après, elle fit glisser son sexe velouté vers son gland.

Lentement.

Si lentement, bon sang.

Il sentit monter sa semence bouillonnante et trembla tandis qu'un filet de liquide chaud jaillissait dans le corps de son amante. Il gémit, tant il avait été près de péter les plombs. Gabrielle descendait sur lui, et il sentit les petits muscles enserrer son membre tandis qu'elle l'enveloppait tout entier.

Il était à deux doigts de craquer.

L'odeur de Gabrielle était tout autour de lui, flottant dans la vapeur du bain et se mêlant au parfum enivrant de leurs corps joints. Ses seins délicieux dansaient sous son nez, comme des fruits mûrs et prêts à être cueillis, mais qu'il n'osait pas goûter, tant il se sentait proche du point de rupture. Il brûlait de les prendre dans sa bouche, mais ses crocs palpitaient de l'envie de pomper du sang – un besoin qui s'intensifiait au pic de l'excitation sexuelle.

Il détourna la tête et laissa échapper un cri d'angoisse : il était tiraillé entre tant d'alléchantes possibilités, et la furieuse tentation de jouir en Gabrielle, de l'emplir de chaque goutte de sa passion, n'était pas la moindre. Il vociféra un juron, puis hurla carrément et émit un long rugissement impie qui s'amplifia à mesure qu'elle s'empalait sur sa queue affamée, le vidait complètement, et jouissait aussitôt après lui.

Une fois que sa tête eut cessé de bourdonner et que ses jambes purent de nouveau le soutenir, Lucan enveloppa Gabrielle de ses bras et la redressa en même temps que lui, la retenant sur son érection qui durcissait déjà.

— Où allons-nous ?

— Tu t'es bien amusée. Maintenant, au lit.

La sonnerie aiguë de son téléphone portable tira Lucan d'un profond sommeil. Il était au lit avec Gabrielle, et ils étaient tous deux épuisés. Elle était blottie contre lui, et il sentait sur son torse et ses jambes son corps merveilleusement nu.

Bon sang, combien de temps avait-il dormi ? Plusieurs heures probablement : c'était étonnant compte tenu de sa tendance habituelle à l'insomnie.

Le téléphone sonna de nouveau et il se leva pour aller dans la salle de bains, où il avait laissé sa veste. Il tira l'appareil d'une des poches et l'ouvrit.

— Ouais.

— Salut. (C'était Gideon, et quelque chose clochait dans sa voix.) Lucan, combien de temps te faut-il pour regagner le complexe ?

Il jeta par-dessus son épaule un regard vers la chambre toute proche. Gabrielle s'était redressée dans le lit, encore tout endormie, ses hanches nues entortillées dans les draps et ses cheveux en bataille autour de son visage. Bon Dieu, il n'avait jamais rien vu d'aussi tentant. Il valait peut-être mieux partir sur-le-champ, tant qu'il lui restait une chance d'être rentré avant l'aube.

Arrachant son regard au spectacle excitant qu'elle offrait, Lucan grommela une réponse au téléphone :

— Je suis tout près. Qu'est-ce qui se passe ?

Un long silence se fit à l'autre bout.

— Il est arrivé quelque chose, Lucan. C'est grave. (Nouveau blanc, puis le calme naturel de Gideon s'ébrécha en partie.) Ah, bordel, ce genre de truc n'est jamais facile à dire. Nous avons subi une perte cette nuit, Lucan. L'un des guerriers est mort.

Chapitre 12

À sa sortie de l'ascenseur dans les profondeurs souterraines du complexe, Lucan fut accueilli par la mélopée funèbre d'une femme. Le chagrin et la détresse que la Compagne de sang exprimait dans ses lamentations étaient vifs et palpables, et l'on n'entendait rien d'autre dans la quiétude du long corridor.

Lucan fut déchiré par le poids écrasant du deuil.

Il ignorait encore lequel des guerriers de la Lignée était mort cette nuit-là, et n'essaierait pas de deviner. Il se retenait de courir, et se dirigeait d'un pas précipité en direction des quartiers médicaux d'où Gideon l'avait appelé quelques minutes plus tôt. Il surgit à l'angle du couloir, juste à temps pour voir Danika, endeuillée et secouée de sanglots, quitter l'une des chambres accompagnée par Savannah.

Une nouvelle vague d'effroi le saisit alors.

Ainsi, c'était Conlan qui avait péri. Le grand guerrier écossais au rire affable et à l'honneur sans faille ni limite était mort. Il deviendrait bientôt poussière…

Bon Dieu, il avait peine à assimiler cette dure et cruelle vérité.

Lucan s'arrêta et inclina la tête avec respect au passage de la veuve du guerrier. La grande Compagne de sang aux cheveux blonds se cramponnait à Savannah, dont le bras couleur café semblait être la seule chose qui la retenait de s'effondrer de chagrin.

Savannah salua Lucan d'un signe de tête ; la femme éplorée à son bras en fut incapable.

— Ils t'attendent à l'intérieur, lui murmura-t-elle, son profond regard brun chargé de larmes. Ils auront besoin de ta force et de tes conseils.

Lucan adressa à la femme de Gideon un geste austère de la tête, puis franchit les quelques mètres qui le séparaient de l'infirmerie.

Il entra en silence, ne voulant pas troubler la solennité du bref moment que lui et les siens s'apprêtaient à passer avec Conlan. Le guerrier avait subi des blessures d'une sidérante gravité ; de l'autre bout de la pièce, Lucan sentait que Conlan avait perdu énormément de sang. Des relents mêlés de poudre, d'électricité, d'éclats métalliques et de chair brûlée assaillirent ses narines.

Une explosion s'était produite, et Conlan avait été pris au beau milieu.

Sa dépouille gisait sur une table d'examen recouverte d'un linceul : on avait débarrassé le corps de ses vêtements, à l'exception d'une large bande de soie blanche brodée qui masquait son bas-ventre. Dans le bref intervalle qui avait suivi son retour au complexe, on avait lavé et enduit sa peau d'huiles parfumées en préparation du rite funéraire qui se tiendrait au prochain lever de soleil, dans moins de quelques heures.

Les autres s'étaient rassemblés autour de la table : Dante, droit comme un « I » dans sa contemplation stoïque de la mort ; Rio, tête baissée et rosaire au poing, articulait en silence les mots de sa religion maternelle ; Gideon, étoffe à la main, tamponnait avec soin l'une des nombreuses lacérations qui avaient écorché chaque centimètre ou presque de la chair de Conlan ; Nikolaï, qui avait patrouillé cette nuit-là avec Conlan, paraissait plus blême que jamais, ses yeux d'un bleu acier restant insondables, et sa peau maculée de suie et de cendre, et balafrée de petites coupures sanguinolentes.

Tegan aussi était venu présenter ses respects, mais il se tenait à l'écart du cercle de guerriers, les paupières basses, farouche dans sa solitude.

Lucan s'avança près de la table pour prendre sa place parmi les siens. Il ferma les yeux et pria longuement en silence sur la dépouille de Conlan. Un long moment plus tard, Nikolaï rompit le silence.

— Il m'a sauvé la vie ce soir. On venait juste de fumer deux sangsues devant une station de la ligne verte et on rentrait au bercail quand j'ai repéré un mec qui montait dans le train. Je ne sais pas ce qui a attiré mon regard, mais il nous a lancé un grand sourire sadique, comme s'il nous défiait de le suivre. Il devait trimballer des explosifs, il empestait la poudre, plus un autre truc que je n'ai pas eu le temps d'identifier.

— Peroxyde d'acétone, annonça Lucan en reniflant la poudre âcre qui s'accrochait aux habits de Nikolaï.

— Il s'est avéré que cet enfoiré transportait sur lui une ceinture d'explosifs reliés. Il a sauté du wagon juste avant qu'on s'élance à sa poursuite, et s'est enfui en courant le long d'une des voies désaffectées. On l'a pourchassé et Conlan l'a coincé. C'est à ce moment-là qu'on a vu la bombe. Il restait moins de dix secondes sur les soixante du compte à rebours. Conlan m'a hurlé de reculer, avant de se jeter sur le mec.

— Bordel, jura Dante en passant la main dans sa chevelure noire.

— L'œuvre d'un Laquais ? demanda Lucan, émettant l'hypothèse la plus plausible.

Les Renégats n'éprouvaient aucun scrupule à réduire en poussière des vies humaines pour livrer leurs petites guerres de clans ou mener à bien des expéditions punitives. Depuis longtemps, les fanatiques religieux humains n'étaient pas les seuls à utiliser les faibles d'esprit comme autant de munitions vivantes, insignifiantes et bon marché, mais cependant fort efficaces.

Mais cela ne rendait pas plus supportable l'effroyable réalité de la mort de Conlan.

— Ce n'était pas un Laquais, répondit Nikolaï en secouant la tête. Il s'agissait d'un Renégat, bardé de suffisamment de peroxyde d'acétone pour faire sauter la moitié d'un pâté de maisons, si j'en crois ce que j'ai vu, et l'odeur infecte qu'il dégageait.

Lucan ne fut pas le seul dans la salle à laisser filer un féroce juron entre ses dents à l'annonce de cette inquiétante nouvelle.

— Ainsi, ils ne se contentent plus de sacrifier leurs Laquais ? fit remarquer Rio. Voilà que les Renégats déplacent de plus grosses pièces sur l'échiquier ?

— Ça reste de vulgaires pions, objecta Gideon.

Lucan jeta un regard au vampire surdoué, et comprit aussitôt le fond de sa pensée.

— Les pièces n'ont pas changé. En revanche, les règles, si. Il s'agit d'un nouveau type de guerre, qui n'a rien à voir avec les petits règlements de comptes ponctuels du passé. Quelqu'un a décidé d'instaurer un certain degré d'ordre dans les rangs anarchiques des Renégats. Nous sommes assiégés.

Il ramena son attention sur Conlan, première victime du nouvel âge sombre qui se profilait. Il sentit sourdre dans ses os millénaires la violence d'un passé lointain voué à se répéter. Voilà que la guerre couvait de nouveau, et si les Renégats s'organisaient et passaient à l'offensive, alors la nation vampire tout entière se retrouverait catapultée en première ligne. Ainsi que les humains.

— Nous en discuterons plus longuement, mais pas maintenant. Ce moment appartient à Conlan. Rendons-lui les honneurs.

— Je lui ai tiré ma révérence, murmura Tegan. Conlan sait que j'avais un immense respect pour lui, avant sa mort comme après. Sur ce point rien ne changera jamais.

Une lourde vague d'angoisse balaya l'assemblée tandis que tous guettaient la réaction de Lucan au départ précipité de Tegan. Mais Lucan se refusait à donner à son frère d'armes la satisfaction de montrer sa colère. Il attendit que le bruit des bottes de Tegan s'estompe dans le couloir, puis fit signe aux autres de reprendre le rite.

L'un après l'autre, Lucan et les quatre guerriers mirent un genou à terre afin de présenter leurs respects. Ils récitèrent une unique prière, puis se levèrent d'un même élan, et se retirèrent un à un dans l'attente de la cérémonie qui emporterait la dépouille de leur camarade vers sa dernière demeure.

— C'est moi qui me chargerai de le porter à la surface, annonça Lucan aux vampires tandis qu'ils sortaient.

Il surprit les regards interloqués de ses frères, et il en connaissait la signification. On ne demandait jamais aux aînés de la Lignée – et encore moins aux Gen-1 – d'élever les défunts. Cette charge revenait aux vampires des dernières générations, plus éloignés des Anciens et qui supportaient mieux les rayons incendiaires de l'aube lorsque le défunt rejoignait sa dernière demeure.

Pour un Gen-1 tel que Lucan, ces obsèques constitueraient huit minutes de torture en plein jour.

Lucan gardait le regard rivé sur la forme inanimée qui gisait sur la table, refusant de se détourner du sort qu'avait subi Conlan.

Un sort qui aurait dû être le sien, songeait-il, écœuré à l'idée que c'était lui qui était censé patrouiller au côté de Nikolaï. S'il n'avait pas dépêché le Highlander à sa place à la dernière minute, c'est sans doute lui qui aurait fini sur cette froide plaque de métal, les membres, le visage et le torse carbonisés par un feu infernal, éventré par les éclats de métal.

Son besoin de voir Gabrielle avait pris le pas sur son devoir envers la Lignée, et voilà que Conlan, ainsi que sa compagne endeuillée, en avaient payé le prix fort.

— Je le conduirai à la surface, répéta-t-il sentencieusement. (Il glissa un regard sombre à Gideon.) Prévenez-moi lorsque les préparatifs seront achevés.

Le vampire inclina la tête, accordant à Lucan davantage de respect qu'il n'en méritait pour l'heure.

— Entendu. Ce ne sera pas long.

Lucan passa les deux heures suivantes seul dans ses appartements, agenouillé au centre de la pièce, la tête baissée dans une posture de prière et de réflexion funeste. Comme promis, Gideon apparut bientôt sur le seuil, indiquant d'un hochement de tête que l'heure était venue de sortir Conlan du complexe pour le confier aux morts.

— Elle attend un enfant, déclara tristement Gideon tandis que Lucan se levait. Danika est enceinte de trois mois. Savannah vient de me l'apprendre. Conlan s'efforçait de trouver le courage de t'annoncer son intention de quitter l'Ordre après la naissance du bébé. Lui et Danika projetaient de se retirer dans un des Havrobscurs pour l'élever.

— Bon Dieu, cracha Lucan, avec un regain de culpabilité en raison de l'avenir heureux dont Conlan et Danika s'étaient vus privés, et pour ce fils qui ne connaîtrait jamais l'homme de courage et d'honneur qu'avait été son père. Tout est prêt pour le rituel ?

Gideon hocha la tête.

— Dans ce cas allons-y.

Lucan se mit en marche. Il était entièrement nu sous la longue robe noire de deuil. Gideon quant à lui portait la tunique cérémoniale de l'Ordre, de même que les autres vampires qui attendaient leur arrivée dans la salle destinée aux divers rituels de la Lignée – mariages, naissances, mais aussi funérailles, comme celles qui se tenaient actuellement. Les trois occupantes du complexe étaient également présentes : Savannah et Eva portaient la robe noire à capuche de cérémonie et Danika était vêtue du même habit, mais d'un rouge écarlate intense, témoignant de sa parenté sacrée avec le défunt.

Devant l'assemblée reposait le corps de Conlan, sur un autel sculpté, enveloppé d'un épais linceul de soie laiteuse.

— Commençons, annonça simplement Gideon.

Le cœur lourd, Lucan écouta l'office funèbre : la symbolique de l'infini revenait à chacune des étapes du rituel.

Huit gouttes d'huile parfumée servaient à oindre le corps.

Huit épaisseurs de soie blanche enveloppaient la dépouille du guerrier tombé.

Huit minutes d'attente silencieuse à la lumière de l'aube pour l'un des membres de la Lignée, avant que les restes du soldat soient livrés aux rayons crématoires du soleil. Une fois abandonnés, son corps et son âme s'éparpilleraient en cendres aux quatre vents, rejoignant à jamais les éléments.

Comme la voix de Gideon tombait, Danika s'avança.

Elle fit face à l'assemblée, redressa le menton, et prit la parole d'une voix enrouée mais fière.

— Ce mâle était mien, tout comme j'étais sienne. Je vivais par son sang, et il me protégeait de sa force. Il me comblait de toutes sortes d'amour. Il était mon bien-aimé, le seul, l'unique, et restera dans mon cœur pour l'éternité.

— Tu l'honores avec grâce, murmurèrent à l'unisson Lucan et les autres.

Danika se tourna alors vers Gideon, les bras tendus et les paumes tournées vers le haut. Le vampire tira de son fourreau un mince poignard en or et le lui plaça dans les mains. Danika baissa la tête en signe d'acceptation, et se dirigea vers la dépouille de Conlan drapée dans son linceul. Elle chuchota quelques mots discrets qui n'étaient destinés qu'à eux deux. Puis elle leva les mains vers son visage, et Lucan sut que la Compagne de sang était en train de s'entailler la lèvre inférieure pour en faire couler un filet de sang qu'elle déposerait au travers du linceul sur les lèvres de Conlan en l'embrassant une dernière fois.

Danika se pencha vers son amant et resta immobile un long moment, le corps tremblant de chagrin. Puis elle se redressa, sanglotant contre le dos de sa main, tandis que son baiser écarlate brillait violemment sur la bouche de Conlan au milieu du drap blanc. Savannah et Eva s'avancèrent pour la soutenir de leurs bras joints, et l'éloigner de l'autel afin que Lucan puisse procéder à la tâche restante.

Rejoignant Gideon à l'avant de l'assemblée, il jura d'accompagner le départ de Conlan avec tous les honneurs qui lui étaient dus, serment prononcé par tous les mâles de la Lignée qui avaient précédé Lucan sur le chemin qui l'attendait à présent.

Gideon s'écarta de l'autel pour le laisser passer. Lucan souleva l'imposant guerrier dans ses bras et se tourna vers les autres, comme le voulait le rituel.

— Tu l'honores avec grâce, murmura le chœur de voix étouffées.

Lucan traversa la salle de cérémonie d'un pas lent et solennel en direction de l'escalier qui menait à la sortie du complexe. Chacune des centaines de marches qu'il grimpait chargé du poids de son frère défunt était une épreuve qu'il acceptait sans se plaindre.

C'était après tout la partie la plus facile de sa tâche.

Le véritable péril l'attendait dans quelques minutes, au-delà des portes qui se profilaient devant lui, à moins d'une dizaine de pas.

Lucan poussa de l'épaule le lourd panneau d'acier et, s'emplissant les poumons de l'air vif du matin, marcha jusqu'à la dernière demeure de Conlan. S'agenouillant sur un coin d'herbe verte, il déposa lentement le corps de Conlan sur le sol devant lui. Il murmura alors les prières du rituel, qu'il n'avait entendu prononcer qu'en de rares occasions au fil des siècles mais récitait cependant aujourd'hui par cœur.

Tandis qu'il prononçait ces paroles, le ciel se mit à luire des premiers rayons du jour.

Il endura la lumière avec un calme religieux, concentrant toutes ses pensées sur Conlan et l'honneur qui avait marqué sa longue vie. Le soleil pointait à l'horizon, et le rituel en était à peine à sa moitié. Lucan courba la tête et absorba la souffrance, comme Conlan n'aurait pas manqué de le faire pour n'importe lequel de ses camarades de la Lignée. Une chaleur brûlante submergeait Lucan à mesure que l'aube se levait et que le soleil brillait toujours plus fort.

À ses tympans résonnaient en boucle les mots des anciennes prières, puis, bientôt, de légers grésillements se firent entendre comme sa propre peau commençait à se consumer.

Chapitre 13

« Les responsables de la police et des transports ignorent encore la cause exacte de l'explosion de la nuit dernière. Un représentant de l'administration des transports vient cependant de m'assurer il y a quelques instants qu'il s'agissait d'un incident isolé cantonné à l'une des anciennes voies désaffectées, et qu'aucun blessé n'était à signaler. À suivre sur notre antenne, davantage d'informations sur cette actualité récente qui… »

Le téléviseur dernier cri mais poussiéreux qui était fixé au mur s'éteignit subitement, réduit au silence par la seule force de l'irritation du vampire. Derrière lui, à l'autre extrémité d'une salle lugubre et délabrée qui avait jadis servi de cafétéria dans le sous-sol de l'asile, deux de ses lieutenants renégats grognaient d'impatience en attendant leurs prochaines instructions.

Le calme n'était pas leur fort : les Renégats, de par leur nature de drogués, avaient une capacité de concentration très limitée. Ils avaient renié leur intellect pour obéir aux caprices plus immédiats de la Soif sanguinaire. Enfants sauvages, ils étaient pareils à des chiens qu'on corrigeait et récompensait pour s'assurer leur obéissance. Et leur rappeler qui ils servaient.

— Aucun blessé signalé, ricana l'un des Renégats.

— Peut-être pas chez les humains, ajouta l'autre, mais la Lignée a pris un sacré coup dans la gueule. Paraît qu'il restait plus grand-chose de leur macchabée quand le soleil l'a grillé.

Le premier crétin s'esclaffa de plus belle et, dans un souffle fétide et aigri par le goût du sang, il imita la détonation des explosifs déclenchés dans le tunnel par le Renégat kamikaze.

— Hélas, le guerrier qui l'accompagnait s'en est malheureusement tiré. (Les Renégats se turent comme leur chef se tournait enfin vers eux.) La prochaine fois, c'est à vous deux que je confierai cette tâche, puisque l'échec vous amuse tant.

Ils se renfrognèrent en grondant telles les bêtes qu'ils étaient, leurs pupilles fendues et brillantes de démence englouties dans l'océan de leurs iris figés. Ils baissèrent les yeux alors que leur Maître s'avançait vers eux à pas lents et mesurés. Son courroux n'était tempéré que par le fait que la Lignée avait, effectivement, subi une perte de taille.

Le guerrier tué par la bombe n'était pas celui qu'ils visaient en réalité ; cependant, la mort de tout membre de l'Ordre constituait une bonne nouvelle pour sa cause. Il aurait tout le temps d'éliminer le dénommé Lucan. Peut-être en aurait-il lui-même l'occasion, en face à face, vampire contre vampire, sans armes superflues.

Oui, songea-t-il, et il ne bouderait pas son plaisir en réglant son compte à ce dernier.

Un bel exemple de justice immanente.

— Montrez-moi ce que vous m'avez amené, commanda-t-il aux Renégats face à lui.

Les deux vampires se retirèrent sur-le-champ et poussèrent une porte battante pour récupérer le butin laissé dans le couloir. Ils réapparurent un instant plus tard, tirant derrière eux quelques hommes et femmes léthargiques et quasiment vidés de leur sang. Les six humains avaient les poignets liés et les chevilles enchaînées à la va-vite – aucun ne semblait pourtant assez vaillant pour tenter de s'échapper.

Leurs regards catatoniques étaient perdus dans le vide, et, dans leur visage blême, leur bouche flasque était incapable d'émettre le moindre cri. La peau dans leur cou était balafrée de morsures que leur avaient infligées leurs ravisseurs pour les assujettir.

— Pour vous, sire. Des serviteurs frais pour notre noble cause.

La demi-douzaine d'humains fut traînée à l'intérieur comme du bétail. Et c'était bel et bien ce qu'ils représentaient : des marchandises de chair et de sang qui seraient mises à contribution – ou à mort – dès qu'il le jugerait utile.

Il balaya la prise nocturne d'un regard indifférent, évaluant avec nonchalance le potentiel des deux mâles et des quatre femelles. Une impatience s'empara de lui à mesure qu'il s'approchait du troupeau : un lent filet de sang frais suintait encore dans le cou de quelques-uns.

Il décida qu'il avait faim, et posa un regard approbateur sur une petite brune aux lèvres pulpeuses et aux seins lourds et plantureux, pressés contre le tissu d'un turquoise terne de sa blouse d'hôpital mal ajustée. Elle avait la tête qui dodelinait sur ses épaules comme si elle était trop lourde, et pourtant elle luttait visiblement contre la torpeur qui s'était déjà emparée de ses compagnons. Malgré ses yeux vitreux et à demi révulsés, elle refusait de céder à la catatonie, s'efforçant de rester consciente et alerte et battant les paupières d'un air hagard.

Il devait lui reconnaître un certain cran.

— K. Delaney, I.D.E., lut-il, l'air songeur, sur le badge en plastique qui surmontait la bosse replète de son sein gauche.

Il prit le menton de l'humaine entre son pouce et son index, et lui fit lever le visage pour mieux l'examiner. Elle était jeune et belle, et sa peau criblée de taches de rousseur avait une odeur douce et succulente. Il salivait déjà, et derrière ses lunettes noires ses pupilles s'étrécirent.

— Laissez celle-ci. Emmenez le reste dans les cages de détention.

Lucan prit d'abord le hululement perçant pour un symptôme de plus du supplice qu'il vivait depuis quelques heures. Tout son corps lui paraissait en feu, écorché et sans vie. Son crâne avait finalement cessé de le marteler et le harcelait à présent d'un long carillon douloureux.

Il n'était sûr que d'une chose : il se trouvait dans ses appartements au sein du complexe, dans son lit. Il se rappelait s'y être traîné à bout de forces, après avoir tenu à la surface auprès du corps de Conlan pendant les huit longues minutes exigées de lui.

Il avait même tenu plus longtemps que ça – une poignée brûlante de secondes supplémentaires – avant que les rayons de l'aube incendient le linceul du guerrier tombé au champ d'honneur et explosent dans un impressionnant déluge de lumière et de flammes. Alors seulement avait-il gagné l'abri des souterrains du complexe.

Les quelques secondes d'exposition supplémentaire avaient constitué son excuse personnelle à Conlan. Et la souffrance qu'il endurait à présent lui rappellerait à tout jamais ses véritables priorités : son devoir envers la Lignée et envers les hommes d'honneur qui s'étaient voués au service de l'Ordre. Il n'y avait de place pour rien d'autre.

Il avait failli à ce serment la nuit dernière, et voilà que l'un de ses meilleurs soldats n'était plus.

Un nouveau tintement agressif s'éleva quelque part dans la pièce, bien trop près de sa couche : le crissement strident percuta son crâne déjà fragilisé.

Avec un juron qui s'étrangla dans sa gorge asséchée, Lucan souleva péniblement ses paupières et scruta l'obscurité de sa chambre à coucher. Une petite lumière clignotait à l'intérieur de sa veste de cuir tandis que son téléphone sonnait une nouvelle fois.

Flageolant, et privé du contrôle et de la coordination athlétiques de ses jambes, il se laissa tomber du lit et se rua maladroitement sur l'odieux appareil. Au bout de seulement trois tentatives, il trouva enfin la petite touche interrompant la sonnerie. Pestant contre la fatigue déclenchée par ces quelques brefs mouvements, Lucan tint l'écran lumineux devant sa vision trouble et tâcha de lire qui l'appelait.

Il reconnut le numéro aussitôt... le portable de Gabrielle.

Génial.

Il ne manquait plus que ça, bordel.

Il avait pris la résolution, alors qu'il grimpait ces centaines de marches en portant la dépouille de Conlan, de mettre un terme à la relation insensée qu'il entretenait avec Gabrielle Maxwell. D'ailleurs, depuis le début il ne savait pas au juste à quoi cela le mènerait – hormis profiter de la moindre occasion pour l'entraîner au lit.

Pour ça, sa tactique avait été impeccable.

Pour tout le reste, il commençait à faire n'importe quoi dès l'instant où il pensait à Gabrielle.

Il avait planifié en détail la façon dont il réglerait cette situation. Il enverrait Gideon cette nuit même à l'appartement de Gabrielle, afin qu'il lui explique tout, en termes logiques et compréhensibles, sur la Lignée et sur sa destinée – son appartenance primordiale – au sein de la nation vampire. Gideon avait beaucoup d'expérience avec les femelles, et savait se montrer diplomate. Il ferait preuve de délicatesse, et manierait les mots mille fois mieux que lui. Il aiderait Gabrielle à tout comprendre, y compris l'urgence vitale pour elle de chercher refuge – et, par la suite, un compagnon approprié – dans l'un des Havrobscurs.

Quant à lui, il ferait ce que son corps exigeait pour guérir. Quelques heures de repos supplémentaires, un repas plus que nécessaire dans la nuit – dès qu'il tiendrait assez sur ses jambes pour partir en chasse –, puis il reprendrait la tête de ses guerriers, plus farouche que jamais.

Il oublierait jusqu'à sa première rencontre avec Gabrielle Maxwell. Pour son propre bien, si ce n'était pour celui de la Lignée tout entière.

Excepté que…

Pas plus tard que la nuit dernière, il lui avait assuré qu'elle pourrait toujours le joindre sur son portable en cas d'urgence. Il avait promis de toujours lui répondre.

Et si elle essayait de le contacter parce que les Renégats ou leurs Laquais étaient revenus l'espionner… Il voulait en avoir le cœur net.

À quatre pattes sur le sol, il appuya sur la touche « décrocher ».

— Allô.

Bordel, il avait la voix en vrac, comme si ses poumons étaient un brasier que chaque inspiration ranimait. Il toussota et son crâne faillit éclater.

Il y eut une seconde de silence à l'autre bout de la ligne, puis la voix hésitante et inquiète de Gabrielle.

— *Lucan ? C'est toi ?*

— Ouais. (Il extirpait les sons de sa gorge aride.) Qu'est-ce qu'il y a ? Ça va ?

— *Oui, ça va. J'espère que je ne te dérange pas. C'est juste… Eh bien, après ton départ précipité la nuit dernière, je me faisais un peu de souci. Je voulais m'assurer qu'il ne t'était rien arrivé.*

Il n'avait pas la force de répondre, aussi, il se laissa aller contre le sol froid, ferma les yeux, et se contenta de l'écouter. Le son de sa voix était d'une richesse et d'une clarté qui l'apaisaient tel un baume. Sa sollicitude était comme un élixir, quelque chose dont il n'avait encore jamais fait l'expérience – entendre quelqu'un s'inquiéter pour lui. C'était une tendresse rassurante et inhabituelle.

Et cela le soulageait, en dépit de son acharnement à nier l'évidence.

— L'heure…, croassa-t-il. Quelle heure est-il ?

— *Presque midi. Je voulais t'appeler dès que je me suis levée, mais vu que tu travailles généralement de nuit, j'ai préféré attendre aussi tard que possible. Tu as l'air épuisé, je t'ai réveillé ?*

— Non.

Il tenta de rouler sur le côté, revigoré par ces quelques minutes au téléphone avec elle. En outre, il devait se bouger les fesses et repartir en chasse, cette nuit même. Il fallait venger le meurtre de Conlan, et il comptait s'en charger en personne.

Seule une justice brutale saurait rendre honneur à son frère.

— *OK,* enchaîna-t-elle, *alors, tout va bien de ton côté ?*

— Ouais. Super.

— *Bon. Je suis soulagée de l'entendre.* (Sa voix prit un ton plus léger, taquin.) *Tu t'es sauvé de chez moi si vite hier soir… Je crois que tu as laissé des traces de dérapage sur le parquet.*

— Un imprévu. J'ai dû filer.

— *Hum,* reprit-elle comme il laissait planer un silence. *Une enquête top secrète ?*

— Si on veut.

Il fit un effort pour se relever et grimaça sous l'effet de la douleur lancinante, à laquelle s'ajoutait le souvenir du drame qui l'avait réellement tiré du lit de Gabrielle. La dure réalité de la guerre qui les guettait, lui et le reste de son espèce, lui serait bientôt dévoilée. Ce soir, à vrai dire, lors de la visite de Gideon.

— *Écoute, je vais à mon cours de yoga ce soir avec une amie, mais il se termine vers 21 heures. Ça te dirait de passer, si tu n'es pas de service ? Je cuisinerai quelque chose de sympa, histoire de remplacer les cannellonis que tu as ratés en début de semaine. Peut-être même qu'on prendra le temps de manger, cette fois…*

Ses zygomatiques protestèrent contre le sourire involontaire que le sarcasme polisson de Gabrielle lui arrachait. L'évocation de cette folle soirée éveillait également quelque chose d'autre en lui ; et, au milieu de ses autres martyres, le feu de son désir n'était pas aussi douloureux qu'il l'aurait souhaité.

— On ne peut pas se voir, Gabrielle. J'ai… des choses à régler.

En priorité : alimenter en sang ses cellules vides, et par conséquent se tenir aussi éloigné de Gabrielle que possible. Elle le tentait déjà assez dangereusement de son corps ; dans son état actuel, il constituait une menace pour tout humain qui aurait la folie de l'approcher.

— *Ne travaille pas trop, quand même, prends le temps de te détendre*, dit-elle dans un ronronnement infiniment suggestif. *Je suis plutôt couche-tard, alors si tu recherches un peu de compagnie en quittant le boulot…*

— Désolé. Une autre fois peut-être, refusa-t-il, en sachant pertinemment qu'il n'y aurait pas d'autre fois.

Debout sur ses jambes flageolantes, il entreprit un pas douloureux et hésitant vers la porte. Gideon était sans doute dans le labo, lequel se trouvait au fin fond du couloir : le bout du monde, dans son état, mais Lucan était plus que déterminé à l'atteindre.

— J'enverrai quelqu'un à ton domicile ce soir. Un… un de mes collaborateurs.

— *Pourquoi ?*

Sa respiration émettait un râle laborieux, mais au moins il avançait sur ses jambes. Il lança une main hagarde et attrapa la poignée de la porte.

— La situation est devenue trop dangereuse à la surface, articula-t-il dans une ruée de paroles forcées. Après ce qui t'est arrivé hier dans le centre…

— *Oublions ça, par pitié. Je suis certaine de m'être affolée pour rien.*

— Non, la coupa-t-il. Je préfère ne pas te savoir seule… Je serai plus tranquille si quelqu'un veille sur toi.

— *Lucan, je t'assure que c'est inutile. Je suis une grande fille. Tout va bien.*

Il ignora ses protestations.

— Il s'appelle Gideon. Tu devrais bien t'entendre avec lui. Vous pourrez… bavarder. Il pourra t'aider, Gabrielle. Mieux que moi.

— *M'aider… que veux-tu dire ? Il y a du nouveau sur le dossier ? Et qui est ce Gideon ? C'est un inspecteur, comme toi ?*

— Il t'expliquera tout.

Lucan sortit dans le corridor dont l'éclairage diffus illuminait le carrelage poli au sol et les sobres portes vitrées bordées de chrome. Derrière la porte d'un autre appartement, on entendait les basses du heavy metal qu'écoutait Dante. Des effluves d'huile et de munitions fraîchement tirées filtraient de la salle d'entraînement, du fond d'un des nombreux couloirs qui partaient du corridor principal. Lucan avançait d'un pas mal assuré, titubant dans ce barrage soudain de stimulations sensorielles.

— Tout va bien se passer, Gabrielle. Je te le promets. Il faut que je te laisse maintenant.

— *Une seconde, Lucan ! Ne raccroche pas. Qu'est-ce que tu me caches ?*

— Tout ira bien pour toi, c'est promis. Au revoir, Gabrielle.

Chapitre 14

Son coup de fil à Lucan et le comportement singulier de ce dernier l'avaient tracassée toute la journée. Gabrielle continuait à se faire du mauvais sang ce soir-là, tandis qu'elle sortait de son cours de yoga avec Megan.

— Il semblait si bizarre au téléphone. Impossible de dire s'il souffrait physiquement ou s'il cherchait un moyen de m'avouer qu'il ne souhaitait plus me voir.

Megan balaya ses tracas d'un geste de la main.

— Tu te fais probablement des films. Si tu veux en avoir le cœur net, pourquoi tu ne vas pas le trouver à l'improviste au commissariat ?

— Je ne suis pas sûre que ce soit une bonne idée. Et puis, je lui dirais quoi ?

— Pourquoi pas : « Salut, chéri. Tu avais l'air si patraque tout à l'heure que j'ai pensé qu'un petit remontant te ferait du bien, donc me voici. » Et tu peux lui apporter un café et un beignet pour faire bonne mesure.

— Je ne sais pas…

— Gabby, tu as dit toi-même que ce mec a toujours été doux et attentionné avec toi. D'après ce que tu m'as rapporté de votre conversation d'aujourd'hui, il semble se faire beaucoup de souci pour toi. Au point d'envoyer un de ses collègues à ton domicile s'assurer que tu vas bien, faute de pouvoir venir en personne.

— Il a insisté sur le danger qu'il y avait à rester à la surface… Qu'entend-il par « surface », d'après toi ? Ça ne ressemble pas à du jargon de flic. De quoi s'agit-il alors, d'un terme militaire ? (Elle secoua la tête.) Je n'en sais rien. Il y a tant de choses que j'ignore sur Lucan Thorne.

— Dans ce cas demande-lui. Allez, Gabrielle. Accorde-lui au moins le bénéfice du doute.

Gabrielle considéra son pantalon de yoga noir et son sweat-shirt à capuche, puis porta la main à sa queue-de-cheval ratatinée par quarante-cinq minutes d'étirements.

— Je devrais peut-être repasser à la maison d'abord, histoire de prendre une petite douche et de me changer…

— Incroyable ! Non mais je rêve ! (Megan ouvrit de grands yeux, l'air coquin.) Tu as la frousse d'y aller, pas vrai ? Tu en crèves d'envie, mais tu as déjà trouvé un million de prétextes pour ne pas le faire. Admets-le : tu en pinces pour ce mec.

Elle pouvait difficilement le nier, quand bien même son sourire soudain ne l'aurait pas trahi. Gabrielle haussa les épaules en croisant le regard complice de son amie.

— Oui, c'est vrai. Je craque complètement.

— Alors qu'est-ce que tu attends ? Le commissariat n'est qu'à trois rues d'ici, et tu es belle à croquer comme toujours. Et puis ce n'est pas comme s'il ne t'avait jamais vue échevelée et en sueur. Possible que ça lui fasse encore plus d'effet.

Gabrielle rit avec son amie, mais elle sentit son estomac se nouer. Elle mourait d'envie de voir Lucan – à vrai dire, elle ne voulait pas attendre une minute de plus –, mais supposons qu'il ait cherché à la quitter en douceur, cet après-midi au téléphone ? Est-ce qu'elle n'aurait pas l'air ridicule, à débarquer dans le poste de police comme si elle se prenait pour sa petite amie ? Elle passerait pour une pauvre fille.

Mais ce ne serait pas plus agréable d'apprendre la nouvelle par l'entremise de son ami Gideon.

— Tu as raison. J'y vais de ce pas.

— Bonne décision ! (Megan glissa la courroie de son tapis de yoga roulé sur son épaule et lui adressa un grand sourire.) Ray passe chez moi après son service, mais appelle-moi demain à la première heure pour tout me raconter. D'accord ?

— Pas de problème. Dis bonjour à Ray de ma part.

Pendant que Megan filait pour attraper le train de 21 h 15, Gabrielle prit la direction du commissariat. Se rappelant en chemin le conseil de son amie, elle s'arrêta rapidement pour acheter une pâtisserie et un café – elle opta pour un expresso noir : elle imaginait difficilement Lucan noyer sa boisson sous la crème et le sucre comme une fillette, ou exiger un déca.

Ces offrandes en main, Gabrielle arriva devant les portes du commissariat, inspira un grand coup pour se donner du courage, et entra d'un pas aussi assuré que possible.

Le plus gros de ses brûlures avait commencé à cicatriser à la tombée de la nuit. Une nouvelle peau ferme et saine s'était formée sous les lambeaux de l'ancienne à mesure que les lésions guérissaient. Ses yeux toujours hypersensibles à la lumière, même artificielle, supportaient sans le faire souffrir les ténèbres froides de la surface. C'était une bonne chose, car il lui fallait sortir pour étancher la soif qui dévorait son corps en récupération.

Alors que Dante et lui émergeaient du complexe et s'apprêtaient à partir chacun de son côté pour patrouiller et déchaîner la vengeance de l'enfer sur les Renégats, Dante fixa son regard sur lui.

— Ça n'a pas l'air d'aller, mec. Tu n'as qu'un mot à dire, et je pars en chasse à ta place histoire de te rapporter quelque chose de jeune et vigoureux. Tu en as sacrément besoin. Personne ne saura que tu n'as pas chassé ton casse-croûte toi-même.

Lucan décocha un regard sombre au vampire et dévoila ses canines dans un rictus.

— Va chier.

Dante ricana.

— Je me doutais que tu répondrais ça. Tu ne veux pas au moins qu'on fasse équipe ?

Il fit « non » de la tête, et ce geste lent lui envoya dans le crâne un aiguillon de douleur lancinante.

— Ça va. Ça ira mieux quand je me serai nourri.

— C'est clair. (Le vampire le regarda en silence un long moment.) Tu sais, c'était super impressionnant ce que tu as fait pour Conlan aujourd'hui. Il était à des années-lumière de s'imaginer un truc pareil, mais franchement, j'aurais voulu qu'il sache que c'était toi qui l'accompagnais en haut de ces marches. C'est un immense honneur que tu lui as fait là, mon pote.

Lucan accepta le compliment mais refusa d'en tirer un quelconque réconfort. Il avait eu ses raisons d'accomplir le rite funéraire, et gagner l'admiration des autres guerriers n'en faisait pas partie.

— Accorde-moi une heure de chasse, puis retrouve-moi ici. On va aller faire quelques morts chez l'adversaire. En mémoire de Conlan.

Dante hocha la tête et cogna son poing contre celui de Lucan.

— Ça marche.

Lucan se tint en retrait tandis que Dante s'enfonçait à pas de géant dans l'obscurité, la démarche assurée et impatiente à l'idée des combats qui l'attendaient dans ces rues. Il tira de leur fourreau ses deux dagues incurvées et leva les malebranches au-dessus de sa tête. Les griffes d'acier poli et de titane mortel pour les Renégats étincelèrent à la pâleur du clair de lune. Avec un feulement sourd en guise de cri de guerre, le vampire disparut dans les ténèbres de la nuit.

Peu de temps après, Lucan emprunta un chemin similaire et s'engouffra à son tour dans les artères obscures de la ville. Sa démarche féline manquait de son panache habituel, et trahissait moins de fougue que de besoin pur et simple. Sa faim n'avait jamais été si violente, et le rugissement qu'il poussa sous la voûte étoilée résonna d'une rage animale.

— Vous pourriez m'épeler son nom de nouveau ?

— T.H.O.R.N.E., répondit Gabrielle à la réceptionniste du commissariat qui venait de relever la tête, bredouille après une première recherche dans le fichier. Inspecteur Lucan Thorne. J'ignore dans quel service il travaille. Il est passé à mon domicile après que je suis venue signaler une agression dont j'ai été témoin le week-end dernier… Un meurtre.

— Ah, ce serait donc la brigade criminelle ? (Les longs doigts manucurés de la jeune femme pianotèrent prestement sur le clavier.) Mmm… Non, désolée. Il n'est pas inscrit dans ce service non plus.

— Il doit y avoir une erreur. Cela ne vous embête pas de vérifier une dernière fois ? Vous ne pouvez pas interroger l'ordinateur à partir du seul nom de famille ?

— Si, mais je n'ai ce nom sur aucun listing. Vous êtes sûre qu'il travaille à ce commissariat ?

— Certaine, oui. Votre système ne doit pas être à jour, ou alors…

— Oh, attendez ! Je vois quelqu'un qui devrait pouvoir vous aider, s'exclama la réceptionniste en désignant d'un geste l'entrée du poste de police. Agent Carrigan ! Vous avez une minute ?

L'agent Carrigan, se rappela Gabrielle avec dépit, n'était autre que le flic âgé qui l'avait tant malmenée le week-end dernier, la traitant presque de menteuse et de cocaïnomane et refusant de prendre au sérieux son témoignage sur le meurtre à la sortie de la boîte de nuit. Au moins, sachant que Lucan avait extrait et filtré les images de son téléphone dans les labos de la police, elle pouvait se rassurer en songeant que l'affaire, quoi qu'en ait conclu ce type, suivait plus ou moins son cours.

Gabrielle dut se retenir de râler tandis qu'elle tournait la tête en direction du policier ventru qui venait vers eux en prenant tout son temps. Lorsqu'il aperçut Gabrielle, son visage bouffi passa de l'arrogance qui lui semblait naturelle à un air de franc mépris.

— Oh, bon Dieu. Encore vous ? Pitié, c'est mon dernier jour de service. Plus que quatre heures et je raccroche les gants, poupée, alors cette fois vous irez raconter vos histoires à quelqu'un d'autre.

Gabrielle se renfrogna.

— Je vous demande pardon ?

— Cette personne cherche un de nos inspecteurs, intervint la réceptionniste en échangeant un regard de sympathie avec Gabrielle devant l'attitude dédaigneuse de l'agent. Je ne le trouve pas dans le fichier, mais elle croit qu'il pourrait faire partie de votre service. Vous connaissez un inspecteur Thorne ?

— Jamais entendu parler.

L'agent Carrigan tourna les talons.

— Lucan Thorne, répéta Gabrielle avec insistance en lâchant le café et la viennoiserie de Lucan sur le pupitre de la réceptionniste. (Elle emboîta machinalement le pas au policier et fut à deux doigts de lui agripper le bras quand elle comprit qu'il s'apprêtait à la laisser en plan.) Inspecteur Lucan Thorne… son nom doit forcément vous dire quelque chose. Le commissariat l'a envoyé à mon domicile en début de semaine pour recueillir des précisions sur ma déposition. Il a emporté mon téléphone portable au labo pour en analyser les images…

Carrigan, planté devant Gabrielle, partit d'un gros éclat de rire en l'entendant faire le récit détaillé de l'arrivée de Lucan à son appartement. Mais elle n'avait pas la patience de composer avec l'attitude caustique de l'agent. Surtout qu'un frisson sur sa nuque lui laissait pressentir que la situation était sur le point de virer à l'étrange.

— Êtes-vous en train de me dire que l'inspecteur Thorne ne vous a jamais fait part de ces informations ?

— Ma petite dame, ce que je vous dis, c'est que je ne comprends foutre rien à ce que vous racontez. En trente-cinq années dans ce commissariat, je n'ai jamais entendu parler d'un inspecteur Thorne… et je l'ai encore moins envoyé chez vous.

Son estomac se noua, mais Gabrielle refusait de céder à l'effroi qui se profilait derrière sa confusion.

— Ce n'est pas possible. Il était au courant du meurtre dont j'ai été témoin. Il savait que j'étais venue ici, au commissariat, pour faire une déposition. J'ai vu son écusson de police quand il s'est présenté à ma porte. Je lui ai parlé pas plus tard qu'aujourd'hui et il m'a dit qu'il travaillait ce soir. J'ai son numéro de portable…

— Eh bien, je vais vous dire : si ça peut vous éloigner de mes pattes, appelons donc votre inspecteur Thorne, proposa Carrigan. Ça devrait nous aider à démêler cette affaire, non ?

— Absolument. Je l'appelle tout de suite.

Les doigts légèrement tremblants, Gabrielle extirpa son téléphone de son sac à main et tapa le numéro de Lucan. Il sonna mais personne ne décrocha. Elle essaya de nouveau et attendit une éternité atroce, tandis que le téléphone sonnait encore et toujours. La mine suspicieuse et agacée du policier s'adoucit pour se faire hésitante et compatissante, lui rappelant soudain les assistantes sociales de son enfance.

— Il ne répond pas, murmura-t-elle en éloignant le téléphone de son oreille. (Elle éprouva un sentiment de gêne et de confusion, accru par l'expression circonspecte qu'arborait Carrigan.) Je suis certaine qu'il est simplement retenu par quelque chose. Je réessaierai dans une minute.

— Mademoiselle Maxwell, y a-t-il une autre personne qu'on puisse appeler ? De la famille, peut-être ? Quelqu'un susceptible de nous aider à comprendre vos troubles ?

— Je n'ai aucun trouble.

— Il semblerait que si. Je crois que vous n'avez pas les idées claires. Vous savez, certaines personnes imaginent parfois des choses qui les aident à supporter d'autres problèmes.

Gabrielle s'indigna.

— J'ai les idées très claires. Lucan Thorne n'est pas un produit de mon imagination. Il est bien réel. Tous ces événements survenus autour de moi sont bien réels. Le meurtre auquel j'ai assisté le week-end dernier, ces… hommes, avec leurs visages ensanglantés et leurs dents pointues, et même ce jeune qui m'épiait l'autre jour dans l'enceinte du parc… il travaille ici au commissariat. Qu'est-ce que vous manigancez ? Vous l'aviez envoyé m'espionner ?

— Très bien, mademoiselle Maxwell. Voyons si on peut tirer ça au clair ensemble.

À l'évidence, Carrigan venait de trouver un reste de diplomatie sous sa nature bourrue. Mais il subsistait une bonne dose de condescendance dans sa manière de la prendre par le bras pour l'entraîner vers un des bancs à l'entrée.

— Calmons-nous un peu, voulez-vous ? On va vous aider.

Elle se débattit et dégagea son bras.

— Vous me prenez pour une folle, mais je sais ce que j'ai vu ! Je n'invente rien, et je ne veux pas de votre aide. J'ai juste besoin qu'on me dise la vérité.

— Sheryl, s'il te plaît, demanda Carrigan en s'adressant à la réceptionniste, qui les observait tous deux d'un regard inquiet. Tu veux bien contacter Rudy Duncan pour moi ? Dis-lui que j'aurais besoin de lui.

— Avec des médocs ? s'enquit-elle le plus naturellement du monde, le combiné déjà coincé contre l'épaule.

— Non, non, rétorqua Carrigan en jetant un coup d'œil à Gabrielle. Pas de quoi s'alarmer pour l'instant. Demande-lui juste de descendre à l'accueil, comme ça, histoire qu'on bavarde un peu avec Mlle Maxwell.

— Laissez tomber, protesta Gabrielle en se levant du banc. Je ne resterai pas ici une seconde de plus. Je dois y aller.

— Écoutez, quels que soient vos problèmes, il existe des personnes à même de vous aider à…

Sans attendre la fin de sa phrase, elle rassembla ce qui lui restait de dignité, alla récupérer le gobelet et le sachet sur le comptoir, et sortit du poste en les jetant au passage dans la poubelle.

L'air nocturne fouetta ses joues empourprées et l'apaisa quelque peu. Mais le vertige ne la quittait pas, et son cœur continuait à battre follement sous l'effet d'une panique confuse.

Le monde entier était-il donc devenu fou autour d'elle ? Que se passait-il, à la fin ?

Inutile d'être un génie pour comprendre que Lucan lui avait menti en se faisant passer pour un policier. Mais quelle part exacte de tromperie y avait-il eu dans ce qu'il lui avait dit – et, surtout… dans ce qu'ils avaient fait ?

Et pourquoi ?

Gabrielle s'arrêta en bas des marches bétonnées du commissariat et inspira plusieurs fois à pleins poumons. Elle expira lentement, puis constata en baissant la tête qu'elle avait toujours la main crispée sur son téléphone.

— Et puis merde.

Il fallait qu'elle sache.

Ce délire étrange dans lequel elle était embarquée n'avait que trop duré.

Elle appuya sur la touche « rappel » et le numéro de Lucan ressortit. Elle lança l'appel et attendit, sans savoir au juste ce qu'elle dirait.

Le téléphone sonna. Six fois.

Sept.

Huit…

Chapitre 15

Lucan attrapa son portable dans la poche de sa veste en cuir et laissa échapper un juron.

Gabrielle… encore.

Elle l'avait appelé moins de cinq minutes plus tôt, mais il n'avait pas pu lui répondre. Il était alors occupé à traquer un dealer qu'il avait surpris un peu plus tôt en train de vendre du crack à une jeune prostituée à la sortie d'un bar mal famé. Lucan avait mentalement guidé sa proie en direction d'une ruelle tranquille et s'apprêtait à bondir sur elle lorsqu'il avait reçu le premier appel de Gabrielle : la sonnerie avait hurlé comme une alarme de voiture dans sa poche. Il avait activé le mode silencieux en se fustigeant lui-même de n'avoir pas eu la présence d'esprit de laisser l'appareil au complexe pendant qu'il chassait.

La faim et les blessures avaient endormi sa prudence. Mais, au final, le braillement soudain dans la rue obscure lui avait rendu service.

Lucan était affaibli, et le dealer avait flairé le danger, même si Lucan avait pisté sa proie sans être vu, à l'abri des ténèbres. Le mec était méfiant et agité. Il avait dégainé une arme à feu en plein milieu de la ruelle, et les blessures par balle avaient beau être rarement fatales aux congénères de Lucan – à moins qu'il s'agisse d'un tir en pleine tête à bout portant –, il doutait que son organisme encore convalescent parvienne à encaisser une blessure supplémentaire.

Sans parler du fait que ça lui aurait pourri l'humeur, et c'était tout sauf nécessaire.

Aussi, lorsqu'en entendant la sonnerie du portable le dealer avait fait volte-face pour déterminer l'origine du bruit, Lucan s'était jeté sur lui. Sans laisser à l'humain le temps de dire « ouf », il avait planté ses crocs dans la carotide gonflée, une seconde avant que sa victime trouve la force de hurler de terreur.

Le sang jaillit contre sa langue, souillé par la drogue et la maladie. Lucan avala malgré tout, gorgée après gorgée, empoignant sans pitié sa proie convulsée et suffocante. Il le tuerait, sans le moindre scrupule. Rien d'autre ne comptait qu'assouvir sa faim. Et calmer la douleur de son corps cicatrisant.

Lucan but sans traîner, et jusqu'à satiété.

Plus qu'à satiété même.

Il vida presque entièrement le dealer, sans être pour autant rassasié. Mais il aurait été imprudent de s'alimenter davantage ce soir. Mieux valait laisser une chance à son organisme de tirer profit de ce repas, plutôt que risquer de déraper vers la voracité et de succomber à la Soif sanguinaire.

Lucan considéra avec dédain le téléphone qui vibrait entre ses doigts, sachant que le mieux à faire était de laisser sonner ce foutu bazar.

La sonnerie continuait, insistante, et une seconde avant qu'elle s'arrête il décrocha. Il ne dit rien, et se contenta d'écouter la douce respiration de Gabrielle dans le combiné. Elle semblait trembler un peu, visiblement bouleversée, mais sa voix résonna avec force.

— Tu m'as menti, lança-t-elle en guise de salutation. Depuis quand, Lucan ? Depuis le début ? Sur toute la ligne ?

Lucan toisa avec mépris le corps sans vie de sa victime. Il s'accroupit pour fouiller rapidement le bon à rien crasseux. Il trouva une liasse de billets entourés d'un élastique, qu'il abandonnerait aux charognards de la rue. Les amers délices du revendeur – environ deux mille dollars de crack et d'héroïne – iraient prendre un bain dans les égouts de la ville.

— Où es-tu ? aboya-t-il dans le téléphone, oubliant aussitôt le prédateur qu'il venait d'éliminer. Où est Gideon ?

— Tu n'essaies même pas de nier ? Pourquoi as-tu fait ça, Lucan ?

— Passe-le-moi, Gabrielle.

Elle enchaîna sans répondre.

— Il y a autre chose que j'aimerais savoir : comment es-tu entré dans mon appartement la nuit dernière ? J'avais fermé tous les verrous, y compris la chaîne. Tu as fait quoi, crocheté les serrures ? À moins que tu m'aies volé mes clés à mon insu et fait des doubles ?

— On discutera de ça plus tard, une fois que je te saurai à l'abri, au complexe.

— Quel complexe ? (Son ricanement brusque le prit au dépourvu.) Et tu peux remballer ton costume de chevalier servant. Je sais que tu n'es pas de la police. Tout ce que je te demande, c'est un peu de franchise. Est-ce que tu en es capable, Lucan ? Est-ce que c'est ton vrai nom, d'ailleurs ? Y a-t-il une seule chose dans ce que tu m'as dit qui s'approche un tant soit peu de la vérité ?

Tout à coup, Lucan comprit que cette rage humiliée ne résultait pas de la visite de Gideon, et de ce qu'il lui avait appris sur la Lignée, ou le rôle prédestiné qu'elle y tenait – un rôle qui n'inclurait pas Lucan.

Non, elle ne savait encore rien de tout cela : il s'agissait d'autre chose. Ce n'était pas la crainte des faits. C'était celle de l'inconnu.

— Où es-tu, Gabrielle ?

— Qu'est-ce que ça peut bien te faire ?

— Je m'inquiète pour toi, Gabrielle, admit-il, quoiqu'à contrecœur. Bon sang, je n'ai pas la tête à ça pour le moment. Écoute, je sais déjà que tu n'es pas à ton appartement, alors où tu es ? Gabrielle, il faut que tu me dises où tu es.

— Je suis au commissariat. Je comptais te rendre une petite visite, et devine quoi ? Personne là-bas n'a jamais entendu parler de toi.

— Oh non. Tu leur as parlé de moi ?

— Bien sûr. Comment est-ce que j'aurais pu deviner que tu te fichais de ma gueule ? (Nouveau ricanement indigné.) Je t'avais même apporté un café et une pâtisserie.

— Gabrielle, je serai là dans quelques minutes… même pas. Ne bouge pas. Reste où tu es. Ne t'éloigne pas des gens, reste à l'intérieur. J'arrive.

— Laisse tomber. Fiche-moi la paix.

Sa réplique brutale l'arrêta net dans son élan. L'instant d'après, ses bottes martelaient la chaussée d'un pas décidé.

— Je ne vais pas rester plantée ici à t'attendre, Lucan. En fait, tu sais quoi ? Oublie-moi.

— Trop tard, rétorqua-t-il d'une voix traînante.

Il n'était déjà plus qu'à deux rues du commissariat. Il avançait comme un fantôme entre les petits groupes de piétons, il sentit le sang qu'il venait d'ingérer se mêler à ses cellules, adhérer à ses muscles et ses os, le fortifier, jusqu'à ce qu'il ne soit plus qu'un courant d'air effleurant la nuque des passants sur le trottoir.

Mais Gabrielle, dotée de la perception extraordinaire des Compagnes de sang, le repéra immédiatement.

Il l'entendit sursauter dans le combiné du téléphone. Elle éloigna l'appareil de son oreille, comme au ralenti, les yeux écarquillés devant son arrivée fulgurante.

— Nom de Dieu, murmura-t-elle, et les mots avaient à peine atteint ses oreilles qu'il se tenait déjà devant elle et s'apprêtait à lui saisir le bras. Lâche-moi !

— Il faut qu'on parle, Gabrielle, mais pas ici. Je t'emmène à…

— C'est ça, oui ! (Elle s'arracha à son emprise et recula au bord du trottoir.) Je n'irai nulle part avec toi.

— Tu n'es plus en sécurité ici, Gabrielle. Tu as vu trop de choses. Tu en fais désormais partie, que tu le veuilles ou non.

— Partie de quoi ?

— De cette guerre.

— De cette guerre ? répéta-t-elle d'un ton suspicieux.

— Oui, il s'agit bien d'une guerre. Tôt ou tard, tu devras choisir un camp, Gabrielle. (Il gronda un juron.) Non. À la réflexion, il est temps que je choisisse un camp à ta place.

— C'est une plaisanterie ou quoi ? Tu fais partie de ces mecs qui se sont fait jeter de l'armée et qui prennent leur pied en extériorisant un pauvre fantasme d'autorité ? Ou peut-être pire encore…

— Ce n'est pas une plaisanterie. Il ne s'agit pas d'un jeu, putain. J'ai vu mon lot de combats et de morts, Gabrielle. Tu n'as pas la moindre idée de tout ce que j'ai vu, ni de ce que j'ai fait. Et pourtant ce n'est rien à côté de l'orage qui se prépare en ce moment. Et je ne compte pas rester les bras ballants pendant que tu te trouveras au milieu de ce carnage. (Il tendit la main vers elle.) Viens avec moi. Maintenant.

Elle esquiva sa main. La peur la disputait à l'indignation dans ses yeux sombres.

— Touche-moi encore, et je te jure que je vais chercher les flics. Les vrais, dans le commissariat, juste là. Ils ont de vrais écussons, eux. Et de vraies armes.

Lucan sentit son sang bouillir dans ses veines.

— Ne me menace pas, Gabrielle. Et ne te leurre pas : la police serait bien incapable de te protéger du danger qui te guette. Pour autant qu'on sache, la moitié du commissariat pourrait être infestée de Laquais.

Elle secoua la tête, et sembla se calmer.

— Très bien, cette conversation est en train de passer de l'étrange au psychotique. Et en ce qui me concerne le sujet est clos, tu m'entends ? (Elle débitait les mots lentement et posément, comme pour tenter de calmer un chien enragé prêt à bondir sur elle.) Je vais partir maintenant, Lucan. S'il te plaît… ne me suis pas.

Lorsqu'elle amorça un pas pour s'éloigner de lui, il perdit le peu de maîtrise qui le bridait encore. Rivant brusquement son regard sur celui de Gabrielle, il lui adressa un ordre mental féroce, lui commandant de cesser toute résistance.

Donne-moi ta main.

Immédiatement.

L'espace d'une seconde, les jambes de Gabrielle s'immobilisèrent. Ses doigts remuèrent légèrement à ses côtés, puis, lentement, son bras commença à se lever vers Lucan.

Et, tout à coup, l'emprise de Lucan sur elle se brisa.

Il sentit qu'elle le chassait de ses pensées, le déconnectait. La force de sa volonté descendit brutalement entre eux telle une porte d'acier, qu'il n'aurait pu pénétrer qu'à grand-peine, même au sommet de sa forme.

— Bordel de… ? hoqueta-t-elle, prenant toute la mesure du subterfuge. Je viens de t'entendre, là, à l'intérieur de ma tête. *Dieu du ciel*. Et ce n'est pas la première fois, n'est-ce pas ?

— Tu ne me laisses pas beaucoup de choix, Gabrielle.

Il refit une tentative. Il la sentit résister, avec davantage d'acharnement cette fois, et une bonne dose de crainte.

Elle porta sa jolie main fine à sa bouche, sans parvenir à étouffer tout à fait le cri entrecoupé qui s'échappait de sa gorge.

Elle descendit du trottoir en titubant.

Puis traversa la chaussée obscurcie comme une flèche afin de lui échapper.

— Eh, petit. Tiens-moi la porte, tu veux ?

Il fallut une seconde au Laquais pour se rendre compte qu'on s'adressait à lui ; le fait d'apercevoir la dénommée Maxwell dans la rue du commissariat l'avait profondément bouleversé. Même alors qu'il tirait la porte pour laisser entrer un livreur transportant quatre boîtes à pizza fumantes, son attention restait rivée sur la jeune femme qui venait de descendre sur la chaussée et de traverser la rue en courant.

Comme si elle voulait filer en laissant quelqu'un planté derrière elle.

Le Laquais vit alors une imposante silhouette vêtue de noir qui regardait la femme s'enfuir. L'homme était immense – au moins deux mètres, avec des épaules de rugbyman sous sa veste en cuir sombre. Il émanait de lui un air menaçant, perceptible depuis le seuil du commissariat, dont le Laquais, ébahi, tenait toujours la porte ouverte alors même que les pizzas reposaient à présent sur le comptoir de l'accueil.

Le Laquais n'avait encore jamais rencontré aucun des guerriers vampires tant honnis par son Maître, mais il était absolument certain d'en avoir actuellement un sous les yeux.

Il était sûr de gagner l'estime de son Maître s'il parvenait à l'alerter de la présence de la femme et du vampire – qu'elle semblait connaître, voire redouter.

Le Laquais refit un pas à l'intérieur du commissariat, les paumes moites d'impatience à l'idée de la gloire qui l'attendait. La tête baissée, et persuadé de circuler inaperçu en toute circonstance, il fonça vers l'autre bout du vestibule.

Il ne remarqua même pas le type de la pizzeria qui arrivait dans sa direction, et le percuta de plein fouet. Une boîte cartonnée vint le heurter en pleine poitrine dans une bouffée de vapeur aillée avant de s'écraser sur le linoléum crasseux, renversant son contenu aux pieds du Laquais.

— Oh, merde ! T'es en train de marcher sur ma prochaine commande, putain. Regarde un peu où tu vas !

Mais le Laquais ne daigna pas s'excuser, et ne s'arrêta même pas pour débarrasser sa chaussure du fromage et des rondelles de salami figés dessus. Plongeant la main dans la poche de son treillis, il sortit son téléphone et se mit en quête d'un endroit discret pour passer son appel crucial.

— Attends une seconde, mon pote.

L'ordre était venu cette fois du flic âgé et dégarni qui se tenait dans le hall d'accueil. Engoncé dans son uniforme pour encore quelques petites heures – comme il le criait sur les toits –, Carrigan tuait le temps en échangeant des plaisanteries avec la réceptionniste.

Sans prêter le moindre intérêt à la voix tonitruante du policier derrière lui, le Laquais poursuivit sa route, le menton baissé, et fonça droit vers la porte de l'escalier le plus proche.

Voyant sa soi-disant autorité totalement bafouée, Carrigan bomba le torse avec un regard incrédule.

— Hé, le gringalet ! Je te cause. Je t'ai dit de revenir ici et d'aider à nettoyer ce foutoir… et tout de suite ! T'entends, trou du cul !

— Fais-le toi-même, gros plouc arrogant, marmonna le Laquais dans sa barbe avant de pousser sans ménagement la porte métallique donnant sur l'escalier et de descendre les marches à petites foulées.

La porte se rouvrit avec fracas dans son dos, et fit vibrer l'escalier telle une déflagration sonique. Carrigan se pencha contre la rampe, les joues gonflées de rage.

— Qu'est-ce que tu viens de dire ? Comment tu viens de m'appeler, bougre de petit enculé ?

— T'as parfaitement entendu. Maintenant fous-moi la paix, Carrigan. J'ai mieux à faire.

Le Laquais sortit son téléphone, avec l'intention de contacter la seule personne à même de le commander. Mais avant qu'il puisse enfoncer la touche de raccourci qui le mettrait en relation avec le Maître, le flic bedonnant était derrière lui. Une main comme un battoir vint lui coller une mandale. Les oreilles du Laquais bourdonnèrent et sa vision se brouilla sous le coup, tandis que le portable s'envolait de sa main pour aller retomber quelques marches plus bas.

— Merci de m'offrir une anecdote à raconter sur mon dernier jour de service, railla Carrigan. (Il glissa son doigt boudiné dans son col trop serré, puis leva tranquillement la main pour recoiffer les rares cheveux plaqués sur son crâne.) Maintenant, ramène ton squelette en haut de ces marches avant que je te remonte par la peau du cul. Pigé ?

Il fut un temps – avant sa rencontre avec celui qu'il appelait « Maître » – où un tel défi, en particulier lancé par une grande gueule comme Carrigan, ne l'aurait pas laissé de glace.

Mais devant les responsabilités qui lui avaient été confiées, à lui et à une poignée d'autres élus, le gros flic suant et vociférant qui le foudroyait du regard était insignifiant. Le Laquais cligna des yeux, puis se retourna pour ramasser son téléphone et continuer sa besogne.

Il n'avait pas descendu trois marches que Carrigan était de nouveau sur lui : il sentit une lourde main s'abattre sur son épaule et le retourner de force. Le regard du Laquais se posa sur un joli stylo à bille glissé dans la poche de chemise de Carrigan, sous son uniforme. Il eut juste le temps de reconnaître l'emblème commémorant la carrière de l'agent sur le capuchon avant d'encaisser un nouveau coup à la tête.

— T'es sourd en plus d'être con, ou quoi ? Dégage de ma vue, ou je te…

La voix sifflante et suffoquée de Carrigan tira brusquement le Laquais de sa torpeur. Il vit sa propre main empoigner le stylo du gros flic tandis que ce dernier plongeait une nouvelle fois en avant et que la pointe s'enfonçait dans le cou charnu de Carrigan.

Le Laquais frappa encore et encore à l'aide de son arme de fortune, jusqu'à ce que le policier s'écroule au sol, ensanglanté et sans vie.

Puis il desserra le poing et le stylo tomba dans une flaque de sang, aussitôt oublié tandis qu'il se baissait de nouveau pour récupérer son téléphone. Il voulait passer son appel urgent sur-le-champ, cependant son regard retombait sans cesse sur le sérieux problème qu'il avait causé : celui-ci ne s'effacerait pas d'un coup de balai, contrairement à la pizza dans le hall d'accueil.

Il avait commis une erreur, et toute approbation qu'il pourrait gagner en informant le Maître de la présence de la femme risquait de lui être retirée une fois qu'on découvrirait qu'il avait agi ici de façon inconsidérée. Tuer sans autorisation risquait de tout réduire à néant.

Mais il existait peut-être un chemin encore plus sûr pour entrer dans les bonnes grâces de son Maître : appréhender la femme lui-même et la livrer en personne à son Maître.

Oui, songea le Laquais, *voilà un trophée qui ne manquerait pas de l'impressionner.*

Il empocha son téléphone et fit demi-tour afin d'extraire l'arme du policier de son holster. Il enjamba alors le cadavre et se rua vers la porte qui donnait sur le parking du commissariat.

Chapitre 16

Mieux valait la laisser partir.

Il avait vraiment tout gâché, et doutait de pouvoir faire entendre raison à Gabrielle ce soir. Ni même jamais peut-être.

Du bord de la chaussée, il la regarda s'éloigner à grandes enjambées sur le trottoir d'en face, vers Dieu sait où. Elle avait le visage blême et l'air hagard, comme si elle venait de recevoir un coup sur la tête.

Et c'était bel et bien le cas, admit-il gravement.

Peut-être était-il plus sage de la laisser s'enfuir alors qu'elle gardait de lui l'image d'un menteur et d'un fou dangereux. Ce n'était pas si éloigné de la vérité, après tout. Mais l'opinion qu'elle avait de lui n'importait pas, de toute manière. Seule comptait l'obligation de placer une Compagne de sang à l'abri.

Pourquoi ne pas la laisser regagner son appartement et lui donner le temps de digérer sa trahison ? Il pourrait alors envoyer Gideon afin qu'il rattrape le coup et la ramène calmement sous la protection de la Lignée, là où était sa place. Gabrielle pourrait y mener une nouvelle vie dans l'un des Havrobscurs disséminés de par le monde. Elle y trouverait bonheur et sécurité, et serait libre d'y choisir un partenaire à même d'être un véritable compagnon.

Elle n'aurait même plus à le revoir.

Oui, songeait-il, c'était à ce stade la meilleure décision à prendre.

Et pourtant, il commença à suivre Gabrielle ; il était désormais incapable de lui tourner le dos, même pour son bien à elle.

Tandis qu'il traversait la rue calme à cette heure du soir, son attention fut brutalement attirée par un crissement de pneus devant lui. Une voiture d'un modèle récent mais en piteux état venait de surgir d'une petite rue près du commissariat, et prit le virage sur les chapeaux de roue. Le moteur rugit et les pneus fumèrent comme le conducteur accélérait et pointait le nez du monstre ronflant vers sa victime.

Gabrielle.

Oh, putain.

Lucan se mit à courir comme un dératé. Ses bottes écrasaient le bitume : il fonçait aussi vite qu'il le pouvait.

Le véhicule grimpa sur le trottoir à quelques pas devant Gabrielle, lui barrant le passage. Elle s'arrêta en sursautant. Le conducteur de la voiture lui adressa un ordre inaudible par la vitre baissée. Elle secoua violemment la tête et se mit à crier. Son visage se décomposa lorsqu'elle reconnut l'homme qui surgit par la portière ouverte.

— Bon Dieu. Gabrielle ! hurla Lucan, cherchant une prise mentale sur son agresseur mais ne rencontrant qu'un vide insaisissable et silencieux.

Un Laquais, conclut-il avec dégoût. Seul le Maître renégat qui possédait cet humain était à même d'en commander les pensées. Et l'effort mental que cette tentative de contrôle avait coûté à Lucan l'avait ralenti physiquement. À peine quelques secondes de perdues, mais ô combien précieuses.

Gabrielle se sauva rapidement sur la gauche, débarquant à toute allure sur un terrain de jeu, son poursuivant lancé à ses trousses.

Lucan entendit Gabrielle pousser un cri et vit l'humain derrière elle tendre tout d'un coup le bras pour l'empoigner par la queue-de-cheval.

Le salopard la fit tomber à terre, et tira à tâtons un pistolet de la ceinture de son treillis.

Il pointa violemment le canon de son arme sous le nez de Gabrielle.

— Non ! rugit Lucan en arrivant droit sur eux pour écarter l'humain d'un seul coup de botte brutal.

Le type roula et le coup de feu partit au hasard dans les arbres au-dessus d'eux. Mais Lucan reconnut l'odeur métallique du sang, qui imprégnait à la fois Gabrielle et son assaillant. Il fut soulagé de constater qu'il ne s'agissait pas de celui de Gabrielle : aucune trace de son parfum caractéristique de jasmin.

Le sang qui tachait le devant de la chemise du Laquais était frais, et réveilla la faim tapie dans la partie de Lucan qui était encore convalescente, et dangereusement affamée. Sa bouche l'élançait sous cette pulsion nourricière, mais sa rage à l'idée que cette ordure puisse blesser Gabrielle le dévorait plus encore. Tout en fusillant le Laquais d'un regard noir, Lucan offrit sa main à Gabrielle pour l'aider à se relever.

— Il t'a fait mal ?

Elle fit signe que non, mais un son faible et étranglé monta dans sa gorge, mi-sanglot, mi-plainte hystérique :

— C'est lui, Lucan… qui m'épiait dans le parc l'autre jour !

— C'est un Laquais, gronda Lucan, la mâchoire serrée.

Il se fichait de l'identité de cet humain : d'ici à quelques minutes il n'existerait plus.

— Gabrielle, je t'en prie, il faut que tu partes d'ici.

— Qu… ? Tu veux dire, te laisser avec lui ? Lucan, il est armé.

— Sauve-toi, ma chérie. Cours, repars d'où tu es venue et rentre chez toi. Je m'assurerai que tu y sois en sécurité.

Le Laquais était recroquevillé sur le sol, l'arme toujours serrée dans sa main, et toussait pour reprendre son souffle coupé par l'assaut de Lucan. Lorsqu'il cracha une gorgée de sang, le regard de Lucan tomba sur la projection écarlate baignant dans la saleté et se figea. Il sentit ses gencives devenir douloureuses sous la poussée des crocs.

— Lucan…

— Nom de Dieu, Gabrielle ! Va-t'en !

Il avait lancé l'ordre bref sur un ton rageur et hargneux : il pouvait à peine contrôler la bête en lui. Il allait tuer de nouveau – sa colère était si violente qu'il ne pourrait l'éviter – et il refusait qu'elle assiste à ça.

— Cours, Gabrielle. Vite !

Elle courut.

Prise de vertige, le cœur au bord de l'explosion, Gabrielle obéit à l'ordre rugi par Lucan et se sauva.

Mais il n'était pas question qu'elle rentre chez elle et le laisse tout seul ici. Elle s'enfuit de l'aire de jeu, en priant pour n'être pas trop éloignée de la rue, et du commissariat rempli de policiers armés. Elle répugnait à abandonner Lucan ne serait-ce qu'un instant, mais elle était bien décidée à l'aider par tous les moyens, et sa détermination lui donnait des ailes.

Elle avait beau lui en vouloir de sa tromperie, et redouter la grande quantité de choses qu'elle ignorait à son sujet, elle ne pouvait s'empêcher de s'inquiéter pour lui.

Si jamais quelque chose lui arrivait…

Ses pensées furent brusquement interrompues par un coup de feu tiré derrière elle dans le noir.

Elle se figea, le souffle entièrement coupé.

Un curieux rugissement de bête lui parvint.

Deux autres coups de feu retentirent, l'un derrière l'autre, puis… plus rien.

Juste un silence lourd et déchirant.

Oh non.

— Lucan ? cria-t-elle. (La panique monta dans sa gorge.) Lucan !

Elle fit volte-face et se remit à courir en direction de l'endroit qui verrait son cœur tomber en miettes si jamais elle n'y trouvait pas Lucan debout et indemne.

Elle songea avec une vague inquiétude que le type du poste de police – *« Laquais », c'était le terme étrange que Lucan avait employé en parlant de lui* – risquait de l'attendre là-bas, ou s'était peut-être lancé à sa poursuite pour la tuer elle aussi. Mais tout souci pour sa propre sécurité passa au second plan dès qu'elle se rapprocha du petit terrain de jeu baigné par le clair de lune.

Elle voulait juste s'assurer que Lucan était sain et sauf.

Plus que toute autre chose, elle tenait à être auprès de lui à cet instant.

Sur un coin de pelouse, elle distingua une silhouette sombre : Lucan, campé sur ses jambes, les bras tendus d'un air menaçant de chaque côté de son corps. Il se tenait au-dessus de son agresseur qui, les genoux cloués au sol, tentait tant bien que mal de se libérer de sa poigne.

— Merci, mon Dieu, bredouilla Gabrielle à voix basse, immédiatement soulagée.

Lucan était indemne, et les autorités allaient à présent se charger du déséquilibré qui avait été à deux doigts de les tuer tous les deux.

Elle courut à sa rencontre.

— Lucan, appela-t-elle, mais il ne parut pas l'entendre.

Dominant l'homme à ses pieds de toute sa taille, il se pencha en avant pour le saisir. Gabrielle perçut un son bizarrement étranglé et comprit soudain, non sans effroi, que Lucan empoignait l'homme à la gorge.

Il le soulevait d'une seule main.

Elle se sentit ralentir, sans toutefois s'arrêter complètement, tandis que son esprit cherchait fébrilement une explication à ce qu'elle voyait.

Lucan était fort, cela ne faisait aucun doute, et le jeune du commissariat devait peser à tout casser une vingtaine de kilos de plus qu'elle, mais le soulever à la force d'un seul bras… c'était inimaginable.

Avec un singulier détachement, elle contempla Lucan lever davantage son bras pendant que l'homme gigotait et se débattait contre la poigne de fer qui le privait lentement d'air. Un rugissement terrifiant lui emplit bientôt les oreilles, gagnant en volume jusqu'à ce que tout le reste s'estompe.

Le clair de lune éclaira la bouche ouverte de Lucan, ses lèvres retroussées. C'était de lui que venait ce cri terrible et surnaturel.

— Arrête, murmura-t-elle, les yeux rivés sur lui, et soudain malade de terreur. S'il te plaît… Lucan, arrête.

À cet instant, le hurlement morbide se tut, pour céder la place à une vision d'horreur alors que Lucan ramenait le corps convulsé contre lui et plantait calmement ses canines dans la gorge de l'homme. Un jet de sang gicla, d'un rouge cramoisi rendu noir par l'obscurité de la nuit qui enveloppait cette scène morbide. Lucan ne bougeait pas d'un pouce, et maintenait la plaie suintante de sang contre sa bouche.

Il y buvait.

— Oh, mon Dieu, gémit-elle, plaquant ses mains tremblantes contre ses lèvres pour étouffer un cri. Non, non, non, non… Oh, Lucan… *non*.

Il releva brusquement la tête, comme s'il avait entendu ses pleurs silencieux. Ou peut-être avait-il tout à coup senti sa présence, à moins de cent mètres de l'endroit où il se tenait, plus sauvage et terrifiant que tout ce qu'elle avait pu voir jusque-là.

Faux, objecta son esprit épouvanté.

Elle avait déjà été témoin d'une telle brutalité par le passé, et si la raison lui avait alors interdit de nommer cette horreur, le mot montait à présent en elle comme un blizzard sinistre.

— Vampire, chuchota-t-elle, sans quitter des yeux le visage maculé de sang de Lucan et son regard féroce.

Chapitre 17

Il baignait dans l'odeur du sang ; le doux relent cuivré, piquant et métallique imprégnait ses narines. Il constata qu'une partie venait de lui, et remarqua seulement, avec un grondement détaché, la blessure que le coup de feu avait causée à son épaule gauche.

Il ne ressentait aucune douleur, juste le gonflement de vitalité qui suivait invariablement le moment où il se nourrissait.

Mais il en voulait plus.

Il m'en faut plus, surenchérit la bête au fond de lui.

Sa voix sournoise montait, réclamait, le poussait vers la limite.

Mais, au fond, n'était-ce pas la direction qu'il avait prise depuis longtemps ?

Lucan serra si fort les mâchoires que ses dents semblèrent sur le point de se fendre. Il devait se ressaisir, foutre le camp d'ici et rentrer au complexe, où il serait peut-être à même de se tirer de ce merdier.

Cela faisait deux heures qu'il arpentait les rues sombres, et son sang continuait à battre contre ses tempes : la rage et la faim n'étaient plus qu'à deux doigts de contrôler son esprit. Il représentait une terrible menace quand il était dans cet état et, malgré tout, son corps bouillonnant refusait de tenir en place.

Il hantait la ville tel un revenant, avançant sans réfléchir. Ses pieds, en revanche – tout comme chacun de ses sens – le portaient de façon résolue vers Gabrielle.

Elle n'était pas retournée à son appartement. Lucan ignorait au juste où elle s'était réfugiée, jusqu'à ce que le fil olfactif qui le reliait à elle le mène au pied d'un immeuble au nord de la ville. Ce devait être chez l'une de ses amies, très certainement.

Seule une fenêtre était éclairée à l'étage : rien ne se dressait entre eux hormis cette paroi de brique et de verre.

Mais il ne comptait pas chercher à la voir, et ce n'était pas uniquement en raison de la Mustang rouge stationnée au bas de l'immeuble et du ridicule gyrophare de police posé sur le tableau de bord. Lucan n'avait pas besoin de regarder son reflet dans le pare-brise pour savoir que ses pupilles restaient verticales au centre de ses énormes iris, et que ses crocs saillaient encore derrière son rictus figé.

Il ressemblait trait pour trait au monstre qu'il était.

Le monstre que Gabrielle avait vu de ses propres yeux ce soir.

Lucan émit un grognement tandis qu'il revoyait, pour la énième fois depuis qu'il avait tué le Laquais, l'expression d'horreur pure dans les yeux de Gabrielle.

Puis elle avait reculé d'un pas hésitant, le visage crispé de terreur et de répugnance. Elle l'avait découvert sous son vrai jour… et avait même lancé le mot à son adresse, sur un ton accusateur, juste avant de prendre ses jambes à son cou.

Il n'avait pas tenté de l'en empêcher, ni par les mots ni par la force.

Seul un torrent de fureur pure l'avait animé sur le moment, tandis qu'il vidait sa proie de son sang. Puis il avait laissé tomber le corps comme le déchet qu'il était, songeant avec un regain de rage à ce qui aurait pu advenir de Gabrielle si elle était tombée aux mains des Renégats. Lucan avait dû se retenir de mettre l'humain en pièces – et il s'en était fallu de peu, reconnut-il en se rappelant très nettement la brutalité dont il avait fait preuve.

Lui qui gardait toujours la tête froide, qui s'efforçait de se maîtriser en toute circonstance.

À qui croyait-il faire avaler cela ?

Le masque avait commencé à tomber dès le jour où il avait croisé Gabrielle. Elle avait révélé ses faiblesses.

Et l'avait amené à désirer des choses qui lui étaient interdites.

Il leva la tête vers la fenêtre du premier étage, le cœur battant, et dut résister à l'envie de sauter, de casser un carreau et d'emporter Gabrielle quelque part où il n'aurait pas à la partager.

Peu lui importait qu'elle ait peur de lui ou qu'elle méprise le monstre qu'il était, tant qu'il pouvait serrer son corps contre le sien, si chaud, si apaisant et si rassurant.

Oui, grogna la bête en lui qui n'était mue que par le désir et la faim.

Sans laisser à ses pulsions le temps de l'emporter, Lucan serra son poing et l'abattit brutalement sur le capot de la voiture du policier. L'alarme du véhicule hurla, et Lucan s'élança sur la chaussée pour aller se fondre dans les ténèbres de la nuit.

— Rien à signaler, déclara le petit ami de Megan en remontant à l'appartement. Je ne sais pas ce qui a pu déclencher cette saloperie, elle a toujours été trop sensible. Désolé, on n'avait franchement pas besoin de tension supplémentaire, pas vrai ?

— Sans doute des gamins qui jouent les gros durs, ajouta Megan, assise sur le canapé près de Gabrielle.

Gabrielle hocha vaguement la tête devant la tentative de son amie de la rassurer, mais elle n'était pas dupe.

C'était Lucan.

Elle avait perçu sa présence au-dehors, grâce à une sorte de sixième sens qu'elle ne comprenait pas. Il ne s'agissait ni de crainte ni d'épouvante, seulement d'une conscience viscérale qu'il était là tout près.

Qu'il avait besoin d'elle.

La désirait.

Et, presque malgré elle, elle s'était surprise à espérer qu'il vienne frapper à la porte pour l'emporter loin d'ici, et l'aider à donner un sens aux horreurs dont elle venait d'être témoin.

Mais il était parti. Elle ressentait son absence aussi nettement qu'elle l'avait senti la suivre jusque chez Megan.

— Tu n'as pas froid, Gabby ? Tu veux une autre infusion ?

— Non, merci.

Gabrielle s'accrochait à deux mains à la tasse de camomille tiède, mais aucune couverture ou boisson chaude ne pouvait chasser le frisson qui la parcourait encore. Son cœur continuait à battre la chamade, et la confusion et l'incrédulité lui donnaient le vertige.

Lucan avait ouvert la gorge de ce mec.

Avec ses dents.

Il avait plaqué sa bouche contre la blessure et bu le sang qui jaillissait contre son visage.

C'était un monstre, une vision cauchemardesque pareille à ces créatures maléfiques qui avaient agressé et massacré le jeune près de la discothèque – un événement qui lui semblait si éloigné à présent qu'elle avait peine à croire qu'il se soit réellement produit.

Et pourtant si. Tout comme le meurtre de cette nuit avait bel et bien eu lieu : et, cette fois, Lucan en était l'auteur.

En désespoir de cause, Gabrielle avait atterri chez Megan. Elle éprouvait le besoin du réconfort d'un environnement familier, mais ne pouvait se résoudre à rentrer chez elle : l'ami de Lucan risquait de l'y attendre. Elle avait raconté à Megan et à son petit ami, Ray, que le détraqué du commissariat l'avait menacée avec une arme à feu en pleine rue, alors qu'elle l'avait déjà surpris en train de l'espionner la veille.

Elle ne savait pas au juste pour quelle raison elle n'avait pas mentionné Lucan, malgré son rôle évident dans cette histoire. C'était sans doute en partie parce que, quelles que soient ses méthodes, il avait tué pour la protéger, et qu'elle se sentait redevable envers lui.

Même s'il s'agissait d'un vampire.

Bon sang, que c'était ridicule de penser une chose pareille !

— Gabby, ma puce, tu dois aller signaler cette agression. Ce mec a l'air sérieusement déséquilibré. On ne peut pas le laisser courir les rues comme ça, il faut prévenir la police. Ray et moi pouvons te conduire au commissariat pour avertir ton ami inspecteur…

— Non. (Gabrielle secoua la tête, et reposa son infusion froide sur la table basse avec un tremblement imperceptible.) S'il te plaît, Megan, je ne tiens vraiment pas à ressortir cette nuit. J'ai seulement besoin d'un peu de repos, je suis crevée.

Megan prit la main de Gabrielle dans la sienne et la serra tendrement.

— Entendu. Je vais te chercher un oreiller et une autre couverture. Tu peux rester ici aussi longtemps que tu veux, ma belle. Je suis si soulagée que tu n'aies rien.

— Tu as eu de la veine d'en réchapper, s'exclama Ray tandis que Megan ramassait la tasse de Gabrielle pour l'emporter dans la cuisine, avant de se diriger vers un placard dans l'entrée. D'autres auraient pu avoir moins de chance. Bon, je ne suis pas en service, et puis tu es la copine de Megan, donc je n'insisterai pas, mais tu te dois de ne pas laisser ce gars s'en tirer après ce qu'il vient de faire ce soir.

— Il ne fera plus de mal à personne, murmura Gabrielle.

Et, alors qu'ils parlaient de l'homme qui l'avait menacée de son arme, Gabrielle ne put s'empêcher de songer qu'ils auraient probablement dit la même chose à propos de Lucan.

Il ne se rappelait absolument pas comment il avait regagné le complexe, ni même depuis combien de temps il s'y trouvait. Vu qu'il était en sueur dans la salle d'armes du centre d'entraînement, ce temps se comptait sans doute en heures.

Lucan n'avait pas pris la peine d'allumer. De toute manière, ses yeux le faisaient déjà suffisamment souffrir dans l'obscurité. Tout ce qu'il désirait, c'était sentir la brûlure de ses muscles tandis qu'il les faisait travailler et reprenait le contrôle de son organisme après la dangereuse ivresse de la nuit passée, où il avait frôlé la Soif sanguinaire.

Lucan attrapa l'un des poignards posés sur la table derrière lui, et testa du bout des doigts le tranchant effilé de la lame tandis qu'il se retournait vers la salle tout en longueur du champ de tir. Il percevait plus qu'il ne voyait la cible placée à l'extrémité, et lorsqu'il laissa filer le poignard dans l'obscurité, il sut que le bruit sourd indiquait un tir en plein cœur.

— Prends ça, murmura-t-il, la voix encore rauque et les crocs encore étirés.

Sa précision s'était considérablement améliorée. Ses derniers lancers étaient tous allés se ficher dans des points vitaux, sans exception. Il n'arrêterait qu'une fois débarrassé des ultimes effets de son orgie de sang. Encore barbouillé par la presque overdose, il songea que cela pourrait prendre encore un moment.

Lucan gagna à grandes enjambées le fond du champ de tir afin de récupérer son arme sur la cible. Il arracha le poignard, notant avec satisfaction la profondeur de la blessure qu'il aurait portée au Renégat, ou au Laquais, s'il ne s'était pas agi d'un mannequin.

Alors qu'il pivotait pour repartir entamer une nouvelle série, il entendit un léger cliquetis dans la salle. L'instant d'après, une lumière aveuglante inonda l'espace d'entraînement.

Lucan recula tandis que son crâne semblait exploser sous la douleur de cette agression brutale. Il s'efforça de dissiper son ahurissement en clignant des yeux, plissant les paupières sous l'éblouissante lumière qui se réverbérait sur les parois vitrées séparant le champ de tir de la section d'entraînement à la défense et au maniement des armes. C'est là qu'il distingua la silhouette imposante d'un autre vampire, nonchalamment appuyé contre le mur, vêtu d'un tee-shirt noir et d'un jean large.

Un des guerriers l'observait depuis les ténèbres.

Tegan.

Bon Dieu. Depuis combien de temps était-il là ?

— La pêche ? demanda-t-il avec son éternelle apathie. Si la lumière te dérange…

— Non, gronda Lucan.

Sa vision se constella d'étoiles comme il s'efforçait de s'accommoder à la violente lueur. Il releva la tête et s'obligea à regarder Tegan, à l'autre bout de la salle.

— J'allais y aller, de toute façon.

Tegan ne quittait pas Lucan des yeux, et il lui sembla qu'il voyait en lui. Ses narines eurent un imperceptible frémissement, et son rictus narquois se fit légèrement surpris.

— Tu as chassé cette nuit. Et tu saignes.

— Et alors ?

— Alors ça ne te ressemble pas. En général, t'es trop rapide pour essuyer un tir.

Lucan laissa échapper un juron.

— Ça te dérangerait de me lâcher un peu ? Là, je ne suis pas d'humeur à apprécier la compagnie.

— Sans blague. Un peu tendu, peut-être ? (Tegan lui adressa un regard mauvais et s'approcha du comptoir pour examiner les armes avec lesquelles Lucan comptait s'entraîner. Il ne regardait plus Lucan, mais devinait néanmoins sa détresse comme si elle s'étalait sur la table à côté de la collection de poignards, couteaux et autres armes blanches.) De l'agressivité à évacuer ? Pas facile de se concentrer avec ce bourdonnement dans la tête, hein ? Le sang qui file dans les veines. Tu n'entends plus rien d'autre, et t'as qu'une seule idée en tête : la faim. Et, avant que t'aies eu le temps de dire « ouf », elle te contrôle.

Lucan saisit une autre arme et la soupesa, tâchant d'évaluer le poids du manche et le point d'équilibre du poignard artisanal. Son regard refusait de se poser plus d'une seconde, et ses doigts lui démangeaient d'utiliser l'arme à autre chose qu'un tir sur cible. Avec un rictus, il ramena son bras et envoya le poignard au fond du champ de tir. Celui-ci se ficha dans le mannequin avec un bruit sourd : en plein cœur.

— Fous-moi le camp d'ici, Tegan. Je n'ai pas besoin d'un commentateur, ni d'un public.

— C'est vrai. T'aimes pas qu'on te regarde de trop près, et je commence à comprendre pourquoi.

— Tu comprends que dalle.

— Ah bon ? (Tegan le dévisagea longuement, puis secoua lentement la tête en marmonnant un juron.) Fais attention, Lucan.

— Bordel de merde ! cracha Lucan en se retournant vers le vampire. Tu crois que t'as des conseils à me donner, Teg ?

— Je sais pas. (Le mâle haussa les épaules d'un air blasé.) Peut-être qu'il s'agit d'un avertissement.

— Un avertissement. (L'éclat de rire de Lucan résonna dans l'espace caverneux.) Putain. Venant de toi, c'est un peu fort.

— T'es au bord du gouffre, mon pote. Je le vois dans ton regard. (Il secoua la tête et des mèches fauves lui balayèrent le visage.) La chute est rude, Lucan, et j'aimerais pas te voir tomber.

— Garde ta sollicitude, Tegan. Je n'ai vraiment pas besoin de ça.

— Ben voyons : tu gères, c'est ça ?

— Exactement.

— T'as raison, Lucan, à force de te le répéter, tu finiras peut-être par y croire. Pour ma part, quand je te regarde, je suis tout sauf convaincu.

L'accusation fit sortir Lucan de ses gonds. Dans un éclair de fureur, il sauta à la gorge de l'autre vampire, les crocs dénudés dans un sifflement assassin. Il avait oublié qu'il tenait un couteau à la main, et fut presque surpris de voir la lame contre la trachée de Tegan.

— Dégage de mon champ de vision, connard. C'est plus clair, comme ça ?

— Tu veux me taillader, Lucan ? T'as envie de me voir saigner ? Alors vas-y, putain. J'en ai rien à cirer.

Lucan jeta le poignard au sol et poussa un rugissement, avant d'attraper le tee-shirt de Tegan à deux mains. Les armes, c'était trop facile. Il voulait sentir la chair et les os sous ses poings, les entendre se déchirer et craquer, se soumettre à la bête qui ne demandait qu'à contrôler son esprit.

— Oh, merde. (Tegan se mit à ricaner, et son regard insolent se riva sur la lueur de frénésie qui brillait dans celui de Lucan.) T'as déjà un pied dans le vide, pas vrai ?

— Va te faire foutre, gronda Lucan à l'adresse du vampire qui avait autrefois été un ami fidèle. Je devrais te tuer. J'aurais dû te tuer à l'époque.

Tegan ne broncha pas devant la menace.

— Tu te cherches des ennemis, Lucan ? Alors regarde-toi dans une glace. Il est là, le salopard contre qui tu ne gagneras jamais.

Lucan traîna Tegan à travers la salle d'entraînement et le plaqua violemment contre le mur opposé. La vitre crissa sous l'impact et se fêla autour des épaules et du torse de Tegan en un halo étoilé.

En dépit de son acharnement à nier les accusations de son frère, Lucan surprit son reflet sauvage multiplié dans les fragments de verre cassé. Il vit des pupilles fendues, des iris brillants – des yeux de Renégat – lui retourner son regard. De longs crocs s'étiraient dans sa bouche, et son visage contorsionné formait un masque hideux.

Il vit tout ce qu'il détestait, tout ce qu'il avait juré sur sa vie de détruire, exactement comme Tegan l'avait dit.

Et à présent, surgissant par les portes dans son dos et dans les multiples reflets qui l'avaient pétrifié, Lucan vit Nikolaï et Dante avancer prudemment dans la salle d'entraînement.

— Personne ne nous a prévenus qu'il y avait une bringue, plaisanta Dante d'une voix traînante, tout en posant sur les deux adversaires un regard qui n'avait rien d'innocent. Qu'est-ce qui se passe ? Tout va bien ?

Un long silence tendu tomba sur la salle.

Lucan libéra Tegan de son étreinte furieuse, et s'écarta lentement de lui. Instinctivement, il baissa les yeux pour dissimuler leur aspect aux autres guerriers. La honte qu'il ressentait était un sentiment nouveau, et il n'en aimait pas le goût amer ; la bile qui montait au fond de sa gorge l'empêchait de parler.

Ce fut Tegan qui brisa finalement le silence.

— Ouais, dit-il, sans quitter des yeux le visage de Lucan. Tout va très bien.

Lucan tourna les talons et, s'éloignant de Tegan et des autres, se dirigea vers la sortie, sa jambe heurtant au passage la table des armes, qui émit un tremblement métallique.

— Putain, il est remonté, ce soir, murmura Nikolaï. Et il embaume le sang frais…

Au moment où il franchissait les portes de la salle d'entraînement pour déboucher dans le couloir, Lucan entendit la réponse discrète de Dante :

— Non, mec. Il *empeste* le sang frais.

Chapitre 18

— Encore, gémit la femelle humaine assise sur ses genoux en se cambrant pour lui offrir son cou. (Les mains passées derrière sa nuque, elle l'attirait vers elle, les paupières tombantes, comme droguée.) Je t'en supplie… prends-en encore. Je veux que tu prennes tout !

— Peut-être, promit-il mollement, déjà fatigué de son joli jouet.

« K. Delaney, I.D.E. » s'était montrée plutôt divertissante durant les premières heures passées dans ses appartements, mais, à l'instar de tous les humains victimes du baiser drainant d'un vampire, elle avait finalement cessé de résister et réclamait à présent qu'on abrège son tourment. Entièrement nue, elle se lovait contre lui comme une chatte en chaleur, et frottait sa peau contre les lèvres de son ravisseur, pleurnichant lorsqu'il lui refusait ses crocs.

— Pitié, répéta-t-elle.

Sa voix se faisait geignarde, et commençait à l'agacer.

Il ne pouvait nier le plaisir qu'il avait puisé dans son corps souple et accueillant, et encore moins celui, délicieux et bien plus profond, qu'elle lui avait procuré en le Recevant à sa gorge douce et succulente. Mais il en avait fini avec cette femelle, à moins de vouloir la vider de sa dernière goutte d'humanité et d'en faire un de ses Laquais.

Mais pas tout de suite. Il aurait peut-être encore envie de jouer avec elle.

Seulement, s'il ne se dégageait pas de son étreinte avide, il risquait d'être tenté de saigner l'infirmière K. Delaney au-delà du point de non-retour, et de la tuer inutilement.

Il la repoussa sans ménagement et se leva.

— Non, implora-t-elle, ne pars pas.

Il traversait déjà la pièce, les plis somptueux de son peignoir de soie s'enveloppant autour de ses chevilles tandis qu'il sortait à grands pas de la chambre à coucher pour franchir le vestibule et gagner son étude. Cette salle – son sanctuaire privé – était pourvue de tout le luxe qu'il désirait : meubles raffinés, œuvres d'art et antiquités hors de prix, tapis tissés par des mains persanes à l'époque où les Terriens se livraient à des croisades religieuses. Cette collection rassemblait les souvenirs de son propre passé, autant d'objets récoltés au fil des siècles innombrables pour son plaisir personnel, et rapportés depuis peu dans la base de son embryon d'armée en Nouvelle-Angleterre.

Sa collection comptait également un ajout très récent.

En revanche, ce dernier – une série de photographies contemporaines – ne lui plaisait pas du tout. Il contempla les clichés noir et blanc représentant divers repaires renégats à travers la ville et ne put contenir un grognement furieux.

— Hé… c'est pas à toi, ça…

Il jeta un regard irrité à la femelle derrière lui. Elle s'était traînée à sa suite depuis l'autre pièce, et s'affala sur un kilim avec une moue de petite fille. Dodelinant de la tête et clignant péniblement des yeux, comme si elle peinait à se concentrer, elle examinait la collection de clichés.

— Ah oui ? demanda-t-il, peu désireux de jouer aux devinettes mais néanmoins curieux de savoir en quoi ces images avaient pu pénétrer l'esprit embrumé de la jeune femme. À qui penses-tu qu'elles appartiennent ?

— Ma copine… c'est les siennes.

Il haussa les sourcils à cette révélation innocente.

— Tu connais cette artiste, n'est-ce pas ?

La jeune femme hocha mollement la tête.

— Ma copine… Gabby.

— Gabrielle Maxwell, conclut-il en se retournant, tout ouïe à présent. Parle-moi de ton amie. Quel intérêt trouve-t-elle à ces lieux délabrés ?

Il ressassait cette question depuis le jour où Gabrielle avait attiré son attention : elle avait été le témoin fâcheux d'un meurtre inconsidéré perpétré par quelques-uns de ses nouveaux soldats. Il avait été irrité lorsque son Laquais du commissariat lui avait parlé de la dénommée Maxwell, mais nullement alarmé. Découvrir son visage fouineur sur les écrans de contrôle de l'asile ne l'avait pas exactement mis en joie, mais c'était son application à photographier des bases vampires qui éveillait en lui un intérêt venimeux.

Jusqu'à présent, des affaires plus cruciales avaient retenu son attention, et il s'était contenté de garder un œil sur Gabrielle Maxwell. Mais ses centres d'intérêt ainsi que ses activités méritaient peut-être qu'on les examine de plus près. Voire qu'on l'interroge en personne. Sous la torture, pourquoi pas.

— Discutons de ton amie.

Son ennuyeuse poupée rejeta brusquement la tête et se laissa retomber sur le tapis, écartant les bras comme une enfant capricieuse à qui on refuse quelque chose.

— Non… ne parle pas d'elle, chuchota-t-elle en soulevant son bassin du sol. Viens ici… embrasse-moi d'abord… parle de moi… de nous…

Il fit un pas en direction de la femelle, mais ses intentions étaient tout sauf obligeantes. Le rétrécissement de ses pupilles pouvait lui laisser croire qu'il la désirait, mais c'était la colère qui lui fouettait le sang. Il s'approcha au-dessus d'elle et, d'une poigne empreinte de mépris, la releva.

— Oh, oui, soupira-t-elle, déjà presque aussi soumise qu'un Laquais.

Du plat de la main, il lui pencha la tête sur le côté, dégageant la peau blafarde qui portait encore les traces ensanglantées de sa dernière morsure. Il lapa rapidement la plaie, les crocs palpitants de rage.

— Tu me diras tout ce que je désire savoir, murmura-t-il en plongeant son regard dans celui, vitreux, de la jeune femme. À partir de cet instant, infirmière K. Delaney, tu feras tout ce que je t'ordonnerai de faire.

Il dévoila ses canines, puis frappa avec la violence d'une vipère, la drainant d'une seule morsure brutale de ce qui lui restait de conscience et d'âme.

Gabrielle fit le tour de son appartement pour s'assurer que les serrures de toutes ses portes et fenêtres étaient bien fermées. Elle était partie de chez Megan dans la matinée, après que son amie était allée travailler, et avait regagné son domicile dans le milieu de l'après-midi. Megan avait offert de l'héberger aussi longtemps qu'elle le voulait, mais Gabrielle ne pouvait pas se cacher éternellement. Elle répugnait aussi à entraîner son amie dans une affaire qui devenait d'heure en heure plus terrifiante et plus inexplicable.

Elle avait d'abord marché dans les rues pour retarder le moment de rentrer chez elle, en proie à la paranoïa et à une hystérie grandissante. Son instinct la tenait sur ses gardes.

En vue du combat qu'elle devrait livrer tôt ou tard.

Elle craignait de trouver Lucan chez elle, ou l'un de ses camarades suceurs de sang, ou quelque chose d'encore pire. Mais la journée battait son plein, et quand elle s'était décidée à rentrer elle avait trouvé son appartement vide, dans l'état où elle l'avait laissé.

Mais, alors que la nuit tombait, son angoisse refaisait surface, décuplée.

Vêtue d'un jean et d'un gros pull blanc qui lui faisait comme un cocon, elle croisa les bras et regagna sa cuisine, où le voyant de son répondeur signalait deux nouveaux messages. C'était encore Megan. Une heure avant, elle lui avait laissé un message au sujet d'un cadavre retrouvé sur l'aire de jeu où Gabrielle avait été agressée la nuit précédente, et elle ne cessait de l'appeler depuis.

Dans son dernier message, elle parlait à Gabrielle du rapport de police que Ray lui avait résumé : son agresseur avait apparemment été lacéré par des animaux peu après l'avoir menacée. Et ce n'était pas tout : un agent de police avait été tué dans le commissariat, et c'était son arme qu'on avait retrouvée près du cadavre du jeune homme.

« S'il te plaît, Gabby, rappelle-moi dès que tu as ce message. Je sais que tu es terrifiée, ma chérie, mais il faut vraiment que la police entende ton témoignage. Ray ne va pas tarder à quitter son service. Il dit qu'il peut passer te chercher, si tu préfères… »

Gabrielle effaça le message.

Et sentit ses cheveux se dresser sur sa nuque.

Elle n'était pas seule dans la cuisine.

Son cœur s'emballa et elle se retourna brusquement pour affronter l'intrus, et ne fut pas surprise de constater qu'il s'agissait de Lucan. Debout dans l'encadrement de la porte du salon, il l'observait pensivement, sans un bruit.

Ou peut-être se délectait-il par avance de son prochain repas ?

Curieusement, Gabrielle s'aperçut qu'elle éprouvait moins de crainte que de colère. Il paraissait si normal, vêtu d'un imperméable sombre, d'un pantalon noir ajusté et d'une chemise de luxe à peine plus foncée que l'argenté hypnotique de son regard.

Il ne restait rien de la bête sauvage qu'elle avait aperçue la nuit dernière. C'était juste un homme. L'amant ténébreux qu'elle avait cru connaître.

Elle se surprit à regretter qu'il ne se soit pas montré dans toute sa monstruosité, crocs dénudés et pupilles verticales dans des yeux étincelants de rage. Cela aurait été moins hypocrite que ce semblant de normalité qui la portait à prétendre que tout allait pour le mieux, et qu'il s'agissait bel et bien de l'inspecteur Lucan Thorne, de la police de Boston, un homme voué à protéger les innocents et à faire respecter la loi.

Un homme dont elle aurait peut-être pu tomber amoureuse… qu'elle aimait peut-être déjà.

Mais tout cela n'avait été qu'un gigantesque mensonge.

— Je m'étais promis de ne pas revenir ici ce soir.

Gabrielle ravala un sanglot.

— Je savais que tu viendrais. Je sais que tu m'as suivie hier soir, après que je me suis enfuie.

Quelque chose vacilla dans son regard, intense et pénétrant comme une caresse.

— Je ne t'aurais fait aucun mal. Et je ne veux pas t'en faire.

— Alors va-t'en.

Il fit « non » de la tête, et avança d'un pas.

— Pas avant qu'on ait parlé.

— Tu veux dire, pas avant que tu te sois assuré que je ne parlerai pas, rétorqua-t-elle, s'interdisant toute complaisance à l'égard de ce monstre qui empruntait les traits de l'homme à qui elle avait accordé sa confiance.

Et qui faisait encore vibrer son corps – et battre son cœur stupide.

— Il y a des choses qu'il faut que tu comprennes, Gabrielle.

— Oh mais je comprends très bien, rétorqua-t-elle, étonnée d'entendre sa propre voix si assurée.

Elle porta la main à son cou et toucha la croix en pendentif qu'elle n'avait plus portée depuis sa première communion. Le fragile talisman semblait une bien piètre armure à présent qu'elle se tenait face à Lucan, sans rien d'autre pour les séparer que quelques longues enjambées.

— Inutile de m'expliquer quoi que ce soit. Ça m'a pris un bout de temps, je te l'accorde, mais je pense avoir enfin tout compris.

— Non. J'en doute. (Il s'approcha d'elle, s'attardant sous la porte pour jeter un coup d'œil au chapelet de bulbes blanchâtres attaché au chambranle.) De l'ail, soupira-t-il d'un ton las, avant d'émettre un ricanement.

Gabrielle recula d'un pas, ses tennis crissant sur le carrelage de la cuisine.

— Comme je l'ai dit, je t'attendais.

Et les préparatifs avant son arrivée ne s'arrêtaient pas là. S'il s'aventurait dans l'appartement, il trouverait la même décoration à l'entrée de chaque pièce, y compris la porte principale. Mais visiblement il s'en souciait peu.

Les multiples serrures ne l'avaient pas freiné, pas plus que cette autre tentative de protection. Il passa sous le repousse-vampires artisanal de Gabrielle comme si de rien n'était, son regard intense rivé sur elle.

Comme il continuait à s'approcher, elle recula davantage, jusqu'à buter contre le plan de travail. Le flacon d'un échantillon de bain de bouche était posé sur le comptoir de granit. Il ne contenait plus le produit original, mais une petite quantité d'un liquide qu'elle avait récupéré en revenant chez elle dans la matinée, lorsqu'elle était passée à l'église St. Mary's et s'était confessée pour la première fois depuis trop longtemps. Gabrielle attrapa le flacon plastifié sur le comptoir et le serra contre sa poitrine.

— De l'eau bénite ? hasarda Lucan en croisant calmement son regard. Qu'est-ce que tu comptes faire avec ça, me la jeter à la figure ?

— Si tu m'y forces.

D'un mouvement si rapide qu'elle ne vit qu'un tourbillon flou, il tendit le bras et lui arracha la petite bouteille, avant de se la vider sur les mains. Puis il passa ses doigts mouillés sur son visage et dans ses cheveux noirs luisants.

Rien ne se produisit.

Il bazarda le récipient vide et s'approcha d'elle.

— Je ne suis pas ce que tu crois, Gabrielle.

Ses mots paraissaient si sensés qu'elle faillit les croire.

— J'ai vu ce que tu as fait. Tu as tué un homme, Lucan.

Il secoua calmement la tête.

— J'ai tué un humain qui n'était plus un homme. Sa part d'humanité lui avait été volée en même temps que son sang par le vampire qui avait fait de lui un Laquais – un esclave. Il était déjà mort. J'ai juste mis un terme à son existence. Je regrette que tu aies dû assister à cela, mais n'attends pas que je m'excuse. Je ne compte pas le faire. Je tuerais quiconque, humain ou autre, tenterait de s'en prendre à toi.

— De deux choses l'une : soit tu es juste dangereusement protecteur, soit tu es carrément psychopathe. Je dois dire que ça ne me rassure pas beaucoup, sans parler du fait que tu as ouvert la gorge de ce mec avec tes dents pour boire son sang !

Elle attendit une nouvelle réponse calme et rationnelle qui puisse l'aider à croire qu'une chose aussi inconcevable que le vampirisme puisse s'expliquer – et exister dans le monde réel.

Mais Lucan ne dit rien de tel.

— Je ne voulais pas que les choses se passent ainsi entre nous, Gabrielle. Dieu sait que tu mérites mieux. (Il marmonna quelque chose dans une langue qu'elle ne comprenait pas.) Tu mérites d'être initiée en douceur, par un mâle qui dira les mots justes, et fera ce qu'il faut pour toi. C'est pour ça que je voulais envoyer Gideon… (Il se passa les doigts dans les cheveux d'un geste irrité.) Je ne suis pas un bon émissaire de ma race. Je suis un guerrier, parfois même un bourreau. Mon domaine c'est la mort, Gabrielle, et je n'ai pas l'habitude de m'excuser de mes actions.

— Je ne te demande pas d'excuses.

— Alors tu veux quoi… la vérité ? (Il lui adressa un sourire ironique.) Tu l'as vue hier soir quand j'ai tué ce Laquais et que je l'ai vidé de son sang. Voilà la vérité, Gabrielle. Voilà qui je suis réellement.

Elle ressentit un vif malaise à l'estomac en constatant qu'il n'avait à aucun moment tenté de nier l'horreur de ses propos.

— Tu es un monstre, Lucan. Mon Dieu, tu es un cauchemar vivant.

— Si on se réfère au folklore et aux superstitions des humains, oui. Ces mêmes contes te conseilleront de combattre mon espèce avec de l'ail ou de l'eau bénite... aussi grotesque qu'inutile, comme tu as pu le constater. En réalité, nos races sont très étroitement liées. Nous ne sommes pas si différents.

— Vraiment ? s'indigna-t-elle, gagnée par l'hystérie comme il faisait un pas vers elle, la forçant à reculer encore. Aux dernières nouvelles, le cannibalisme ne figurait pas parmi mes activités préférées... À la réflexion, coucher avec un mort-vivant non plus, et pourtant ça a bien failli devenir une habitude.

Il eut un rire amer.

— Je te garantis que je ne suis pas un mort-vivant. Je respire comme toi, je saigne comme toi. Il est possible de me tuer, Gabrielle – même si c'est difficile –, et je vis depuis très longtemps. (Il s'avança vers elle, comblant l'écart qui les séparait encore.) Je suis tout aussi vivant que toi.

Comme pour prouver ses dires, il referma ses doigts chauds sur la main de Gabrielle, et la posa à plat contre son torse. Elle sentit le battement de son cœur, fort et régulier, à travers le tissu soyeux de sa chemise. Elle sentait son souffle entrer et sortir de ses poumons, la chaleur de son corps pénétrer le bout de ses doigts, imprégner ses sens fatigués tel un baume apaisant.

— Non. (Elle se dégagea vivement.) Non, va te faire voir ! Fini les embrouilles. Hier soir, j'ai vu qui tu étais, Lucan. J'ai vu tes crocs, tes yeux ! Tu as dit toi-même que c'était ton vrai visage ; mais alors ça c'est quoi ? Ces traits sous lesquels tu te présentes maintenant… ces choses que je ressens quand je suis près de toi… ce ne sont que des illusions ?

— Je suis réel, tel que je me tiens devant toi… et tel que tu m'as vu la nuit dernière.

— Alors montre-moi. Laisse-moi voir cet autre toi. Je veux savoir à quoi j'ai réellement affaire. C'est la moindre des choses.

Il se renfrogna, comme si sa méfiance le blessait.

— La transformation ne se commande pas. Elle est physiologique : elle vient avec la faim, ou à des moments de forte émotion.

— Et donc, j'ai combien de temps avant que tu décides de passer à l'attaque et de m'ouvrir la jugulaire ? Deux minutes ? Quelques secondes ?

Une étincelle s'alluma dans son regard en réponse à cette provocation, mais sa voix restait égale.

— Je ne te ferai aucun mal, Gabrielle.

— Alors qu'es-tu venu faire ici ? Me baiser une dernière fois, avant de me changer en quelque chose d'aussi affreux que toi ?

— Bon sang, jura-t-il entre ses dents. Ça ne marche pas comme…

— À moins que tu fasses de moi ton esclave attitrée, comme le pauvre type que tu as tué la nuit dernière ?

— Gabrielle. (La mâchoire de Lucan se raidit, il aurait pu broyer de l'acier entre ses dents.) Je suis venu ici pour te protéger, putain ! Parce que j'ai besoin de te savoir à l'abri. Et peut-être aussi parce que je m'aperçois que j'ai commis des erreurs avec toi, et que j'aimerais avoir une chance de les réparer.

Elle resta sans bouger, à s'imprégner de cette candeur inattendue et observer le jeu des émotions sur ses traits durs. Colère, frustration, désir, incertitude… elle lut tout cela dans son regard pénétrant. Et, malgré elle, Gabrielle ressentait le même tourbillon de sentiments mêlés.

— Je veux que tu t'en ailles, Lucan.

— C'est faux.

— Je ne veux plus jamais te revoir ! cria-t-elle, cherchant à tout prix à l'en convaincre. (Elle leva la main pour le gifler mais il l'arrêta d'un simple geste.) S'il te plaît. Sors d'ici tout de suite !

Sans lui accorder la moindre attention, il prit la main dirigée contre lui et la porta tendrement à sa bouche. Entrouvrant lentement les lèvres, il plaça un baiser chaud et sensuel sur sa paume. Ni crocs ni morsure : elle ne ressentit que la douceur de sa bouche et la caresse de sa langue, tandis qu'il titillait la chair sensible entre ses doigts.

Cette délicieuse sensation lui fit tourner la tête.

Ses jambes fléchirent, et sa résistance céda, balayée par le flot du désir.

— Non. (Elle lui jeta ce mot au visage et dégagea sa main avant de le repousser.) Non. Je ne peux pas te laisser faire ça, plus maintenant. Tout a changé entre nous !

— La seule différence, Gabrielle, c'est que tu vois mon vrai visage, maintenant.

— Oui. (Elle se força à le regarder.) Et je n'aime pas ce que je vois.

Il eut un petit sourire inflexible.

— Tu aimerais pouvoir dire la même chose de ce que tu ressens.

Elle ignorait comment il avait fait ça – bouger si vite en un clin d'œil – mais elle sentit soudain le souffle de Lucan, un grondement sourd dans son cou tandis qu'il la serrait contre lui.

C'en était trop : cette nouvelle réalité terrifiante, ces questions qu'elle ne savait comment formuler. Et puis il y avait le trouble provoqué par Lucan et le pouvoir intense de son contact, de sa voix, de ses lèvres effleurant sa peau délicate.

— Arrête ! (Elle tenta de le repousser, mais elle était face à un mur de muscles et de calme résolution. Il encaissait sa colère, et les coups qu'elle portait à son torse massif ne semblaient lui faire ni chaud ni froid. Son expression restait aussi imperturbable que son corps. Elle recula, frustrée et angoissée.) Mais enfin, qu'est-ce que tu essaies de prouver, Lucan ?

— Simplement que je ne suis pas le monstre que tu t'efforces de croire. Ton corps me connaît, tous tes sens te disent que tu es en sécurité avec moi. Il te suffit de les écouter, Gabrielle. Et de m'écouter, moi, quand je te dis que je ne suis pas venu ici afin de te terroriser. Je ne te ferai jamais aucun mal, et jamais je ne prendrai ton sang. Tu as ma parole d'honneur.

Elle laissa échapper un rire étranglé à l'idée qu'un vampire puisse posséder un semblant d'honneur, et par-dessus le marché donner sa parole comme il venait de le faire. Mais Lucan restait stoïque et grave, et elle se sentit perdre la tête : plus elle soutenait son regard argenté et plus la méfiance à laquelle elle s'accrochait tant se dissipait.

— Je ne suis pas ton ennemi, Gabrielle. Depuis des siècles, ton espèce et la mienne dépendent l'une de l'autre pour survivre.

— Vous vous nourrissez de nous, murmura-t-elle d'une voix hachée. Comme des parasites.

Une ombre passa sur son visage, mais il ne releva pas le mépris contenu dans son accusation.

— Nous vous protégeons, également. Certains des miens ont été jusqu'à chérir des membres de ton espèce, et partager leur vie comme compagnons de sang. C'est la seule solution dont dispose la race des vampires pour perdurer. Sans femelles humaines pour porter nos enfants, nous aurions fini par disparaître. C'est ainsi que je suis venu au monde, et que tous mes semblables sont venus au monde.

— Je ne comprends pas. Qu'est-ce qui vous empêche de... vous mélanger aux femmes de votre espèce ?

— Il n'y en a pas. En raison d'une anomalie génétique, la Lignée n'a pu engendrer que des mâles, depuis leur tout premier descendant jusqu'aux centaines de générations qui l'ont suivi.

Cette dernière révélation, parmi l'afflux d'informations qu'elle recevait, la fit réfléchir.

— Ça signifie que ta mère est humaine ?

Lucan hocha légèrement la tête.

— Était.

— Et ton père ? C'était un…

Avant qu'elle puisse dire « vampire », Lucan la détrompa.

— Mon père, ainsi que les sept autres Anciens, n'étaient pas de ce monde. Ils furent les premiers de mon espèce, et venaient de très loin, d'un endroit très différent de cette planète.

Il lui fallut quelques secondes pour assimiler cette dernière révélation, surtout après tout ce qu'elle venait d'entendre.

— Tu veux dire… qu'il s'agissait d'extraterrestres ?

— C'étaient des explorateurs, oui. Des conquérants, féroces et belliqueux, qui se sont écrasés sur Terre il y a très longtemps.

Gabrielle le regarda fixement.

— Ton père n'était pas seulement un vampire, mais un *alien*, par-dessus le marché ? Tu te rends compte que c'est complètement dingue, n'est-ce pas ?

— C'est pourtant la vérité. Le peuple de mon père ne se donnait pas le nom de « vampires », mais, au regard des définitions humaines, c'est ce qu'ils étaient. Leur système digestif était trop évolué pour supporter les protéines terriennes. Impossible pour eux d'assimiler les plantes ou la chair animale comme les humains le faisaient. Ils ont donc dû apprendre à se nourrir de sang. Ils l'ont fait sans limites, exterminant au passage des populations entières. Tu en as sans doute entendu parler… l'Atlantide, le royaume maya, ainsi que quantité d'autres civilisations anonymes et non répertoriées, apparemment disparues du jour au lendemain. Un grand nombre de ravages que l'Histoire attribue à la peste et aux famines avaient en fait une tout autre cause.

Nom de…

— À supposer que tout cela soit vrai, il s'agirait là de milliers d'années de carnages. (Un frisson la parcourut quand elle vit qu'il ne disait rien.) Est-ce qu'ils… Est-ce que vous… Bon Dieu, je n'arrive pas à croire que je tienne ces propos. Est-ce que les vampires se nourrissent de tout ce qui vit, même entre eux peut-être, ou est-ce que nous avons le privilège d'être seuls au menu ?

Lucan afficha une mine grave.

— Seul le sang humain contient la combinaison de nutriments dont nous avons besoin pour survivre.

— À quelle fréquence ?

— On doit se nourrir tous les deux ou trois jours. Toutes les semaines au mieux, ou plus souvent quand on est blessé et qu'on a besoin de forces pour cicatriser.

— Et vous… vous tuez au moment de vous nourrir ?

— Pas toujours, rarement en fait. La majorité de la race se nourrit d'humains consentants.

— Des gens se laissent torturer de leur plein gré ? s'exclama-t-elle, incrédule.

— L'opération n'implique aucune torture, à moins qu'on le veuille. Pour l'humain qui y est préparé, la morsure peut se révéler très agréable. La ponction terminée, l'Amphitryon n'en garde aucun souvenir : on ne lui en laisse aucun.

— Mais il vous arrive de tuer, insista-t-elle, en s'efforçant de ne pas prendre un ton trop accusateur.

— Il est parfois nécessaire d'ôter une vie. Les guerriers de la Lignée ont juré de ne s'en prendre ni aux innocents ni aux infirmes.

Elle ricana.

— Comme c'est noble de votre part.

— Ça l'est, Gabrielle. Si nous le voulions… si nous cédions à la tendance belliqueuse héritée de nos aïeux, nous pourrions asservir l'humanité entière et régner sur le monde. Chaque humain n'existerait alors que pour nous nourrir ou nous amuser. Cette idée même est au cœur d'une longue et mortelle bataille que se livrent les miens et leurs frères ennemis : les Renégats. Tu en as vu certains en personne, cette fameuse nuit aux abords de la discothèque.

— Tu étais là ?

Elle connaissait déjà la réponse. Elle se rappela le visage saisissant et le regard caché derrière des lunettes de soleil qu'elle avait senti se poser sur elle à travers la foule. Déjà, ce soir-là, elle s'était sentie liée à lui en croisant ce bref regard qui semblait la chercher, elle seule, dans la fumée et l'obscurité de la boîte.

— Je pistais ce groupe de Renégats depuis environ une heure, expliqua Lucan, et guettais l'occasion de passer à l'action et de les éliminer.

— Ils étaient six, se souvint-elle, revoyant très nettement la demi-douzaine de visages épouvantables – leurs yeux féroces et brillants et leurs crocs éclatants. Tu comptais les affronter seul ?

Son haussement d'épaules sembla indiquer que cela n'avait rien d'inhabituel.

— J'ai eu de l'aide cette nuit-là… toi et l'appareil photo de ton téléphone. Le flash les a surpris, et m'a fourni une ouverture.

— Tu les as tous tués ?

— Tous sauf un. Mais je l'aurai.

À voir son expression féroce, elle n'en doutait pas une seconde.

— La police a envoyé une voiture de patrouille aux alentours du club après que je leur ai signalé l'agression. Ils n'ont rien trouvé. Pas la moindre trace.

— J'avais fait en sorte qu'ils ne trouvent rien.

— Tu m'as fait passer pour une folle. Les policiers soutenaient que j'avais tout inventé.

— Mieux vaut ça que de les mettre au courant des batailles bien réelles qui se jouent depuis des siècles dans les rues humaines. Tu imagines l'ampleur de la panique si des rapports attestés d'agressions par des vampires sortaient dans les médias aux quatre coins du monde ?

— C'est ce qui se passe ? Ce genre d'exécutions se produit chaque jour un peu partout ?

— Elles se font plus nombreuses depuis quelque temps. Les Renégats sont une faction d'accros au sang qui se soucient uniquement de leur prochaine dose. En tout cas c'était le cas encore récemment. Mais les choses ont commencé à changer. Ils se préparent, s'organisent. Ils n'ont jamais été plus dangereux qu'aujourd'hui.

— Et ces vampires renégats sont à mes trousses à cause des photos que j'ai prises aux abords du club ?

— Cet incident a attiré leur attention sur toi, c'est clair, et tout humain constitue un bon gibier pour eux. Mais ce sont tes autres photos qui te mettent probablement le plus en danger.

— Quelles autres photos ?

— Celle-ci, par exemple.

Il désigna un cliché encadré sur un des murs du salon. Il s'agissait d'une vue extérieure d'un vieil entrepôt situé dans un des quartiers les plus glauques de la ville.

— Qu'est-ce qui t'a poussée à photographier ce bâtiment ?

— Je ne sais pas au juste, répondit-elle, sans même savoir ce qui l'avait décidée à l'encadrer. (Rien qu'à le regarder, elle éprouva un frisson.) Je n'aurais jamais mis les pieds dans ce coin de la ville, mais je me rappelle avoir raté une rue cette nuit-là et m'être complètement perdue. Quelque chose a attiré mon regard sur cet entrepôt – je ne saurais pas expliquer quoi. Cet endroit me fichait la trouille, mais je n'arrivais pas à partir avant d'en avoir pris quelques clichés.

La voix de Lucan se fit grave et sérieuse.

— Une poignée d'autres guerriers de la Lignée et moi avons fait une descente sur ce site il y a un mois et demi. Il s'agissait d'un repaire de Renégats, qui abritait quinze de nos ennemis.

Gabrielle le regarda bouche bée.

— Il y a des vampires dans ce bâtiment ?

— Plus maintenant.

Il marcha jusqu'à la table de la cuisine derrière elle, où étaient posés quelques autres clichés, dont certains qu'elle avait pris deux jours plus tôt à l'asile désaffecté. Il ramassa l'une des photographies et la lui tendit.

— Voilà des semaines qu'on surveille ce site. Nous avons des raisons de croire qu'il pourrait s'agir d'une des plus importantes colonies de Renégats de Nouvelle-Angleterre.

— Oh, mon Dieu. (Gabrielle observa l'image de l'asile avant de la reposer sur la table d'une main légèrement tremblante.) Quand j'ai pris ces clichés l'autre matin, un homme m'y a surprise. Il m'a pourchassée jusqu'à l'enceinte de l'établissement. Tu crois qu'il s'agissait…

Lucan secoua la tête.

— … d'un Laquais, mais pas d'un vampire, si tu l'as vu après l'aube. La lumière du soleil est comme un poison pour nous. Cette part du folklore au moins dit vrai. Notre peau brûle très vite, un peu comme la vôtre si vous l'exposiez à un verre grossissant très puissant au plus fort soleil de la journée.

— Ce qui explique que je ne t'ai toujours vu que le soir, murmura-t-elle en repensant à chacune des visites de Lucan, depuis ce premier soir où il avait commencé à lui mentir. Comment ai-je pu être si aveugle alors que j'avais tous les indices sous les yeux ?

— Tu ne voulais peut-être pas voir la vérité en face, Gabrielle, mais tu savais. Tu te doutais que le massacre auquel tu avais assisté allait au-delà de ce que ton expérience humaine pouvait expliquer. Tu as failli m'en faire part, lors de notre première rencontre. Quelque part dans ta conscience, tu savais qu'il s'agissait de vampires.

Elle le savait effectivement, depuis le début. Mais elle ne s'était pas doutée que Lucan en était un lui-même. Une partie d'elle rejetait toujours cette idée.

— Comment est-ce possible ? gémit-elle en s'effondrant sur la chaise la plus proche.

Elle contempla les clichés éparpillés sur la table devant elle, puis releva la tête vers la mine farouche de Lucan. Les larmes menaçaient, lui brûlaient les yeux tandis qu'une boule de déni se formait dans sa gorge.

— Ça ne peut pas être réel. Mon Dieu, dites-moi que tout ça n'arrive pas pour de vrai.

Chapitre 19

Lucan avait livré à Gabrielle un paquet de révélations détonantes – pas tout, mais bien assez pour une nuit.

Et sa réaction l'avait bluffé. Mis à part les quelques absurdités de l'ail et l'eau bénite, elle avait gardé la tête étonnamment froide, durant une conversation pourtant truffée d'énormités. Des vampires, des extraterrestres débarqués voilà des siècles, la guerre montante avec les Renégats – qui, en passant, étaient également à ses trousses.

Elle avait tout encaissé avec un stoïcisme dont peu d'hommes auraient su faire preuve.

Lucan la regardait qui s'efforçait de digérer cette somme d'informations, assise à la table, la tête entre les mains. Deux larmes entamaient une course discrète le long de ses joues. Il aurait voulu trouver un moyen de lui faciliter les choses. Mais il n'y en avait pas. Et ce serait encore pire pour elle une fois qu'elle apprendrait toute la vérité sur ce qui l'attendait.

Pour sa propre sécurité et celle de la Lignée, il lui faudrait quitter son appartement, ses amis, sa carrière, laisser derrière elle tout ce qui avait jusque-là fait partie de sa vie.

Dès ce soir.

— Si tu as d'autres photographies de ce genre, Gabrielle, il faut que je les voie.

Elle releva la tête et acquiesça.

— J'ai tout sur mon ordinateur, annonça-t-elle en écartant ses cheveux de son visage.

— Et celles dans la chambre noire ?

— Elles sont également sur mon disque, ainsi que toutes celles vendues par la galerie.

— Parfait. (Cette dernière remarque déclencha une alarme dans sa mémoire.) Quand je suis venu ici il y a quelques soirs, tu as dit avoir vendu l'intégralité de ta collection à quelqu'un. De qui s'agissait-il ?

— Je ne sais pas. C'était un achat anonyme. Le client avait organisé une expo privée dans une suite en penthouse qu'il avait louée exprès en centre-ville. Ils ont jeté un coup d'œil à quelques photos avant de payer comptant pour le tout.

Comme il lâchait un juron, l'expression déjà tendue de Gabrielle vira à la franche terreur.

— Oh, mon Dieu. Tu penses que c'étaient les Renégats ?

Lucan se disait que, s'il était à la place du vampire dirigeant l'opération actuelle des Renégats, il trouverait très utile d'acquérir une arme lui permettant de localiser les bases ennemies. Sans parler de priver ses adversaires de la capacité d'employer ladite arme à leur propre avantage.

Gabrielle constituerait un atout extraordinaire entre les mains des Renégats, pour des tas de raisons. Et, une fois qu'ils lui auraient mis le grappin dessus, il ne leur faudrait pas longtemps pour découvrir sa marque de Compagne de sang. Ils la violeraient comme la dernière des catins, la forceraient à boire leur sang et à porter leur progéniture jusqu'à ce que son corps meure d'épuisement. Cela pouvait prendre des années, des décennies, des siècles.

— Lucan, mon meilleur ami est allé montrer ces photos seul l'autre soir. Je ne me le serais jamais pardonné si quelque chose lui était arrivé. Jamie n'avait pas la moindre idée du danger qu'il courait.

— Heureusement pour lui : c'est sans doute ce qui l'a sauvé.

Elle recula comme s'il venait de la gifler.

— Je ne veux pas que ce qui m'arrive mette mes amis en danger.

— C'est toi qui es visée, pour l'instant. D'ailleurs, il faut qu'on y aille. Récupérons ces photos sur ton ordinateur, je veux les emporter au labo du complexe.

Gabrielle le conduisit jusqu'à un petit bureau dans un coin du salon. Elle alluma le poste de travail, sortit deux clés USB neuves de leur emballage et inséra l'une d'elles dans le port de l'ordinateur.

— Tu sais, ils l'ont traitée de folle, à l'époque. Ils ont diagnostiqué un délire schizophrène paranoïaque et l'ont enfermée, parce qu'elle prétendait avoir été agressée par des vampires. (Gabrielle rit doucement, un petit son triste et vide.) Elle n'était peut-être pas si folle, en fin de compte.

Lucan s'approcha.

— De qui parles-tu ?

— De ma mère biologique. (Une fois qu'elle eut lancé la procédure de copie, Gabrielle pivota sur son fauteuil pour faire face à Lucan.) On l'a trouvée une nuit dans Boston, blessée, ensanglantée et désorientée. Elle n'avait ni sac à main, ni portefeuille, ni aucun papier sur elle, et au cours de ses brefs éclairs de lucidité elle s'est révélée incapable de donner son nom à quiconque, alors la police l'a classée sous X. Ce n'était qu'une adolescente.

— Tu dis qu'elle saignait ?

— Lacérations multiples à la gorge – qu'elle se serait infligées elle-même, d'après les rapports officiels. Les tribunaux l'ont déclarée inapte à être jugée et l'ont envoyée dans un établissement psychiatrique dès sa sortie de l'hôpital.

— Seigneur.

Elle secoua faiblement la tête.

— Et, si ça se trouve, elle disait la vérité ! Elle n'était peut-être pas folle du tout ! Oh, mon Dieu, Lucan… toutes ces années, je lui en ai voulu. Je crois que je l'ai même détestée, et voilà que je ne peux m'empêcher de penser…

— Tu as dit qu'elle était passée devant la police et les tribunaux. Pour un délit, tu veux dire ?

L'ordinateur émit un « bip » pour indiquer que le périphérique était plein. Gabrielle se retourna pour changer de clé USB et resta face à l'écran. Lucan posa doucement les mains sur ses épaules et refit pivoter le fauteuil.

— De quoi était-elle accusée ?

Gabrielle demeura un long moment silencieuse. Lucan vit sa gorge se contracter. Ses doux yeux bruns reflétaient une très grande souffrance.

— D'avoir abandonné son enfant.

— Quel âge avais-tu ?

Elle haussa les épaules, secoua la tête.

— J'étais petite. Bébé. Elle m'a flanquée dans un conteneur à ordures devant un immeuble. C'était à peine à une rue de l'endroit où la police l'a trouvée. Heureusement pour moi, un des policiers a décidé de vérifier les alentours. J'imagine qu'il m'a entendue pleurer, et m'a sortie de là.

Seigneur Dieu.

Tandis qu'elle parlait, un souvenir traversa l'esprit de Lucan. Il vit une rue sombre, la chaussée humide luisant au clair de lune, une femelle aux yeux écarquillés, pétrifiée d'horreur alors qu'un Renégat lui suçait la gorge. Il entendit les pleurs stridents du minuscule bébé niché dans les bras de la jeune mère.

— C'était en quelle année ?

— Il y a longtemps. Vingt-sept ans cet été, pour être exacte.

Pour quelqu'un de l'âge de Lucan, vingt-sept années passaient en un clin d'œil. Il se rappelait très nettement avoir coupé court à l'agression près de la gare routière. Il s'était interposé entre le Renégat et sa proie, et avait mentalement ordonné à la femelle terrifiée de fuir. Du sang dégoulinait sur son bébé de sa plaie béante.

Après avoir tué le Renégat et nettoyé la scène, il était parti à la recherche de la femme et de son enfant. En vain.

Il s'était souvent demandé ce qu'il était advenu d'elles, et s'en était voulu de n'avoir pas pu effacer de l'esprit de la victime le souvenir épouvantable de son agression.

— Elle s'est suicidée peu après son arrivée à l'asile, continua Gabrielle. On m'avait déjà placée sous tutelle.

Il ne put se retenir de la toucher. Écartant doucement ses longs cheveux, il caressa la ligne fière de son menton. Elle avait les yeux rougis mais retenait ses larmes. C'était une dure à cuire, aucun doute là-dessus. Dure, belle et incroyablement particulière.

À cet instant, il ne voulait rien de plus que l'attirer contre lui et lui dire toutes ces choses.

— Je suis navré, déclara-t-il, avec la plus grande sincérité.

Et le plus grand remords, un sentiment auquel il n'était pas habitué. Mais bon, depuis qu'il avait posé les yeux sur Gabrielle, elle lui avait fait ressentir tout un tas d'émotions entièrement nouvelles.

— Je regrette, pour vous deux.

L'ordinateur émit un nouveau « bip ».

— Elles y sont toutes, dit-elle, levant la main comme pour caresser la sienne, sans toutefois parvenir encore à le toucher.

Il laissa retomber son bras avec un vif pincement au cœur lorsqu'elle se détourna sans un mot.

Elle le tenait à l'écart, comme l'étranger qu'il était devenu.

Il la regarda débrancher la seconde clé USB et la ranger au côté de l'autre. Comme elle commençait à fermer l'application, Lucan dit :

— Attends. Il faut que tu supprimes les images de ton ordinateur et de toutes les sauvegardes que tu pourrais avoir. Il ne doit rester que les copies que nous emporterons.

— Et les impressions ? Il en reste sur la table du salon, et les autres sont dans ma chambre noire au sous-sol.

— Occupe-toi de l'ordinateur. Je me charge des copies papier.

— D'accord.

Elle s'attela aussitôt à la tâche tandis que Lucan ratissait rapidement l'appartement. Il rassembla tous les clichés épars et décrocha également les photos encadrées, pour ne rien laisser derrière eux qui puisse être utile aux Renégats. Il trouva un grand sac de toile dans le placard de la chambre et le descendit afin de le remplir.

Au moment où il refermait le sac, il entendit le grondement sourd d'une voiture puissante qui s'arrêtait devant la maison. Deux portières s'ouvrirent, puis claquèrent, et un bruit de pas pressés retentit dans l'allée.

— Quelqu'un arrive, annonça Gabrielle en lui décochant un regard dur tandis qu'elle éteignait l'ordinateur.

Lucan avait déjà passé la main sous son trench-coat et dans son dos, où un Beretta 9 mm customisé était glissé dans la ceinture de son pantalon. L'arme était chargée de balles en titane destinées aux Renégats – une des dernières innovations de Niko. Si c'était un Renégat qui se tenait derrière cette porte, ce bâtard risquait de se choper de sacrées aigreurs d'estomac.

Mais il comprit aussitôt qu'il ne s'agissait pas de Renégats. Ni même de Laquais, que Lucan aurait également descendus sans bouder son plaisir.

Deux humains se tenaient sur le perron. Un homme et une femme.

— Gabrielle ? (Plusieurs coups de sonnette enchaînés retentirent.) Ohé ? Gabby ! Tu es là ?

— Oh, non. C'est mon amie Megan.

— Celle chez qui tu es allée hier soir ?

— Oui. Elle a passé la journée à appeler ici, et à laisser des messages. Elle s'inquiète pour moi.

— Qu'est-ce que tu lui as dit ?

— Elle est au courant pour l'agression dans le jardin d'enfants. Je lui ai expliqué qu'on m'avait attaquée, mais je ne lui ai pas parlé de toi… de ton intervention.

— Pourquoi ?

Gabrielle haussa les épaules.

— Je ne voulais pas l'impliquer. Je refuse qu'elle coure un quelconque danger à cause de moi. Et de tout ça. (Elle soupira.) Peut-être que je préférais avoir moi-même quelques réponses avant de lui parler de toi.

Nouveau coup de sonnette.

— Gabby, ouvre ! Ray et moi avons besoin de te parler. Il faut qu'on sache si tu vas bien.

— Son petit ami est policier, murmura Gabrielle. Ils tiennent à ce que j'aille déclarer ce qui m'est arrivé la nuit dernière.

— Y a-t-il une sortie par-derrière ?

Elle opina du chef, puis parut se raviser.

— La baie vitrée donne sur une cour commune, mais la clôture est très haute…

— Pas le temps, éluda Lucan. Va ouvrir. Laisse tes amis entrer.

— Qu'est-ce que tu comptes faire ? (Elle vit sa main ressortir de dessous son manteau, lâchant l'arme qu'il dissimulait dans son dos. Son expression se chargea de panique.) Tu caches un pistolet ? Lucan, ils ne te feront rien. Je m'assurerai qu'ils ne disent rien.

— Je n'aurai pas à utiliser mon arme.

— Alors que comptes-tu faire ? (Après avoir si soigneusement veillé à éviter tout contact, elle se décidait seulement à le toucher, ses petites mains lui agrippant le bras.) Mon Dieu, promets-moi de ne pas leur faire de mal…

— Ouvre la porte, Gabrielle.

Ses jambes pesaient des tonnes tandis qu'elle s'approchait de la porte d'entrée. Elle tourna le verrou et entendit la voix de Megan de l'autre côté.

— Elle est là, Ray. Derrière la porte. Gabby, ouvre, ma puce ! Tout va bien ?

Gabrielle fit glisser la chaîne, sans répondre. Elle ignorait si elle devait assurer son amie que tout allait bien, ou crier à Megan et Ray de ficher le camp d'ici.

Le coup d'œil qu'elle jeta à Lucan derrière elle ne lui fut d'aucune aide. Ses traits anguleux restaient de marbre. Son regard argenté était rivé sur la porte, froid et impassible. Il avait les mains vides, de chaque côté de lui, mais Gabrielle savait qu'il était plus rapide que l'éclair.

S'il voulait tuer ses amis – et elle aussi, d'ailleurs –, tous trois mourraient sans avoir eu le temps de dire « ouf ».

— Laisse-les entrer, gronda-t-il tout bas.

Gabrielle tourna lentement le bouton.

Elle avait à peine entrebâillé la porte que Megan surgit à l'intérieur, talonnée par son petit ami encore en uniforme.

— Putain, Gabby ! T'as une idée du souci que je me faisais ? Pourquoi tu ne m'as pas rappelée ? (Elle l'étreignit vigoureusement, puis la relâcha pour alors lui adresser un regard maternel affolé.) Tu as l'air épuisée. Tu as pleuré ? Où étais…

Megan s'interrompit brusquement. Ray et elle venaient tout à coup d'apercevoir Lucan au milieu du salon, derrière Gabrielle.

— Oh… j'ignorais qu'il y avait quelqu'un avec toi…

— Tout va bien ? demanda Ray, dépassant les deux femmes en portant discrètement la main à son arme dans son étui.

— Oui. Tout va bien, s'empressa de répondre Gabrielle. (Elle tendit le bras vers Lucan.) Voici, euh… un ami à moi.

— Vous allez quelque part ?

Le petit copain de Megan avança dans la pièce et indiqua la sacoche pleine posée aux pieds de Lucan.

— Euh, ouais, s'exclama Gabrielle en allant rapidement s'interposer entre Ray et Lucan. Je suis un peu secouée, je comptais passer la nuit dans un hôtel pour déstresser. Lucan s'est proposé pour m'y conduire.

— Ah.

Ray s'efforçait de voir Lucan, lequel s'obstinait à rester muet et immobile derrière Gabrielle. Son regard acéré indiquait qu'il avait déjà jaugé le jeune policier – et conclu à son insignifiance.

— Ça m'embête que vous soyez venus jusqu'ici, dit Gabrielle. (Et c'était on ne peut plus vrai.) Je vous assure, vous pouvez repartir.

Megan s'avança vers Gabrielle et lui prit la main d'un geste protecteur.

— Ray et moi espérions que tu accepterais de nous accompagner au commissariat, ma puce. C'est important. Je suis certaine que ton ami serait d'accord avec nous. Vous êtes l'inspecteur dont parlait Gabby, c'est ça ? Je suis Meg.

Lucan fit un pas de côté. Ce léger déplacement l'amena juste en face de Ray et de Megan. Il s'agissait d'un mouvement si fluide, si rapide, que le temps parut ralentir autour de lui. Gabrielle vit Lucan faire ces quelques pas en un clin d'œil, mais ses amis rouvrirent les yeux pour le trouver devant eux : il les toisait d'un air menaçant.

Soudain, il leva la main droite et la plaqua sur le front de Megan.

— Lucan, non !

Megan ouvrit la bouche, mais son cri de terreur mourut dans sa gorge dès qu'elle croisa le regard de Lucan. Rapide comme une vipère, il tendit le bras gauche et saisit Ray de la même manière. L'agent de police se débattit l'espace d'une seconde, puis son visage tomba dans une sorte de stupeur. Seule la poigne de fer de Lucan semblait maintenir le couple debout.

— Lucan, s'il te plaît ! Je t'en supplie !

— Emporte les clés USB et la sacoche, commanda-t-il d'une voix calme et froide. Une voiture m'attend dehors. Installe-toi, j'arrive.

— Je ne vais pas te laisser vider mes amis de leur sang.

— Si telle avait été mon intention, ils seraient déjà morts.

Il disait vrai. Elle n'avait pas le moindre doute que cet homme dangereux – cet être sombre qu'elle avait accueilli dans sa vie – en aurait été capable.

Mais il ne les avait pas tués, et ne les tuerait pas ; elle lui faisait au moins confiance sur ce point.

— Les photos, Gabrielle. Maintenant.

Elle s'anima soudain, passa sur son épaule la sangle de la lourde sacoche et glissa les deux clés dans la poche de son jean. Elle s'arrêta un instant devant le visage sans expression de Megan. Elle avait les yeux fermés, comme Ray. Lucan leur murmurait quelque chose, si bas qu'elle l'entendait à peine.

Le ton de ses paroles ne semblait pas menaçant, mais étrangement rassurant, persuasif. Presque tranquillisant.

Gabrielle jeta un dernier regard au curieux spectacle qui se déroulait dans son salon, puis se précipita par la porte ouverte. Une élégante berline était garée le long du trottoir, juste devant la Mustang rouge de Ray. C'était un véhicule coûteux – probablement hors de prix – et il n'y en avait pas d'autre dans la rue.

À son approche, la portière du côté passager s'ouvrit comme par magie.

Ou plutôt, par la seule force mentale de Lucan, devina-t-elle en s'interrogeant sur l'étendue exacte de ses pouvoirs surnaturels.

Elle se glissa au fond du siège en cuir et tira la portière. Moins de deux secondes plus tard, Megan et Ray apparurent sur son perron. Ils descendirent calmement les marches et dépassèrent la berline sans s'arrêter, regardant droit devant eux, sans dire un mot.

Lucan était juste derrière eux. Il referma la porte de l'appartement et gagna la voiture où Gabrielle attendait. Il monta, mit le contact et démarra la Maybach.

— Pas très judicieux de laisser ça derrière toi, lui dit-il en déposant à ses pieds son sac à main et sa sacoche photo.

Gabrielle le dévisagea dans la pénombre de l'habitacle.

— Tu as exercé sur eux une sorte de... contrôle mental, comme tu as essayé avec moi l'autre soir ?

— J'ai suggéré à tes amis qu'ils n'étaient jamais passés chez toi ce soir.

— Tu as effacé leurs souvenirs ?

Il hocha vaguement la tête.

— Ils ne se rappelleront rien de cette soirée, ni de ton passage à l'appartement de Megan la nuit dernière après que le Laquais t'a agressée. J'ai délesté leur esprit de ces souvenirs.

— Tu sais quoi : cette idée me paraît plutôt séduisante. Tu ne voudrais pas t'occuper de moi, maintenant ? Tu peux effacer les deux dernières semaines, en commençant juste avant que je décide d'aller dans cette discothèque de malheur ?

Il la regarda dans les yeux, mais elle ne sentit pas l'ombre d'une intrusion dans son esprit.

— Tu n'es pas comme ces deux humains, Gabrielle. Même si je le voulais, je ne pourrais rien changer à tous ces événements. Ton esprit est plus fort. Tu es différente… à bien des égards.

— Ça alors, quelle chance.

— Le plus sûr pour toi, à présent, c'est de venir loger chez nous, où nous pourrons te protéger comme l'une des nôtres. La Lignée dispose d'un complexe sécurisé à Boston, c'est là que je t'emmène.

Elle tiqua.

— Quoi, tu m'offres l'équivalent chez les vampires du programme de protection des témoins ?

— C'est un peu plus compliqué que ça, dit-il en reportant son regard vers la route, et c'est la seule issue.

Lucan appuya sur l'accélérateur et l'élégante berline noire fonça dans l'étroite rue avec un grondement velouté. Les mains crispées sur le cuir du siège passager, Gabrielle se retourna pour regarder les ténèbres engloutir peu à peu son immeuble.

Comme ils prenaient de la distance, elle distingua les silhouettes de Megan et Ray qui montaient à bord de la Mustang, comme si de rien n'était. Un sursaut de panique lui donna soudain envie de sauter de la voiture et de courir vers eux, de retrouver son ancienne vie.

Mais il était déjà trop tard.

Et elle le savait.

Cette nouvelle réalité avait refermé ses griffes sur elle, et il semblait impossible de faire marche arrière :

elle ne pouvait qu'aller de l'avant. Elle se détourna de la vitre arrière et s'enfonça dans le cuir moelleux du siège, regardant droit devant elle tandis que Lucan prenait un virage serré et l'entraînait dans la nuit.

Chapitre 20

Gabrielle ignorait depuis combien de temps ils roulaient, ou dans quelle direction. Elle n'était sûre que d'une chose : ils n'avaient pas quitté la ville. En revanche, elle aurait été incapable de se repérer tant Lucan avait fait de tours et de détours. Regardant à travers la vitre teintée de la berline, elle eut vaguement conscience qu'ils ralentissaient enfin en approchant de ce qui semblait être une immense propriété, ancienne et hypersécurisée.

Lucan s'arrêta devant un haut portail en fer forgé. Deux petits dispositifs juchés de part et d'autre de l'entrée projetèrent des rayons lumineux rouges. Gabrielle cligna des yeux sous le flash de lumière soudain, puis vit le lourd portail commencer à coulisser.

— Cette propriété t'appartient ? demanda-t-elle en se tournant pour la première fois vers Lucan depuis qu'ils avaient quitté l'appartement. Je suis déjà venue ici. Je me rappelle avoir photographié ce portail.

Ils entrèrent, puis remontèrent une longue allée sinueuse et bordée d'arbres.

— Le domaine fait partie du complexe. Il appartient à la Lignée.

Visiblement, le métier de vampire était plutôt lucratif. Comme ils approchaient, Gabrielle devinait malgré l'obscurité que les jardins somptueux et le manoir de pierre à la façade richement sculptée faisaient partie de ces propriétés qui se transmettent de génération en génération. Deux rotondes flanquaient les portes noires vernies et le haut portique de l'entrée principale, au-dessus de laquelle s'élevaient fièrement quatre étages.

Une lumière douce brillait derrière plusieurs des fenêtres cintrées, mais l'ensemble ne parut pas entièrement accueillant à Gabrielle. Le manoir se dressait dans la noirceur de la nuit environnante telle une sentinelle aux aguets, stoïque et intimidante avec sa série de gargouilles grimaçantes qui épiaient l'esplanade depuis le toit et les deux balcons en surplomb.

Lucan dépassa l'entrée et roula jusqu'à un grand hangar situé à l'arrière. Une porte métallique se leva, et il alla stationner la Maybach à l'intérieur, avant de couper le moteur. Des détecteurs de mouvement se déclenchèrent dans un cliquetis discret lorsqu'ils sortirent de la voiture, et une rangée d'éclairages révéla une flottille de véhicules tous plus luxueux les uns que les autres.

Gabrielle en resta bouche bée. Entre la Maybach, qui devait coûter aussi cher que son modeste appartement de Beacon Hill, et la collection de voitures, de 4 x 4 et de motos, elle devait avoir devant les yeux plusieurs millions de dollars. Des dizaines de millions.

— Par ici, dit Lucan.

Il empoigna le lourd sac de toile et lui fit traverser l'impressionnante armada jusqu'à une porte discrète au fond du garage.

— À combien s'élève votre fortune, au juste ? s'enquit-elle en lui emboîtant le pas, la mine ébahie.

Comme la porte s'ouvrait, Lucan lui fit signe d'entrer puis la suivit dans l'ascenseur avant d'appuyer sur un bouton.

— Certains membres de la race vampire existent depuis très longtemps. Nous avons appris à gérer notre argent à bon escient.

— Ah, bredouilla-t-elle, un peu déséquilibrée par la descente régulière mais rapide de l'ascenseur, qui filait vers les profondeurs de la terre. Comment vous débrouillez-vous pour cacher tout ça aux yeux du public ? Et du gouvernement ? Et du fisc ? À moins que vous payiez toujours tout en liquide ?

— Le public ne pourrait pas franchir notre système de sécurité, même s'il essayait. Tout le périmètre du domaine est électrifié. Celui qui serait assez stupide pour s'approcher du complexe se prendrait une décharge de quatorze mille volts ainsi qu'un lavage de cerveau. Nous payons nos impôts – par le biais de sociétés écrans, évidemment. Nos propriétés de par le monde sont détenues par des trusts privés. Tout ce que fait la Lignée est légal et régulier.

— Légal et régulier. Bien sûr. (Elle eut un petit rire nerveux.) À condition de fermer les yeux sur les ponctions de sang et l'ascendance extraterrestre.

Lucan lui lança un regard noir, mais elle aperçut avec soulagement le coin de sa bouche frémir en un semblant de sourire.

— J'ai besoin des sauvegardes maintenant, dit-il sans la quitter de ses yeux gris pâle tandis qu'elle extirpait les clés USB de la poche de son jean et les déposait dans sa main.

L'espace d'une seconde, il referma ses doigts sur les siens. Gabrielle ressentit la chaleur de sa peau, mais décida de l'ignorer. Elle refusait d'admettre le désir qu'un simple frôlement suffisait à enflammer, malgré tout ce qu'elle savait.

Ou peut-être à cause de ce qu'elle savait.

L'ascenseur s'arrêta enfin, et la porte s'ouvrit sur une salle immaculée composée de parois de verre renforcées d'armatures métalliques étincelantes. Le sol de marbre blanc était incrusté de symboles géométriques et de motifs entrelacés. Elle reconnut certains des motifs qu'elle avait vus sur le corps de Lucan… Ces tatouages étranges et magnifiques qui recouvraient son dos et son torse.

Elle comprenait à présent qu'il ne s'agissait pas de tatouages, mais de quelque chose… d'autre.

Des marques de vampire.

Sur sa peau, et ici, dans le bunker souterrain où il vivait.

Au-delà de l'ascenseur s'étirait un couloir qui devait parcourir plusieurs centaines de mètres. Lucan s'arrêta et jeta un coup d'œil à Gabrielle, qui hésitait à le suivre.

— Tu es en sécurité ici, lui assura-t-il.

Et, si fou que cela puisse paraître, elle le crut sur parole.

Elle avança sur le marbre laiteux à côté de Lucan, et retint son souffle tandis qu'il plaçait une main à plat sur un panneau d'authentification et ouvrait les portes de verre devant lui. Une bouffée d'air frais lui balaya le visage et un brouhaha étouffé de voix masculines lui parvint d'un peu plus loin dans le hall. D'un pas vif et résolu, Lucan la conduisit vers le bourdonnement de conversations.

Il s'arrêta devant une nouvelle porte vitrée, et lorsque Gabrielle le rejoignit, elle vit ce qui ressemblait à une salle de contrôle. Des moniteurs et des ordinateurs s'alignaient autour d'une longue console en U, de petits écrans numériques affichaient ce qu'elle pensa être des coordonnées le long d'un autre mur, et au centre de tout ça, allant et venant entre les multiples stations de travail sur sa chaise à roulettes, se trouvait un jeune homme à l'allure de geek et aux cheveux blonds hirsutes. Il leva la tête, et ses yeux bleus et vifs exprimèrent d'abord un salut, puis une légère surprise tandis que la porte coulissait pour laisser entrer Lucan, et Gabrielle à son côté.

—Gideon, annonça Lucan avec un hochement de tête.

C'était donc là le collaborateur dont il avait parlé, songea Gabrielle en notant le sourire affable et l'allure bienveillante du vampire. Il se leva de sa chaise et adressa un signe de tête à Lucan, puis à Gabrielle.

Gideon était grand et élancé, doté d'une beauté juvénile et d'un charme évident. Rien à voir avec Lucan. Rien à voir du tout avec l'image qu'elle se faisait d'un vampire, quoique son expérience en ce domaine fût plutôt limitée.

—C'est…

— Oui, répondit Lucan avant qu'elle puisse murmurer le reste de sa question. (Il déposa le sac sur une table.) Gideon fait partie de la Lignée. Tout comme les autres.

C'est à ce moment que Gabrielle s'aperçut que les conversations qu'elle avait entendues en entrant dans la salle s'étaient tues.

Elle sentit d'autres regards se poser dans son dos, et quand elle se retourna elle eut le souffle coupé. Trois hommes immenses occupaient l'espace derrière elle : l'un d'eux portait un pantalon noir et une chemise de soie et était élégamment affalé dans un fauteuil en cuir ; un autre, vêtu de cuir noir de la tête aux pieds, était adossé au mur du fond, les bras croisés sur la poitrine ; et le dernier, en jean et tee-shirt blanc, était penché au-dessus d'une table et nettoyait les différents éléments d'une arme à feu compliquée.

Tous leurs regards étaient braqués sur elle.

— Dante, dit Lucan en désignant le vampire maussade tout de cuir vêtu.

Celui-ci lui adressa un léger signe de tête – ou peut-être s'agissait-il d'un geste approbateur, à voir la manière dont son sourcil noir se leva quand il ramena son regard entendu sur Lucan.

— Le bricoleur, là-bas, c'est Nikolaï.

À ces mots, le grand blond en jean offrit un bref sourire à Gabrielle. Il avait les traits durs, les pommettes saillantes et la mâchoire puissante et volontaire. Alors même qu'il la regardait, ses doigts agiles s'activaient adroitement sur l'arme, comme s'il en connaissait d'instinct les éléments.

— Et voici Rio, termina Lucan en attirant son attention sur le beau brun au style impeccable.

De sa posture décontractée dans le fauteuil, il décocha à Gabrielle un sourire éblouissant qui rayonnait d'une séduction innée, une pointe de danger brillant dans son regard couleur topaze.

Cette menace émanait de chacun d'eux : leur musculature et leur armement visible signalaient sans ambiguïté qu'en dépit de leur apparente décontraction, ces hommes étaient rompus au combat. Ils y étaient même peut-être accros.

Lucan posa une main dans le dos de Gabrielle, qui sursauta à son contact tandis qu'il l'attirait à lui pour la présenter aux trois autres mâles. Elle n'était pas encore sûre de lui faire totalement confiance, mais, après tout, il était son unique allié dans une pièce remplie de vampires armés.

— Voici Gabrielle Maxwell. Pour le moment, elle logera au complexe.

Il laissa la déclaration en suspens, sans fournir plus d'explications, comme s'il défiait n'importe lequel de ces types aux allures de tueurs de le contredire. Aucun ne le fit. En regardant Lucan imposer sa volonté à cette assemblée de force brute et menaçante, Gabrielle comprit qu'il n'était pas simplement l'un de ces guerriers.

Il était leur chef.

Gideon fut le premier à prendre la parole. Il était sorti de derrière ses machines pour venir tendre la main à Gabrielle.

— Enchanté de faire votre connaissance, la salua-t-il avec une pointe d'accent anglais dans la voix. Bien joué pour les photos de l'attaque, avec votre téléphone. Elles nous ont beaucoup aidés.

— Euh, de rien.

Elle lui serra brièvement la main, surprise de le trouver si poli, si normal.

Cela dit, Lucan aussi lui avait paru relativement normal, et pourtant… Mais elle devait bien admettre qu'il n'avait pas complètement menti en prétendant emporter son portable au labo pour analyser les clichés. Il avait juste omis de lui préciser qu'il s'agissait d'un labo de la police scientifique des vampires, et pas du commissariat de Boston.

Un « bip » grave retentit sur la rangée d'ordinateurs voisine, ramenant Gideon derrière ses moniteurs au pas de course.

— Bingo ! Merci, bonne vieille bécane, s'exclama-t-il en se laissant tomber dans sa chaise à roulettes. Les gars, voilà qui va vous intéresser. Surtout toi, Niko.

Lucan et les autres guerriers se rassemblèrent autour de l'écran qui baignait le visage de Gideon d'un halo bleuté. Gabrielle, restée seule au centre de la grande pièce, finit par leur emboîter le pas.

— Je viens de m'introduire dans les archives de la sécurité du métro, annonça Gideon. Voyons maintenant si on peut dégoter quelques enregistrements datant de l'autre soir, et peut-être en apprendre un peu plus sur l'enflure qui a descendu Conlan.

Gabrielle, restée un peu en retrait, vit plusieurs écrans diffuser en accéléré les images enregistrées par les caméras de surveillance de quelques stations de métro de la ville. Gideon fit rouler son siège le long des postes de travail, s'arrêtant devant certains claviers pour pianoter à toute allure avant de passer au suivant, et ainsi de suite. Il finit par trouver ce qu'il cherchait.

— OK, c'est parti. J'ai la ligne verte. (Il se recula du moniteur en face de lui pour permettre aux autres de regarder.) Cet enregistrement commence trois minutes avant l'affrontement.

Lucan et les autres s'approchèrent pour mieux voir les images d'un flot de personnes montant et descendant de la rame. Gabrielle se dressa sur la pointe des pieds pour apercevoir l'écran entre les imposantes carrures, et reconnut le visage désormais familier de Nikolaï : lui et son partenaire, un homme immense harnaché de cuir, montèrent dans le wagon. À peine étaient-ils assis qu'un des passagers attira l'attention du partenaire de Nikolaï. Les deux guerriers se relevèrent et, juste au moment où les portes se refermaient, le mec qu'ils surveillaient sauta de la rame sans prévenir. À l'écran, Nikolaï et l'autre homme bondirent à sa suite, mais l'attention de Gabrielle était rivée sur leur cible.

— Oh, mon Dieu, hoqueta-t-elle. Je connais ce type.

Cinq paires d'yeux durs tournèrent leur regard interrogateur vers elle.

— Enfin, je ne le connais pas personnellement, mais je l'ai déjà vu. Il s'appelle Brent… en tout cas c'est ce qu'il a dit à ma copine, Kendra. Elle l'a rencontré dans la boîte de nuit le soir où j'ai assisté à ce meurtre. Et depuis elle le voit tous les soirs – c'est assez sérieux, à vrai dire.

— Tu en es sûre ? demanda Lucan.

— Oui. Sûre et certaine, c'est lui.

Le guerrier nommé Dante laissa échapper un furieux juron.

— C'est un Renégat, déclara Lucan. Enfin, c'était. Il y a de ça quelques soirs, il est monté dans la rame de la ligne verte équipé d'une ceinture d'explosifs. Niko et un autre de nos camarades l'ont pourchassé sur une voie désaffectée. Il s'est fait sauter avant qu'ils puissent l'avoir. Il a entraîné avec lui un de nos meilleurs soldats.

— Oh non ! Tu parles de cette explosion inexpliquée qu'ils ont montrée aux infos ? (Elle se tourna vers Nikolaï, qui serrait la mâchoire.) Toutes mes condoléances.

— Si Conlan ne s'était pas jeté sur ce lâche, je ne serais pas là à vous parler. Je vous le garantis.

Gabrielle était réellement attristée pour Lucan et ses hommes, mais une nouvelle angoisse l'étreignit lorsqu'elle songea au terrible danger auquel son amie s'exposait en sortant avec Brent.

Et si Kendra était en mauvaise posture ? S'il lui avait fait du mal et qu'elle avait besoin d'aide ?

— Il faut que je l'appelle. (Gabrielle commença à fouiller dans son sac à main à la recherche de son téléphone.) Il faut tout de suite que j'appelle Kendra pour m'assurer qu'elle va bien.

La main de Lucan se referma sur son poignet d'un geste ferme mais plein de sollicitude.

— Je regrette, Gabrielle. Je ne peux pas te laisser faire ça.

— Il s'agit de mon amie, Lucan. Je suis désolée, mais tu ne peux pas m'en empêcher.

Gabrielle ouvrit le téléphone, plus déterminée que jamais à passer l'appel. Avant qu'elle puisse composer le numéro de Kendra, l'appareil s'envola d'entre ses doigts et apparut dans la main de Lucan. Il le referma et le glissa dans la poche de sa veste.

— Gideon, dit-il comme si de rien n'était, mais en gardant son regard d'acier rivé sur Gabrielle. Demande à Savannah de venir conduire Gabrielle dans des quartiers plus confortables le temps que l'on termine ici. Et qu'on lui apporte quelque chose à manger.

— Rends-le-moi, protesta Gabrielle sans prêter attention à la vague de surprise qui passa parmi les autres hommes comme elle défiait l'autorité de Lucan. Il faut que je sache si elle va bien, Lucan.

Il se dirigea vers elle, et l'espace d'une seconde elle eut peur de ses intentions quand il tendit la main vers son visage. Devant tous les autres, il lui caressa la joue d'un geste tendrement protecteur, et dit doucement :

— Le bien-être de ton amie ne dépend pas de toi. Si elle n'a pas encore été vidée de son sang par ce Renégat – et crois-moi, c'est une possibilité qu'il faut envisager sérieusement –, alors il ne présente plus aucun danger pour elle.

— Mais s'il lui avait fait quelque chose ? S'il l'avait changée en un de ces Laquais ?

Lucan secoua la tête.

— Seuls les plus puissants de notre espèce sont en mesure de créer des Laquais. La raclure qui s'est fait exploser dans ce tunnel en était incapable. Il n'était rien de plus qu'un pion parmi tant d'autres.

Gabrielle recula, et s'arracha à sa caresse pourtant si rassurante.

— Suppose qu'il ait vu Kendra du même œil, et qu'il l'ait livrée à quelqu'un qui disposerait d'un pouvoir supérieur au sien ?

Lucan avait la mine sombre mais ne cilla pas. Il prit le ton le plus doux qu'elle lui ait jamais entendu, ce qui ne fit que rendre ses paroles encore plus insupportables.

— Alors mieux vaut l'oublier entièrement, car dans ce cas elle est déjà morte.

Chapitre 21

— Le thé n'est pas trop fort ? Si tu veux y ajouter un peu de lait, je peux t'en rapporter de la cuisine.

Gabrielle sourit, réellement réconfortée par l'hospitalité de la compagne de Gideon.

Elle avait été étonnée d'apprendre qu'il se trouvait d'autres femmes à l'intérieur du complexe, et s'était immédiatement liée d'amitié avec la belle Savannah. Depuis l'instant où elle était venue chercher Gabrielle sur ordre de Lucan, Savannah avait pris à cœur de s'assurer que Gabrielle soit détendue et à son aise.

Enfin, aussi détendue qu'elle pouvait l'être dans un bunker de haute sécurité enfoui à une centaine de mètres sous terre et truffé de vampires dangereux et armés.

Elle aurait pourtant presque réussi à l'oublier, maintenant qu'elle était assise en face de Savannah à une longue table de merisier sombre, dans une salle à manger admirablement équipée, à déguster un thé exotique et épicé dans une délicate tasse de porcelaine tandis qu'une chaîne hi-fi diffusait une musique douce.

Cette salle, ainsi que la spacieuse suite résidentielle attenante, appartenaient à Gideon et Savannah. Ils semblaient vivre à l'intérieur du complexe comme un couple normal, dans de confortables appartements, entourés de meubles somptueux, d'innombrables livres et de magnifiques *objets d'art**. Tout était de première qualité et parfaitement entretenu, et Gabrielle aurait pu se croire dans une petite maison bourgeoise du quartier de Back Bay. Sans l'absence de fenêtres, l'illusion aurait été proche de la perfection. Et ce manque même était compensé par une époustouflante collection de peintures et de photographies ornant les murs.

— Tu n'as pas faim ?

Savannah indiqua d'un geste un plateau d'argent posé entre elles sur la table et garni de pâtisseries et de gâteaux. À son côté se trouvait un second plat étincelant chargé de délicats sandwichs et de sauces variées. Tout semblait merveilleux à la vue et à l'odorat, mais Gabrielle avait plus ou moins perdu l'appétit la nuit passée, lorsqu'elle avait vu Lucan trancher la gorge du Laquais d'un coup de dents avant de boire son sang.

— Non, merci, répondit-elle. À l'heure qu'il est, c'est beaucoup trop pour moi.

Elle s'étonnait même d'avoir pu avaler quelque chose, mais le thé était brûlant, et sa chaleur l'apaisait.

Savannah la regardait boire en silence de l'autre bout de la table de ses beaux yeux noirs, les sourcils froncés en un sillon compatissant. Elle avait les cheveux crépus, coupés très courts autour de sa jolie tête ronde, mais le tout, associé à ses traits remarquables et à ses courbes féminines, lui donnait une allure plus sophistiquée

* En français dans le texte. (*NdT*)

que garçonne. Elle avait la même attitude ouverte et affable que Gideon, une qualité que Gabrielle appréciait grandement après ces dernières heures passées avec Lucan et ses manières autoritaires.

— Ma foi, tu es peut-être capable de résister à la tentation, plaisanta Savannah en saisissant un scone, mais pas moi.

Elle recouvrit le petit gâteau d'une cuillerée de crème épaisse avant d'en arracher un morceau et de le porter à sa bouche avec un gémissement de satisfaction. Gabrielle avait conscience de la dévisager, mais ne pouvait s'en empêcher.

— Tu manges de la vraie nourriture, dit-elle, sur un ton déclaratif qui tenait davantage de la question.

Savannah hocha la tête avant de se tamponner le coin des lèvres avec sa serviette.

— Oui. Évidemment. Il faut bien se nourrir.

— Mais je pensais… Si toi et Gideon… Tu n'es pas comme lui ?

Savannah secoua la tête en fronçant les sourcils.

— Je suis humaine, tout comme toi. Lucan ne t'a rien expliqué ?

— Pas tout. (Gabrielle haussa les épaules.) Assez pour me donner le tournis, mais j'ai encore beaucoup de questions.

— C'est naturel. On s'en pose toutes lorsqu'on entre pour la première fois dans cet univers étrange. (Elle tendit le bras et serra gentiment la main de Gabrielle.) Pose-moi toutes les questions que tu désires. Je suis moi-même une des dernières arrivées.

Cette révélation piqua la curiosité de Gabrielle.

— Depuis combien de temps vis-tu ici ?

Savannah leva les yeux un moment, comme pour compter les années.

— J'ai abandonné mon ancienne vie en 1974, lorsque j'ai rencontré Gideon et que je suis tombé follement amoureuse de lui.

— Il y a plus de trente ans, songea Gabrielle à haute voix en considérant les traits juvéniles, la peau café au lait éclatante et le regard pétillant de la compagne de Gideon. Je t'aurais donné vingt ans à peine.

Savannah afficha un sourire radieux.

— J'avais dix-huit ans quand Gideon m'a prise pour compagne. À vrai dire il m'a sauvé la vie. Il m'a tirée d'une situation délicate, et aussi longtemps que nous resterons liés je garderai cette apparence. Je te parais réellement si jeune que ça ?

— Oui. Tu es magnifique.

Savannah gloussa doucement et croqua de nouveau dans son scone.

— Comment… ? interrogea Gabrielle, espérant ne pas se montrer indiscrète, mais elle était si curieuse et si stupéfaite qu'elle déballait ses questions sans retenue. Si tu es humaine, et qu'ils ne peuvent pas nous changer en… en ce qu'ils sont… alors, comment est-ce possible ? Comment se fait-il que tu n'aies pas vieilli ?

— Je suis une Compagne de sang, répondit Savannah, comme si cela suffisait à tout expliquer.

Voyant Gabrielle froncer les sourcils d'un air confus, Savannah poursuivit :

— Gideon et moi sommes liés, accouplés. Son sang me permet de rester jeune, mais je demeure à cent pour cent humaine. Ça ne change pas, même après qu'on est liée à l'un d'eux en tant que compagne. On ne développe pas de crocs, et on n'a pas besoin de sang pour survivre.

— Mais… tu as tout abandonné pour vivre avec lui, comme ça ?

— Abandonné quoi ? Je passe ma vie aux côtés d'un homme que j'adore et qui m'est entièrement dévoué. Nous sommes heureux, en bonne santé, et entourés de gens semblables à nous, comme une famille. Mis à part la menace des Renégats, nous vivons ici sans souci. Tout ce que j'ai pu sacrifier pâlit en comparaison de ce que Gideon m'a offert.

— Et la lumière du soleil ? Ça ne te manque pas, à force de vivre sous terre ?

— Nous ne sommes pas forcées de rester en permanence à l'intérieur du complexe, tu sais. Je passe énormément de temps dans les jardins du domaine en journée, quand bon me semble. Le parc est très bien sécurisé, à l'image du manoir, qui est immense. Il a dû me falloir trois semaines pour l'explorer, à mon arrivée ici.

À en juger par le bref aperçu qu'elle avait eu de l'endroit, elle n'avait pas de mal à croire que chaque chose puisse exiger un temps d'adaptation.

— Quant aux sorties en ville pendant la journée, il nous arrive également d'en faire – pas si souvent, cependant. On peut commander tout ce dont on a besoin sur Internet et le faire livrer ici. (Elle sourit avec un petit haussement d'épaules.) Comprends-moi bien, j'adore écumer les salons de coiffure et les boutiques, comme tout le monde, mais c'est toujours un peu risqué de s'aventurer à l'extérieur du complexe sans la protection de nos compagnons. Et ils se font du souci quand on se trouve quelque part où ils ne peuvent pas intervenir. Je suppose que les femmes qui vivent dans les Havrobscurs doivent bénéficier d'un peu plus de liberté en journée que nous autres qui sommes liées à des membres de la classe guerrière. Encore qu'aucune de nous ne s'en plaint.

— Est-ce que d'autres Compagnes de sang vivent ici ?

— Nous sommes trois. Eva est liée à Rio. Tu vas les adorer : ils mettent l'ambiance partout où ils se trouvent. Et Danika est l'une des personnes les plus gentilles que je connaisse. C'était la Compagne de sang de Conlan. Il a trouvé la mort récemment, en affrontant un Renégat.

Gabrielle hocha sobrement la tête.

— Oui, j'ai appris ça juste avant que tu viennes me chercher. Mes condoléances.

— Ce n'est pas pareil sans lui, moins vivant. Je ne sais pas trop comment Danika va s'en sortir, pour te dire la vérité. Ils étaient ensemble depuis très longtemps. Conlan était un grand guerrier, et un excellent compagnon. C'était également l'un des plus anciens membres du complexe.

— Quel âge atteignent-ils ?

— Oh, je ne sais pas. Un âge très avancé – enfin, d'après nos critères humains. La mère de Conlan était la fille d'un chef de clan écossais et Conlan a vu le jour au temps de Christophe Colomb. Son père était un vampire de cette génération-là.

— Tu veux dire que Conlan était âgé de cinq cents ans ?

Savannah souleva une épaule menue.

— À peu près, oui. Certains sont beaucoup plus jeunes, comme Rio et Nikolaï, qui sont nés au début du XXe siècle, mais aucun n'est aussi âgé que Lucan. Il est issu de la première génération, né de l'union d'un des Anciens originels et de la première lignée de Compagnes de sang à avoir porté à terme leur semence extraterrestre. À ce que j'ai compris, ces premiers héritiers de la Lignée sont venus au monde bien longtemps après que les Anciens eurent débarqué ici – l'histoire parle de plusieurs siècles. Les Gen-1 ont été conçus dans la douleur et entièrement par hasard, lorsque les campagnes de viols commises par les vampires se sont trouvées inclure des humaines aux propriétés sanguines et génétiques particulières, assez solides pour supporter une grossesse hybride.

Gabrielle se figura immédiatement, avec écœurement, la brutalité qui régnait certainement à l'époque.

— J'ai l'impression que ces Anciens étaient de véritables bêtes.

— C'étaient des barbares, en effet. Les Renégats agissent à peu près de la même manière, avec le même mépris pour la vie. Si on ne pouvait compter sur des guerriers tels que Lucan, Gideon et la poignée de soldats de l'Ordre pour les traquer aux quatre coins du monde, nos existences – celles de tous les humains – seraient bien tristes.

— Et Lucan ? demanda Gabrielle à voix basse. Quel âge a-t-il, dans tout ça ?

— Oh, c'est un être rare, ne serait-ce que par son ascendance. Il en reste peu de sa génération. (Gabrielle lut une pointe de crainte sur le visage de Savannah, et plus qu'un peu de respect.) Lucan doit avoir au moins neuf cents ans, si ce n'est davantage.

— Oh, mon Dieu.

Gabrielle s'enfonça dans son siège. Elle rit de l'énormité de l'idée, avant d'en reconnaître l'évidence manifeste.

— Tu sais, la première fois que je l'ai vu, je me suis dit qu'il aurait paru plus à sa place sur un cheval, à brandir une épée et mener à la bataille une armée de chevaliers. Il a un tel maintien. Comme si le monde lui appartenait, et qu'il avait vu tant de choses qu'il en était blasé. Je sais maintenant pourquoi.

Savannah l'observait d'un air tranquille, la tête inclinée.

— Je crois bien que tu l'as quelque peu surpris.

— Moi ? Comment ça ?

— Il t'a conduite ici, au complexe. Jamais il n'avait fait une chose pareille, ni depuis que je le connais, ni même avant, à ce que m'a confié Gideon.

— Lucan m'a expliqué qu'il m'amenait ici pour ma propre sécurité, parce que les Renégats sont à mes trousses. Et dire que je refusais de le croire ! C'est pourtant vrai, n'est-ce pas ?

Le sourire de Savannah était chaleureux et compréhensif.

— Ça l'est.

— Je l'ai vu tuer quelqu'un hier soir… un Laquais. Je sais qu'il l'a fait pour me protéger, mais c'était si violent. C'était horrible. (Un frisson la parcourut tandis qu'elle revoyait la scène effroyable qui s'était déroulée dans le terrain de jeu.) Lucan a planté ses dents dans la gorge de cet homme et s'est abreuvé comme une espèce de…

— … de vampire, conclut Savannah, sans la moindre trace de jugement dans sa voix douce. C'est ce qu'ils sont, Gabrielle, c'est ainsi qu'ils sont nés. Ce n'est ni une malédiction ni une maladie. C'est simplement leur manière de vivre, un mode de consommation différent de celui que nous, en tant qu'humains, avons fini par accepter comme normal. Et les vampires ne tuent pas toujours quand ils se nourrissent. En fait, c'est même rare, du moins au sein de la population de la Lignée, y compris la classe des guerriers. Et ça n'existe tout simplement pas chez les vampires liés par le sang, tels que Gideon ou Rio, puisqu'ils se nourrissent régulièrement de leur compagne.

— Ça semble si naturel, à t'entendre, marmonna Gabrielle en caressant du doigt le bord de sa tasse. (Elle savait que les explications de Savannah contenaient une part de logique, même si elles paraissaient surréalistes, et pourtant elle avait du mal à les accepter.) Je suis terrifiée quand je songe à ce qu'il est réellement, à la façon dont il vit. Je devrais le mépriser, Savannah.

— Mais tu n'y parviens pas.

— Non, avoua-t-elle tout bas.

— Tu tiens à lui, pas vrai ?

Gabrielle hocha la tête, répugnant à prononcer le mot.

— Et vous êtes déjà intimement liés ?

— Oui. (Gabrielle poussa un soupir, et secoua la tête.) Franchement, c'est ridicule, non ? Je ne sais pas ce qui m'attire à ce point chez lui. Je veux dire, il m'a menti à tant de reprises que je n'ai pas assez de mes doigts pour les compter, et malgré tout, rien que de penser à lui, j'ai les jambes qui flanchent. Je n'ai jamais connu ce genre de désir pour aucun homme.

Savannah souriait derrière sa tasse.

— Nos guerriers sont plus que des hommes.

Gabrielle but une gorgée de son thé, songeant qu'il était sans doute peu judicieux de considérer Lucan comme « son » quoi que ce soit, sauf si elle tenait à mettre son cœur à ses pieds et à le regarder l'écraser d'un coup de botte.

— Ces hommes sont passionnés dans tout ce qu'ils font, ajouta Savannah. Et rien n'est comparable à l'acte de se lier par le sang, en particulier pendant qu'on fait l'amour.

Gabrielle haussa les épaules.

— Ça, il est incroyable au lit, je le reconnais volontiers. Mais on ne s'est pas liés par le sang.

Le sourire de Savannah vacilla légèrement.

— Il ne t'a pas mordue ?

— Non. Grand Dieu, non ! (Elle secoua la tête, surprise de constater que cette idée ne la choquait finalement pas tant que ça.) Il n'a même jamais essayé de prendre mon sang, pour autant que je sache. Pas plus tard que ce soir, il m'a juré de ne jamais le faire.

— Oh.

Savannah reposa calmement sa tasse.

— Quoi ? Tu crois qu'il va le faire ?

La compagne de Gideon sembla s'accorder un moment de réflexion, puis secoua lentement la tête.

— Lucan n'a jamais fait aucune promesse à la légère, et c'est un sujet très sérieux. Je suis certaine qu'il tiendra parole.

Gabrielle hocha la tête, soulagée, alors que Savannah avait l'air désolée pour elle, étrangement.

— Viens, dit celle-ci en se levant de table et en invitant d'un geste Gabrielle à la suivre. Je vais te faire visiter le reste du complexe.

— Du nouveau sur les glyphes du Gen-1 de la côte Ouest ? interrogea Lucan en balançant sa veste en cuir sur le dossier d'une des chaises situées près de Gideon.

Ils étaient seuls dans le labo à présent, les autres étant partis se détendre une poignée d'heures avant que Lucan leur donne les directives pour la patrouille de la nuit. Il ne crachait pas sur ce moment de relative intimité. Sa tête recommençait à lui marteler sous l'assaut d'une migraine fracassante.

— Que dalle, désolé. Aucun résultat du côté des fichiers criminels, ni de celui du recensement. Apparemment notre gars n'est pas répertorié dans le système, mais ça n'a rien de très inhabituel. Les fichiers BD2I sont solides, mais pas exhaustifs, en particulier quand il s'agit des Gen-1. Vous n'êtes plus qu'une poignée, et pour diverses raisons la plupart ne se sont jamais laissé enregistrer ou lister – toi y compris.

— Merde, souffla Lucan en se pinçant l'arête du nez, sans que la pression sous son crâne s'évanouisse pour autant.

— Tu te sens bien, mon pote ?

— C'est rien. (Il n'avait pas besoin de regarder Gideon pour sentir le regard inquiet du vampire posé sur lui.) Ça va passer.

— J'ai, euh... j'ai entendu parler de ce qui s'était passé l'autre nuit entre Tegan et toi. Les autres m'ont dit qu'en revenant de chasse, t'avais pas l'air dans ton assiette. Tu sais, ton corps récupère encore de ses brûlures. Vas-y mollo, accorde-toi le temps de...

— J'ai dit que j'allais bien, gronda Lucan.

Il sentit ses yeux lancer des éclairs et ses lèvres se retrousser de façon agressive.

Entre la proie qu'il avait saisie dans la rue et le Laquais qu'il avait drainé sur le terrain de jeu, il avait absorbé bien assez de sang pour lui tenir le temps de sa guérison. Pourtant, il avait beau être physiquement rassasié, sa faim persistait.

Il était sur une mauvaise pente, et il le savait.

Un pas de travers et la Soif sanguinaire le rattraperait.

Dissimuler sa faiblesse devenait plus difficile d'heure en heure.

— J'ai un cadeau pour toi, enchaîna Lucan, pressé de changer de sujet. (Il posa brusquement les deux clés USB devant Gideon.) Branche-les.

— Vraiment ? Un cadeau pour moi ? Chéri, tu n'aurais pas dû, blagua Gideon, retrouvant sa bonne humeur.

Il connectait déjà l'une des clés dans le port USB de la machine la plus proche. Un dossier s'ouvrit à l'écran, affichant une longue liste de fichiers. Gideon jeta un regard pensif à Lucan.

— Ce sont des fichiers photo. Hé ben, il y en a un sacré paquet.

Lucan acquiesça et se mit à arpenter la pièce : il était sur les nerfs, et les lumières du labo lui donnaient chaud.

— Je veux que tu les passes toutes en revue et que tu les recoupes avec chaque site de Renégats de la ville – passé, présent et suspecté.

Gideon ouvrit une image au hasard et laissa échapper un sifflement.

— C'est le repaire de Renégats qu'on a démantelé le mois dernier. (Il en ouvrit deux autres, qu'il afficha en mosaïque sur l'écran.) Et l'entrepôt qu'on surveille depuis quinze jours… Bon sang, celui-ci, c'est bien un cliché du bâtiment qui masque le Havrobscur de Quincy ?

— Et ce n'est pas tout.

— Putain. La plupart de ces photos montrent des bases vampires – à la fois celles de la Lignée et des Renégats. (Gideon fit défiler une dizaine d'autres photos.) C'est elle qui les a toutes prises ?

— Ouais.

Lucan se tut et regarda l'écran. Il montra du doigt un groupe de fichiers dont les dates indiquaient la semaine en cours.

— Va sur celles-ci.

D'une rapide série de clics, Gideon afficha les images.

— Attends, tu te fiches de moi. Elle est aussi allée à l'asile ? Cet endroit renferme peut-être des centaines de sangsues !

Lucan sentit sa gorge se serrer à cette idée, et l'effroi se mêler à la brûlure acide qui lui tordait l'estomac. Ses entrailles se recroquevillaient, nouées par le besoin de s'alimenter. Il refoula mentalement sa faim, mais ses mains tremblaient, et une pellicule de sueur luisait sur son front.

— Un Laquais l'a surprise et l'a chassée des lieux, expliqua-t-il d'une voix rocailleuse, et pas simplement en raison du violent assaut que subissait son corps. Elle a eu une sacrée chance d'en réchapper.

— Tu m'étonnes. Comment a-t-elle trouvé l'endroit ? Comment a-t-elle trouvé tous ces endroits, d'ailleurs ?

— Elle dit qu'elle y est attirée sans savoir pourquoi. C'est une sorte d'instinct particulier. Ça fait partie du don de Compagne de sang, qui la rend également insensible à l'hypnose vampirique, et lui permet de nous voir nous déplacer quand les autres humains en sont incapables.

— Appelle ça comme tu veux, un talent comme le sien pourrait nous être vachement utile.

— Oublie. Je refuse d'impliquer Gabrielle dans cette histoire. Elle n'a rien à voir avec ça, et elle a déjà pris bien trop de risques. Elle ne restera pas longtemps ici, de toute manière.

— Tu doutes qu'on puisse la protéger ?

— Je ne tiens pas à ce qu'elle reste en première ligne alors qu'une guerre se prépare à nos portes. Quelle espèce de vie aurait-elle ?

Gideon haussa les épaules.

— Ça ne semble pas déranger Savannah et Eva.

— Ouais, et Danika s'amuse comme une petite folle ces derniers temps. (Lucan secoua la tête.) Je ne veux pas que Gabrielle reste à proximité de cette violence. Elle intégrera dès que possible un des Havrobscurs. Un endroit éloigné et reculé, où les Renégats ne risqueront pas de la retrouver.

Et où elle serait également à l'abri de lui, de la bête qui s'agitait en lui à cet instant même. Si la Soif sanguinaire finissait par le gagner – et, ces temps-ci, il lui semblait que la question n'était pas « si », mais « quand » –, il tenait à ce que Gabrielle se trouve le plus loin possible.

Gideon ne bougeait pas d'un millimètre et regardait Lucan.

— Tu tiens à elle.

Lucan le foudroya du regard, et l'envie le prit de frapper dans quelque chose. De démolir quelque chose.

— Ne sois pas ridicule.

— Enfin quoi, elle est ravissante, et clairement aussi courageuse que créative, alors on peut facilement comprendre qu'un gars soit attiré par elle. Mais… oh putain, t'es vraiment mordu, hein ? (À l'évidence, le vampire ne savait pas quand lâcher l'affaire.) Je n'espérais plus voir venir le jour où tu laisserais une femelle hanter ton esprit comme ça…

— J'ai l'air de vouloir vous rejoindre toi et Rio dans votre pitoyable club des amoureux transis ? Ou Conlan, avec son gosse en route et déjà orphelin ? Crois-moi, m'attacher à cette femme ne m'intéresse pas, pas plus qu'à aucune autre. (Il grommela un violent juron.) Je suis un guerrier. Mon premier – mon *unique* – devoir a toujours été envers la Lignée. Il n'y a jamais eu de place pour autre chose. Dès que je lui aurai obtenu une place dans l'un des Havrobscurs, Gabrielle Maxwell disparaîtra. Oubliée. Fin de l'histoire.

Gideon se tut un long moment, se contentant de le regarder faire les cent pas, fulminer et rugir avec un manque de contrôle atypique.

Ce qui eut pour effet de pousser l'humeur de Lucan encore plus loin dans le rouge.

— T'as autre chose à ajouter, ou le sujet est clos ?

Le vampire soutint son regard de ses yeux bleus et perspicaces avec un calme exaspérant.

— Je me demande simplement qui tu cherches le plus à convaincre : moi… ou toi ?

Chapitre 22

Au cours de sa visite du complexe labyrinthique des guerriers, Gabrielle découvrit, au-delà des quartiers privatifs, des salles de réunion, un centre d'entraînement doté d'une collection d'armement et d'équipements de combat hallucinante, une salle de banquet, une sorte de chapelle, et une quantité d'autres salles cachées destinées à des usages variés que l'esprit de Gabrielle avait cessé de distinguer.

Elle avait également fait la connaissance d'Eva, en tout point exacte à la description que Savannah en avait faite. Vive, charismatique et aussi belle qu'un mannequin. La Compagne de sang de Rio avait insisté pour entendre toute l'histoire de Gabrielle et de sa vie à la surface. Eva était originaire d'Espagne, et projetait d'y retourner un jour avec Rio afin d'y fonder une famille. Ces présentations très agréables n'avaient été interrompues que par l'arrivée de Rio lui-même. Une fois qu'il fut là, Eva n'eut plus d'yeux que pour son compagnon et Savannah emmena Gabrielle vers d'autres recoins du complexe.

Elle était impressionnée qu'un endroit aussi immense puisse être en même temps si fonctionnel. Sa petite promenade avec Savannah avait jeté au rebut toutes ses images préconçues de vampires vivant dans de vieilles cryptes humides et poussiéreuses.

Ces guerriers et leurs compagnes vivaient dans un confort absolu, et disposaient de toutes les technologies existantes. Cependant, Gabrielle avait un faible indéniable pour l'appartement où Savannah et elle se trouvaient à présent. Des bibliothèques bordaient deux des hauts murs de la pièce du sol au plafond, et les étagères de bois sombre et verni contenaient facilement des milliers de volumes. La plupart d'entre eux étaient sans doute rares, à voir la quantité de reliures en cuir lourdement estampées, et leurs dos ornés de dorures qui étincelaient sous l'éclairage tamisé de la pièce.

— Ouah, fit-elle, le souffle coupé, en s'avançant au centre de la pièce.

— Tu aimes ? demanda Savannah, demeurée près de la porte ouverte.

Trop ébahie pour parler, Gabrielle se contenta d'acquiescer. Comme elle pivotait pour admirer la prodigieuse collection d'ouvrages, ses yeux tombèrent sur la luxueuse tapisserie qui couvrait le mur du fond. Il s'agissait d'une scène de nuit représentant un imposant chevalier vêtu d'une cotte de mailles noir et argent et chevauchant un cheval noir cabré. Le chevalier allait tête nue, et ses longs cheveux d'ébène flottaient au vent, pareils aux fanions qui claquaient au sommet de sa lance ensanglantée et au parapet du château en flammes sur la colline en arrière-plan.

Le travail était si précis et si élaboré que Gabrielle distinguait les yeux gris et perçants de l'homme et ses pommettes minces et anguleuses. Son rictus cynique et presque méprisant lui rappelait quelqu'un.

— Oh, mon Dieu, murmura-t-elle. C'est censé représenter…

Savannah répondit par un léger haussement d'épaules et un petit rire amusé.

— Voudrais-tu attendre ici un moment ? Il faut que je passe voir Danika, mais tu n'es pas pour autant forcée de me suivre, si tu préfères…

— Oui, merci. J'adorerais attendre ici ! Prends ton temps, je t'en prie, et ne t'en fais pas pour moi.

Savannah sourit.

— Je ne serai pas longue, ensuite nous nous occuperons de t'aménager une chambre.

— Merci, répéta Gabrielle, peu pressée de quitter ce havre inespéré.

Tandis que l'autre femme s'éloignait, Gabrielle ne savait où donner de la tête entre les trésors littéraires et l'ouvrage médiéval qui montrait Lucan Thorne aux alentours de ce qui semblait être le XIVe siècle.

L'un et l'autre, décida-t-elle en tirant des étagères un magnifique volume – sans doute une édition originale – de poésie française avant de l'emporter jusqu'à un fauteuil en cuir placé sous la tapisserie. Elle déposa le livre sur une élégante table ancienne et, pendant une minute, elle ne put détacher son regard du portrait de Lucan au-dessus de sa tête, si magistralement tissé de fils de soie. Elle tendit la main, sans oser toucher la pièce de collection.

Mon Dieu, songea-t-elle, béate, tandis que l'incroyable réalité de ce monde étrange s'imposait pleinement à elle.

Durant tout ce temps, ils avaient existé aux côtés des humains.

Incroyable.

Comme son propre monde lui paraissait minuscule à la lumière de cette révélation. Tout ce qu'elle avait cru connaître de la vie s'était vu éclipser en quelques heures par la longue histoire de Lucan et du reste des siens.

Il y eut un soudain courant d'air autour de Gabrielle et une vague d'angoisse traversa ses membres. Elle se détourna vivement de la tapisserie, surprise de trouver Lucan en chair et en os à l'entrée de la pièce, son épaule imposante appuyée contre l'encadrement de la porte. Ses cheveux étaient plus courts que ceux du chevalier, et son regard, peut-être un peu plus tourmenté, n'avait pas cette fougue impitoyable que leur avait communiquée l'aiguille de l'artiste.

Lucan avait bien plus de charme en vrai, et il émanait de lui une impression de puissance innée, même lorsqu'il restait immobile et la considérait d'un regard noir, sans dire un mot, comme à l'instant.

Le pouls de Gabrielle s'affola d'une impatience mêlée de peur tandis que Lucan franchissait le seuil pour avancer dans la salle. Elle le regarda, le vit pour ce qu'il était vraiment : force sans âge, beauté sauvage, et pouvoir incommensurable.

Une énigme ténébreuse, à la fois séduisante et dangereuse.

— Qu'est-ce que tu fabriques ici ?

Il y avait une pointe d'accusation dans sa voix.

— Rien, s'empressa-t-elle de répondre. Enfin, pour être franche, je ne pouvais pas m'empêcher d'admirer toutes ces belles choses. Savannah me faisait visiter le complexe.

Il grommela et, la mine toujours renfrognée, se pinça l'arête du nez.

— Nous avons pris le thé ensemble, et discuté un peu, ajouta Gabrielle. Eva s'est jointe à nous. Elles sont toutes les deux très sympathiques. Et cet endroit est réellement impressionnant. Depuis combien de temps toi et les autres guerriers vivez-vous ici ?

Elle devinait qu'il était peu enclin à bavarder, mais il répondit néanmoins, avec une moue désinvolte.

— Gideon et moi avons établi cette base en 1898 pour qu'elle serve de quartier général à la traque des Renégats qui s'étaient installés dans la région. Nous avons dès lors recruté une équipe composée des meilleurs guerriers pour combattre à nos côtés. Dante et Conlan furent les premiers. Nikolaï et Rio nous ont rejoints plus tard. Puis Tegan.

Ce dernier nom ne disait absolument rien à Gabrielle.

— Tegan ? répéta-t-elle. Savannah ne l'a pas mentionné, et il n'était pas là non plus quand tu m'as présentée aux autres.

— Non, en effet.

Comme il ne s'étendait pas, sa curiosité l'emporta.

— Est-ce l'un de ceux que vous avez perdus ? Comme Conlan ?

— Non. Lui, c'est différent.

Lucan avait adopté un ton haché pour évoquer ce dernier membre de sa troupe, comme s'il s'agissait d'un sujet qu'il préférait ne pas aborder.

Il ne la quittait pas de son regard intense, et se tenait toujours assez près pour qu'elle puisse voir sa poitrine monter et descendre au rythme de sa respiration, et ses muscles durs s'étirer sous sa chemise noire ajustée. Elle ressentait aussi la chaleur qui émanait par vagues de son corps.

Derrière lui sur le mur, son double tissé projetait son regard chargé d'une ardente détermination et le jeune chevalier de la tapisserie paraissait fermement résolu, sûr de conquérir tout trophée qu'il trouverait sur sa route. Gabrielle décelait à présent une détermination plus noire dans l'œil de Lucan, tandis qu'il la détaillait lentement de la tête aux pieds.

— Cette tapisserie est extraordinaire.

— Elle est très ancienne, dit-il en s'approchant d'elle sans la quitter des yeux. Mais j'imagine que tu sais ça, à l'heure qu'il est.

— C'est magnifique. Et tu y parais si féroce : comme si tu t'apprêtais à affronter le monde entier.

— C'était le cas. (Il contempla la tenture murale avec un léger ricanement.) J'ai fait réaliser cet ouvrage quelques mois après la mort de mes parents. Ce château dans le fond était celui de mon père. Je l'ai réduit en cendres après lui avoir coupé la tête parce qu'il avait tué ma mère dans un accès de Soif sanguinaire.

Gabrielle resta sans voix. Elle ne s'était pas attendue à un tel choc.

— Mon Dieu. Lucan…

— Je l'ai trouvée dans la grande salle, baignant dans une mare de sang, la gorge sauvagement tranchée. Il n'a même pas cherché à me combattre. Il savait ce qu'il avait fait. Il l'avait aimée, autant qu'il ait été possible pour un membre de son espèce, mais sa faim avait eu raison de lui. Il n'avait pu renier sa nature. (Lucan haussa les épaules.) Je lui ai rendu service en mettant un terme à son existence.

Gabrielle observait la froide expression sur son visage, affligée autant par ce qu'elle venait d'entendre que par le ton blasé qu'il avait employé. Tout attrait romantique qu'elle avait pu trouver à la tapisserie une minute plus tôt s'était terni sous le poids de la tragédie qu'elle représentait en fait.

— Pourquoi vouloir conserver sous une forme si belle le rappel d'un événement si horrible ?

— Horrible ? (Lucan secoua la tête.) C'est cette nuit-là que ma vie a débuté. Je n'avais pas vraiment de but avant ce moment où j'ai mis les pieds dans le sang de ma famille et compris qu'il fallait que je change les choses – pour moi-même, et pour tous ceux de ma race. Cette nuit-là, j'ai déclaré la guerre aux derniers Anciens de la race extraterrestre de mon père, et à tous les membres de la Lignée qui les servaient en devenant des Renégats.

— Tu te bats depuis si longtemps…

— J'aurais dû commencer beaucoup plus tôt. (Il la figea d'un regard dur comme l'acier, la glaça d'un sourire.) Je n'arrêterai jamais de me battre. Je vis pour cela… porter la mort.

— Un jour, tu gagneras le combat, Lucan. Alors toute cette violence s'apaisera enfin.

— Tu crois ça, dit-il d'une voix traînante, empreinte de sarcasme. Et sur quoi fondes-tu cette certitude ? Vingt-huit petites années de vie ?

— Je la fonde sur l'espoir, pour commencer. Sur la foi. Je me dois de croire que le Bien l'emportera toujours. Pas toi ? N'est-ce pas la raison pour laquelle toi et les autres faites ce que vous faites ? Parce que vous avez l'espoir d'améliorer les choses ?

Il éclata de rire, sans cesser de la regarder droit dans les yeux.

— Je tue des Renégats parce que j'aime ça, Gabrielle. Il se trouve que je suis très doué pour ça. Mais je n'avancerai pas d'hypothèse quant aux motivations des autres.

— Qu'est-ce qui cloche chez toi, Lucan ? Tu as l'air… (*Énervé ? Hostile ? Un brin psychotique ?*) Tu n'agis pas de la même manière ici que lorsque tu étais avec moi.

Il la fusilla d'un regard féroce.

— Au cas où tu ne l'aurais pas remarqué, ma biche, tu es sur mes terres à présent. Les choses *sont* différentes ici.

La dureté qu'elle lisait sur ses traits l'avait prise au dépourvu, mais c'était la rage de son regard qui la rendait véritablement nerveuse. Ses yeux bien trop brillants étaient durs comme deux cristaux. Sa peau était cramoisie et bien trop tendue sur ses pommettes saillantes. Et, à présent qu'elle le voyait de plus près, elle distinguait une pellicule de sueur luisant sur son front.

Une fureur noire et terrifiante émanait de lui par vagues. Il donnait l'impression de vouloir déchiqueter quelque chose à mains nues.

Et, en l'occurrence, la seule chose en travers de son chemin, c'était elle.

Il tourna les talons en silence et se dirigea vers une porte fermée près d'une des grandes bibliothèques. Elle s'ouvrit sans qu'il touche la poignée. Il faisait si sombre de l'autre côté qu'elle crut qu'il s'agissait d'un placard. Mais, à ce moment-là, il pénétra dans les ténèbres et elle entendit ses pas lourds sur le plancher en bois dur de ce qui semblait être un couloir caché du complexe.

Gabrielle restait immobile, sonnée, comme si elle venait d'échapper au passage d'une violente tornade. Elle lâcha un soupir de frustration. Il valait peut-être mieux le laisser, et s'estimer heureuse de n'être plus sur son chemin. Il semblait franchement peu désireux de sa compagnie, et elle n'était pas sûre de désirer la sienne quand il se comportait ainsi.

Mais elle avait l'intuition qu'il n'allait pas bien – quelque chose le rongeait – et il fallait qu'elle sache ce que c'était.

Réprimant un frisson de crainte, elle lui emboîta le pas.

— Lucan ? (L'espace au-delà de la porte était totalement dénué de lumière. Seul le bruit régulier des bottes de Lucan la guidait dans l'obscurité.) Je n'y vois rien. Lucan, attends une seconde. Parle-moi.

Elle n'entendit aucun changement d'allure devant elle. Il paraissait plus qu'impatient de se débarrasser d'elle, comme s'il cherchait à tout prix à la fuir.

Gabrielle progressait tant bien que mal dans le passage entièrement noir, les bras tendus devant elle pour suivre le couloir sinueux.

— Où vas-tu ?

— Dehors.

— Pour quoi faire ?

— Je te l'ai dit. (Elle entendit une porte s'ouvrir dans la direction d'où venait sa voix.) J'ai une tâche à mener. Et je me suis salement relâché, ces derniers temps.

À cause d'elle.

Il ne le dit pas, mais le sous-entendu était évident.

— Il faut que je sorte d'ici, lui lança-t-il sèchement. Il est grand temps que j'ajoute quelques suceurs de sang à mon tableau de chasse.

— La nuit est déjà bien entamée. Je crois que tu devrais plutôt te reposer. Tu n'as pas l'air dans ton assiette, Lucan.

— J'ai besoin de me battre.

Elle entendit son pas s'arrêter, puis un bruit de tissu qu'on froissait quelque part devant elle dans l'obscurité, comme s'il se déshabillait. Gabrielle continua d'avancer dans sa direction, tâtonnant et tendant l'oreille pour se repérer dans ces ténèbres apparemment sans fin. Ils se trouvaient à présent dans une autre pièce ; il y avait un mur à sa droite. Elle posa la main dessus et le longea d'un pas prudent.

— Dans l'autre pièce, tu avais le visage rouge. Et ta voix est… étrange.

— J'ai besoin de me nourrir.

Il dit ça d'une voix grave et implacable, criante de menace.

L'avait-il sentie reculer devant ces paroles ? Sans doute, car il émit un ricanement, sec et sardonique, comme s'il s'amusait de son malaise.

— Mais tu l'as fait, lui remémora-t-elle. Pas plus tôt que la nuit dernière, en fait. Tu n'as pas bu assez de sang quand tu as tué ce Laquais ? Je croyais t'avoir entendu dire que vous ne vous nourrissiez qu'une ou deux fois par semaine ?

— Je vois que tu es déjà experte sur le sujet ! Tu m'impressionnes.

Une botte tomba au sol avec un bruit sourd, puis une autre.

— Pourrait-on allumer une lumière ? Je ne te vois…

— Pas question, décréta-t-il. Je te vois parfaitement. Je sens ta peur.

Elle était effectivement terrifiée, mais pas tant pour elle que pour lui, à présent. Il était plus qu'à cran. L'air autour de lui semblait vibrer d'une vive fureur qui déferlait sur Gabrielle, telle une force invisible qui la repoussait dans le noir.

— Lucan, est-ce que j'ai fait quelque chose qu'il ne fallait pas ? Est-ce que tu regrettes de m'avoir amenée au complexe ? Parce que, si c'est le cas, je dois te dire que je ne suis pas sûre non plus d'avoir fait le bon choix en venant ici.

— Il n'y a nul autre endroit pour toi en ce moment.

— Je veux retourner chez moi.

Elle sentit une vague de chaleur remonter le long de ses bras, comme s'il venait de la foudroyer du regard.

— Tu viens seulement d'arriver. Et tu ne peux pas retourner là-bas. Tu partiras d'ici quand je l'aurai décidé.

— On dirait presque que tu me donnes un ordre.

— C'en est un.

Voilà qu'il n'était plus le seul à bouillir de rage.

— Je veux mon téléphone, Lucan. Il faut que j'appelle mes amis et que je m'assure qu'ils vont bien. Ensuite j'appellerai un taxi, et je rentrerai chez moi, histoire d'essayer de démêler le nœud d'embrouilles qu'est devenue ma vie.

— C'est hors de question. (Elle reconnut le cliquetis métallique d'une ou plusieurs armes, entendit le raclement d'un tiroir qu'on ouvrait.) Tu es dans mon univers désormais, Gabrielle. C'est moi qui commande, ici. Et tu es sous ma protection, jusqu'à ce que je juge sans risque de t'en affranchir.

Elle ravala le juron qui lui avait jailli aux lèvres. Difficilement.

— Écoute-moi bien : tu pouvais peut-être jouer les suzerains paternalistes au bon vieux temps, mais ne t'avise pas de prendre ce ton-là avec moi.

Il gronda de rage et les cheveux se dressèrent sur la nuque de Gabrielle.

— Tu ne survivras pas une seule nuit au-dehors sans moi, tu ne comprends pas ça ? Sans moi, t'aurais même pas survécu à ta première année, putain !

Gabrielle se figea dans l'obscurité.

— Qu'est-ce que tu viens de dire ?

Seul un long silence lui répondit.

Il marmonna un juron entre ses dents.

— Je me trouvais là, Gabrielle. Il y a vingt-sept ans de cela, lorsqu'une jeune mère sans défense s'est fait attaquer par un vampire renégat dans une gare routière de Boston, j'étais là.

— Ma mère, murmura-t-elle, le cœur battant à se rompre dans sa poitrine.

Elle chercha le mur dans son dos pour s'y appuyer.

— Elle avait déjà été mordue. Il était en train de la vider de son sang quand je les ai débusqués derrière la gare. Il l'aurait tuée, et toi avec.

Gabrielle avait du mal à en croire ses oreilles.

— Tu nous as sauvées ?

— J'ai permis à ta mère de prendre la fuite. La morsure avait fait trop de dégâts, il était trop tard pour la sauver. Mais elle tenait à te mettre à l'abri, toi. Elle s'est enfuie en t'emportant dans ses bras.

— Non. Elle n'en avait rien à faire, de moi. Elle m'a abandonnée. Elle m'a balancée dans une benne à ordures, marmonna sèchement Gabrielle, la gorge enflammée à mesure que la vieille blessure de l'abandon se rouvrait.

— La morsure avait dû la mettre en état de choc. Elle était probablement désorientée et a dû croire qu'elle te plaçait en lieu sûr. À l'abri du danger.

Elle s'était si souvent interrogée à propos de cette jeune femme qui l'avait mise au monde. Combien de scénarios avait-elle concoctés pour expliquer – s'expliquer à elle-même, du moins – les événements qui avaient pu survenir la nuit où on l'avait retrouvée dans la rue, encore bébé. Elle n'aurait jamais imaginé cela.

— Comment s'appelait-elle ?

— Je n'en sais rien. Ça ne m'intéressait pas. Elle n'était qu'une victime de plus aux mains des Renégats. Je n'y avais plus repensé jusqu'à ce que tu évoques ta mère hier soir à ton appartement.

— Et moi ? demanda-t-elle, essayant de recoller les pièces du puzzle. La première fois que tu es venu me trouver après le meurtre auquel j'avais assisté, savais-tu que j'étais le bébé que tu avais sauvé ?

Il laissa échapper un rire sec.

— Je n'en avais aucune idée. Je suis venu car j'avais senti ton parfum de jasmin aux abords de la boîte de nuit et que j'avais envie de toi. Il fallait que je sache si ton sang serait aussi doux que ton parfum.

À ces paroles, elle se rappela tout le plaisir que Lucan lui avait donné. Elle essayait d'imaginer quel effet cela lui ferait de le sentir boire à son cou pendant qu'il la pénétrait. À sa grande surprise, elle découvrit qu'elle éprouvait bien plus que de la curiosité.

— Mais tu ne l'as pas… Tu ne m'as pas…

— Et je ne le ferai pas, dit-il d'un ton sans appel. (Un nouveau juron lui parvint dans l'obscurité, comme un sifflement de douleur cette fois.) Je ne t'aurais jamais touchée du tout, si j'avais su…

— Si tu avais su quoi ?

— Rien, oublie. Contente-toi… Bon Dieu, j'ai trop mal au crâne pour continuer cette discussion. Sors d'ici, c'est tout. Laisse-moi seul, maintenant.

Gabrielle ne bougea pas d'un centimètre. Elle l'entendit remuer de nouveau, traînant les pieds, le pas raide. Puis un autre grondement long et bestial lui échappa.

— Lucan ? Est-ce que ça va ?

— Je vais très bien, grogna-t-il d'une voix qui démentait ses paroles. Je dois… oh, putain. (Il avait de plus en plus de mal à respirer, et haletait presque.) Sors d'ici, Gabrielle. Il faut que je reste… seul.

Quelque chose de lourd heurta le sol avec un bruit sourd. Il inspira brusquement.

— Je pense justement que tu ne dois pas rester seul en ce moment. Je crois que tu as besoin d'aide. Et je ne peux pas continuer à te parler dans le noir comme ça. (Elle passa la main le long du mur, cherchant une lumière à tâtons.) Je n'y vois…

Ses doigts effleurèrent un interrupteur, appuyèrent.

— *Oh, mon Dieu.*

Lucan était recroquevillé au pied d'un grand lit. Son tee-shirt et ses bottes traînaient par terre à côté de lui, et il se tordait comme pris d'une douleur atroce tandis que les marques sur son dos et son torse nus se coloraient violemment. Les spirales et les arcs entrelacés passaient du violet au rouge avant de noircir à mesure qu'il se convulsait, les mains crispées sur son abdomen.

Gabrielle se rua auprès de lui et s'agenouilla à son côté. Il se roula en boule sous le coup des spasmes qui assaillaient son corps.

— Lucan ! Que se passe-t-il ?

— Va-t'en. (Elle tendit la main vers lui et il grogna en se débattant comme un animal blessé.) Dégage ! Ce n'est pas… ton problème.

— Tu plaisantes ?

— Fiche… *argh* ! (Il fut pris d'une nouvelle convulsion, plus brutale que la dernière.) Éloigne-toi de moi.

Gabrielle sentit la panique l'inonder de le voir lutter contre une telle souffrance.

— Qu'est-ce qui t'arrive ? Dis-moi ce que je dois faire !

Il se renversa sur le dos comme si des mains invisibles l'avaient retourné. Les tendons de son cou étaient contractés comme des cordes. Les veines de ses bras étaient gonflées à se rompre. Ses lèvres étaient retroussées en une grimace qui dévoilait ses crocs blancs et pointus.

— Gabrielle, fous le camp d'ici, bordel !

Elle recula pour le laisser respirer, mais il n'était pas question qu'elle l'abandonne seul à une telle souffrance.

— Tu veux que j'aille chercher quelqu'un ? Je peux aller prévenir Gideon que…

— Non ! Pas ça… N'en parle pas… À personne.

Quand il leva les yeux vers elle, elle vit que ses pupilles s'étaient réduites à deux fentes noires englouties dans un océan d'ambre luisant. Ce regard sauvage se posa directement sur sa gorge. Il se riva sur ce point où elle sentait son pouls battre à cent à l'heure. Lucan trembla, et serra les paupières.

— Ça va passer. Ça finit toujours… par passer.

Comme pour prouver ce qu'il venait de dire, au bout d'un long moment, il commença à se relever tant bien que mal. Ses mouvements étaient laborieux et manquaient de grâce, mais quand elle s'approcha pour l'aider il lui adressa un grognement sauvage, et elle le laissa se débrouiller. Par la seule force de sa volonté, il se leva et s'effondra à plat ventre sur le côté du lit. Il respirait difficilement, son corps restait tendu et haletant.

— Est-ce que je peux faire quelque chose ?

— Va-t'en, souffla-t-il dans un hoquet de détresse. Et… reste loin.

Elle ne bougea pas d'un iota et se risqua à lui effleurer l'épaule.

— Tu as la peau en feu. Tu es brûlant de fièvre.

Il ne dit rien. Elle doutait qu'il soit capable de prononcer le moindre mot quand il concentrait toute son énergie à reprendre pied et à se dégager de cette emprise mystérieuse qui le tordait de douleur. Il lui avait dit qu'il devait se nourrir, mais sa réaction semblait au-delà d'une faim habituelle. Il s'agissait d'un degré de souffrance qu'elle n'avait jamais vu.

Une pensée glaciale lui traversa l'esprit, portée par un terme que Lucan avait utilisé plus tôt dans la soirée.

Soif sanguinaire.

Il s'agissait de la dépendance qu'il avait décrite comme caractéristique des Renégats. *Tout ce qui séparait les vampires de la Lignée de leurs féroces cousins.* En le regardant à présent, elle s'interrogeait sur la difficulté qu'il pouvait y avoir à alimenter une faim également susceptible de vous détruire.

Et une fois que la Soif sanguinaire vous tenait à la gorge, combien de temps vous restait-il avant de sombrer entièrement ?

— Ça va aller, le rassura-t-elle tout bas en caressant ses cheveux noirs. Détends-toi. Laisse-moi prendre soin de toi, Lucan.

Chapitre 23

Il était allongé dans la fraîcheur d'une douce pénombre, et une légère brise balayait sa chevelure. Il n'aurait pas voulu se réveiller de ce paisible et profond sommeil. Il avait rarement l'occasion de rencontrer une telle quiétude, et il aurait voulu s'y blottir pour dormir une centaine d'années.

Mais il en fut tiré par le léger parfum de jasmin qui flottait à proximité. Il emplit ses poumons de la douce fragrance et en imprégna le fond de sa gorge sèche, la savourant. Il souleva péniblement les paupières, leva les yeux, et vit un merveilleux regard brun posé sur lui.

— Tu te sens mieux ?

Effectivement, oui. La migraine qui lui déchirait le crâne avait disparu. Il n'avait plus l'impression qu'on lui arrachait la peau. La douleur qui lui vrillait les entrailles s'était muée en une sensation de vide, franchement désagréable, mais tout à fait supportable.

Il essaya de lui dire qu'il allait mieux, mais ne réussit qu'à émettre un murmure rauque. Il s'éclaircit la voix et se força à produire un son.

— Ça va.

Gabrielle était assise avec lui sur le lit, et tenait sa tête sur ses genoux. Elle appuyait un linge frais et humide contre son front et ses joues. De son autre main, elle lui caressait les cheveux de ses doigts délicats et apaisants.

C'était bon. Incroyablement bon.

— Tu faisais peine à voir. J'étais terriblement inquiète pour toi.

Il grommela en se rappelant ce qui s'était passé. La soif de sang l'avait assailli et mis KO. Elle l'avait réduit à une boule de souffrance faiblarde et bredouillante. Et elle avait assisté à tout ça. Bon Dieu, il aurait voulu se terrer jusqu'à la fin de ses jours tant il était vexé d'avoir laissé quelqu'un le voir ainsi terrassé. En particulier Gabrielle.

L'humiliation de sa propre faiblesse le frappa de plein fouet, pourtant ce fut un sursaut d'effroi qui le fit se redresser brusquement, tous ses esprits retrouvés.

— Nom de Dieu. Gabrielle, je ne t'ai pas… Est-ce que je t'ai fait du mal ?

— Non. (Elle lui toucha la mâchoire, sans la moindre trace de peur dans son regard ou sa tendre caresse.) Je vais bien. Tu ne m'as absolument rien fait, Lucan.

Dieu merci.

— C'est mon tee-shirt que tu portes, dit-il en remarquant soudain qu'elle avait quitté son pull et son jean puis enveloppé ses courbes gracieuses dans les plis de son maillot noir. Il ne portait plus que son pantalon.

— Ah, oui, sourit-elle en tirant sur un fil qui dépassait. Je l'ai enfilé tout à l'heure quand Dante est venu te chercher. Je lui ai dit que tu étais au lit, et que tu dormais. (Elle rougit légèrement.) J'ai pensé qu'il se montrerait peut-être moins curieux si j'ouvrais la porte dans cette tenue.

Lucan se redressa en fronçant les sourcils.

— Tu as menti pour moi.

— Tu semblais attacher beaucoup d'importance à ce que personne ne te voie... dans l'état où tu étais.

Il la regarda, assise là près de lui, si confiante, et fut bouleversé d'admiration. Quiconque aurait assisté à sa crise lui aurait enfoncé une lame de titane dans le cœur – et à juste titre. Mais elle n'avait pas eu peur. Il avait traversé l'une de ses attaques les plus brutales à ce jour, et Gabrielle était restée à ses côtés. Elle avait pris soin de lui.

L'avait protégé.

Il sentit sa poitrine se resserrer sous le respect, l'infinie reconnaissance qu'il éprouvait pour elle.

Jamais il n'avait eu le sentiment de pouvoir se fier ainsi à quelqu'un. Il savait que chacun de ses guerriers couvrait ses arrières au combat, comme lui le faisait pour eux, mais c'était différent. Elle avait veillé sur lui, et l'avait protégé alors qu'il était vulnérable.

Même alors qu'il lui crachait son fiel à la figure et s'efforçait de la chasser. Alors qu'il lui dévoilait le vrai visage de l'animal qu'il était.

Elle était restée à ses côtés, en dépit de tout cela.

Il ne connaissait pas de mots assez forts pour la remercier d'une si profonde générosité. Alors il s'avança et l'embrassa, avec toute la tendresse dont il était capable, toute la déférence qu'il ne pourrait jamais exprimer.

— Je ferais mieux de m'habiller, dit-il en laissant échapper un grognement à l'idée de la quitter. Je vais mieux. Je vais y aller.

— Aller où ?

— À la surface, éliminer quelques Renégats de plus. Je ne peux pas laisser les autres faire tout le boulot à ma place.

Gabrielle glissa plus près de lui sur le lit et posa la main sur son avant-bras.

— Lucan, il est 10 heures du matin. Il fait jour là-haut.

Il tourna brusquement la tête vers le réveil à son chevet et vit qu'elle disait vrai.

— Merde. J'ai dormi toute la nuit ? Dante n'a pas fini de me casser les couilles.

Un sourire sensuel joua sur les lèvres de Gabrielle.

— À vrai dire, il est convaincu que c'est moi qui étais en train de te les vider. Tu as déjà oublié ?

L'excitation monta en lui comme une flamme embrasant du bois sec.

Bon sang.

Rien qu'à l'idée…

Elle avait les jambes repliées sous elle, et le tee-shirt noir remonté sur la peau veloutée de ses cuisses lui laissait entrevoir un petit morceau de culotte blanche. Sa chevelure retombait de chaque côté de son visage et sur ses épaules en somptueuses vagues, lui donnant l'irrésistible envie d'y plonger ses mains tandis qu'il s'enfonçait en elle.

— Je déteste l'idée que tu aies dû mentir pour moi, dit-il d'une voix délibérément rauque. (Il caressa sa cuisse soyeuse d'un geste lent.) La moindre des choses serait que je rétablisse les faits.

Elle saisit sa main pour l'arrêter.

— Tu penses réellement être d'attaque ?

Il eut un petit rire grave.

— Oh, crois-moi, je suis largement et solidement d'attaque.

Elle lui adressa un regard dubitatif, malgré le désir qui s'y lisait.

— Tu as subi une crise terrible. Peut-être qu'on devrait discuter de ce qui s'est passé. Et puis, il serait sans doute préférable que tu te reposes encore un peu.

La dernière chose dont il avait envie, c'était de discuter de ses problèmes, en particulier quand Gabrielle, si désirable, était assise sur son lit. Son corps avait entièrement récupéré de l'épreuve passée, comme en témoignait son sexe dressé, impatient. Il suffisait comme toujours qu'il se trouve près d'elle, ou simplement qu'il songe à elle.

— À toi de me dire si j'ai encore besoin de repos.

Il prit sa main dans la sienne et la guida jusqu'à l'érection massive qui gonflait son pantalon. Elle caressa le membre douloureusement tendu, puis tourna le poignet pour le recouvrir de sa paume. Il ferma les yeux et s'abandonna au contact de sa main et au chaud parfum de sa propre excitation tandis que Gabrielle se glissait entre ses bras.

Lucan l'embrassa tendrement, et de plus en plus profondément. Il glissa les mains sous le tee-shirt de Gabrielle et laissa courir ses doigts sur la peau soyeuse de son dos, puis le long de ses côtes, jusqu'à la délicieuse rondeur de sa poitrine. Ses tétons durcirent immédiatement, comme impatients de sentir la caresse de sa langue.

Elle se cambra avec un gémissement tandis que ses doigts à elle s'employaient à défaire son pantalon. Elle descendit la fermeture puis libéra son membre long et dur et le saisit dans sa paume chaude.

— Tu es si dangereuse, murmura-t-il contre sa bouche. J'aime t'avoir ici, sur mon territoire. Je ne pensais pas que je ressentirais ça. Dieu sait que je ne devrais pas.

Il attrapa la bordure du tee-shirt, le lui fit passer au-dessus de la tête, et le jeta sur le côté afin de pouvoir admirer sa nudité. Il écarta sa chevelure et effleura tendrement son cou du dos de la main.

— Suis-je réellement la première femme que tu amènes ici ?

Il sourit froidement, tout en caressant sa peau douce.

— Qui t'a raconté cela ? Savannah ?

— Alors c'est vrai ?

Il se pencha pour prendre l'un des tétons roses dans sa bouche et la força à s'allonger sous son poids tandis qu'il se défaisait rapidement de son pantalon. Ses crocs commencèrent à sortir de ses gencives, et le désir l'embrasa, incontrôlable et impérieux comme un torrent brûlant.

— Tu es la seule, lui avoua-t-il d'une voix rauque, lui offrant cette franchise en échange de la confiance qu'elle lui avait témoignée quelques heures plus tôt.

Gabrielle serait également la dernière femme qu'il amènerait ici.

Il n'imaginait pas partager son lit avec une autre, à présent. Personne ne saurait jamais remplacer Gabrielle dans son cœur. Il devait bien affronter la réalité en face – la conséquence de ses actes. Après tout le soin qu'il avait mis à se contrôler et les années de solitude qu'il s'était imposées, il avait baissé sa garde, et Gabrielle avait comblé ce vide émotionnel comme nulle autre n'en serait jamais plus capable.

— Dieu du ciel, tu es si douce, lui dit-il en la caressant, laissant courir ses doigts le long de son dos, de son ventre, jusqu'au galbe de sa hanche. (Il l'embrassa passionnément.) Si tendre.

Sa main descendit plus bas, entre ses cuisses, invitant ses jambes à s'ouvrir sous la pression de ses doigts.

— Si succulente, murmura-t-il en plongeant sa langue dans la bouche de Gabrielle tandis qu'il écartait sa culotte et s'aventurait dans les replis soyeux.

Il l'effleura doucement du bout des doigts avant d'introduire son index profondément en elle. Elle se cramponna à lui, se cambra tandis qu'il amenait deux autres doigts pour mieux caresser l'intérieur doux et brûlant du sexe qui l'accueillait avec tant de fougue. Il cessa de l'embrasser pour la débarrasser de son fin triangle de dentelle. Il descendit alors le long de son corps, et lui écarta les jambes pour y enfouir son visage.

— Si belle, fit-il d'une voix rocailleuse, hypnotisé par la perfection de sa féminité en feu.

Il approcha sa bouche et explora de sa langue le clitoris gonflé et les lèvres satinées. Il la mena à un prompt orgasme, fou de plaisir de la voir parcourue de violents tremblements tandis qu'elle agrippait ses épaules et criait de jouissance.

— Oh, femme, tu vas me réduire en cendres. Je ne pourrai jamais me rassasier de toi.

Il brûlait d'un tel désir d'entrer en elle qu'il entendit à peine son hoquet de surprise alors qu'il remontait pour la couvrir de son corps. Il la sentit se figer brusquement, mais c'est en entendant sa voix qu'il s'immobilisa au-dessus d'elle.

— Lucan… tes yeux…

Instinctivement, il détourna le visage, mais c'était trop tard. Il sut qu'elle avait eu le temps d'apercevoir la lueur avide dans son regard transformé. Elle y avait reconnu la même sauvagerie que celle de la nuit dernière – ou, plutôt, une sauvagerie assez proche pour que ses yeux d'humaine ne puissent distinguer si elle exprimait la soif de sang ou l'intensité fiévreuse de sa passion.

— S'il te plaît, demanda-t-elle tout bas. Laisse-moi te regarder…

À contrecœur, il se redressa sur ses bras tendus et ramena la tête vers elle. Il perçut un éclat de frayeur dans ses yeux, mais sans mouvement de recul. Au contraire, elle l'observait attentivement, l'étudiait.

— Je ne te ferai pas de mal, la rassura-t-il d'une voix râpeuse. (Tout en parlant, il lui révélait ses crocs, incapable de rien lui dissimuler plus longtemps.) C'est l'effet du besoin, Gabrielle. Du désir. C'est toi qui provoques ça. Il suffit parfois que je pense à toi… (Il s'arrêta pour jurer tout bas.) Je ne veux pas t'effrayer, mais je ne peux pas empêcher ce changement. Pas alors que je crève de désir pour toi.

— Et toutes les autres fois ? murmura-t-elle, la mine rembrunie. Tu me le cachais ? Tu dissimulais ton visage, tu détournais les yeux, chaque fois que nous faisions l'amour ?

— Je ne voulais pas t'effrayer. Je ne voulais pas que tu découvres ce que j'étais vraiment. (Il ricana.) Mais tu n'as plus rien à découvrir.

Elle secoua lentement la tête, et lui prit le visage entre ses mains. Elle le considéra longuement, observant chacun de ses traits. Ses yeux humides brillaient d'un extraordinaire éclat. Ils débordaient d'une tendre affection, qui n'était destinée qu'à lui.

— Tu es magnifique, Lucan. J'aime ton visage, tu n'as pas à me cacher quoi que ce soit, jamais.

La sincérité de cette déclaration le toucha. Elle caressait sa mâchoire crispée sans jamais quitter des yeux le regard féroce de Lucan, et promenait ses doigts sur ses lèvres entrouvertes. Ses crocs l'élançaient et continuaient à s'allonger à mesure qu'elle explorait son visage de ses mains fines et douces.

Comme si elle cherchait à lui prouver quelque chose – ou à se le prouver à elle-même –, elle glissa un doigt dans sa bouche. Lucan l'accueillit avec un rugissement guttural et sourd. Ses dents éraflèrent sa peau avec une tendre retenue, et il referma les lèvres autour de son doigt pour l'aspirer goulûment.

Il regarda Gabrielle déglutir, surprise. Il sentit l'adrénaline affluer en elle et se mêler au parfum de son désir.

Elle était si belle, si tendre et généreuse, si courageuse dans toute circonstance : il éprouvait pour elle une admiration mêlée de respect.

— J'ai confiance en toi, lui dit-elle, le regard assombri par la passion, tandis qu'elle retirait lentement son doigt d'entre ses dents acérées. Et j'ai envie de toi, tout entier.

C'était plus qu'il n'en pouvait supporter.

Avec un grognement lubrique, il descendit sur elle et, glissant son bassin entre les cuisses de son amante, écarta celles-ci avec ses genoux. Il sentait son intimité chaude et humide contre son gland : une invitation à entrer qu'il ne pouvait refuser. Il la pénétra d'un long coup de reins, s'enfonçant aussi profondément qu'il pouvait. Elle l'accueillit dans toute sa longueur, son étroit fourreau l'enserrant comme un étau, le baignant dans une chaleur merveilleuse. Comme Lucan se retirait lentement, il sentit trépider les parois de son vagin et émit un sifflement d'extase. Il s'enfonça de nouveau, passant les bras sous ses genoux afin de s'approcher plus près, de l'explorer plus à fond.

— Oh oui, l'encouragea-t-elle en calant ses mouvements sur les siens à un rythme toujours plus rapide et rageur. Oh, Lucan…

Il savait que ses traits étaient durcis par la force de son désir ; il n'avait sans doute jamais paru plus sauvage qu'à ce moment-là, alors que son sang coulait comme de la lave dans ses veines, réveillant l'héritage maudit de son ascendance barbare. Il la baisait furieusement, s'efforçant d'étouffer l'appétit qui tambourinait dans sa poitrine et réclamait quelque chose de plus que cet immense plaisir.

Son regard se riva sur la gorge de Gabrielle, et la veine palpitait sous sa peau fine. Cette vision lui mettait l'eau à la bouche, tandis qu'il sentait la pression s'accumuler dans ses reins, signe qu'il n'allait pas tarder à jouir.

— Ne t'arrête pas, dit-elle d'une voix déterminée. (Et elle l'attira tout contre elle, soutenant son regard sauvage tandis qu'elle lui caressait la joue.) Prends tout ce que tu veux de moi. Vas-y… Surtout, ne t'arrête pas.

Les narines de Lucan s'emplirent du parfum de son excitation, et de l'odeur légèrement cuivrée du sang qui colorait sa poitrine et empourprait la peau laiteuse de son cou et de son visage. Il poussa un rugissement de douleur tant il bataillait contre le désir fou de sentir – et de faire ressentir à Gabrielle – l'incomparable extase qu'offrait le baiser d'un vampire.

Il arracha son regard à la gorge de Gabrielle, et s'enfonça en elle avec une vigueur décuplée, les menant aussitôt à un orgasme fracassant.

Mais sa jouissance ne pouvait calmer qu'une partie de son désir.

Sa faim persistait, plus intense encore, et empirait à chaque battement du cœur affolé de Gabrielle.

— Non !

Il s'éloigna d'elle vivement, la voix éraillée et fiévreuse.

— Qu'est-ce qu'il y a ?

Gabrielle lui posa la main sur l'épaule.

Elle se rapprocha de lui, et il sentit l'opulente chaleur de ses seins contre son dos. Son pouls tambourinait à son oreille, vibrant à travers l'os et la chair, jusqu'à ce qu'il n'entende plus que cela. Qu'il ne connaisse plus que cela.

— Lucan ? Tu vas bien ?

— C'est pas vrai, grommela-t-il en dégageant son épaule de la main de Gabrielle.

Il balança ses jambes par-dessus le bord du lit et s'assit, la tête entre les mains. Il passa ses doigts tremblants dans ses cheveux. Derrière lui, Gabrielle restait silencieuse ; il se tourna et affronta son regard perplexe.

— Tu n'as rien fait. Tu es si parfaite, et il faut que je… Disons que je n'arrive pas à apaiser mon désir pour toi.

— Ce n'est pas grave.

— Si. Je ne devrais pas me trouver ainsi près de toi, alors que j'ai besoin de… (*toi*, acheva son corps.) Oh, merde, ça ne rime à rien.

Il tourna de nouveau la tête, prêt à se lever du lit.

— Lucan, si tu as faim… si tu as besoin de sang…

Elle s'approcha de lui dans son dos et passa un bras sur son épaule. Elle lui offrait son poignet, juste devant les lèvres.

— Non, Gabrielle, ne fais pas ça.

Instinctivement, il recula comme s'il s'était trouvé en présence d'un poison. Il se leva, enfila son pantalon et se mit à arpenter la pièce.

— Je ne boirai pas ton sang, Gabrielle.

— Pourquoi ? (Elle semblait vexée et confuse.) Tu en as manifestement besoin. Et, puisque je suis la seule humaine disponible dans les parages, je crois que tu n'as guère le choix.

— Il ne s'agit pas de ça. (Il secoua la tête, les yeux fermés avec force pour garder le contrôle sur son côté sauvage.) Je ne peux pas faire ça. Je refuse de te lier à moi.

— Mais de quoi est-ce que tu parles ? Tu ne peux pas t'empêcher de me sauter dessus, mais l'idée de prendre mon sang te fiche la nausée ? (Elle lâcha un rire brusque.) C'est du délire, je n'arrive pas à croire que je me sente insultée par un truc pareil.

— Ça ne marchera pas, fit-il remarquer, furieux contre lui-même d'avoir entraîné Gabrielle dans cette situation par son incapacité à se maîtriser en sa présence. Ça n'aboutira à rien de bon. J'aurais dû mettre les choses au clair entre nous dès le commencement.

— Si tu as quelque chose à me dire, je crois que c'est le moment. Je sais que tu as un problème, Lucan. Difficile de l'ignorer, après la scène dont j'ai été témoin hier soir.

— Il ne s'agit pas de ça. (Il pesta.) Enfin, pas seulement. Je ne veux pas te faire de mal, et ce serait inévitable, si je te prenais ton sang. Tôt ou tard, si tu es liée à moi à travers le sang, je te ferai du mal.

— Liée à toi, répéta-t-elle lentement. Comment ça ?

— Tu portes la marque des Compagnes de sang, Gabrielle. (Il le lui indiqua d'un geste.) Là, juste au-dessous de ton oreille.

Elle fronça les sourcils, et sa main se posa à l'endroit précis de sa peau où se trouvait la minuscule larme dans un croissant de lune.

— Ça ? C'est une tache de naissance. Pour autant que je me souvienne, je l'ai toujours eue.

— Cette marque identifie les Compagnes de sang. Savannah et les autres femmes la portent, ma propre mère la portait. C'est votre lot à toutes.

Elle s'était désormais figée. Elle demanda d'une toute petite voix :

— Depuis quand es-tu au courant ?

— Je l'ai vue la nuit où je suis venu chez toi pour la première fois.

— Lorsque tu es venu m'emprunter mon téléphone pour analyser les photos ?

— Après, rectifia-t-il. Je suis revenu plus tard, pendant que tu dormais.

L'expression de Gabrielle s'éclaira soudain, surprise et choquée de ce viol émotionnel.

— Tu étais vraiment là ! Je croyais avoir rêvé de toi.

— Tu t'es toujours sentie étrangère dans ce monde parce que ce n'est pas le tien, Gabrielle. Tes photos, cet instinct qui t'attire vers les lieux qui abritent des vampires, tes sentiments confus vis-à-vis du sang, et cette pulsion qui te pousse à le faire couler… tout ça découle de ta véritable nature.

Il lut sur son visage qu'elle peinait à accepter cette vérité, et il s'en voulait de ne pas pouvoir lui faciliter les choses. Autant tout déballer tout de suite, histoire d'être débarrassé.

— Un jour, tu rencontreras un mâle digne de toi et tu le prendras pour compagnon. Il ne boira qu'à tes veines, et toi aux siennes. Le sang vous liera et vous ne formerez plus qu'un. C'est là un vœu sacré parmi les nôtres, et je ne peux pas te l'offrir.

À voir l'expression offensée sur son joli visage, on aurait pu croire qu'il l'avait giflée.

— Que tu ne peux pas… ou que tu ne veux pas ?

— Quelle importance ? Je suis en train de te dire que ça n'arrivera pas parce que je ne le permettrai pas. Si nous échangeons notre sang, je serai attiré vers toi tant qu'il nous restera un souffle de vie. Tu seras enchaînée à moi, car ce lien me forcera à te retrouver, où que tu te caches.

— Mais pourquoi est-ce que j'irais me cacher de toi ?

Il laissa échapper un soupir sec.

— Parce qu'un jour ou l'autre, cette chose contre laquelle je lutte va s'emparer de moi, et l'idée que tu puisses te trouver sur mon chemin lorsque ça arrivera m'est insupportable.

— Tu parles de la Soif sanguinaire.

— Exactement, approuva-t-il.

Pour la première fois, il osait nommer la menace, se l'admettre à lui-même. Toutes ces années, il avait réussi à la dissimuler, mais Gabrielle l'avait percé à jour.

— La Soif sanguinaire représente le plus gros point faible de mon espèce. Il s'agit d'une addiction… d'un odieux fléau. Une fois mordus, rares sont les vampires assez forts pour en réchapper. Ils deviennent des Renégats, et sont perdus à jamais.

— Comment cela se produit-il ?

— Cela dépend. Parfois, la maladie envahit l'organisme, petit à petit. La faim grandit, alors on l'alimente chaque fois qu'elle réclame, jusqu'à ce qu'un soir, on se rende compte que le besoin n'est jamais assouvi. Pour d'autres, il suffit d'une fois, d'un manque de retenue pour les faire basculer.

— Et pour toi ?

Son sourire se crispa, pour se réduire à un rictus dévoilant ses dents et ses crocs.

— J'ai le triste honneur de porter dans mes veines le sang de mon père. Si les Renégats sont des bêtes, ce n'est rien en comparaison de la plaie qui a fondé notre race tout entière. Pour un Gen-1, la tentation est omniprésente, elle bat plus fort en nous que chez n'importe qui d'autre. Si tu veux savoir la vérité, je lutte contre la Soif sanguinaire depuis ma première gorgée.

— Oui, mais tu l'as surmontée la nuit dernière.

— J'ai pu la contenir, et cela en grande partie grâce à toi, mais chaque crise est plus sévère.

— Tu t'en sortiras, j'en suis sûre. Nous y arriverons ensemble.

— Tu ignores tout de mon histoire. La maladie a déjà emporté mes deux frères.

— Quand ça ?

— Il y a très longtemps.

Il se renfrogna en songeant à ce passé qu'il n'aimait pas déterrer. Mais les mots sortaient d'eux-mêmes à présent, qu'il veuille ou non les entendre.

— Evran, le cadet de nous trois, a viré Renégat peu après être entré dans l'âge adulte. Il s'est fait tuer au combat en livrant bataille pour le mauvais camp, lors d'une des premières guerres entre la Lignée et les Renégats. Marek était notre aîné, et le plus intrépide. Tegan et lui appartenaient à la première formation de guerriers de la Lignée à se soulever contre les derniers des Anciens et leurs armées de Renégats. Nous avons constitué l'Ordre aux environs de l'époque où la grande peste a ravagé l'Europe. Moins de cent ans plus tard, la Soif sanguinaire gagnait Marek ; il s'en est remis au soleil pour abréger ses souffrances. Même Tegan s'est jadis colleté à la maladie.

— Je suis désolée pour eux, dit-elle tout bas. Tu as perdu tant des tiens à cause d'elle et de ce conflit contre les Renégats. Je comprends que tu sois terrifié.

Il retint une repartie bien sentie – une réplique hautaine et prétentieuse qu'il n'aurait pas hésité à servir à celui de ses guerriers qui aurait eu la présomption d'imaginer qu'il puisse être terrifié, lui, Lucan. Mais il leva les yeux vers Gabrielle et ravala sa riposte méprisante. De sa très longue existence, personne ne l'avait encore jamais compris comme elle.

Elle connaissait de lui des choses qu'aucun être n'avait jamais entrevues, et une partie de lui regretterait cette connivence une fois le moment venu de la confier au destin qui l'attendait dans les Havrobscurs.

— Je n'avais pas pris conscience que ton histoire avec Tegan remontait à si loin, reprit Gabrielle.

— Lui et moi nous connaissons depuis toujours, depuis le commencement. C'est un Gen-1, lui aussi, et nous avons tous deux fait le serment de défendre notre espèce.

— Pourtant vous n'êtes pas amis.

— Amis ? (Lucan rit, en songeant aux siècles d'animosité qui couvaient entre son allié et lui.) Tegan n'a pas d'amis. Et, même s'il en avait, une chose est sûre : je n'en ferais pas partie.

— Dans ce cas, pourquoi le laisser résider ici ?

— C'est l'un des meilleurs guerriers que je connaisse. Son engagement envers l'Ordre va bien plus loin que toute la haine qu'il peut nourrir contre moi. Nous partageons la conviction que rien n'est plus important que de protéger l'avenir de la Lignée.

— Pas même l'amour ?

L'espace d'une seconde, il resta muet, pris au dépourvu par la franchise de sa question, et rechignant à envisager les conséquences de sa réponse. Il n'avait jamais eu affaire à ce sentiment-là. Et, vu la vie qu'il menait actuellement, il ne tenait pas à s'en approcher, de près ou de loin.

— L'amour est l'affaire des mâles qui ont fait le choix d'une vie tranquille dans les Havrobscurs. Pas celle des guerriers.

— Je suis prête à parier que certains des occupants de ce complexe ne seraient pas d'accord avec toi.

Il affronta son regard avec calme.

— Libre à eux.

Gabrielle baissa brusquement la tête, et ses longs cils dissimulèrent ses yeux à la vue du vampire.

— Alors qu'est-ce que tout cela fait de moi ? Un moyen de passer le temps quand tu n'es pas trop occupé à chasser le Renégat ou à prétendre que tu contrôles ta soif ? (Lorsqu'elle releva la tête, il vit ses yeux s'emplir de larmes.) Ne suis-je donc qu'un jouet, une poupée vers qui tu te tournes chaque fois que tu as besoin de te passer les nerfs ?

— Ça n'avait pas l'air de te déplaire, que je sache.

Elle en resta soufflée, horrifiée à juste titre de sa soudaine muflerie. Sa mine s'assombrit, son regard se durcit, et son ton se fit cassant comme du verre.

— Va te faire foutre.

Il avait certes mérité son mépris, mais il avait néanmoins du mal à l'encaisser. Jamais il n'aurait enduré un tel affront de la part de quiconque. Jamais personne jusqu'alors n'avait eu l'audace de le provoquer, lui, Lucan l'altier, le tueur froid comme la pierre qui ne tolérait aucune forme de faiblesse – et encore moins en lui-même.

Malgré l'ampleur du conditionnement et de la discipline auxquels il s'était astreint durant ses siècles d'existence, il se trouvait déchiré et mis à nu par la seule femme qu'il avait été assez stupide pour laisser s'approcher de lui. Et comme si ce n'était pas suffisant, il tenait à elle, bien plus qu'il n'aurait dû. L'idée de la blesser lui répugnait d'autant plus, même si la nuit dernière lui avait clairement fait comprendre qu'il devait l'éloigner de lui. C'était inévitable, et il ne ferait qu'empirer la situation en feignant de croire qu'elle pourrait un jour s'adapter à son mode de vie.

— Je ne tiens pas à te blesser, Gabrielle, et le risque est trop grand.

— Et qu'est-ce que tu crois faire, là ? murmura-t-elle, avec un léger accroc dans la voix. Je t'ai cru, tu sais. Bon sang, j'ai réellement cru à tous les mensonges que tu m'as servis. Même ces conneries comme quoi tu voulais m'aider à découvrir mon véritable destin. J'ai été assez bête pour croire que tu étais sincère.

Lucan était désemparé : il avait perdu tout contrôle de la situation avec Gabrielle, et à présent il se faisait l'effet d'être le pire des salauds. Il marcha jusqu'à une commode d'où il tira une chemise propre, qu'il enfila. Comme il se dirigeait vers la porte qui donnait sur le couloir de ses appartements, il s'arrêta et se retourna vers Gabrielle.

Il aurait tant voulu lui tendre la main, essayer d'arranger la situation de quelque façon, mais il savait que ce serait une erreur. Il suffirait qu'il la touche pour la reprendre entre ses bras.

Et alors il serait incapable de la laisser partir.

Il ouvrit la porte, prêt à sortir.

— Tu as découvert ton destin, Gabrielle, exactement comme je te l'avais dit. Mais je ne t'ai jamais fait croire qu'il serait à mes côtés.

Chapitre 24

Les paroles de Lucan – les révélations hallucinantes qu'il venait de lui faire – résonnaient encore aux oreilles de Gabrielle tandis qu'elle émergeait du jet d'eau fumant de la douche du vampire. Elle ferma le robinet et se sécha, en regrettant que l'eau chaude n'ait pu gommer un peu de sa peine et de sa confusion. Elle avait trop de choses à digérer – et tout d'abord le fait que Lucan n'ait aucune intention de partager sa vie.

Elle essaya de se dire qu'il ne lui avait jamais rien promis, en effet, mais cela ne fit qu'accentuer le sentiment de sa propre stupidité. Il ne lui avait pas demandé de lui donner son cœur à piétiner : elle l'avait fait toute seule, comme une grande.

Penchée devant le miroir qui s'étendait sur toute la largeur de la vaste salle de bains, Gabrielle releva ses cheveux pour examiner la tache de naissance pourpre sous son oreille gauche. Ou plutôt la marque des Compagnes de sang, se reprit-elle, l'œil fixé sur la petite larme qui semblait tomber dans un croissant de lune.

Ironie du sort : cette marque sur son cou qui la reliait au monde de Lucan était précisément ce qui l'empêchait de partager sa vie.

Peut-être qu'il voyait en elle une complication inutile ou indésirable, mais leur rencontre ne lui avait pas exactement rendu la vie meilleure, à elle non plus.

À cause de Lucan, elle était désormais impliquée dans une sanglante guerre clandestine qui faisait passer les pires gangsters pour des caïds de bacs à sable. Elle avait quitté un appartement des plus agréables de Beacon Hill, qu'elle perdrait pour de bon si elle ne rentrait pas reprendre son travail afin de payer les factures. Ses amis n'avaient pas la moindre idée d'où elle se trouvait, et, si elle les contactait, elle risquait de les mettre en danger de mort.

Et, cerise sur le gâteau, elle était à moitié amoureuse de l'homme le plus étrange, le plus implacable et le plus renfermé qu'il lui avait été donné de connaître.

Lequel, accessoirement, était un vampire buveur de sang.

Oh, et puis merde, puisque c'était sa minute de vérité, autant l'admettre : elle n'était pas qu'à moitié amoureuse de Lucan. Elle était carrément folle amoureuse, raide dingue de lui.

— Bien joué, ma grande, lança-t-elle à son reflet piteux. Tu ne pouvais pas faire pire.

Et pourtant, malgré tout ce qu'il venait de lui dire, elle ne désirait rien tant qu'aller le retrouver, où qu'il soit dans le complexe, et se blottir dans ses bras, le seul endroit où elle ait jamais trouvé du réconfort.

Ben voyons. Comme si elle avait besoin d'ajouter l'humiliation publique à celle, très intime, qu'elle s'efforçait encore de digérer. Lucan avait été assez clair : ce qui s'était passé entre eux – physique ou autre – était fini.

Gabrielle regagna la chambre de Lucan, et récupéra ses vêtements et ses chaussures. Elle s'habilla à la hâte ; elle ne tenait pas à se trouver là lorsqu'il rentrerait, de crainte de commettre une grosse bêtise. Enfin, corrigea-t-elle en jetant un regard aux draps froissés par leurs ébats, une encore plus grosse bêtise.

Elle sortit de la chambre dans l'idée de trouver Savannah et d'essayer de dégoter une ligne téléphonique pour appeler l'extérieur, puisque Lucan n'avait pas jugé bon de lui restituer son téléphone. L'architecture du couloir était déroutante, sans doute à dessein, et il lui fallut plusieurs tentatives avant de finalement prendre ses marques. Elle se trouvait près du centre d'entraînement, à en juger par les claquements secs et répétés des coups de feu.

Elle prit un virage et fut brusquement stoppée par un solide mur de cuir et d'armement qui se dressait sur son passage.

Gabrielle leva la tête, toujours plus haut, et rencontra une explosion de menace glaciale délivrée par deux yeux verts plissés. Ce regard froid et calculateur était dissimulé derrière une cascade de cheveux fauves, et on aurait dit une panthère, tapie dans des roseaux dorés pour surveiller sa proie. Gabrielle déglutit. Une impression de danger palpable émanait du corps imposant du vampire et des profondeurs de son regard prédateur.

Tegan.

Le nom de l'inconnu s'imposa dans son esprit : il s'agissait du seul des six guerriers du complexe qu'elle n'avait pas encore rencontré.

Celui pour lequel Lucan éprouvait apparemment un mépris à peine masqué et partagé par Tegan.

Le guerrier vampire ne s'écartait pas de son passage. Il avait à peine réagi quand elle avait buté contre lui : juste un léger rictus et un regard amusé sur l'endroit où la poitrine de Gabrielle s'écrasait contre la tablette de muscles durs au-dessous de son thorax. Il portait plus d'une dizaine d'armes pour renforcer la menace de ses cent kilos de muscles d'acier.

Elle recula, puis fit un pas de côté juste par précaution.

— Excusez-moi. Je ne vous avais pas vu.

Il ne dit rien, mais il sembla à Gabrielle que toutes les émotions qui l'avaient traversée lui avaient été dévoilées en un instant… durant cette fraction de seconde où son corps avait heurté le sien. Il la toisait d'un regard impassible et glaçant, comme s'il pouvait lire en elle. Il n'émit pas un son, pourtant Gabrielle eut l'impression qu'il disséquait son esprit.

Elle se sentait… envahie.

— Pardon, murmura-t-elle.

Lorsqu'elle fit mine de le dépasser, la voix de Tegan l'arrêta net.

— Hé. (Sa voix était plus douce qu'elle ne l'imaginait, un timbre sombre et rauque qui contrastait curieusement avec la dureté de son regard, toujours rivé sur elle.) Un conseil : ne t'attache pas trop à Lucan. Ce vampire-là risque fort de ne pas faire long feu.

Il n'y avait pas le moindre soupçon d'émotion dans sa voix : il énonçait un fait, tout simplement. Le guerrier passa près d'elle avec un léger courant d'air froid et désagréable qui lui arracha un frisson.

Lorsqu'elle se retourna pour le regarder s'en aller, Tegan et son inquiétante prédiction avaient disparu.

Lucan soupesa le 9 mm noir et luisant avant de lever l'arme et d'envoyer une rafale de cartouches dans la cible au fond du champ de tir.

Il avait beau apprécier le fait de se trouver en terrain familier, au milieu de ses outils de travail et bouillant d'impatience à la perspective d'une bonne bagarre, une partie de lui ne cessait de revenir sur son entrevue avec Gabrielle. Décidément, cette femme avait réussi à lui mettre la tête à l'envers. En dépit de tout ce qu'il avait dit pour l'éloigner de lui, il devait admettre qu'il s'était profondément attaché à elle.

Combien de temps encore croyait-il pouvoir continuer avec elle sans faillir ? Ou, plus exactement, comment avait-il pu croire un instant qu'il supporterait de la voir partir ? De l'envoyer quelque part en sachant qu'elle s'y accouplerait avec un autre ?

La situation commençait à se compliquer méchamment.

Il siffla un juron et tira une autre rafale de balles, en se félicitant de voir l'éclat de métal chaud et la fumée âcre que produisit la poitrine de sa cible en explosant sous l'impact.

— Qu'en dis-tu ? demanda Nikolaï, les yeux brillants. Une petite merveille, pas vrai ? Et réactive à mort, par-dessus le marché.

—Ouais. J'aime beaucoup. (Lucan enclencha le cran de sûreté et considéra sa nouvelle arme.) Beretta 92FS converti en automatique avec compensateur ? Beau boulot, mec. Impeccable.

Nikolaï afficha un large sourire.

—Et ce n'est pas tout : j'ai bidouillé des balles à pointe creuse remplie de polycarbonate. J'ai retiré le PC et je l'ai remplacé par de la poudre de titane.

—Ça risque de faire de sacrés dégâts en entrant en contact avec le sang des Renégats, ajouta Dante depuis l'endroit où il était assis, occupé à aiguiser ses dagues le long d'un râtelier.

Aucun doute, le vampire disait vrai. Dans les Temps Jadis, la plus sûre façon de tuer un Renégat consistait à séparer sa tête de son corps. Cela fonctionnait à merveille tant que l'épée restait l'arme de prédilection dans le monde, mais la technologie moderne avait présenté aux deux camps de nouveaux défis.

Ce n'était qu'au début du XXe siècle que la Lignée avait découvert l'effet particulièrement corrosif du titane sur le système sanguin hyperactif des vampires renégats. En raison d'une allergie de leur sang que les mutations cellulaires avaient amplifiée, les Renégats réagissaient au titane de la même manière que l'aspirine réagissait à l'eau.

Nikolaï récupéra l'arme des mains de Lucan et la manipula comme un trophée.

—Ce petit bijou est une vraie bombe quand il s'agit d'exploser des Renégats.

—Quand pourra-t-on l'essayer ? demanda Rio.

— Que dirais-tu de cette nuit ? proposa Tegan en entrant sans un bruit, sa voix résonnant dans la salle comme le grondement d'un orage en approche.

— Tu songes à ce site que tu as repéré près du port ? s'enquit Dante.

Tegan opina du chef.

— Repaire probable, abritant environ six individus, à un ou deux près. Je suppose qu'il s'agit de bleus, des Renégats de fraîche date. S'en débarrasser sera du gâteau.

— Ça fait un bail qu'on n'a pas nettoyé un site lors d'un raid, fit remarquer Rio d'une voix traînante, avec un large sourire d'impatience. Je suis partant.

Lucan reprit l'arme d'entre les mains de Nikolaï en adressant un regard noir à ses guerriers.

— Pourquoi diable ne suis-je pas au courant de cela ?

Tegan lui adressa un regard las.

— T'as du retard à rattraper, mec. Pendant que tu passais la nuit terré avec ta femelle, on faisait notre job à la surface.

— Ça, c'est un coup bas, fit observer Rio. Même venant de toi, Tegan.

Lucan étudia la pique de Tegan dans un silence mesuré.

— Non, il n'a pas tort. J'aurais dû être là-haut à me charger du boulot. J'avais certaines choses à régler ici-bas. C'est désormais chose faite, l'affaire est close.

Tegan eut un sourire en coin.

— Vraiment ? Parce qu'il faut que je te dise, j'ai croisé la nouvelle Compagne de sang dans l'antichambre, et la pauvre petite avait l'air toute retournée, comme si on lui avait brisé le cœur. Il m'a semblé qu'elle cherchait quelqu'un pour la consoler.

Pris d'une rage noire, Lucan rugit :

— Qu'est-ce que tu lui as dit ? Tu l'as touchée ? Si jamais tu lui as fait du mal, je te jure que…

Tegan eut un petit gloussement amusé.

— Du calme, mec. Pas de quoi s'emballer. C'est ta femelle, ça ne me regarde pas.

— Et tu n'as pas intérêt à l'oublier. (Il fit volte-face pour affronter le regard curieux des autres guerriers.) Sa situation ne regarde aucun d'entre vous, c'est bien clair ? Je me charge personnellement de la protection de Gabrielle Maxwell tant qu'elle reste dans ce complexe. Une fois qu'elle l'aura quitté pour les Havrobscurs, je cesserai également de m'en préoccuper.

Il lui fallut une minute pour décolérer et renoncer à son envie de se mesurer à Tegan, même s'il savait que cela finirait bien par arriver un jour. Et Lucan pouvait difficilement reprocher au vampire de garder une dent contre lui. Tegan se comportait peut-être en foutu salopard, sans âme et sans pitié, mais c'était la faute de Lucan s'il était devenu ainsi.

— Est-ce qu'on peut à présent revenir aux opérations ? grommela-t-il, défiant quiconque de l'échauffer davantage. J'ai besoin de détails sur ce site portuaire.

Tegan se lança dans une description du repaire de Renégats présumé qu'il avait observé, et offrit ses suggestions quant à la manière dont le groupe pourrait le prendre d'assaut. Lucan avait beau considérer d'un mauvais œil la source de ces renseignements, il ne voyait pas meilleure échappatoire à son humeur noire qu'une offensive contre l'ennemi.

Il n'était pas dupe : s'il se retrouvait une fois encore en présence de Gabrielle, tous ses grands discours sur le devoir et la nécessité d'agir au mieux pour elle s'envoleraient en fumée. Cela faisait bien deux heures qu'il l'avait laissée dans sa chambre et elle continuait à l'obséder. Il était tiraillé de désir sitôt qu'il songeait à sa peau chaude et douce.

Et quand il pensait à la manière dont il l'avait blessée, un poing glacé lui étreignait la poitrine. Elle s'était comportée en véritable alliée lorsqu'il avait fallu le couvrir devant les autres guerriers. Elle l'avait soutenu durant la traversée de son enfer personnel, la nuit passée, restant à ses côtés avec tout l'amour et la tendresse qu'un mâle pouvait attendre de sa compagne.

Terrain glissant, quel que soit l'angle sous lequel on considérait la chose.

Il laissa la discussion sur l'opération se poursuivre, convenant qu'il leur fallait commencer à frapper les Renégats dans leurs tanières plutôt que de les abattre un à un au fil de leurs traques dans les rues de la ville.

— Retrouvons-nous ici au crépuscule afin de s'équiper pour sortir.

Les guerriers se mirent à converser entre eux à mesure qu'ils se dispersaient, Tegan fermant la marche d'un pas nonchalant.

Lucan contempla le solitaire stoïque qui plaçait une fierté odieuse dans le fait de n'avoir besoin de personne. Tegan s'appliquait à garder un détachement et une distance permanents. Mais il n'en avait pas toujours été ainsi. Autrefois, il avait été l'enfant prodige, un vrai meneur d'hommes. Mais tout cela avait basculé au cours d'une terrible nuit. Dès lors, une spirale abrupte s'était enclenchée. Tegan avait touché le fond, et ne s'était jamais relevé.

Et, même s'il ne l'avait jamais avoué au guerrier, Lucan ne se pardonnerait jamais le rôle qu'il avait joué dans cette chute.

— Tegan. Attends.

Le vampire s'arrêta avec une mauvaise volonté manifeste. Sans daigner se retourner, il resta simplement planté là en silence, dans une posture arrogante, tandis que les autres guerriers sortaient de la salle d'entraînement et regagnaient le couloir. Lorsqu'ils furent seuls, Lucan se racla la gorge et s'adressa à son congénère.

— Toi et moi avons un problème, Tegan.

Le Gen-1 lâcha un brusque soupir.

— Je vais alerter les médias.

— Ce différend ne s'effacera pas. Il est bien trop ancien, trop d'eau a coulé sous les ponts. Si tu veux qu'on règle ça…

— Laisse tomber. C'est du passé.

— Pas si on ne peut pas l'enterrer.

Tegan ricana et se retourna finalement pour le regarder.

— Où veux-tu en venir, Lucan ?

— Je tiens juste à te dire que je commence à comprendre ce qu'il t'en a coûté. À cause de moi. (Lucan secoua lentement la tête et se passa la main dans les cheveux.) Teg, il faut que tu saches que s'il y avait eu un autre moyen… Si les choses avaient pu se passer autrement…

— Oh putain ! T'es en train de t'excuser, ou je rêve ? (Le regard émeraude de Tegan était assez dur pour couper du verre.) Garde ta sollicitude, mec. Elle arrive cinq cents ans trop tard. Et tes excuses à deux balles n'y changeront rien, pas vrai ?

Lucan serra les mâchoires, stupéfait de sentir le grand mâle en colère, au lieu de sa froide apathie habituelle.

Tegan ne lui avait pas pardonné, loin de là.

Après tout ce temps, il jugeait peu probable qu'il lui pardonne un jour.

— Non, Teg. Tu as raison. Les excuses n'y changeront rien.

Tegan le dévisagea longuement, puis tourna les talons et quitta la salle.

Quelque part dans un club privé souterrain, des amplis gros comme des réfrigérateurs crachaient de la musique, si on osait appeler ainsi les riffs de guitare discordants et les miaulements pitoyables du groupe qui jouait. Les pauvres types bougeaient sur scène comme des robots, bavaient leurs textes et faisaient plus de fausses notes que de vraies. En un mot, ils puaient la mort.

Mais, après tout, qui aurait pu s'attendre à un semblant de professionnalisme de la part de pitoyables humains jouant devant une foule de vampires en plein festin ?

Camouflé derrière ses lunettes, le chef des Renégats fronça les sourcils. Il souffrait déjà d'une violente migraine quand il était arrivé, quelques minutes plus tôt ;

à présent ses tempes lui semblaient sur le point d'exploser. Il se carra au fond du siège de son box attitré, las de ces sanglantes festivités. Sur un bref signe de sa main, une de ses sentinelles rappliqua au petit trot. Le Maître désigna la scène d'un geste dédaigneux.

— Que quelqu'un abrège leur souffrance. Et la mienne du même coup.

Le garde hocha la tête, et répondit par un sifflement. Retroussant les lèvres, il dévoila ses crocs qui salivaient déjà à la simple perspective d'un carnage de plus. Le Renégat bondit exécuter les ordres.

— Bon chien, murmura son puissant Maître.

Il fut heureux d'entendre soudain la sonnerie stridente de son téléphone et de saisir cette occasion de monter prendre l'air. Un nouveau raffut venait d'éclater sur scène, où le groupe subissait l'assaut brutal d'une meute de Renégats déchaînés.

Quittant le club livré à une totale anarchie, le chef ennemi gagna une pièce dans les coulisses et tira son portable de la poche intérieure de son veston. Il s'attendait à y lire le numéro de l'un de ses nombreux Laquais, qu'il avait pour la plupart dépêchés en quête de renseignements sur Gabrielle Maxwell et ses liens apparents avec la Lignée.

Mais il ne s'agissait d'aucun d'eux.

Il le comprit avant même d'ouvrir le téléphone et de voir « numéro masqué » clignoter sur l'écran.

Intrigué, il décrocha. La voix à l'autre bout ne lui était pas inconnue. Il s'était récemment livré avec cette personne à une tractation dont il leur restait quelques éléments à discuter. À son instigation, la voix lui communiqua des renseignements sur un raid prévu ce soir même contre l'une des cellules renégates mineures de Boston.

En l'espace de quelques secondes, il obtint tous les éléments utiles pour s'assurer que le raid tourne en sa faveur – le lieu, l'itinéraire et le plan d'attaque des guerriers, les grandes lignes de leur offensive – à la seule condition qu'un des membres de la Lignée soit épargné. Ce guerrier ne devait cependant pas s'en tirer entièrement indemne, mais suffisamment blessé pour ne plus jamais pouvoir combattre. Le sort des autres, y compris de ce Lucan Thorne réputé imbattable, était abandonné aux Renégats.

La mort de Lucan avait déjà fait l'objet d'un précédent arrangement, mais l'exécution de la tâche ne s'était pas déroulée comme prévu. Cette fois-ci, son contact réclamait une assurance que la besogne serait effectivement accomplie, et allait même jusqu'à lui rappeler qu'il avait reçu une contrepartie considérable pour ce travail, mais n'avait pas encore rempli sa part du marché.

— Je suis parfaitement au fait de notre accord, cracha-t-il dans le combiné. Ne m'incite pas à exiger un paiement supplémentaire de ta part. Je te garantis que tu le regretterais.

Il referma l'appareil sur un furieux juron, coupant court aux rétractations avisées qui avaient suivi sa menace.

Les dermoglyphes sur son poignet palpitèrent et s'empourprèrent intensément sous l'effet de la colère, leur teinte changeant au milieu des autres symboles qu'il avait fait tatouer sur sa peau afin de les camoufler.

Il se rembrunit devant cette obligation de noyer son ascendance – son droit d'aînesse – dans cette encre vulgaire et cette clandestinité. Il abhorrait le fait de devoir mener cette existence fantomatique, presque autant qu'il haïssait tous ceux qui se dressaient entre ses objectifs et lui.

Il fulminait quand il regagna la salle principale du club. À travers l'obscurité, son regard repéra aussitôt son lieutenant, l'unique Renégat à s'être sorti vivant d'un récent face-à-face avec Lucan Thorne. Il fit signe à l'immense mâle de le rejoindre, puis lui donna les ordres utiles au bon déroulement de cette soirée qui s'annonçait fort joyeuse.

Quelles que soient ses négociations secrètes, il tenait à s'assurer que ce soir, quand la fumée retomberait, Lucan et tous les siens soient morts.

Chapitre 25

Il avait passé la journée à l'éviter, ce qui, aux yeux de Gabrielle, était probablement tout aussi bien. À présent que le crépuscule venait de tomber, Lucan et les cinq autres guerriers surgirent du centre d'entraînement, impressionnant tableau de cuir noir et d'armes létales. Même Gideon prenait part au raid de cette nuit, remplaçant Conlan sur le terrain.

Savannah et Eva, qui attendaient dans le couloir pour souhaiter bonne chance aux guerriers, allèrent vers leurs compagnons respectifs et les étreignirent longuement. De douces et secrètes paroles furent échangées à voix basse et amoureuse. De tendres baisers témoignaient de la crainte des femmes et de la ferme assurance des hommes qu'ils leur reviendraient sains et saufs.

Gabrielle se tenait en retrait dans le hall, et se sentait étrangère à la scène tandis qu'elle observait Lucan dire quelque chose à Savannah. La Compagne de sang acquiesça comme il déposait un petit objet dans sa main et dirigeait son regard par-dessus son épaule pour le poser sur Gabrielle. Il ne dit rien, ne fit pas le moindre geste vers elle, mais son regard s'attarda sur son visage à travers le vaste espace qui les séparait désormais.

Puis il tourna les talons.

D'un pas rapide, il prit la tête du groupe et disparut à l'angle du couloir. Le reste de son équipe suivit, ne laissant dans son sillage que le bruit de bottes résolues et le cliquetis métallique de l'acier.

— Ça va ? demanda Savannah en venant passer un bras autour des épaules de Gabrielle d'un geste amical.

— Oui. Ça va aller.

— Il voulait que je te remette ceci. (Elle tendit à Gabrielle son téléphone.) Une sorte de gage de paix ?

Gabrielle le prit avec un hochement de tête.

— Les choses sont un peu tendues entre nous en ce moment.

— Je suis désolée. Il espère également que tu comprendras que tu ne dois pas quitter le complexe ni révéler à tes amis où tu te trouves. Mais si tu souhaites les appeler…

— Je te remercie.

Elle leva les yeux vers la compagne de Gideon et esquissa un faible sourire.

— Si tu désires un peu de tranquillité, installe-toi où bon te semble.

Savannah la serra brièvement dans ses bras, puis tourna son attention vers Eva, qui s'avançait vers elles.

— Je ne sais pas pour vous, dit Eva, son beau visage marqué d'inquiétude, mais je boirais bien un petit verre. Ou trois.

— Je crois que ça ne nous ferait pas de mal de se tenir compagnie autour d'une bouteille de vin, approuva

Savannah. Gabrielle, tu peux venir nous rejoindre quand tu veux. Nous serons chez moi.

— D'accord. Merci.

Les deux femmes s'éloignèrent en chuchotant bras dessus, bras dessous tandis qu'elles remontaient le couloir sinueux vers les appartements de Savannah et Gideon. Gabrielle prit la direction opposée d'un pas indécis, sans savoir exactement où elle voulait s'installer.

Ce n'était pas tout à fait vrai. Elle voulait se réfugier dans les bras de Lucan, mais il valait mieux qu'elle fasse une croix sur ce souhait désespéré, et vite. Elle n'allait certainement pas le supplier de l'aimer, et, à supposer qu'il revienne du raid de ce soir en un seul morceau, elle devait se préparer à le chasser pour de bon de sa tête.

Elle suivit un couloir discret et faiblement éclairé qui partait du hall et menait à une porte ouverte. Une bougie brûlait quelque part dans la salle vide, seule lumière de la pièce. Gabrielle fut attirée par l'atmosphère de solitude ainsi que par les odeurs d'encens brûlé et de vieilles boiseries. Il s'agissait de la chapelle du complexe ; elle se rappelait être passée devant au cours de sa visite avec Savannah.

Gabrielle s'avança entre deux rangées de bancs jusqu'à un piédestal surélevé. Un cierge y était posé, large colonne de cire rouge dont la flamme diffusait une douce lueur cramoisie. Elle s'assit sur l'un des bancs du premier rang et prit le temps de respirer un peu, de se laisser imprégner par la quiétude du sanctuaire.

Puis elle ouvrit son portable. Le symbole du répondeur clignotait. Gabrielle pressa la touche de messagerie et écouta le premier appel. Il s'agissait de Megan, et le message remontait à l'avant-veille, à peu près à l'heure où son amie l'avait appelée sur son fixe pour prendre de ses nouvelles après son agression par le Laquais.

« Gabby, c'est encore moi. J'ai laissé plusieurs messages sur ton fixe, mais tu ne m'as pas rappelée. Où es-tu ? Je commence vraiment à m'inquiéter ! Je ne crois pas que tu devrais rester seule après ce qui t'est arrivé. Rappelle-moi dès que tu as ce message… je veux dire, à la seconde même, entendu ? »

Gabrielle supprima le message et passa au suivant, qui datait de la nuit dernière à 23 heures. La voix de Kendra retentit, légèrement lasse.

« Salut, salut. T'es chez toi ? Si oui, réponds. Merde, c'est vrai qu'il est tard… désolée. Tu dois sûrement dormir. En fait, je voulais vous appeler, toi et les autres, histoire d'aller boire un verre ou quelque chose, peut-être se faire une boîte ? Pourquoi pas demain soir ? Appelle-moi. »

Eh bien, au moins Kendra était encore saine et sauve quelques heures auparavant. Voilà qui chassait une partie de ses inquiétudes. Mais restait la question du gars qu'elle fréquentait. Le Renégat, se corrigea-t-elle, avec un frisson d'angoisse à l'idée que son amie avait côtoyé sans le savoir la menace qui était en ce moment à ses trousses.

Elle sauta au dernier message. Megan de nouveau, à peine deux heures plus tôt.

« Coucou, ma puce. Je viens aux nouvelles. Vas-tu enfin te décider à m'appeler et me raconter comment ça s'est passé l'autre soir au commissariat ? Je suis certaine que

ton inspecteur était ravi de te voir, mais, comme tu t'en doutes, je crève d'impatience que tu m'expliques en détail à quel point. »

La voix de Megan était calme et taquine, tout à fait normale. Totalement différente du ton paniqué de ses précédents messages sur le fixe et le portable de Gabrielle.

Mais oui, bien sûr.

Parce que pour elle, ainsi que pour son petit ami policier, il n'y avait aucune raison de s'alarmer de quoi que ce soit : Lucan avait effacé leurs souvenirs.

« *Bref, je dîne avec Jamie ce soir au* Ciao Bella – *ton resto préféré. Si tu es libre, passe. Nous y serons à 19 heures. On te gardera une place.* »

Gabrielle appuya pour supprimer le message et vérifia l'horloge du téléphone : 19 h 20.

La moindre des choses était de contacter ses amies pour leur dire qu'elle allait bien. Et une partie d'elle-même mourait d'envie d'entendre leurs voix, son unique lien avec la vie qu'elle avait connue avant que Lucan Thorne chamboule tout son univers. Elle composa le numéro du portable de Megan et attendit anxieusement pendant qu'il sonnait. Un brouhaha de conversations sortit du combiné, une seconde avant que son amie dise « allô ».

— Salut, Meg.

— *Ah, salut… enfin ! Jamie, c'est Gabby !*

— *Ah ben quand même ! Elle vient, ou quoi ?*

— *Je ne sais pas encore. Gabby, est-ce que tu nous rejoins ?*

Gabrielle écouta le bavardage chaotique et familier de ses amis, en regrettant de ne pas se trouver avec eux.

Elle aurait voulu pouvoir retrouver les choses telles qu'elles étaient, avant que…

— Je, euh… je ne peux pas. Il est arrivé quelque chose, et je…

— *Elle est occupée,* expliqua Megan à Jamie. *Où es-tu, d'ailleurs ? Kendra m'a appelée pour me dire qu'elle te cherchait aujourd'hui. Elle a fait un saut à ton appartement mais, à première vue, tu n'y étais pas.*

— Kendra est passée ? Vous l'avez vue ?

— *Non, mais elle veut qu'on se retrouve tous les quatre. Apparemment elle n'est plus avec le mec de la boîte de nuit.*

— *Brent,* précisa Jamie d'une voix forte et dramatique derrière Megan.

— Ils ont rompu ?

— *Je n'en sais rien,* répondit Megan. *Quand je lui ai demandé comment ça allait entre eux, elle a simplement dit qu'elle ne le voyait plus.*

— Très bien, déclara Gabrielle, fort soulagée. Ça, c'est une excellente nouvelle.

— *Alors, et toi ? Qu'as-tu de si important qui t'empêche de sortir dîner ?*

Gabrielle fronça les sourcils et jeta un regard autour d'elle. La flamme dans le cierge rouge vacilla sous un léger courant d'air dans la pièce. Elle perçut des bruits de pas feutrés, puis une inspiration discrète comme la personne qui venait d'entrer s'apercevait que la chapelle était occupée. Gabrielle se retourna pour découvrir une grande femme blonde près de la porte ouverte. La jeune femme lui adressa un regard contrit et commença à tourner les talons.

— Je, euh… je ne suis pas en ville en ce moment, expliqua Gabrielle à ses amis d'une voix étouffée. Je ne reviendrai peut-être pas avant quelques jours. Voire plus.

— *Tu fais quoi ?*

— Euh, je suis sur une commande, mentit Gabrielle, à contrecœur et en désespoir de cause. Je vous rappellerai dès que possible. Prenez soin l'un de l'autre. Je vous aime.

— *Gabrielle…*

Elle raccrocha avant d'être forcée d'en dire plus.

— Navrée, s'excusa la grande femme blonde alors que Gabrielle venait dans sa direction. Je ne m'étais pas rendu compte que la chapelle était utilisée.

— Ce n'est rien. Reste, j'étais juste… (Gabrielle laissa échapper un soupir.)… en train de mentir à mes amis.

— Oh.

Un doux regard bleu se posa sur elle, compatissant.

Gabrielle referma le téléphone et frotta son doigt contre la coque argentée.

— J'ai quitté mon appartement dans la précipitation l'autre soir pour suivre Lucan ici. Aucun d'eux ne sait où je me trouve, ni pourquoi je suis partie.

— Je vois. Peut-être qu'un jour tu pourras tout leur expliquer.

— Je l'espère. J'ai simplement peur de les mettre en danger en leur disant la vérité.

Le halo de longs cheveux d'or ondoya comme la femme hochait la tête d'un air compréhensif.

— Tu dois être Gabrielle ? Savannah m'a rapporté que Lucan avait amené une femelle ici sous sa protection.

Je m'appelle Danika. Je suis – *j'étais* – la compagne de Conlan.

Gabrielle accepta la main délicate que lui tendait Danika.

— Toutes mes condoléances.

Danika sourit, le regard baigné de tristesse. Lorsque Gabrielle la lâcha, elle la posa d'un geste délicat sur le renflement quasi imperceptible de son ventre.

— Je comptais venir te trouver pour te souhaiter la bienvenue, mais je crains de ne pas être de bonne compagnie en ce moment. Je n'avais pas très envie de quitter mes appartements ces derniers jours. J'éprouve encore beaucoup de mal à… m'adapter. Tout est si différent désormais.

— Je comprends.

— Lucan et les autres guerriers se sont montrés très bons à mon égard. Ils m'ont tous juré protection en cas de besoin, où que je me trouve. À moi, et à mon enfant.

— Tu es enceinte ?

— De quatorze semaines. J'avais espéré que ce serait le premier d'une longue suite de fils pour Conlan et moi. Nous étions si heureux. Voilà longtemps que nous attendions de fonder une famille.

— Pourquoi avoir attendu ? (Gabrielle grimaça sitôt la question sortie de ses lèvres.) Excuse-moi. Je ne veux pas être indiscrète. J'imagine que ce ne sont pas mes affaires.

Danika fit claquer sa langue.

— Ne t'excuse pas, voyons. Tes questions ne me gênent pas, au contraire. Cela me fait du bien de parler de mon

Conlan. Viens, asseyons-nous un moment, proposa-t-elle en se dirigeant vers un des longs bancs de la chapelle.

— Je n'étais qu'une jeune fille lorsque j'ai rencontré Conlan. Mon village au Danemark venait d'être mis à sac par des envahisseurs – du moins le pensions-nous. Il s'agissait en réalité d'une horde de Renégats. Ils tuaient pratiquement tout le monde, massacraient femmes et enfants, ainsi que les anciens du village. Nul n'était épargné. Un groupe de guerriers de la Lignée est arrivé au milieu de l'attaque. Conlan était parmi eux. Ils secoururent autant des miens qu'ils le purent. Lorsqu'on découvrit que je portais la marque, je fus conduite dans le Havrobscur le plus proche. C'est là qu'on me parla de la nation vampire et de ma place en son sein. Mais je ne cessais de penser à mon sauveur. Le destin voulut que, quelques années plus tard, Conlan soit de retour dans la région. J'étais tellement excitée à l'idée de le revoir… Imagine ma surprise en découvrant qu'il ne m'avait pas oubliée non plus !

— C'était il y a combien de temps ?

Danika s'arrêta à peine pour calculer.

— Conlan et moi avons partagé quatre cent deux ans de vie commune.

— Mon Dieu, murmura Gabrielle. Si longtemps…

— Ces années ont passé en un clin d'œil, si tu veux savoir. Je ne vais pas te mentir : être la compagne d'un guerrier n'a pas toujours été facile, mais je n'aurais pas échangé un seul moment. Conlan croyait pleinement en ce qu'il faisait. Il voulait un monde plus sûr, pour moi et pour nos futurs enfants.

— Et vous avez donc attendu tout ce temps pour avoir un bébé ?

— Nous ne voulions pas bâtir une famille tant que Conlan ressentait la nécessité de demeurer dans l'Ordre. Le front n'est pas l'endroit idéal où élever des enfants, ce qui explique que l'on ne voie pas de familles au sein de la classe guerrière. Le danger est trop grand, et nos compagnons doivent être en mesure de se concentrer uniquement sur leurs missions.

— N'y a-t-il pas d'accidents ?

— Les grossesses imprévues constituent des cas très rares au sein de la Lignée, car la conception réclame chez nous quelque chose de plus sacré qu'un banal acte sexuel. Le moment de fertilité pour les Compagnes de sang liées varie en fonction du croissant de lune. Durant cette période cruciale, si l'on souhaite concevoir un enfant, notre corps doit abriter à la fois la semence et le sang de notre compagnon. Il s'agit d'un rituel sacré dans lequel aucun couple ne s'engage à la légère.

La simple image d'un tel acte de partage, si profondément intime, avec Lucan envoya une onde de chaleur dans le ventre de Gabrielle. L'idée de s'accoupler de cette façon à toute autre personne, de porter en elle l'enfant d'un autre que Lucan, était une perspective qu'elle refusait d'envisager. Elle préférait encore être seule, et le resterait probablement.

— Que comptes-tu faire à présent ? demanda-t-elle, pour chasser ce silence où elle ne voyait que son avenir solitaire.

— Je l'ignore encore, déclara Danika. Je sais en tout cas que je ne me lierai jamais à un autre mâle.

— N'as-tu pas besoin d'un compagnon pour rester jeune ?

— Mon compagnon, c'était Conlan. Sans lui, le temps d'une vie sera bien assez long. Si je ne me lie pas à un autre mâle, je recommencerai à vieillir normalement, comme avant de rencontrer Conlan. Je serai tout simplement… mortelle.

— Tu vas mourir, résuma Gabrielle.

Danika affichait un sourire résolu, mais pas tout à fait triste.

— Un jour.

— Où comptes-tu aller ?

— Conlan et moi envisagions de nous retirer dans l'un des Havrobscurs du Danemark, où je suis née. Il souhaitait me faire plaisir, mais aujourd'hui je crois que je préférerais plutôt élever son fils en Écosse, afin que notre enfant connaisse quelque chose de son père à travers ce pays qu'il aimait tant. Lucan a déjà commencé à prendre des dispositions pour moi, afin que je puisse partir dès que je serai prête.

— C'est gentil de sa part.

— Très gentil. Je ne pouvais pas y croire lorsqu'il est venu me trouver pour m'annoncer la nouvelle, et me promettre par la même occasion que mon enfant et moi aurions toujours un moyen direct de le contacter lui et le reste de l'Ordre si nous avions un jour besoin de quoi que ce soit. C'était à peine quelques heures après les funérailles, et ses brûlures étaient encore très sérieuses. Malgré tout, il s'inquiétait davantage pour moi.

— Lucan a été brûlé ? (L'inquiétude s'insinua dans le cœur de Gabrielle.) Pourquoi, comment ?

— Il y a trois jours, en accomplissant le rituel funèbre pour Conlan. (Elle ouvrit de grands yeux.) Tu n'es pas au courant ? Non, évidemment. Cela ne ressemblerait pas à Lucan de mentionner cet acte de bravoure et d'honneur, ni les blessures qu'il a endurées en l'exécutant. Vois-tu, la tradition funéraire de la Lignée exige qu'un vampire transporte à l'extérieur le corps du défunt, et le remette aux éléments, expliqua-t-elle en indiquant un escalier noir dans un coin sombre de la chapelle. C'est une fonction hautement respectable, et qui tient du sacrifice, car une fois à la surface le vampire en charge de son frère doit demeurer huit minutes à son côté, alors que le jour se lève.

Gabrielle fronça les sourcils.

— Je pensais pourtant que leur peau ne supportait pas les rayons du soleil.

— En effet. Elle subit rapidement de graves brûlures, et c'est bien pire pour les vampires de première génération. Ce sont les aînés de la Lignée qui souffrent le plus, même si l'exposition est brève.

— Comme Lucan, conclut Gabrielle.

Danika hocha gravement la tête.

— Pour lui, ces huit minutes d'aube ont dû être insupportables. Et pourtant, pour Conlan, il a de bon gré laissé sa peau brûler. Il aurait même pu mourir là-haut, pourtant il n'aurait laissé à personne d'autre la charge de mener mon compagnon bien-aimé à sa dernière demeure.

Gabrielle se rappela le coup de téléphone insistant qui avait tiré Lucan du lit au beau milieu de la nuit. Il ne lui avait jamais dit de quoi il était question, n'avait jamais partagé son deuil avec elle.

Son estomac se noua quand elle songea à ce qu'il avait enduré, aux dires de Danika.

— J'ai parlé avec lui, ce jour-là. À sa voix, j'ai su que quelque chose n'allait pas, mais il a nié. Il semblait si fatigué, plus qu'exténué. Tu es en train de me dire qu'il souffrait de profondes brûlures dues aux UV ?

— Exactement. Savannah m'a rapporté que Gideon l'avait retrouvé peu après. Lucan était couvert de cloques de la tête aux pieds. Il ne pouvait pas ouvrir les yeux tant ils étaient enflés, mais il a refusé qu'on l'aide à regagner ses appartements pour y cicatriser.

— Oh, mon Dieu, souffla Gabrielle, abasourdie. Il ne m'a jamais confié tout ça. Quand je l'ai retrouvé plus tard cette nuit-là – à peine quelques heures plus tard –, il paraissait parfaitement normal. Enfin, je veux dire qu'à le voir et à l'entendre, tout allait bien.

— La quasi-pureté de son sang l'a fait souffrir davantage, mais lui a également permis de guérir plus rapidement de ses brûlures. Néanmoins, cela n'a pas été facile pour lui ; il a dû lui falloir une grande quantité de sang pour régénérer son organisme après un tel traumatisme. Le temps qu'il récupère suffisamment pour sortir du complexe et partir chasser, il devait être littéralement affamé.

Effectivement. Gabrielle comprenait enfin. Le souvenir de Lucan buvant au cou du Laquais qu'il avait tué lui traversa l'esprit, mais, à présent qu'elle pouvait le replacer dans son contexte, elle n'y voyait plus un acte monstrueux, mais un moyen de survie. Tout prenait un sens différent depuis qu'elle avait rencontré Lucan.

Autrefois, elle aurait regardé la guerre entre la Lignée et ses ennemis comme la lutte d'un mal contre un autre, mais aujourd'hui, elle ne pouvait s'empêcher de se sentir impliquée dans cette guerre. Elle en percevait clairement l'enjeu, à présent, et pas uniquement parce que son avenir semblait lié à celui de cet étrange monde parallèle. Il était important à ses yeux que Lucan l'emporte non seulement sur les Renégats, mais également sur ses propres démons.

Elle s'inquiétait pour lui, et n'arrivait pas à chasser le frisson de crainte qui lui parcourait l'échine depuis que lui et les autres guerriers avaient quitté le complexe.

— Tu l'aimes énormément, n'est-ce pas ? demanda Danika en sentant le silence angoissé se prolonger entre elles.

— En effet, oui. (Elle affronta le regard de l'autre femme, et ne vit aucune raison de cacher une vérité qui se lisait sans doute sur son visage comme dans un livre ouvert.) Je peux te confier quelque chose, Danika ? J'éprouve un terrible pressentiment à propos de la mission de ce soir. Et, pour ne rien arranger, Lucan n'en aurait plus pour très longtemps, d'après Tegan. Plus je reste assise ici, et plus je crains qu'il ait dit vrai.

Danika tiqua.

— Tu as parlé avec Tegan ?

— Je suis tombée sur lui – littéralement – au détour d'un couloir. Il m'a conseillé de ne pas trop m'attacher à Lucan.

— Parce qu'il pensait que Lucan allait mourir ? (Danika laissa échapper un long soupir et secoua la tête.) Décidément, ça l'amuse d'inquiéter les gens, celui-là. Il a sans doute dit ça uniquement pour te tracasser.

— Lucan m'a avoué qu'il y avait de l'eau dans le gaz entre eux deux. Crois-tu qu'on puisse faire confiance à Tegan ?

La Compagne de sang parut réfléchir un moment à cette question.

— Je peux t'affirmer que la loyauté constitue un élément important du code des guerriers. Elle est primordiale aux yeux de tous ces mâles, sans exception. Rien au monde ne les amènerait à violer cette confiance sacrée. (Elle se leva alors et prit la main de Gabrielle dans la sienne.) Viens. Allons retrouver Eva et Savannah. L'attente sera moins longue pour nous toutes si nous ne restons pas seules.

Chapitre 26

Depuis leur point d'observation, sur le toit de l'un des bâtiments du port, Lucan et les autres guerriers suivaient le trajet d'un petit pick-up tandis que, ses roues chromées crachant du gravier, il approchait en vrombissant de la façade du site qu'ils ciblaient. Le conducteur était humain. Si l'odeur de sueur et de vague angoisse qu'il dégageait n'avait pas trahi son arrivée, la musique country qui beuglait par sa vitre ouverte s'en serait chargée. Il descendit du véhicule, avec à la main un gros sac en papier brun qui empestait le riz cantonais et le porc lo mein.

— On dirait que nos gars mangent à la maison ce soir, fit Dante d'une voix traînante alors que l'innocent livreur vérifiait le ticket blanc agrafé à sa commande, puis considérait les docks déserts avec une pointe de méfiance.

L'humain avança jusqu'à la porte d'entrée de l'entrepôt, jeta un autre coup d'œil inquiet autour de lui, puis jura dans le noir et appuya sur la sonnette. Il n'y avait aucune lumière à l'intérieur, et seule une ampoule nue au-dessus de la porte projetait une flaque de lumière jaune. Le panneau d'acier cabossé s'ouvrit, ne révélant que des ténèbres. Lucan aperçut le regard sauvage d'un Renégat à l'intérieur, tandis que le livreur bredouillait le montant de la livraison et tendait le sac dans l'obscurité.

— Quoi, comment ça « du troc » ? s'exclama le cow-boy urbain avec un fort accent bostonien. Bon Dieu, mais qu'est-ce que vous...

Une grande main l'agrippa par son col de chemise et il sursauta. Il hurla, et dans un mouvement de panique parvint à s'arracher à la poigne du Renégat.

— Oups, souffla Nikolaï depuis sa position près de la corniche, je crois qu'il vient de comprendre que ce n'était pas le porc qui était au menu.

Le Renégat rattrapa l'humain dans un brouillard d'ombres et l'attaqua par-derrière, lui tranchant la gorge avec une féroce efficacité. La mort fut sanglante et instantanée. Quand le Renégat se redressa d'un bond et balança sa proie sur son épaule pour la rapporter à l'intérieur, Lucan se leva.

— C'est le moment. Allons-y.

De concert, les guerriers sautèrent du toit et fusèrent vers l'entrepôt servant de repaire aux Renégats. Lucan, en tête du groupe, arriva le premier sur le vampire et son colis humain sans vie. Lui décochant une violente claque à l'épaule, il fit pivoter le Renégat sur lui-même tandis qu'il tirait l'une de ses épées du fourreau à sa hanche. D'un seul coup de taille mortel, porté avec une précision infaillible, il décapita le monstre.

Le Renégat commença aussitôt sa décomposition cellulaire, laissant tomber sa victime sanguinolente alors que le baiser de l'épée de Lucan parcourait le système nerveux altéré du vampire comme de l'acide. Quelques secondes plus tard, il ne restait plus du Renégat qu'une flaque noire et putride s'infiltrant dans le gravier.

Plus loin devant la porte, Dante, Tegan et les trois autres guerriers étaient à pied d'œuvre, prêts à passer aux choses sérieuses. Au signal de Lucan, tous les six déboulèrent dans l'entrepôt, l'arme au poing.

Les Renégats à l'intérieur ne comprirent ce qui leur arrivait que lorsque Tegan lança une dague et en chopa un à la gorge. Alors que le Renégat hurlait et se tordait avant de se transformer en cendres, ses camarades enragés coururent se mettre à couvert, attrapant des armes au passage tout en essayant d'esquiver le déluge de balles et d'acier tranchant que Lucan et les siens déversaient sur eux.

Deux Renégats mordirent la poussière dès les premières secondes de la bataille, mais les deux derniers s'étaient mis à l'abri dans les recoins sombres de l'entrepôt. L'un des Renégats fit feu sur Lucan et Dante de derrière une vieille pile de cageots. Les guerriers esquivèrent l'attaque et lui rendirent la pareille, tirant le vampire de sa cachette pour que Lucan l'achève.

Lucan repéra le dernier des suceurs de sang du coin de l'œil. Il tentait de s'échapper à l'arrière du bâtiment, à travers un dédale de barils roulant sur le sol et de tuyaux métalliques éparpillés.

Tegan aussi l'avait détecté, et il s'élança à sa poursuite telle une fusée vers les entrailles de l'entrepôt.

— Mission accomplie, cria Gideon quelque part dans les ténèbres chargées de poussière et de fumée.

Mais il n'avait pas plus tôt dit ça que Lucan perçut une nouvelle menace à proximité. Il capta un bruit de remue-ménage étouffé au-dessus d'eux. Les lucarnes délabrées qui surmontaient les conduites de ventilation et la charpente métallique de l'entrepôt étaient quasiment noires de crasse, cependant Lucan était persuadé que quelque chose avançait sur le toit.

— Là-haut ! cria-t-il aux autres à l'instant où le plafond volait en éclats et qu'en tombaient sept autres Renégats, armés jusqu'aux dents.

D'où sortaient-ils ? Les infos sur le repaire étaient exactes : six individus, sans doute fraîchement transformés et agissant seuls, sans affiliation. Mais alors, qui donc avait appelé les renforts ? Comment avaient-ils su qu'ils attaqueraient ce soir ?

— Putain, c'est un piège, grommela Dante, exprimant à voix haute la pensée de Lucan.

Cette nouvelle vague d'ennuis n'était pas tombée du ciel par hasard, c'était certain, et, tandis que Lucan posait les yeux sur le plus costaud des Renégats, il sentit bouillir en lui une colère noire.

Il s'agissait du vampire qui lui avait échappé la nuit du meurtre aux abords de la boîte de nuit. Le salopard de la côte Ouest. Le Renégat qui aurait pu tuer Gabrielle, et qui pourrait le faire un jour s'il ne lui réglait pas son compte sur-le-champ.

Tandis que Dante et les autres échangeaient des coups de feu avec les sangsues qui descendaient sur eux, Lucan se réserva celui-ci.

Cette fois, il s'en débarrasserait.

Le Renégat s'approcha avec un sifflement, et sa figure hideuse se lézarda d'un large sourire.

— Comme on se retrouve, Lucan Thorne.

Lucan hocha la tête d'un air menaçant.

— Pour la dernière fois.

Leur haine mutuelle poussa les deux mâles à abandonner leurs pistolets en faveur d'un combat plus rapproché. En un clin d'œil, les deux vampires tirèrent leurs épées, une à chaque poing, prêts à se livrer un duel à mort. Lucan frappa le premier. Et reçut une entaille à l'épaule, le Renégat ayant esquivé le coup avec une vitesse hallucinante, s'éclipsant pour reparaître derrière Lucan, le visage triomphant à la vue du premier sang.

Lucan le contourna avec la même agilité et sa lame fendit l'air près de la grosse tête du Renégat. La sangsue baissa les yeux sur son oreille droite, qui gisait à ses pieds.

— La partie commence, enfoiré, gronda Lucan.

Pour de bon.

Ils fondirent l'un sur l'autre dans un tourbillon de fureur, de muscles et d'acier froid et mortel. Lucan était conscient des combats qui faisaient rage autour de lui : les guerriers tenaient bon face à cette offensive surprise. Mais toute son attention – toute sa haine – se concentrait sur sa revanche personnelle avec le Renégat en face de lui.

Il sentit ses crocs s'allonger et ses pupilles s'étrécir sous l'effet de la colère, et il sut qu'il n'y avait plus grande différence entre son visage et celui qui grimaçait devant lui. Ils étaient de force égale, mais le sang de Lucan bouillait plus vif que celui de son adversaire.

Il suffisait qu'il songe à Gabrielle, et aux horreurs que cette créature pourrait lui infliger, et Lucan brûlait de rage.

Nourrissant cette colère, il repoussait inlassablement son adversaire, coup pour coup. Il ne sentait même pas les assauts pourtant nombreux sur son propre corps. Il envoya son adversaire à terre, et s'apprêta à lui porter l'estocade fatale.

Avec un rugissement, il enfonça sa lame dans le cou du Renégat, séparant son énorme tête de son corps lacéré. Le vampire convulsé s'effondra au sol, les bras et les jambes agités de spasmes. La fureur continuait à battre dans les veines de Lucan ; il retourna l'épée dans sa main et la plongea dans le thorax de l'ennemi, accélérant ainsi la désintégration du cadavre.

— Putain de merde, s'écria Rio quelque part dans les parages, d'une voix plombée. Lucan… au-dessus de toi, mec ! Y en a un autre sur la poutre !

Tout survint en un instant.

Lucan fit volte-face, chacun de ses muscles encore parcourus par la furie guerrière. Il leva les yeux vers l'endroit que Rio avait indiqué. Loin au-dessus de sa tête, un autre vampire était en train de ramper sur la charpente du toit de l'entrepôt, tenant sous son bras quelque chose qui ressemblait à un petit ballon de rugby en métal. Un voyant rouge qui clignotait rapidement sur l'objet s'alluma en continu.

— À terre ! (Nikolaï leva son Beretta customisé et visa.) Cette ordure s'apprête à lâcher une bombe !

Lucan entendit la détonation du coup de feu.

Vit le Renégat prendre la balle de Niko entre ses deux yeux jaunes et brillants.

Mais il avait déjà lâché la bombe.

Une demi-seconde plus tard, elle explosa.

Chapitre 27

Gabrielle se redressa en sursaut, tirée d'un demi-sommeil agité sur le canapé du salon de Savannah. Les femmes y étaient réunies depuis quelques heures – se réconfortant mutuellement – à l'exception d'Eva, qui était partie un peu plus tôt à la chapelle pour prier. La Compagne de sang s'était montrée la plus inquiète de toutes, passant une bonne partie de la nuit à faire les cent pas en se mordant la lèvre d'anxiété.

De quelque part au-dessus du labyrinthe de couloirs et de salles, des bruits étouffés et d'âpres voix masculines parvinrent jusque dans le salon. Le bourdonnement feutré de l'ascenseur fit vibrer l'air pesant, tandis qu'un véhicule entamait sa descente vers le niveau principal du complexe.

Oh, mon Dieu.

Il y avait un problème.

Elle le *sentait.*

— Lucan.

Gabrielle écarta le jeté de lit qui la couvrait et posa les pieds par terre. Son cœur tambourinait et se serrait dans sa poitrine à chaque battement.

— Je n'aime pas non plus ce que j'entends, déclara Savannah avec un regard tendu à ses invitées.

Gabrielle, Savannah et Danika sortirent en hâte de l'appartement pour aller accueillir les guerriers ; elles ne disaient mot, mais retenaient leur souffle tandis qu'elles se dirigeaient vers l'ascenseur en approche.

Avant même que la porte d'acier s'ouvre, on devinait aux sons impatients à l'intérieur qu'il était porteur d'une mauvaise nouvelle.

Mais Gabrielle n'était pas préparée à la gravité de la nouvelle.

L'odeur âcre de la fumée et du sang frappa violemment ses narines. Grimaçant à ces relents de guerre et de mort, elle s'efforça de démêler du regard la situation dans la cabine de l'ascenseur. Aucun guerrier n'en sortait. Deux d'entre eux étaient allongés sur le sol, les trois autres accroupis autour d'eux.

— Apporte des serviettes propres et des couvertures ! cria Gideon à Savannah. Prends-en autant que possible !

Comme elle bondissait, il ajouta :

— Il va aussi nous falloir un chariot. Il y a un brancard à l'infirmerie.

— Je m'en occupe, lança Nikolaï depuis l'ascenseur.

Il sauta par-dessus l'une des deux formes amochées étendues sur le dos. Quand il passa devant elle, Gabrielle vit que son visage, ses cheveux et ses mains étaient noirs de suie ; ses vêtements étaient déchirés et sa peau criblée d'au moins une centaine d'écorchures sanglantes. Gideon portait des traces de lésions similaires. Dante également.

Mais leurs blessures n'étaient en rien comparables aux dommages gravissimes subis par les deux guerriers de la Lignée que leurs frères avaient dû transporter inconscients.

Son cœur lourd disait à Gabrielle que l'un d'eux était Lucan. Elle s'avança lentement, retint son souffle, et vit ses craintes se réaliser.

Il baignait dans une flaque de sang grenat qui se répandait sur le marbre blanc du hall. Ses bottes et sa tenue de cuir étaient déchiquetées, tout comme la majeure partie de la peau de ses bras et de ses jambes. Son visage amoché était couvert de suie et d'entailles cramoisies. Mais il vivait. Il serra les lèvres et souffla entre ses crocs étirés au moment où Gideon dut le déplacer afin d'appliquer un garrot de fortune pour étancher une plaie à son bras.

— Merde… je suis désolé, Lucan. C'est assez profond. Bordel, et ça n'arrête pas de saigner.

— Aide… Rio. (Il avait dit cela dans un grondement sombre, un ordre sans appel, même s'il gisait sur le sol.) Moi ça va… (Il eut un rictus de douleur) Bon sang… occupe-toi… de lui.

Gabrielle s'agenouilla à côté de Gideon. Elle tendit la main pour lui prendre l'extrémité du garrot.

— Je peux m'en charger.

— T'es sûre ? Ce n'est pas beau à voir. Il va falloir se salir les mains pour bien serrer.

— Pas de problème. (Elle hocha la tête en direction de Rio, allongé à proximité.) Fais ce qu'il te dit.

L'autre guerrier blessé près de Lucan souffrait visiblement le martyre. Lui aussi saignait abondamment d'horribles blessures au torse et au bras gauche. Son bras estropié était enroulé dans un tissu ensanglanté, peut-être une chemise. Son visage et sa poitrine brûlés et lacérés étaient méconnaissables. Il émit alors du fond de la gorge un poignant gémissement qui fit venir de chaudes larmes aux yeux de Gabrielle.

Quand elle rouvrit les yeux après les avoir chassées, elle vit le regard gris pâle de Lucan rivé sur elle.

— … tué… cet enfoiré.

— Chut. (Elle lissa les mèches de cheveux trempées de sueur sur son front meurtri.) Lucan, reste tranquille. N'essaie pas de parler.

Sans suivre son conseil, il ravala sa salive dans sa gorge sèche et se força à dire :

— De la boîte de nuit… Cette ordure était là ce soir.

— Celui qui t'avait échappé ?

— Pas cette fois. (Il battit lentement les paupières, la mine aussi dure que féroce.)… pourra jamais plus… te faire de mal…

— Ouais, plaisanta Gideon d'un ton flûté. Et t'as une sacrée chance d'en être sorti vivant, monsieur le héros.

Gabrielle sentit sa gorge se serrer davantage comme elle le regardait. En dépit de ses protestations selon lesquelles son devoir était primordial et qu'il ne pourrait jamais y avoir de place pour elle dans sa vie, Lucan avait pensé à elle cette nuit-là. Il était blessé et saignait, en partie parce qu'il s'était battu pour elle.

Elle lui prit la main et la tint contre elle, serrant ses doigts abîmés contre son cœur.

— Oh, Lucan…

Savannah accourut, les bras chargés des fournitures demandées. Niko suivait juste derrière, poussant le lit d'hôpital à roulettes.

—Lucan d'abord, indiqua Gideon. Placez-le dans un lit puis revenez chercher Rio.

—Non. (Lucan poussa un grognement, plus résolu que douloureux.) Aidez-moi à me relever.

—Je ne crois pas que tu…, commença Gabrielle, mais il essayait déjà de se mettre sur ses pieds.

—Doucement, mon grand. (Dante intervint, passant une main sous le bras de Lucan.) Tu as bien morflé là-bas. Prends le temps de souffler un peu, laisse-nous te transporter jusqu'à l'infirmerie.

—J'ai dit que j'allais bien.

S'appuyant sur Gabrielle et Dante, Lucan parvint à s'asseoir. Ce simple effort l'avait essoufflé, mais il réussit à rester droit.

—J'ai essuyé quelques coups, mais merde… je peux encore marcher jusqu'à mon lit. Vous n'allez pas… m'y traîner.

Dante jeta un regard blasé à Gabrielle.

—Il a la tête assez dure pour le faire, tu sais.

—Oui. Je sais.

Elle sourit, remerciant le ciel de cet entêtement qui le rendait plus fort. Dante et elle passèrent chacun une épaule sous les bras de Lucan et le soutinrent tandis que, laborieusement, il se mettait debout.

—Par ici, cria Gideon à Niko, qui amena le chariot près de Rio, pendant que Savannah et Danika faisaient leur possible pour éponger ses plaies, lui enlever ses lambeaux de vêtements sales et le débarrasser de ses armes.

— Rio ? appela Eva d'une voix haut perchée en déboulant au milieu du chaos, son rosaire encore serré dans la main. (Elle recula d'un pas en voyant l'ascenseur ouvert.) Rio ! Où est-il ?

— Il est étendu là, Eva, indiqua Nikolaï en s'écartant du brancard pour intercepter la compagne de son frère blessé. (Il l'éloigna d'une main sûre avant qu'elle puisse s'approcher trop près du carnage.) Une bombe a explosé ce soir. C'est lui qui a été le plus touché.

— Non ! (Elle se cacha le visage avec horreur.) Non, tu te trompes. Ça n'est pas mon Rio ! C'est impossible !

— Il est vivant, Eva. Mais il va falloir être forte pour lui.

— Non ! (Elle se mit à pousser des cris d'hystérie, en tentant de s'approcher tout de même de son compagnon.) Pas mon Rio ! Mon Dieu, non !

Savannah vint prendre Eva par l'épaule.

— Allons, laisse-les faire, dit-elle gentiment. Ils sauront l'aider.

Les pleurs entrecoupés d'Eva emplissaient le couloir et perçaient le cœur de Gabrielle d'une angoisse mêlée d'un soulagement et d'une peur bleue. Elle s'inquiétait pour Rio, et avait le cœur brisé à l'idée de ce que devait ressentir Eva. Gabrielle partageait sa peine, car il aurait pu s'agir de Lucan au lieu de Rio. Il ne s'en était peut-être fallu que d'une poignée de millimètres, de quelques infimes fractions de seconde… Cela aurait pu être Lucan allongé là dans une mare de sang à lutter contre la mort.

— Où est Tegan ? demanda Gideon, sans lever les yeux de ses doigts qui s'activaient pour examiner et soigner le guerrier tombé. Il est revenu ?

Danika secoua la tête, mais lança un regard inquiet à Gabrielle.

— Pourquoi serait-il déjà de retour ? Il n'était pas avec vous ?

— On l'a perdu de vue peu après avoir déboulé dans le repaire de Renégats, intervint Dante. Une fois que la bombe a explosé, notre priorité était de ramener Lucan et Rio au complexe le plus vite possible.

— Allons-y, ordonna Gideon en prenant la tête du lit de Rio. Niko, aide-moi à déplacer ce truc.

Les interrogations concernant Tegan furent éclipsées comme tous se démenaient pour aider Rio. Le groupe entier se dirigea vers l'infirmerie, Gabrielle et Dante progressant plus lentement autour de Lucan qui, chancelant, se cramponnait à eux pour ne pas perdre l'équilibre.

Gabrielle le regardait à la dérobée ; elle mourait d'envie de caresser son visage sanglant et tuméfié. Alors qu'elle le contemplait, le cœur serré, ses cils noirs se soulevèrent, et il rencontra son regard. Elle ignorait ce qui était passé entre eux, dans cet instant de quiétude prolongée au milieu du chaos, mais cela lui parut chaleureux et juste, malgré la nature terrible des événements de la nuit.

En arrivant dans la salle où l'on soignait Rio, ils trouvèrent Eva à son chevet, penchée sur son corps brisé. Ses joues ruisselaient de larmes.

— Ça n'aurait pas dû arriver, gémissait-elle. Pas mon Rio. Pas de cette façon.

— On fera tout ce qu'on pourra pour lui, déclara Lucan, dans un souffle rauque dû à ses propres blessures. Je te le promets, Eva. On ne le laissera pas mourir.

Elle secoua la tête en regardant son compagnon étendu. Alors qu'elle lui caressait les cheveux, Rio, à peine conscient et délirant de souffrance, murmura des paroles incohérentes.

— Je veux qu'on le sorte d'ici immédiatement, annonça Eva sans lever les yeux. Il doit être conduit dans un Havrobscur. Il a besoin de soins médicaux.

— Il n'est pas suffisamment stable pour quitter le complexe, objecta Gideon. J'ai la qualification et l'équipement nécessaires pour m'occuper de lui ici pour l'instant.

— Je veux qu'il sorte d'ici ! (Elle redressa brusquement la tête et son regard brillant défia les guerriers tour à tour.) Il ne vous sert plus à rien maintenant, alors laissez-le-moi. Il ne vous appartient plus – à aucun d'entre vous. Il est entièrement à moi désormais ! Je veux seulement son bien !

Gabrielle sentit le bras de Lucan se crisper face à l'hystérie soudaine d'Eva.

— Dans ce cas, écarte-toi et laisse Gideon travailler, commanda-t-il, reprenant rapidement son rôle de chef en dépit de son état de santé. Pour l'heure, tout ce qui compte, c'est de garder Rio en vie.

— Toi, répliqua Eva d'une voix sèche en le foudroyant de son regard larmoyant. (Ses yeux prirent un éclat de folie furieuse, et son visage se transforma en un masque de haine pure.) C'est toi qui devrais être sur ce lit en train de mourir, pas lui ! Toi, Lucan. C'était ça, le marché ! Ça aurait dû être toi !

Une chape de silence assourdissant s'abattit sur l'infirmerie pour ne laisser résonner que le stupéfiant aveu de la compagne de Rio.

Dante et Nikolaï portèrent la main à leur arme, prêts à frapper à la moindre provocation. Lucan leva la main pour les retenir, sans quitter Eva des yeux. Il se contrefichait que son venin soit entièrement dirigé contre lui ; s'il avait été la cible de sa rage, il y avait survécu. Ce ne serait peut-être pas le cas de Rio. Tous les siens qui l'avaient accompagné ce soir dans cette mission auraient pu payer de leur vie la perfidie d'Eva.

— Les Renégats savaient que nous viendrions, déclara Lucan d'une voix aussi calme que sa fureur était profonde. On nous a tendu un guet-apens à l'entrepôt. Grâce à ton aide.

Derrière lui, les autres guerriers émirent des grondements étouffés. Si l'aveu était venu d'un mâle, Lucan aurait été bien en peine d'empêcher ses hommes de porter une attaque vengeresse et mortelle. Mais il s'agissait d'une Compagne de sang, l'une des leurs. Quelqu'un qu'ils avaient connu et considéré comme une sœur pendant plus que la durée d'une vie.

Lorsqu'il regardait Eva, Lucan voyait à présent une étrangère. Il voyait la démence, un désespoir meurtrier.

— Rio devait être épargné.

Elle se pencha au-dessus de lui, et prit tendrement sa tête bandée au creux de son bras. Il émit un son, douloureux et inarticulé, comme Eva le tirait vers elle.

— Je voulais qu'il ne puisse plus se battre à tes côtés.

— Alors tu préférais le voir estropié ? demanda Lucan. Voilà comment tu prends soin de lui ?

— Je l'aime ! cria-t-elle. Ce que j'ai fait… tout ça… c'était par amour pour lui ! Rio sera plus heureux ailleurs, loin de toute cette violence et de toutes ces morts. Il sera plus heureux dans les Havrobscurs, à mes côtés. Loin de ta maudite guerre !

Rio émit de nouveau le même son rauque, mais plus plaintif cette fois. C'était indiscutablement un râle de souffrance, encore qu'on ne pouvait dire s'il découlait d'une douleur physique ou de la détresse causée par ce qu'il entendait autour de lui.

Lucan secoua doucement la tête.

— C'est un choix que tu ne peux pas faire à sa place, Eva. Tu n'en avais pas le droit. Il s'agit de la guerre de Rio autant que celle des autres. C'est ce en quoi il croyait… Ce en quoi je sais qu'il croit encore, même après ce que tu lui as fait. Cette guerre concerne la Lignée tout entière.

Elle lâcha un ricanement aigre.

— Quelle ironie de t'entendre dire ça, quand tu es toi-même en passe de virer Renégat.

— Bon Dieu, cracha Dante depuis le coin de l'infirmerie où il se tenait. Tu es folle, Eva. Tu es complètement dérangée, bordel.

— Ah oui ? (Son regard demeurait rivé sur Lucan, avec une jubilation sadique.) Je t'ai surveillé, Lucan. Je t'ai vu lutter contre la faim quand tu croyais être seul. Je ne suis pas dupe de ta maîtrise de façade.

— Eva, intervint Gabrielle, sa voix calme déchargeant la salle d'un peu de sa tension. Tu es bouleversée, tu ne sais pas ce que tu dis.

Elle éclata de rire.

— Demandez-lui de le nier. Demandez-lui pourquoi il se prive de sang presque au point d'en être assoiffé !

Lucan ne répondit rien à ces accusations très publiques, car il les savait fondées.

Tout comme Gabrielle.

Il fut touché qu'elle s'élève pour le défendre, mais pour l'heure il ne s'agissait pas tant de lui que de Rio, et de la trahison qui l'anéantirait. Qui l'avait peut-être déjà terrassé, à en juger par le saignement abondant de ses membres bandés et ses efforts pour parler malgré ses blessures.

— Comment as-tu conclu ce marché, Eva ? Comment es-tu entrée en contact avec les Renégats… ? Lors d'une de tes journées à la surface ?

Elle laissa échapper un rire moqueur.

— Ça n'a pas été très difficile. Les rues de la ville grouillent de Laquais, il suffit d'ouvrir les yeux. J'en ai trouvé un et je lui ai demandé de me mettre en contact avec son Maître.

— Qui était-ce ? interrogea Lucan. À quoi ressemblait-il ?

— Je n'en sais rien. On ne s'est rencontrés qu'une fois et il dissimulait son visage. Il portait des lunettes noires et a gardé les lumières de la chambre d'hôtel éteintes.

Je me fichais de son nom ou de son visage. L'important était qu'il soit assez puissant pour organiser la chose. Je voulais juste sa promesse.

— J'imagine bien ce qu'il t'a demandé en contrepartie.

— Simplement quelques heures avec lui. J'aurais donné n'importe quoi, dit-elle sans plus regarder Lucan ou les autres, qui la dévisageaient avec dégoût, mais en abaissant les yeux vers Rio. Je ferais n'importe quoi pour toi, mon chéri, je supporterais… tout.

— Tu as peut-être payé ce marché de ton corps, déclara Lucan, mais c'est la confiance de Rio que tu as vendue.

Un raclement sortit d'entre les lèvres desséchées de Rio tandis qu'Eva le câlinait en roucoulant. Il ouvrit les paupières, et on l'entendit prendre une légère inspiration comme il tentait d'articuler.

— Je…, toussa-t-il en contractant son corps fracassé. Eva…

— Oh, mon amour… oui, je suis là ! s'écria-t-elle dans un sanglot. Dis-moi de quoi tu as besoin, mon chéri.

— Eva… (Ses lèvres s'agitèrent un moment en silence, puis il refit une tentative.) Je… te répudie.

— Quoi ?

— Morte…

Il gémit, sa souffrance morale sans doute plus lourde que sa douleur physique, mais la dureté de son regard trouble et injecté de sang témoignait de sa résolution.

— … n'existes plus… à mes yeux… Tu es morte.

— Rio, tu ne comprends pas ? Je l'ai fait pour nous !

— Va-t'en, souffla-t-il, … plus jamais… te voir.

— Tu ne peux pas penser ce que tu dis. (Elle leva la tête et leur décocha des regards effarés.) Il ne le pense pas ! C'est impossible ! Rio, dis-moi que tu ne le penses pas vraiment !

Lorsqu'elle chercha à s'approcher de lui, Rio grogna et usa du peu de force qui lui restait pour la repousser. Eva laissa échapper un sanglot. Le devant de ses habits était couvert du sang du guerrier. Elle contempla les taches qu'elle portait, puis regarda Rio, qui avait refermé les yeux, comme si elle n'existait plus.

La suite se joua en quelques secondes à peine, mais ce fut comme si le temps lui-même avait pris une implacable lenteur.

Le regard affligé d'Eva se posa sur le ceinturon de Rio qui traînait près du lit.

Un éclair de détermination brilla dans ses yeux tandis qu'elle se jetait sur l'une des armes blanches.

Elle leva le poignard brillant devant son visage en murmurant à Rio qu'elle l'aimerait toujours.

Puis retourna l'arme dans sa main et l'appuya sur sa gorge.

— Eva, non ! hurla Gabrielle, son corps bondissant instinctivement comme si elle croyait pouvoir sauver l'autre femme. Oh, mon Dieu, non !

Lucan la retint à son côté. D'un geste vif, il la prit dans ses bras et la serra contre lui pour l'empêcher de voir Eva se trancher la jugulaire et s'écrouler au sol, morte dans une mare de sang.

Chapitre 28

Une fois sortie de la douche, dans les appartements de Lucan, Gabrielle se sécha les cheveux et enfila un douillet peignoir blanc. Elle était épuisée, après avoir passé la majeure partie de la nuit aux côtés de Savannah et Danika, et à aider Gideon au chevet de Rio et Lucan. Tous les occupants du complexe s'étaient affairés dans une stupéfaction incrédule à la suite de la trahison d'Eva et de son suicide, qui laissaient Rio brisé entre la vie et la mort.

Lucan était également en piteux état, mais, fidèle à sa parole et à sa volonté opiniâtre, il avait quitté l'infirmerie par ses propres moyens et choisi de se reposer dans ses appartements. Gabrielle était déjà étonnée de le voir accepter les premiers soins, mais il faut dire que, face aux trois femmes, il n'avait pas vraiment eu le choix.

En ouvrant la porte de la salle de bains, Gabrielle éprouva un immense soulagement à la vue de Lucan assis sur le gigantesque lit, le dos calé contre la tête de lit par plusieurs oreillers. Même s'il portait encore des points de suture sur le front et les joues et un épais bandage autour des membres et d'une grande partie du torse, il se remettait doucement. Il était sain et sauf, et guérirait avec le temps.

Comme elle, il ne portait rien d'autre qu'un peignoir blanc ; c'était la seule tenue que lui avaient autorisée les trois femmes après les heures passées à nettoyer ses nombreuses plaies et à en extraire les éclats de métal.

— Tu te sens mieux ? demanda Lucan en la regardant passer une main dans ses cheveux mouillés pour les écarter de son visage. Je me suis dit que tu aurais peut-être faim.

— Je suis affamée.

Il indiqua d'un geste une table basse trapue dans le coin salon de la pièce, mais les narines de Gabrielle avaient déjà repéré le copieux buffet. Des odeurs de baguette, d'ail et d'épices, de sauce tomate et de fromage embaumaient. Elle aperçut une assiette de légumes verts ainsi qu'une coupe de fruits frais, et même une part de gâteau au chocolat au milieu des autres tentations. Elle s'approcha et son estomac gronda d'impatience.

— Des cannellonis ! s'écria-t-elle en humant le fumet aromatique des pâtes gratinées. (Une bouteille de vin débouchée attendait près d'un verre en cristal.) Et du chianti ?

— Savannah voulait savoir si tu avais des préférences. C'est la seule chose qui m'est venue à l'esprit.

Il s'agissait du dîner qu'elle s'était concocté le soir où il était passé à son appartement lui rapporter son téléphone. Le repas qui avait refroidi piteusement sur le comptoir de sa cuisine pendant que Lucan et elle s'envoyaient en l'air à l'étage.

— Tu t'es souvenu de ce que j'avais cuisiné ce soir-là ?

Il haussa légèrement les épaules.

— Assieds-toi. Mange.

— Il n'y a qu'un seul siège.

— Tu attendais de la compagnie ?

Elle le regarda.

— Tu ne peux vraiment rien manger de tout cela ? Pas même un morceau ?

— Non, je ne pourrais en digérer qu'une petite quantité. (Il lui fit signe de prendre place.) Je mange seulement de la nourriture humaine pour sauver les apparences.

— Très bien.

Gabrielle s'assit en tailleur sur le sol. Elle déplia la serviette en lin couleur crème et l'étala sur ses genoux.

— Mais j'ai des scrupules à m'empiffrer devant toi.

— Ne t'inquiète pas pour moi. J'ai eu ma dose de scrupules féminins pour la journée.

— À ta guise.

Gabrielle était trop affamée pour attendre une seconde de plus, et le repas semblait bien trop délicieux pour y résister. Elle planta sa fourchette dans un cannelloni et en prit une bouchée avec un bonheur absolu. Elle en mangea la moitié en un temps record, ne s'interrompant que pour se verser un verre de vin, qu'elle but avec un ravissement vorace.

Pendant tout ce temps, Lucan l'observait depuis le lit.

— C'est bon ? demanda-t-il comme elle lui jetait un regard penaud par-dessus le bord de son verre.

— Fantastique, murmura-t-elle avant d'attaquer la salade.

Son estomac avait cessé de protester. Elle avala une dernière bouchée, puis se resservit un demi-verre de chianti, et se laissa retomber contre le canapé avec un soupir repu.

— Je te remercie. Il faudra également que je remercie Savannah. Elle n'avait pas besoin de se démener autant.

— Elle t'aime bien, annonça Lucan en l'étudiant d'un air indéchiffrable. Tu as été une aide précieuse cette nuit. Merci de t'être occupée de Rio et des autres. Et de moi.

— Tu n'as pas à me remercier.

— Si. (La petite entaille suturée sur son front se plissa tandis qu'il fronçait les sourcils.) Tu as toujours été douce et généreuse, et moi… (Il s'arrêta au milieu de sa phrase et marmonna quelque chose.) J'apprécie ce que tu as fait, c'est tout.

Oh, pensa-t-elle, *c'est tout*. Même sa gratitude était filtrée par une barrière émotionnelle.

Subitement, Gabrielle eut de nouveau le sentiment de lui être étrangère et s'empressa de changer de sujet.

— J'ai entendu dire que Tegan était revenu indemne.

— Oui. Mais Dante et Niko ont failli le massacrer pour lui faire regretter de s'être volatilisé pendant le raid.

— Que lui est-il arrivé ?

— Un des Renégats a tenté de s'éclipser par l'arrière de l'entrepôt quand les choses ont commencé à chauffer. Tegan l'a suivi jusque dans la rue. Il s'apprêtait à descendre cette sale sangsue, mais finalement il a décidé de le filer, pour voir où il irait. Il l'a pisté jusqu'à l'asile désaffecté aux abords de la ville. L'endroit grouillait de

Renégats : s'il nous restait des doutes, on est maintenant sûrs qu'il s'agit d'une grosse colonie. Probablement une de leurs bases pour la côte Est.

Elle frissonna en songeant qu'elle s'était aventurée seule près de l'hôpital psychiatrique – et même *à l'intérieur* – sans savoir qu'il s'agissait d'un repaire de Renégats.

— J'ai des clichés de l'intérieur. Ils sont toujours dans mon appareil, je n'ai pas encore eu l'occasion de les charger sur mon ordinateur.

Lucan s'était figé et la regardait fixement, comme si elle venait de lui avouer qu'elle avait jonglé avec des grenades dégoupillées. Son visage émacié par la fatigue parut encore blêmir.

— Non seulement tu y es allée, mais tu t'es carrément introduite dans le bâtiment ?

Elle haussa les épaules d'un air coupable.

— Nom de Dieu, Gabrielle.

Il se redressa et posa les pieds à terre, puis resta assis là un long moment, à la dévisager. Il lui fallut quelque temps pour articuler.

— Tu aurais pu te faire tuer. Tu t'en rends compte ?

— Je suis vivante, rétorqua-t-elle, remarque boiteuse mais néanmoins vraie.

— Là n'est pas la question. (Il porta les mains à ses tempes.) Merde. Où est ton appareil photo ?

— Je l'ai laissé dans le labo.

Lucan décrocha le téléphone près de son lit et appuya sur une touche de raccourci de l'interphone. Gideon répondit à l'autre bout.

— *Salut, quoi de neuf ? Tout va bien ?*

— Ouais, mentit Lucan en lançant un regard furieux à Gabrielle. Dis à Tegan de mettre en attente la mission de reconnaissance à l'asile pour le moment. Je viens de découvrir qu'on disposait d'images de l'intérieur.

— *Sans déconner ?* (Il marqua un silence.) *Oh, putain de merde. Tu veux dire qu'elle est entrée dans le site ?*

Lucan lança un regard à Gabrielle qui signifiait : « Qu'est-ce que je te disais… »

— Télécharge les photos depuis son appareil et informe les autres qu'on se retrouve dans une heure afin de discuter de notre nouvelle stratégie. Je crois qu'on vient tout juste d'économiser un temps précieux.

— *Exact. À dans une heure.*

L'appel prit fin sur un clic de l'interphone.

— Tegan allait retourner à l'asile ?

— Ouais, répondit Lucan. Une mission quasiment suicide : cinglé comme il est, il avait exigé qu'on le laisse infiltrer les lieux en solo ce soir, pour récolter des renseignements. Mais bon, personne ne comptait l'en dissuader, et surtout pas moi.

Il se leva et entreprit d'examiner certains de ses bandages. Le haut de son peignoir s'ouvrit et dévoila une grande partie de sa poitrine et un coin de son abdomen. Les marques singulières sur son torse étaient d'une couleur henné clair, moins foncée que la veille au soir. Elles avaient la même teinte cireuse que le reste de son corps, asséchées et presque incolores.

— Pourquoi Tegan et toi êtes en si mauvais termes ? demanda-t-elle en gardant un œil sur Lucan, comme elle risquait la question qui lui trottait en tête depuis qu'il avait évoqué le nom du guerrier. Que s'est-il passé entre vous ?

Gabrielle crut au début qu'il n'allait rien répondre. Il palpait ses blessures, testait en silence la flexibilité de ses bras et de ses jambes. Puis, juste au moment où elle allait laisser tomber, il dit :

— Tegan m'en veut de lui avoir pris quelque chose. Quelque chose qu'il chérissait. (Il la regarda alors droit dans les yeux.) Sa Compagne de sang est morte. Je l'ai tuée.

— Oh, mon Dieu, murmura-t-elle. Lucan… comment ?

Il se rembrunit et détourna le regard.

— Les choses étaient différentes aux Temps Jadis, quand Tegan et moi nous sommes connus. Les guerriers, pour la plupart, choisissaient de ne pas prendre de Compagne de sang, car le danger était trop grand. L'Ordre comptait peu de membres à l'époque, et il devenait difficile de protéger nos familles quand les combats nous entraînaient à plusieurs lieues d'elles, souvent pendant des mois.

— Et les Havrobscurs ? Ne constituaient-ils pas un refuge ?

— Il y en avait également moins qu'aujourd'hui, et ils étaient peu enclins à prendre le risque d'accueillir la Compagne de sang d'un guerrier. Nous et nos êtres chers étions régulièrement la cible d'attaques des Renégats. Tegan n'ignorait rien de tout cela, mais il s'est néanmoins lié à une femelle. Peu de temps après, les Renégats l'ont capturée. Ils l'ont torturée, violée, puis ils la lui ont renvoyée, mais pas avant de l'avoir quasiment vidée. Elle n'était plus qu'une coquille vide – pire, le Renégat qui l'avait ravagée l'avait changée en Laquais.

— Oh, non, souffla Gabrielle, horrifiée.

Lucan soupira, comme si ces souvenirs lui pesaient.

— Tegan est devenu fou de rage. Il s'est transformé en un véritable animal qui massacrait tout sur son passage. Il se présentait aux autres couvert de sang, si bien qu'on aurait cru qu'il s'était baigné dedans. Il se gorgeait de sa fureur et, pendant presque une année, il refusa d'accepter l'idée que l'esprit de sa compagne était à jamais perdu. Il continuait à la faire boire à ses veines, se voilant la face sur sa dégénérescence. Il s'alimentait pour l'alimenter. Il se moquait de glisser peu à peu dans la Soif sanguinaire. Durant cette année, il défia la loi de la Lignée, et refusa d'abréger ses souffrances. Tegan, lentement mais sûrement, était en train de virer Renégat. Il fallait faire quelque chose…

Comme il laissait la phrase en suspens, Gabrielle la termina pour lui :

— Et, en tant que chef, c'est à toi qu'il revenait d'agir.

Lucan hocha sombrement la tête.

— J'ai enfermé Tegan dans une solide prison de pierre, puis j'ai passé sa Compagne de sang au fil de l'épée.

Gabrielle ferma les yeux en percevant son remords.

— Oh, Lucan…

— On ne libéra Tegan qu'une fois son organisme délivré de la Soif sanguinaire. Il fallut de nombreux mois de quasi-privation et d'infinies souffrances pour qu'il sorte de sa cellule sur ses deux jambes. Quand il se rendit compte de ce que j'avais fait, je crus qu'il allait essayer de me tuer. Pourtant, non. Le Tegan que j'avais connu est resté dans cette prison. Et une créature plus froide en est sortie. Il ne l'a jamais dit, mais je sais qu'il me hait depuis ce jour.

— Pas autant que tu te hais toi-même.

Il crispait les mâchoires, étirant la peau fine sur ses pommettes.

— J'ai l'habitude des choix difficiles. Je ne recule pas devant les sales besognes, et je ne crains pas d'être la cible de la colère, voire de la haine, à cause des décisions que je prends pour le bien de la Lignée. Je me contrefous de cette histoire.

— Probablement, oui, dit-elle doucement. Mais il t'a fallu faire du mal à un ami, et cela te pèse lourdement, depuis très, très longtemps.

Le regard qu'il lui adressait prétendait le contraire, mais peut-être n'avait-il pas la force de la contrarier. Après tout ce qu'il venait d'endurer, il était épuisé, sur les genoux, même s'il aurait probablement refusé de l'avouer, fût-ce à elle.

— Tu es un homme bon, Lucan. Tu portes un cœur très noble sous cette lourde armure.

Il maugréa d'un air dédaigneux et sardonique.

— Seule une personne qui ne me connaîtrait que depuis quelques semaines ferait l'erreur de supposer une telle chose.

— Vraiment ? J'ai en tête quelques personnes ici qui te diraient la même chose. Y compris Conlan, s'il était en vie.

Ses sourcils s'abaissèrent, tel un nuage noir.

— Que peux-tu donc savoir de ça ?

— Danika m'a expliqué ce que tu as fait pour lui. Le rite funéraire, où tu l'as porté à la surface pendant le lever du soleil. Par honneur pour lui, tu t'es laissé brûler.

— Bon Dieu, s'écria-t-il en bondissant sur ses pieds.

Il se mit à faire les cent pas près du lit, d'une démarche hésitante et agitée. Il poursuivit d'une voix rude, un rugissement à peine contenu :

— L'honneur n'avait rien à voir là-dedans. Tu veux savoir pourquoi j'ai fait ça ? Pour me punir. Le soir de l'explosion dans la station de métro, c'est moi qui étais supposé patrouiller avec Niko, pas Conlan. Mais je n'arrivais pas à t'oublier. Je me suis dit que si je te possédais enfin, peut-être que ça satisferait ma lubie et que je pourrais passer à autre chose. Alors, cette nuit-là, je me suis fait remplacer par Conlan. Sans quoi c'est moi qui me serais trouvé dans ce tunnel. Ça aurait dû être moi.

— Mon Dieu, Lucan. Tu es incroyable, tu t'en rends compte ? (Elle frappa du poing sur la table et lâcha un rire furieux et perçant.) Tu ne peux donc pas t'accorder un peu de répit, bordel ? Pourquoi ?

Son débordement de colère attira finalement l'attention de Lucan. Il s'arrêta et la regarda.

— Tu sais pourquoi, répondit-il, d'un ton redevenu calme. Tu le sais, mieux que personne. (Il secoua la tête, la bouche tordue de mépris pour lui-même.) Il s'avère qu'Eva aussi en savait quelque chose, en fin de compte.

Gabrielle repensa à l'épouvantable confrontation qui avait eu lieu dans l'infirmerie. Tous avaient été scandalisés par le geste d'Eva, et abasourdis par ses folles accusations à l'encontre de Lucan. Tous sauf lui.

— Lucan, ces choses qu'elle a dites…

— … sont exactes, comme tu l'as vu toi-même. Et, malgré cela, tu m'as défendu. C'est la seconde fois que tu couvres mes faiblesses. (Il se renfrogna et détourna la tête.) Je ne te demanderai plus jamais une chose pareille. Il s'agit de mes problèmes.

— Et il faut que tu les affrontes.

— Il faut surtout que je m'habille et que j'aille jeter un coup d'œil à ces photos que Gideon est en train de télécharger. Si elles nous fournissent suffisamment d'infos topographiques sur l'asile, on pourra frapper le site cette nuit.

— Comment ça, le frapper cette nuit ?

— Le démanteler. Le boucler. Faire sauter ce bordel.

— Tu n'es pas sérieux ! Tu as dit toi-même que ça grouillait probablement de Renégats. Tu crois vraiment que toi et trois autres mecs sortirez vivants d'un affrontement avec une nuée d'adversaires ?

— Ce ne serait pas la première fois. Et nous serons cinq, rectifia-t-il, comme si cela changeait quelque chose. Gideon a dit qu'il se joindrait à toutes nos opérations, à présent. Il prendra la place de Rio.

Gabrielle poussa un soupir incrédule.

— Et toi ? Tu tiens à peine sur tes jambes.

— Je peux marcher, et je me porte bien. Ils ne s'attendront pas à des représailles aussi rapides, ce qui rend le moment idéal pour porter notre attaque.

— Tu perds complètement la tête. Tu as besoin de repos, Lucan. Tu ne pourras rien faire tant que tu n'auras pas retrouvé toutes tes forces. Il faut que tu guérisses.

Elle vit un muscle tressaillir à sa mâchoire, un tendon sursauter sous la peau jaunâtre et tirée de sa joue. Ses traits étaient plus durs que la normale, trop maigres.

— Tu ne peux pas aller là-bas dans cet état.

— *Je te dis que je vais bien.*

Il avait prononcé ces mots à toute vitesse, dans un grondement sourd. Lorsqu'il tourna la tête, elle vit que ses iris argentés étaient piquetés de brillantes stries ambrées, telles des flammes creusant la glace.

— C'est faux. Tu ne vas pas bien du tout. Tu as besoin de te nourrir. Ton corps a subi trop d'épreuves récemment. Il faut que tu t'alimentes.

Elle sentit une brusque vague de froid balayer la pièce et sut qu'elle émanait de lui. Elle était en train de provoquer sa colère. Elle l'avait déjà vu en pleine crise et s'en était tirée vivante, mais là, elle y allait peut-être un peu fort. Elle avait perçu son irritation et sa crispation, sa mauvaise humeur à peine bridée depuis leur arrivée au complexe. Et aujourd'hui, il était dangereusement à bout : tenait-elle réellement à être celle qui le ferait sortir de ses gonds ?

Et puis merde. C'était peut-être justement ce qu'il lui fallait.

— Ton corps est abattu, Lucan, pas seulement à cause de tes blessures. Tu es faible. Et tu as peur.

— Peur. (Il lui lança un regard glacial, accompagné d'un sourire arrogant et sec.) De quoi ?

— De toi-même, pour commencer. Mais je crois que tu as encore plus peur de moi.

Elle s'attendait à essuyer une repartie cinglante, une pique froide et méchante allant de pair avec la rage glaciale qui émanait de lui. Mais il ne répondit rien. Il lui jeta un long regard noir, puis se détourna et se dirigea d'un pas rapide, et un peu raide, vers une grande commode à l'autre bout de la pièce.

Gabrielle, assise par terre, le regarda ouvrir brutalement des tiroirs et en sortir des vêtements qu'il jeta sur le lit.

— Qu'est-ce que tu fais ?

— Je n'ai pas le temps de discuter de ça avec toi. C'est inutile.

Une armoire remplie d'armes s'ouvrit sans qu'il s'en approche, les portes pivotant sur leurs gonds sous une force brusque et invisible. Il marcha jusqu'au meuble, dont il tira une étagère escamotable. Pas moins d'une dizaine de poignards et d'autres couteaux mortels étaient alignés sur la doublure en velours de l'étagère. D'un geste prudent, Lucan saisit deux larges couteaux dans leur gaine de cuir noir. Il fit glisser une seconde étagère et sélectionna un gros pistolet en acier inoxydable brossé, qui paraissait sorti d'un film d'action cauchemardesque.

— Tu n'aimes pas ce que tu entends, donc tu préfères fuir ? (Il ne la regardait pas, ne grogna même pas un juron en guise de réponse. Non, il l'ignorait carrément, et cela la fichait vraiment en rogne.) Alors vas-y ! Fais comme si tu étais invincible. Refuse d'admettre que tu as la trouille de laisser quelqu'un s'intéresser à toi. Fuis-moi, Lucan. Tu ne fais que prouver que je dis vrai.

Gabrielle éprouva un vif désespoir en voyant Lucan récupérer un chargeur de munitions dans l'armoire et le caler dans la crosse du pistolet. Rien de ce qu'elle dirait n'y ferait. Elle se sentit désemparée, comme si elle tentait de prendre une tempête dans ses bras.

Elle détourna la tête, son regard retombant sur la table devant laquelle elle était assise, les assiettes et l'argenterie sous ses yeux. Gabrielle vit le couteau qu'elle n'avait pas utilisé ; sa lame polie brillait.

Ses paroles ne suffisaient pas à le retenir, mais il restait autre chose…

Elle retroussa la longue manche de son peignoir. Avec un très grand calme, et la détermination intrépide qui lui avait déjà servi une centaine de fois auparavant, Gabrielle s'empara du couteau et en appuya le tranchant contre la partie charnue de son avant-bras. Une infime pression de la lame contre sa peau, une légère incision.

Elle ignorait lequel des sens de Lucan avait réagi le premier, mais le hurlement qu'il laissa échapper lorsqu'il releva la tête et s'aperçut de son geste fit trembler tous les meubles de la pièce.

— Nom de Dieu… Gabrielle !

Le couteau quitta sa main et vola à l'autre bout de la chambre, pour s'enfoncer jusqu'au manche dans le mur opposé.

Lucan se déplaça si vite qu'elle vit à peine ses mouvements. Une seconde avant, il se tenait au pied du lit, et à présent sa grande main attrapait fermement les doigts de Gabrielle, et la relevait sans ménagement. Du sang perla de la fine incision, d'un beau rouge grenat, et coula le long de son bras. La poigne de Lucan lui broyait toujours la main.

Il la surplombait, tel un mur de rage noire bouillonnante.

Sa poitrine se soulevait à un rythme précipité et ses narines frémissaient. Son magnifique visage était crispé d'angoisse et d'indignation, et ses yeux brûlaient du feu caractéristique de la faim. Il n'y restait plus une once de gris, et ses pupilles se réduisaient à deux minces traits noirs. Ses crocs étaient allongés, leurs pointes blanches aiguës brillant derrière sa moue cruelle.

— Essaie maintenant de me dire que tu ne veux pas de ce que je t'offre, dit-elle dans un murmure féroce.

La sueur luisait sur son front tandis qu'il fixait son regard sur la plaie saignante et fraîche. Il se passa la langue sur les lèvres et jura entre ses dents dans une langue inconnue.

Cela n'avait rien d'amical.

— Pourquoi ? interrogea-t-il sur un ton accusateur. Pourquoi me faire ça à moi ?

— Tu ne le sais vraiment pas ? (Elle soutint son regard sauvage et son courroux tandis que des gouttelettes de sang cramoisi venaient entacher le blanc neigeux de son peignoir.) Parce que je t'aime, Lucan. Et que c'est tout ce que j'ai à t'offrir.

Chapitre 29

Lucan pensait connaître la faim. Il pensait connaître la fureur et la détermination – le désir aussi –, mais toutes les émotions dérisoires qu'il avait pu ressentir au cours de sa vie sans âge s'envolèrent en poussière à l'instant où il plongea les yeux dans le regard provocateur de Gabrielle.

Ses sens étaient submergés, noyés dans le suave parfum de jasmin de son sang, dont la source était si dangereusement proche de ses lèvres. Rouge et brillant, coulant comme du miel, le ruisselet cramoisi sourdait de la petite plaie qu'elle s'était infligée.

— Je t'aime, Lucan. (Il entendait sa voix feutrée malgré les battements de son cœur et le désir urgent qui s'emparait de lui.) Avec ou sans l'union de sang, je t'aime.

Il ne pouvait plus parler, et, quand bien même sa gorge asséchée aurait pu émettre le moindre son, il ignorait ce qu'il aurait pu dire. Avec un grognement féroce, il la repoussa loin de lui, trop faible pour rester près d'elle alors que toute la noirceur qu'il renfermait le pressait de la faire sienne d'un geste irrévocable et décisif.

Gabrielle retomba sur le lit, son peignoir lâchement attaché couvrant à peine sa nudité. Plusieurs taches vives maculaient la manche et le revers du vêtement. Il y avait une traînée rouge sur sa cuisse nue ; un grenat profond contre le ton de pêche de sa peau.

Dieu qu'il avait envie de poser sa bouche sur ce carré de peau soyeuse, sur tout son corps. Et seulement sur son corps à elle.

—*Non*.

L'interdiction jaillit de sa gorge, sèche comme la cendre. Il avait les entrailles nouées, prisonnières d'un étau de douleur qui se resserrait sans cesse et le tirait vers le bas. Ses genoux se dérobèrent quand il tenta de se détourner de la vision tentante qu'elle lui offrait, ainsi étendue et saignant comme offerte en sacrifice.

Il s'effondra sur le tapis, luttant contre un désir tel qu'il n'en avait jamais ressenti auparavant. Elle était en train de le tuer. Cette envie d'elle… le déchirement dans sa poitrine lorsqu'il l'imaginait avec un autre mâle…

Et puis il y avait cette faim.

Elle n'avait jamais été aussi forte que lorsqu'il se trouvait en sa présence, et, maintenant qu'il avait les poumons emplis du parfum de son sang, il devenait vorace.

—Lucan…

Il la sentit descendre du lit. Son pied se posa en douceur sur le tapis puis entra graduellement dans son champ de vision, ses ongles vernis de rose pareils à de petits coquillages lisses. Elle s'agenouilla à côté de lui. Ses mains délicates plongèrent dans sa chevelure, puis passèrent sous sa mâchoire crispée pour lentement relever sa tête vers la sienne.

— Bois à mes veines, Lucan.

Il crispa les paupières, mais c'était là une piètre tentative pour rejeter sa proposition. Il n'avait pas la force de résister à ces bras qui, tendrement mais fermement, l'attiraient vers elle.

Il flairait le sang sur son poignet ; si proche qu'il en sentit un torrent d'adrénaline circuler en lui. L'eau lui vint à la bouche, ses crocs s'étirèrent encore, transperçant ses gencives. Elle l'invita à se relever davantage, serrant son torse contre elle. D'une main, elle écarta alors ses longs cheveux roux et lui dévoila son cou.

Il tressaillit, mais elle le tenait fermement, et le guidait toujours plus près.

— Bois, Lucan. Prends ce qu'il te faut.

Elle se pencha vers lui, jusqu'à ce qu'il n'y ait plus qu'un soupçon d'espace entre sa bouche entrouverte et le pouls qui battait légèrement sous la peau pâle près de son oreille.

— Vas-y, murmura-t-elle, avant de l'attirer encore plus près.

Et d'appuyer ses lèvres contre son cou.

Elle l'y retint le temps d'une atroce éternité. Ou peut-être qu'il avait en réalité suffi d'une infime fraction de seconde pour qu'il morde à l'hameçon. Lucan n'avait plus aucune certitude, excepté celle de la peau chaude de Gabrielle contre sa langue, du battement de son cœur et de sa respiration précipitée. La certitude qu'il la désirait plus que tout.

Plus de déni.

Il avait envie d'elle – *tout entière* – et elle avait poussé la bête trop loin pour pouvoir en espérer de la pitié.

Il ouvrit la bouche… et plongea ses crocs dans la chair souple de sa gorge.

Elle inspira brusquement sous la pénétration subite de la morsure, sans toutefois relâcher son étreinte, pas même quand il aspira la première gorgée avide à sa veine ouverte.

Le sang afflua dans sa bouche, chaud et sucré, délectable. Bien meilleur que tout ce qu'il aurait pu imaginer.

Après neuf cents ans d'existence, il goûtait enfin au paradis.

Il but à grands traits, soulevé par une vague d'envie à mesure que le sang nourricier de Gabrielle se déversait au fond de sa gorge et infiltrait sa chair, ses os, chaque cellule de son corps. Son pouls tambourinait avec une ardeur nouvelle, distribuant le sang dans ses membres épuisés, cicatrisant ses blessures récentes.

Son sexe s'était réveillé dès la première goutte ; à présent il trépidait vigoureusement entre ses jambes, réclamant de posséder plus encore.

Gabrielle lui caressait les cheveux tout en le tenant contre elle pendant qu'il buvait son sang. Elle gémissait à chaque ponction furieuse de sa bouche, son corps en fusion prenant le parfum sombre et humide du désir.

— Lucan, murmura-t-elle, haletante, tremblante. Oh, mon Dieu…

Avec un grognement inarticulé, il l'attira sous lui contre le sol. Il but davantage, s'abandonnant à la fièvre érotique du moment et à un désespoir frénétique qui le terrifiait.

À moi, songea-t-il, accueillant cette idée avec un égoïsme et une sauvagerie purs.

Il était trop tard pour faire machine arrière.

Ce baiser les avait condamnés tous les deux.

La morsure initiale l'avait choquée, mais la douleur vive et très localisée s'était rapidement dissipée en une sensation riche et grisante. Un plaisir indicible s'éveillait dans tout son corps, comme si chaque longue succion contre son cou lui envoyait en retour une chaude lumière, qui s'enfonçait en elle pour caresser son âme.

Il la recouvrit de son corps nu, leurs peignoirs glissant de travers tandis qu'il l'attirait au sol. Il plongea les mains dans sa chevelure d'un geste brutal, lui maintenant la tête tournée sur le côté pour mieux boire à son cou. Au mépris de la douleur qu'auraient pu lui causer ses blessures, il appuya son torse dénudé contre ses seins. À aucun moment ses lèvres ne se décollèrent du cou de Gabrielle, pas même une seconde. Elle sentait l'intensité de sa faim à chaque furieuse aspiration.

Mais elle sentait également sa force qui revenait, petit à petit, se régénérait grâce à elle.

— Ne t'arrête pas, murmura-t-elle, d'une voix ralentie par l'extase qui montait en elle à chaque mouvement régulier de sa bouche. Tu ne me feras aucun mal, Lucan. J'ai confiance en toi.

Les sons de sa faim dans son cou étaient la chose la plus érotique qu'elle ait jamais entendue. Elle adorait sentir la chaleur de ses lèvres contre sa peau. La piquante morsure de ses crocs tandis qu'il pompait son sang dans sa bouche était une sensation à la fois dangereuse et excitante.

Elle s'élevait déjà vers une jouissance foudroyante quand elle sentit l'érection de Lucan venir peser contre son sexe. Elle brûlait de le sentir en elle, et il la pénétra d'un long coup de reins, la comblant entièrement d'une rigide et volcanique passion. Gabrielle explosa sur-le-champ et hurla de plaisir tandis qu'il se perdait en elle avec une vigueur renouvelée, l'enserrant de ses bras comme dans une cage. Il ne semblait plus se contrôler, dominé par une force de désir brut et fantastique.

Il gardait la bouche rivée à son cou, l'attirant dans une délicieuse noirceur veloutée.

Elle ferma les yeux et s'abandonna aux flots de ce merveilleux brouillard d'obsidienne.

Quelque part au loin, elle sentit Lucan se débattre au-dessus d'elle, donner d'impérieux coups de boutoir, son grand corps vibrant sous la puissance de son orgasme. Il poussa un cri rauque et s'immobilisa complètement.

La délicieuse pression contre son cou se relâcha brusquement, avant de disparaître, aussitôt remplacée par une sensation de froid.

Encore déphasée par l'entêtante sensation de Lucan en elle, Gabrielle souleva ses paupières lourdes. Lucan se tenait à genoux au-dessus d'elle et la regardait fixement, comme figé. Il avait les lèvres d'un rouge vif et les cheveux en bataille. Ses yeux sauvages et terriblement lumineux lançaient des étincelles ambrées. Il avait repris des couleurs, et les motifs entrelacés sur ses épaules et son torse luisaient d'un grenat profond qui tirait sur le noir.

— Qu'y a-t-il ? demanda-t-elle, inquiète. Est-ce que ça va ?

Il resta un long moment silencieux.

— Bon Dieu. (Il haletait, et elle n'avait jamais entendu sa voix trembler ainsi.) J'ai cru que tu étais… J'ai cru que je t'avais…

— Non, dit-elle en secouant mollement la tête avec un sourire comblé. Non, Lucan. Je vais bien.

Elle ne put déchiffrer son expression intense, il ne lui en laissa pas l'occasion. Il recula et se retira d'elle. Son regard métamorphosé avait pris un air affligé.

Son corps lui parut vide et froid à présent qu'il l'avait privée de sa chaleur. Elle se redressa et chassa un brusque frisson.

— Il n'y a pas de souci, lui assura-t-elle. Il n'y a aucun souci.

— Non. (Il secoua la tête et se releva d'un saut.) Non. C'était une erreur.

— Lucan…

— Je n'aurais jamais dû laisser arriver une chose pareille ! gueula-t-il.

Il partit avec un rugissement de colère récupérer ses habits au pied du lit. Il enfila aussitôt le pantalon camouflage gris et la chemise en nylon, attrapa ses armes et ses bottes, et quitta la pièce dans une tempête de rage bouillonnante.

Lucan parvenait à peine à respirer tant son cœur battait la chamade dans sa poitrine.

Lorsqu'il avait senti Gabrielle se relâcher sous lui pendant qu'il buvait son sang, une peur absolue l'avait traversé, le déchirant de l'intérieur.

Elle lui faisait confiance, avait-elle dit tandis qu'il s'abreuvait à son cou avec fièvre. Il avait senti l'aiguillon de la Soif sanguinaire le titiller au moment où le sang de Gabrielle affluait en lui. Sa voix avait calmé une partie de la douleur. Elle était tendre, attentionnée, et son contact, son émotion pure – sa présence même – le rappelaient à l'ordre quand la bête en lui menaçait de briser ses chaînes.

Elle savait qu'il ne lui ferait aucun mal, et cette confiance l'avait rendu plus fort.

Mais soudain il l'avait sentie lui échapper, et il avait craint... Dieu qu'il avait eu peur à cet instant.

Et elle continuait à le tenailler, cette froide et noire terreur à l'idée qu'il aurait pu la blesser – la tuer – s'il avait laissé les choses aller encore plus loin.

Car, en dépit de tous ses efforts pour la repousser et nier la vérité, il lui appartenait. Gabrielle avait pris possession de lui, corps et âme, et pas uniquement parce que son sang le nourrissait désormais, guérissait ses plaies et revigorait son corps. Il y avait bien longtemps qu'il s'était lié à elle. Mais la preuve irréfutable ne lui en était venue qu'au sinistre instant, un moment plus tôt, où il avait craint de l'avoir perdue.

Il l'aimait.

Jusque dans les recoins les plus sombres et les plus solitaires de son être, il aimait Gabrielle.

Et il voulait qu'elle fasse partie de sa vie. Si égoïste et risqué que ce fût, il ne voulait rien de plus que la garder auprès de lui pour le restant de ses jours.

Cette prise de conscience le fit tituber dans le couloir, juste devant le labo, et il faillit tomber à genoux.

— Ouah, doucement, mon pote. (Dante s'approcha de Lucan presque sans crier gare et l'attrapa par le bras.) Bon sang. T'as franchement une mine de déterré.

Lucan ne pouvait pas parler. Les mots lui échappaient.

Mais Dante n'eut pas besoin d'explication. Il jeta un coup d'œil au visage de Lucan, à ses crocs, et ses narines frémirent en relevant les nettes odeurs de sang et de sexe. Il poussa un sifflement discret, et les yeux du guerrier scintillèrent d'une étincelle ironique.

— Tu te fiches de moi… une Compagne de sang, Lucan ? (Il secoua la tête et donna une claque sur l'épaule de Lucan en lâchant un petit rire.) Oh, merde. Je n'aimerais pas être à ta place, mon frère. Je n'aimerais pas être à ta place.

Chapitre 30

Trois heures plus tard, à la nuit tombée, Lucan et les autres guerriers étaient assis dans un 4x4 noir garé le long de la route à sept ou huit cents mètres de l'asile désaffecté, armés jusqu'aux dents.

Les photographies de Gabrielle s'étaient révélées extrêmement utiles pour planifier l'attaque du repaire de Renégats. En plus de quelques photos de l'extérieur et du rez-de-chaussée qui montraient des points d'entrée, elle avait pris des clichés intérieurs de la chaufferie, de plusieurs couloirs et escaliers, et même quelques vues des caméras de sécurité que les guerriers devraient désactiver dès qu'ils accéderaient aux lieux.

— Entrer sera le plus facile, fit remarquer Gideon comme le groupe passait en revue l'opération une dernière fois. Je couperai le signal des caméras du rez-de-chaussée, mais, ce qui va être plus délicat, c'est de placer nos vingt-cinq pains de C4 aux endroits cruciaux sans alerter toute la colonie de sangsues.

— Sans compter qu'il ne faut surtout pas attirer l'attention des humains, ajouta Dante. Pourquoi Niko met-il autant de temps à localiser cette canalisation de gaz ?

— Le voilà, dit Lucan en indiquant la silhouette sombre du vampire qui surgissait du rideau d'arbres au-dehors et s'approchait du véhicule.

Nikolaï ouvrit la portière arrière et grimpa à côté de Tegan. Il ôta son bonnet noir, ses yeux bleus hivernaux pétillant d'excitation.

— C'est du gâteau. La conduite principale se trouve dans un compteur à l'extrémité ouest de l'enceinte. Les sangsues se passent peut-être de chauffage, mais le réseau public alimente généreusement les bâtiments en gaz.

Lucan croisa le regard impatient du guerrier.

— Alors, on entre, on dépose nos petits cadeaux, on débarrasse les lieux et…

Niko acquiesça.

— Faites-moi signe une fois que tout est en place. J'ouvrirai la conduite, puis je ferai exploser le C4 une fois qu'on sera tous revenus ici. De l'extérieur, ça ressemblera à une explosion causée par une fuite de gaz. Et si la Sécurité du territoire s'en mêle, je suis persuadé que les photos de graffitis sauvages prises par Gabrielle suffiront à faire tourner ces humains en rond un bon moment.

Et pendant ce temps, les guerriers transmettraient un message important à leurs ennemis, et en particulier au Gen-1 que Lucan soupçonnait d'être aux commandes de cette nouvelle insurrection des Renégats. Faire voler en éclats leur quartier général devrait être une invitation suffisante pour que ce salaud pointe enfin son nez.

Lucan était impatient de passer à l'action, et encore plus de boucler la mission car il avait ses propres affaires à régler au complexe. Il s'en voulait d'avoir quitté Gabrielle de la sorte, en sachant qu'elle devait être perdue et sans doute bouleversée.

Il avait des choses à lui dire, des choses qu'il n'était pas préparé à penser – et encore moins à partager avec elle – au moment où la stupéfiante réalité de ses sentiments pour elle l'avait frappé.

À présent, il avait la tête pleine de projets.

Des projets optimistes, stupides et irréfléchis, tous centrés sur elle.

Autour de lui dans le véhicule, les autres guerriers vérifiaient leur équipement, chargeaient les pains de C4 dans des sacs de sport et accomplissaient d'ultimes réglages sur les oreillettes et les micros qui les relieraient tous une fois qu'ils se seraient introduits dans le périmètre de l'asile et séparés pour placer les explosifs.

— Cette descente, c'est pour Conlan et Rio, décréta Dante en faisant danser l'un de ses poignards incurvés entre ses doigts agiles et gantés de noir, avant de le ranger à sa ceinture. C'est l'heure de la revanche.

— Carrément, approuva Niko, et les autres lui firent aussitôt écho.

Comme ils se préparaient à ouvrir les portières, Lucan leva la main.

— Attendez. (Tous se figèrent au son de sa voix dure.) Il y a quelque chose que vous devez savoir. Puisqu'on s'apprête à y aller au risque de se faire botter le cul, j'imagine que le moment n'est pas plus mal choisi qu'un autre pour vous parler franchement d'un truc ou deux… Et j'ai besoin que vous me fassiez une promesse.

Il affronta le regard de ses congénères, des guerriers qui combattaient à ses côtés comme des frères depuis ce qui paraissait une éternité. Ils l'avaient toujours vu en leader, s'étaient toujours fiés à lui quand il s'agissait de faire des choix difficiles, certains qu'il ne serait jamais à court de stratégie.

Et voilà qu'aujourd'hui il hésitait, indécis, sans savoir par où commencer. Il se frotta le menton et lâcha un soupir brusque.

Gideon le regarda d'un air inquiet, les sourcils froncés.

— Tout va bien, Lucan ? Tu as sérieusement dérouillé la nuit dernière. Si tu préfères rester ici…

— Non. Non, il ne s'agit pas de ça. Je vais bien. Mes plaies sont cicatrisées… grâce à Gabrielle, admit-il. Plus tôt dans la journée, elle et moi…

— Sérieux ? répliqua Gideon comme Lucan laissait sa phrase en suspens ; le vampire affichait un large sourire.

— Tu as bu son sang ? renchérit Nikolaï.

Tegan émit un grognement sur le siège arrière :

— Cette femelle est une Compagne de sang.

— Oui, déclara Lucan d'un ton grave et calme. Et, si elle m'accepte, je compte demander à Gabrielle de me prendre comme compagnon.

Dante lui adressa un sourire en coin.

— Félicitations, mec. Je suis sérieux.

Gideon et Niko eurent des réactions similaires et lui donnèrent des tapes sur l'épaule.

— Ce n'est pas tout.

Quatre paires d'yeux le regardèrent fixement, et Lucan y vit une lourde appréhension, à part dans le regard de Tegan.

— La nuit dernière, Eva a fait quelques révélations fracassantes à mon propos…

Il y eut aussitôt un barrage de protestations de la part de Gideon, Nikolaï et Dante. Lucan continua par-dessus les grognements énervés :

— Sa trahison envers Rio et nous est certes inexcusable, mais ce qu'elle a dit sur moi… c'est la vérité.

Dante plissa les paupières.

— De quoi est-ce que tu parles ?

— De la Soif sanguinaire, répondit Lucan. (Le mot résonna lourdement dans le silence.) C'est… euh… un problème pour moi. Depuis longtemps. J'arrive à faire avec, mais parfois… (Son menton s'affaissa et il baissa les yeux vers le plancher obscur du véhicule.) Je ne suis pas sûr de pouvoir la vaincre. Peut-être qu'avec Gabrielle à mes côtés, j'aurai une chance. Je compte bien combattre cette saloperie, mais si elle empire…

Gideon cracha un violent juron.

— Ça ne risque pas d'arriver, Lucan. De nous tous, c'est toi le plus fort, depuis toujours. Rien ne peut t'abattre.

Lucan secoua la tête.

— Je ne peux plus faire semblant d'être toujours aux commandes. Je suis fatigué, pas invincible. Après neuf cents années passées à vivre ce mensonge, il a suffi à Gabrielle de moins de deux semaines pour faire tomber le masque. Elle m'a forcé à me voir tel que je suis réellement. Je n'aime pas grand-chose de ce que je vois, mais je veux essayer d'être meilleur… pour elle.

Niko grimaça.

— Bon sang, Lucan. Tu es en train de parler d'amour, là ?

— Oui, dit-il gravement. Je l'aime. C'est pourquoi je dois vous demander quelque chose. À vous tous.

Gideon opina du chef.

— On t'écoute.

— Si ma situation s'aggrave, dans un futur plus ou moins proche, j'ai besoin de savoir que je pourrai compter sur vous pour assurer mes arrières. Si vous me voyez sombrer dans la Soif sanguinaire, si vous pensez que je suis en train de virer… j'ai besoin d'avoir votre parole que vous m'éliminerez.

— Quoi ? s'exclama Dante avec un mouvement de recul. Tu ne peux pas nous demander ça, mec.

— *Écoutez-moi.*

Il n'avait pas l'habitude de supplier et la requête monta de sa gorge dans un son rocailleux, mais il fallait qu'il s'en débarrasse. Il était fatigué de porter ce fardeau seul. Et, ce qu'il redoutait plus que tout, c'était que sa défaillance l'amène à faire du mal à Gabrielle.

— J'ai besoin de vous entendre me le promettre. Chacun de vous. Jurez-le-moi.

— Putain, souffla Dante d'un air abasourdi. (Il finit par hocher la tête avec gravité.) Bon. OK. T'es complètement à la masse, mais c'est d'accord.

Gideon secoua la tête, puis tendit le bras et cogna son poing contre celui de Lucan.

— Si c'est ce que tu veux, alors c'est d'accord. Je te le promets, Lucan.

Nikolaï formula à son tour son accord.

— Ce jour-là n'arrivera jamais, mais si c'est le cas, je sais que tu en ferais autant pour n'importe lequel d'entre nous. Alors, oui, tu as ma parole.

Restait donc Tegan, immobile à l'arrière.

— Et toi, Teg ? demanda Lucan en se retournant pour affronter le regard vert et blasé du guerrier. Je peux compter sur toi là-dessus ?

Tegan soutint son regard le temps d'un long silence contemplatif.

— Évidemment. Je te promets que si tu vires Renégat, je serai le premier à me pointer pour t'éliminer.

Lucan hocha la tête et considéra les regards sombres de ses frères d'armes d'un air satisfait.

— Je ne sais pas pour vous, s'écria Dante comme le lourd silence dans le véhicule semblait ne pas prendre fin, mais, après cette petite séquence émotion, l'envie de tuer me chatouille. Et si on arrêtait de se branler et qu'on allait faire sauter la baraque ?

Lucan retourna au vampire son large sourire fanfaron.

— Allons-y.

Les cinq guerriers de la Lignée vêtus de noir de la tête aux pieds jaillirent du 4 x 4 et entamèrent leur approche furtive de l'asile qui s'étendait derrière le rideau d'arbres éclairés par la lune.

Chapitre 31

— Allez. Ouvre-toi, bon sang !

Assise au volant d'un coupé BMW noir, Gabrielle attendait fébrilement à l'entrée du domaine que l'imposant portail coulisse et lui laisse la voie libre. Elle regrettait d'avoir été contrainte d'emprunter la voiture sans permission, mais, après ce qui s'était passé avec Lucan, elle avait besoin de sortir de là. La propriété étant entourée d'une clôture à haut voltage, elle n'avait qu'une seule option.

Elle trouverait bien un moyen de restituer la BMW une fois rentrée chez elle.

Une fois qu'elle serait revenue dans le monde auquel elle appartenait réellement.

Ce soir, elle avait donné à Lucan tout ce qu'elle avait à lui offrir, mais ça n'avait pas suffi. Elle s'était préparée à le voir résister et repousser son amour, mais s'il l'ignorait totalement – comme il l'avait fait ce soir – alors elle ne pouvait plus rien pour lui.

Elle lui avait offert son sang, son corps et son cœur, et il l'avait rejetée.

Elle n'avait plus d'énergie.

Plus la force de se battre.

S'il tenait tant à rester seul, qui était-elle pour l'obliger à changer ? S'il préférait foncer dans le mur, une chose était certaine : elle ne comptait pas rester là à le regarder faire.

Elle rentrait chez elle.

Les lourdes grilles de fer finirent par s'écarter suffisamment pour la laisser passer. Gabrielle appuya sur le champignon et fonça sur la petite route paisible. Elle ne savait pas exactement où elle se trouvait, jusqu'à ce qu'elle atteigne, au bout de trois ou quatre kilomètres, un carrefour qu'elle reconnut. Elle tourna alors à gauche sur Charles Street et laissa l'habitude la reconduire jusqu'à Beacon Hill.

Son immeuble lui parut minuscule tandis qu'elle stationnait la voiture le long du trottoir. Les lumières étaient allumées chez ses voisins, mais, en dépit de cette lueur jaune, la façade en brique paraissait bizarrement glauque.

Gabrielle monta les marches du perron et piocha sa clé dans son sac à main. Ses doigts heurtèrent une petite dague qu'elle avait prise dans l'armoire de Lucan : une assurance pour le cas où elle rencontrerait du grabuge sur le chemin du retour.

Le téléphone de l'appartement se mit à sonner au moment même où elle entra et alluma la lumière du vestibule. Elle laissa le répondeur se déclencher, et se retourna pour fermer toutes les serrures et les verrous.

Dans la cuisine, elle entendit la voix brusque de Kendra parler dans l'appareil.

— *Ce n'est pas très poli de ta part de m'ignorer comme ça, Gabby.* (Son amie avait la voix curieusement criarde, furieuse.) *J'ai besoin de te voir. C'est important. Toi et moi on doit discuter de toute urgence.*

Gabrielle traversa le salon en remarquant au passage les espaces vides sur les murs là où Lucan avait retiré certaines de ses photos encadrées. Il semblait s'être écoulé un an depuis cette nuit où il était venu chez elle et lui avait révélé la stupéfiante vérité sur lui-même et sur la bataille qui faisait rage parmi les siens.

Les vampires, songea-t-elle, surprise de constater que ce mot ne la choquait plus.

Il n'y avait probablement plus grand-chose à même de la choquer, à présent.

Et elle ne craignait plus de perdre la tête, comme sa mère. Même cette tragédie avait désormais revêtu une nouvelle signification. Sa mère n'était absolument pas folle. C'était juste une jeune femme terrifiée, aux prises avec une violence que peu de cerveaux humains parvenaient à imaginer.

Gabrielle ne comptait certainement pas se laisser détruire par cette même violence. Elle était revenue dans son modeste foyer, et se débrouillerait pour réintégrer son ancienne vie.

Elle abandonna son sac sur le comptoir et se dirigea vers le répondeur. L'indicateur de messages clignotait et affichait « 18 ».

— C'est une blague ? murmura-t-elle en appuyant sur le bouton « lecture ».

Pendant que l'appareil se mettait en marche, Gabrielle partit dans la salle de bains examiner son cou. La morsure de Lucan, d'un rouge sombre, tranchait sur la peau au-dessous de son oreille, tout près de la larme et du croissant de lune qui faisaient d'elle une Compagne de sang. Elle palpa la double perforation et les vives contusions qu'avait laissées Lucan sur sa peau et découvrit qu'elle ne ressentait aucune douleur. Ce qui la faisait souffrir, en revanche, c'était le vide sourd et lancinant entre ses jambes, pourtant ce n'était rien comparé à la froide irritation qui se logeait dans son cœur quand elle songeait à la façon dont Lucan s'était écarté d'elle ce soir, comme si son sang était du poison. Il avait quitté la pièce en trébuchant comme s'il avait eu le diable aux trousses.

Gabrielle ouvrit le robinet et se passa de l'eau sur le visage, en ne prêtant qu'une vague attention aux enregistrements qui défilaient dans la cuisine. Alors que le répondeur enchaînait sur le quatrième ou cinquième message, elle prit conscience d'un fait curieux.

Tous les messages étaient de Kendra, et tous avaient été laissés au cours des dernières vingt-quatre heures, les uns derrière les autres : certains n'étaient même pas espacés de cinq minutes.

Et le ton de Kendra s'était aigri de façon significative depuis le premier appel, banal et léger, dans lequel elle proposait à Gabrielle de sortir manger un morceau ou prendre un verre. L'invitation s'était faite un peu plus insistante : Kendra disait avoir un souci pour lequel elle désirait ses conseils.

Dans les deux derniers messages, Kendra exigeait avec véhémence que Gabrielle la rappelle au plus vite.

Quand Gabrielle courut jusqu'à son sac et vérifia la messagerie de son portable, elle trouva la même chose.

Des appels répétés de Kendra.

Le même ton bizarrement hargneux.

Un frisson la parcourut au souvenir de l'avertissement de Lucan au sujet de Kendra. Si celle-ci était tombée aux mains des Renégats, ce n'était plus son amie. Mieux valait la considérer comme morte.

Le téléphone se remit à sonner dans la cuisine.

— Oh, mon Dieu, hoqueta-t-elle, prise d'une terreur grandissante.

Elle devait quitter cet appartement.

Un hôtel, pensa-t-elle. Un endroit éloigné, où elle pourrait se cacher, et d'où elle déciderait quoi faire.

Gabrielle attrapa son sac et les clés de la BMW et fonça pratiquement tête baissée vers la porte d'entrée. Elle débloqua en hâte les serrures et tourna la poignée. Au moment où la porte s'ouvrit, elle se retrouva nez à nez avec un visage familier, et autrefois amical.

Elle était à présent certaine que c'était celui d'un Laquais.

— Tu allais quelque part, Gabby ? (Kendra décolla son portable de son oreille et le replia. Le téléphone cessa de sonner dans l'appartement. Kendra afficha un sourire de circonstance, la tête inclinée sur le côté.) Tu es terriblement difficile à joindre, ces temps-ci.

Gabrielle tressaillit devant l'expression vide et égarée de ces yeux qui ne cillaient plus.

— Laisse-moi passer, Kendra. S'il te plaît.

La petite brune éclata d'un ricanement perçant, qui se termina en un sifflement sourd.

— Désolée, ma puce. C'est impossible.

— Tu es de leur côté, pas vrai ? lança Gabrielle, écœurée par ce constat. Tu es avec les Renégats. Dieu du ciel, Kendra, qu'est-ce qu'ils t'ont fait ?

— Chut, fit-elle, collant son doigt contre sa bouche tout en secouant la tête. Assez discuté. Il faut y aller.

Lorsque le Laquais tenta de l'empoigner, Gabrielle recula. Elle songea à la dague dans son sac à main, et se demanda si elle pourrait la récupérer sans que Kendra le remarque. Et, en admettant qu'elle y arrive, parviendrait-elle à s'en servir contre son amie ?

— Ne me touche pas, protesta-t-elle tout en glissant les doigts sous le rabat de cuir de son sac à main. Je ne te suivrai nulle part.

Kendra dévoila ses dents en une effroyable parodie de sourire.

— Oh, je crois que si, Gabby. Après tout, la vie de Jamie en dépend.

Un effroi glacé lui transperça le cœur.

— Quoi ?

Kendra désigna de la tête la berline stationnée dans la rue. Une vitre teintée s'abaissa, révélant Jamie, assis à l'arrière à côté d'un colosse menaçant.

— Gabrielle ? appela Jamie, un air de panique dans le regard.

— Oh, non. Pas Jamie. Je t'en supplie, Kendra, ne les laisse pas lui faire de mal.

— Cela ne tient qu'à toi, répliqua poliment Kendra. (Elle arracha le sac des mains de Gabrielle.) Tu n'auras pas besoin de ça.

Elle fit signe à Gabrielle de la précéder vers la voiture dont le moteur tournait déjà.

— Après toi.

Lucan plaça deux pains de C4 sous les énormes cuves de la chaufferie de l'asile. Accroupi derrière les appareils, il redressa les antennes de l'émetteur, puis communiqua sa situation dans son micro.

— Chaufferie OK, annonça-t-il à Niko, à l'autre bout. Encore trois blocs à poser et je sors de…

Il se figea en surprenant un bruit de pas traînants derrière la porte fermée.

— Lucan ?

— Merde. J'ai l'impression que je ne suis pas seul, murmura-t-il discrètement en se relevant pour s'approcher à pas de loup de la porte, prêt à l'attaque.

Il serra sa main gantée autour du manche d'un redoutable couteau à dents de scie glissé contre son torse. Il portait également un pistolet sur lui, mais ils s'étaient tous mis d'accord : pas d'armes à feu sur cette mission. Inutile d'alerter les Renégats quant à leur présence, et, vu que Niko ouvrait la conduite de gaz à l'extérieur pour emplir le bâtiment de vapeurs, l'étincelle d'un seul coup de feu risquait de déclencher prématurément toute la série d'explosions.

La poignée de la porte de la chaufferie se mit à tourner.

Lucan flaira la puanteur d'un Renégat, et l'odeur cuivrée caractéristique du sang humain. Des grognements étouffés couvraient presque un bruit de succion et la plainte faible d'une victime qu'on vidait de son sang. La porte s'ouvrit, envoyant une bouffée d'air pestilentiel comme le Renégat commençait à traîner son jouet agonisant à l'intérieur de la pièce sombre.

Lucan attendit derrière la porte que la tête du Renégat apparaisse entièrement. La sangsue était trop occupée par sa proie pour percevoir la menace. Lucan leva le bras et enfonça sa lame dans la cage thoracique du Renégat. Celui-ci poussa un rugissement, la gueule béante et les yeux exorbités tandis que le titane filait dans son sang.

L'humain tomba au sol comme un tas amorphe et convulsé, dans les affres de l'agonie, tandis que le Renégat dont il avait constitué le repas était pris d'un tremblement et se couvrait de cloques comme s'il avait été arrosé d'acide.

À peine le Renégat s'était-il effondré pour entamer sa prompte décomposition que les pas d'un de ses camarades résonnèrent bruyamment dans le couloir. Lucan se releva d'un bond pour affronter la nouvelle attaque, mais avant qu'il puisse porter le premier coup la sangsue s'arrêta net, brusquement soulevée du sol par un bras vêtu de noir.

Aussi soudaine et silencieuse que l'éclair, une lame passa devant la gorge du Renégat et trancha d'un coup l'énorme tête.

Lâché tel un détritus, le gigantesque corps s'écroula par terre. Derrière lui se dressait Tegan, le couteau dégoulinant de sang et son regard vert insondable. C'était une machine à tuer, et son rictus sinistre semblait réitérer la promesse faite plus tôt à Lucan que, s'il venait à succomber à la Soif sanguinaire, Tegan s'assurerait que Lucan reçoive sa dose fatale de titane.

À voir le guerrier en face de lui, Lucan avait la certitude que si Tegan venait un jour s'occuper de lui, le combat prendrait fin avant même qu'il ait eu conscience que le vampire était dans la pièce.

Il croisa le regard froid et meurtrier de son frère d'armes et lui adressa un signe de tête.

— Lucan, parle-moi, fit la voix de Nikolaï dans son oreillette. Tout va bien de ton côté ?

— Ouais. R.A.S.

Il essuya son poignard sur le tee-shirt de l'humain avant de le rengainer. Lorsqu'il releva la tête, Tegan avait déjà disparu, volatilisé tel le spectre de mort qu'il était.

— Je me dirige maintenant vers les points d'entrée nord pour placer le restant de ces pochettes-surprises, dit-il à Nikolaï tout en s'esquivant de la chaufferie pour s'engager furtivement dans le couloir désert.

Chapitre 32

— Gabrielle, qu'est-ce qui se passe ? Qu'est-ce qui ne tourne pas rond chez Kendra ? Elle a débarqué à la galerie pour m'annoncer que tu avais eu un accident et que je devais la suivre immédiatement. Pourquoi m'a-t-elle menti ?

Elle ignorait quelles réponses apporter aux questions inquiètes que chuchotait Jamie, assis à côté d'elle sur la banquette arrière de la berline. Ils s'éloignaient à vive allure du quartier de Beacon Hill en direction du centre-ville. Dans l'horizon nocturne se dessinèrent les contours des gratte-ciel du quartier d'affaires, où les lumières des bureaux clignotaient comme des guirlandes de Noël. Kendra était assise à l'avant près du conducteur, une brute épaisse qui portait un costume sombre et des lunettes noires de mafieux.

Gabrielle et Jamie avaient à peu près le même modèle à leur côté, et le type occupait une bonne partie de la banquette en cuir luisant. Elle doutait que ce soient des Renégats ; leurs lèvres crispées ne paraissaient pas camoufler de longs crocs, et, d'après ce qu'elle savait sur les ennemis mortels de la Lignée, Jamie et elle se seraient fait égorger en moins d'une minute si ces deux hommes avaient bel et bien été des Renégats accros au sang.

Des Laquais, dans ce cas, conclut-elle. Les esclaves humains décérébrés d'un puissant Maître vampire.

Comme Kendra.

— Que vont-ils faire de nous, Gabby ?

— Je ne sais pas au juste.

Elle se pencha et serra la main de Jamie. Elle parlait elle aussi à voix basse, sachant que leurs ravisseurs tendaient l'oreille à chacune de leurs paroles.

— Mais tu n'as rien à craindre. Promis.

Une chose au moins était sûre : ils devraient sortir de la voiture avant d'atteindre leur destination. Cela constituait l'une des règles de base de l'autodéfense : « Ne jamais se laisser emmener. » Sans quoi on se retrouvait sur le territoire de son ravisseur.

Les chances de survie passaient alors de faibles à nulles.

Elle glissa un coup d'œil vers le bouton de verrouillage sur la portière près de Jamie. Il fronça les sourcils d'un air perplexe tandis qu'elle ramenait son regard sur lui, puis de nouveau sur le bouton. Soudain il comprit, et lui renvoya un signe de tête quasi imperceptible.

Mais alors qu'il avançait une main pour déverrouiller la portière, Kendra se retourna pour les narguer depuis le siège avant.

— On est presque arrivés, les enfants. Alors ? Contents ? Moi je suis tout excitée, en tout cas. J'ai hâte que mon Maître te rencontre enfin en chair et en os, Gabby. Mmm ! Il va te croquer toute crue.

Jamie se pencha en avant et gronda entre ses dents.

— Dégage, espèce de garce ! Sale menteuse !

— Jamie, non !

Gabrielle tenta de refréner son ami, de peur que son attitude naïvement protectrice ne se retourne contre eux. Il n'avait aucune idée du risque qu'il prenait à provoquer Kendra ou les deux autres Laquais qui l'accompagnaient.

Mais impossible de le dissuader. Il bondit de son siège :

— Touche à un seul de nous deux et je te jure que je t'arrache les yeux !

— Jamie, arrête, c'est bon, le rassura Gabrielle en le forçant à se rasseoir. Calme-toi, s'il te plaît ! Tout va bien se passer.

Kendra avait à peine bronché. Elle les considéra tous les deux et laissa tout à coup échapper un gloussement criard.

— Ah, Jamie. Fidèle petit toutou de Gabby, comme toujours. Tu es ridicule.

Très lentement, et visiblement très satisfaite de sa pique, Kendra se carra de nouveau dans le siège passager et leur tourna le dos.

— À droite au feu, dit-elle au conducteur.

Gabrielle se laissa retomber contre le cuir froid de la banquette avec un soupir tremblant de soulagement. Jamie fulminait dans son coin, collé contre la portière. Quand leurs regards se croisèrent, il s'écarta d'un centimètre, lui laissant voir la portière à présent déverrouillée.

Le cœur de Gabrielle fit un bond dans sa poitrine quand elle comprit le courage et l'astuce de son ami. Elle parvint à peine à cacher son sourire optimiste tandis que le véhicule ralentissait en arrivant au croisement quelques mètres plus loin. Le feu était rouge, mais au vu de la file de voitures arrêtées devant eux, il n'allait pas tarder à passer au vert.

C'était leur unique chance.

Elle jeta un coup d'œil à Jamie, et vit qu'il avait parfaitement saisi le plan.

Gabrielle attendit, les yeux rivés sur le feu, et les secondes s'égrenèrent comme des heures. Il passa enfin au vert. Les voitures devant eux commencèrent à avancer. Quand la berline se mit à accélérer, Jamie attrapa la poignée de la portière et l'ouvrit.

L'air frais de la nuit s'engouffra à l'intérieur, et tous deux firent un plongeon vers la liberté. Jamie tomba sur la chaussée et se retourna aussitôt pour empoigner le bras de Gabrielle et l'aider à prendre la fuite.

— Arrêtez-la ! vociféra Kendra. Ne la laissez pas s'échapper !

Une lourde main tomba sur l'épaule de Gabrielle et la ramena brutalement à l'intérieur de la voiture. Elle s'écrasa contre l'énorme torse du Laquais, qui referma les bras sur elle et l'emprisonna dans un véritable étau.

— Gabby ! cria Jamie.

Un sanglot désespéré s'étrangla dans sa gorge :

— Sauve-toi d'ici ! Cours, Jamie !

— Fonce, espèce de crétin ! hurla Kendra au conducteur comme Jamie tendait la main vers la portière pour revenir chercher Gabrielle.

Le moteur vrombit, et dans un crissement de pneus la voiture rejoignit la circulation.

— Et lui alors ?

— Laissez-le, ordonna sèchement Kendra. (Elle sourit à Gabrielle, qui se débattait en vain sur le siège arrière.) Il a rempli son rôle.

Gabrielle resta prisonnière de la douloureuse étreinte du Laquais jusqu'à ce que Kendra donne l'ordre d'arrêter la voiture au pied d'un immeuble de bureaux cossu. Ils descendirent de la berline et traînèrent Gabrielle en direction de l'entrée vitrée. Kendra parlait à quelqu'un dans son téléphone, ronronnant d'autosatisfaction.

— Oui, nous la tenons. Nous arrivons.

Elle rangea son téléphone et les précéda à travers un hall désert carrelé de marbre jusqu'à une rangée d'ascenseurs. Une fois à l'intérieur, elle appuya sur le dernier bouton.

Gabrielle repensa immédiatement à l'exposition privée que Jamie avait organisée pour ses photos. Tandis que l'ascenseur s'arrêtait au dernier étage et que les portes vitrées s'écartaient, elle eut le sentiment terrible que son acheteur anonyme s'apprêtait à se faire connaître.

La brute épaisse qui la tenait par le bras la fit rudement sortir de l'ascenseur. Gabrielle avança d'un pas trébuchant, et, en l'espace de quelques secondes, elle vit son pressentiment se réaliser.

Une grande silhouette brune portant un long manteau sombre et des lunettes de soleil se tenait devant la baie vitrée, et tournait le dos au paysage nocturne de Boston qui luisait dans la nuit. Il était aussi imposant que les guerriers de la Lignée, et il se dégageait de lui la même confiance impitoyable, la même impression de menace tranquille.

— Entrez, dit-il d'une voix grave et puissante qui grondait comme l'orage. Gabrielle Maxwell, c'est un plaisir de faire enfin votre connaissance. J'ai beaucoup entendu parler de vous.

Kendra s'en alla le rejoindre et se lova contre lui avec adoration.

— Je suppose que vous ne m'avez pas amenée ici sans raison, déclara Gabrielle en tentant de faire abstraction de sa tristesse à voir ce que Kendra était devenue, et de sa peur face au dangereux individu qui l'avait ainsi transformée.

— Je dois dire que j'aime beaucoup ce que vous faites. (Il sourit, sans toutefois dévoiler ses dents, et écarta Kendra d'un geste brusque.) Vous prenez des photographies intéressantes, mademoiselle Maxwell. Malheureusement, je souhaiterais que vous arrêtiez. C'est mauvais pour mes affaires.

Elle s'efforça de soutenir le regard calme et prédateur qu'elle devinait rivé sur elle derrière les lunettes noires.

— Et de quel genre d'affaires peut bien s'occuper une sangsue dégénérée dans votre genre ?

Il ricana.

— J'aspire à dominer le monde, bien sûr. Franchement, y a-t-il autre chose qui vaille la peine de se battre ?

— Je vois bien quelques raisons.

Un sourcil sombre se dressa par-dessus la monture de ses lunettes.

— Oh, mademoiselle Maxwell, si vous me répondez « l'amour » ou « l'amitié », je risque fort de devoir couper court à ces agréables présentations.

Il joignit les mains d'un air docte, les bagues à ses doigts scintillant sous la lumière diffuse. Elle n'aimait pas la manière dont il la dévisageait et l'étudiait. Ses narines eurent un léger frémissement, et il se pencha en avant.

— Approchez.

Comme elle ne bougeait pas, le Laquais baraqué derrière elle la poussa. Elle s'approcha à portée de bras du Maître vampire.

— Vous sentez délicieusement bon, souffla-t-il calmement. Un parfum de fleur, mais il y a quelque chose… d'autre. Quelqu'un s'est nourri de vous récemment. Un guerrier ? Inutile de le nier, je sens son odeur sur vous.

Avant qu'elle s'en aperçoive, il avait saisi son poignet et l'attirait vers lui. D'un geste brutal, il lui tourna la tête sur le côté et écarta la chevelure pour révéler la morsure de Lucan, et l'autre marque, plus compromettante, au-dessous de son oreille gauche.

— Une Compagne de sang, grommela-t-il en parcourant sa peau du bout des doigts. Et fraîchement faite sienne par un mâle, qui plus est. Vous devenez plus fascinante à chaque seconde, Gabrielle.

Elle n'aimait pas la manière intime dont il murmurait son prénom.

— Qui t'a mordue, Compagne de sang ? Lequel des guerriers as-tu accueilli entre ces longues jambes fines ?

— Allez au diable, répondit-elle entre ses dents serrées.

— Tu ne veux pas me le dire ? (Il fit claquer sa langue et secoua calmement la tête.) Ça ne fait rien. Nous le découvrirons bien assez tôt. Nous le ferons venir jusqu'à nous.

Il se décida enfin à reculer, et fit un signe à l'un des Laquais.

— Emmenez-la sur le toit.

Gabrielle tenta de résister à la poigne de son ravisseur, mais elle ne faisait pas le poids face à sa force brute. On la fit avancer vers un panneau « Sortie » rouge et franchir une porte sur laquelle Gabrielle lut : « Accès Hélistation. »

— Attendez ! Et moi alors ? se lamenta Kendra depuis l'intérieur de la suite.

— Ah oui. Infirmière K. Delaney, lui répondit son ténébreux Maître comme s'il venait de se souvenir d'elle. Une fois que nous serons partis, je veux que tu sortes sur le toit. Je suis certain que tu trouveras la vue spectaculaire depuis le bord de la corniche. Profites-en un moment… puis saute.

Elle battit faiblement des paupières, puis dodelina de la tête, complètement envoûtée.

— Kendra ! hurla Gabrielle, cherchant encore par tous les moyens à réveiller son amie. Kendra, ne fais pas ça !

La silhouette au manteau sombre et aux lunettes noires passa devant elle d'un air insouciant.

— En route. Je n'ai plus rien à faire ici.

Une fois qu'il eut mis le dernier bloc de C4 en place à l'extrémité nord de l'asile, Lucan suivit le dédale d'un conduit de ventilation labyrinthique jusqu'à l'extérieur du bâtiment. Il retira la grille et se hissa à l'air libre. Il roula dans l'herbe, qui crissa sous son poids, et inspira l'air vif et frais avant de se relever et de partir à petites foulées vers la clôture.

— Niko, on en est où ?

— C'est bon. Tegan est en train de revenir et Gideon te suit de près.

— Excellent.

— J'ai le doigt sur les détonateurs, ajouta Niko, la voix presque entièrement couverte par le vrombissement sourd d'un hélicoptère approchant de la zone. J'attends ton ordre, Lucan. Il me tarde de faire sauter ce trou à rats.

— À moi aussi, assura Lucan. (Il scruta le ciel nocturne d'un air mécontent, à la recherche du volatile.) On a de la visite, Niko. On dirait un hélico et il se dirige droit sur l'asile.

Il n'avait pas plus tôt dit cela qu'il vit une forme sombre apparaître au-dessus de la cime des arbres. De petites lumières clignotaient comme l'hélicoptère obliquait vers le toit de l'asile et amorçait sa descente.

Une brise se leva et accompagna le battement régulier des pales. Lucan sentit l'odeur des pins et du pollen estival... ainsi qu'un autre parfum qui lui glaça le sang.

— Oh, non, murmura-t-il, le souffle court, en identifiant les traces de jasmin. Ne touche pas aux détonateurs, Niko ! Je t'en conjure, quoi que tu fasses, empêche ce putain de bâtiment d'exploser !

Chapitre 33

Un mélange volatil d'adrénaline, de rage et de terreur absolue fit bondir Lucan jusque sur le toit de l'asile désaffecté. Les patins d'atterrissage de l'hélicoptère avaient à peine touché le ciment que le vampire fonçait vers lui avec fracas depuis le bord de l'édifice. Lucan vibrait de fureur, plus explosif et instable qu'un semi-remorque chargé de C4. Il était fermement résolu à arracher un à un les membres de celui qui retenait Gabrielle.

Il approcha par l'arrière de l'hélicoptère, se glissa d'une roulade sous la queue de l'appareil en prenant garde de ne pas être vu, et arriva sur le côté passager du cockpit, le pistolet au poing.

Il l'aperçut à l'intérieur. Elle était assise à l'arrière près d'un grand mâle vêtu de noir et portant des lunettes de soleil. Elle semblait minuscule, terrorisée. Son parfum le submergea, et la peur qu'elle ressentait lui déchira le cœur.

Lucan ouvrit la porte du cockpit d'un geste brusque, planta son pistolet sous le nez du ravisseur de Gabrielle, et tendit sa main libre vers elle. Avant qu'il puisse l'atteindre, elle fut harponnée en arrière.

— Lucan ? s'exclama Gabrielle, les yeux écarquillés. Oh, mon Dieu, Lucan !

Il jaugea la situation d'un rapide coup d'œil et nota un Laquais aux commandes et un second à son côté. Ce dernier pivota sur lui-même pour repousser le bras de Lucan, et écopa d'une balle dans la tête.

Lorsque Lucan ramena son attention sur Gabrielle à peine un instant plus tard, il vit que le grand type impassible lui avait collé un féroce couteau sous la gorge. De la manche de son long trench-coat noir dépassaient les dermoglyphes que Lucan avait aperçus sur les images des caméras de surveillance de la côte Ouest.

— Laisse-la partir, ordonna-t-il au Gen-1 qui avait pris la tête des Renégats.

— Ça alors, voilà une réaction bien plus rapide que je l'imaginais, même de la part d'un guerrier lié par le sang. Qu'est-ce que tu manigances ? Que fais-tu ici ?

Lucan resta interloqué en entendant la voix sourde et arrogante.

Est-ce qu'il connaissait cette ordure ?

— Laisse-la partir, répéta Lucan, et je te montrerai ce que je fais ici.

— Désolé, mais non.

Le Gen-1 afficha un large sourire qui dévoila ses dents.

Pas de crocs : un vampire, mais certainement pas un Renégat.

Alors quoi, bordel?

— Elle est charmante, Lucan. Je me doutais qu'elle était à toi.

Bon Dieu, cette voix ne lui était pas inconnue. Elle sortait d'un endroit reculé de sa mémoire.

Du fin fond de son passé.

Un nom lui traversa l'esprit, vif comme l'éclair.

Non. Ça ne pouvait pas être lui.

Impossible…

Il chassa cette idée folle, mais paya très cher son moment d'inattention. Un Renégat qui avait grimpé sur le toit depuis l'intérieur de l'asile s'était approché de lui en catimini. Avec un grognement, il attrapa la porte de l'hélicoptère et l'envoya frapper le crâne de Lucan.

— Lucan ! cria Gabrielle. Non !

Un de ses genoux se déroba sous lui et il chancela. Un coup de botte envoya voler son arme, qui glissa sur la surface rugueuse du toit, à plusieurs mètres de lui.

Le Renégat frappa Lucan à la mâchoire de son énorme poing. Une seconde plus tard, il reçut un violent coup de pied dans les côtes. En tombant, Lucan lança la jambe devant lui et réussit à faucher son assaillant. Il sauta sur le Renégat, sa main se précipitant sur le couteau glissé en travers de son torse.

À quelques pas de là, les hélices de l'hélicoptère se remirent en mouvement avec un sifflement aigu. Elles accéléraient. Le pilote s'apprêtait à redécoller.

Lucan ne pouvait pas laisser faire ça.

Si Gabrielle quittait ce toit, il n'avait aucun espoir de la revoir vivante.

— Sors-nous d'ici, ordonna le ravisseur de Gabrielle au pilote alors que les pales de l'hélico tournoyaient de plus en plus vite.

À l'extérieur, sur le toit du bâtiment, Lucan et le Renégat qui l'avait attaqué étaient en train de se battre.

Dans l'obscurité, Gabrielle aperçut un autre ennemi surgir d'une trappe.

— Oh, non, souffla-t-elle, malgré le tranchant de la lame en acier qui s'enfonçait dans la peau de son cou.

Le grand homme se pencha devant elle pour voir ce qui se passait sur le toit. Lucan s'était relevé. Il donna un coup de couteau au premier Renégat qui s'était jeté sur lui, égorgeant le solide vampire. Le cri du Renégat leur parvint malgré le battement assourdissant des rotors de l'hélicoptère. Son corps commença à trembler, se convulser… *et fondre.*

Lucan tourna la tête en direction de l'hélicoptère. Ses yeux flamboyaient de fureur comme deux braises attisées par le feu de l'enfer. Il bondit en rugissant et fonça sur l'appareil comme un char d'assaut.

— Décolle, putain ! tonna l'individu assis à côté de Gabrielle, trahissant son premier réel soupçon d'inquiétude. Tout de suite, nom de Dieu !

L'hélicoptère commença à s'élever.

Gabrielle tenta de se soustraire à la morsure de la lame en reculant contre le dossier du petit siège arrière. Si seulement elle arrivait à repousser le bras de son ravisseur, elle pourrait peut-être atteindre la porte du cockpit…

Tout d'un coup, l'hélicoptère tangua, comme s'il venait d'accrocher quelque chose sur le toit. Le moteur siffla sous la contrainte.

Son kidnappeur fulminait à présent.

— Décolle, abruti !

— J'essaie, sire ! s'écria le Laquais aux commandes.

Il tira un levier et le moteur émit un effroyable gémissement de protestation.

L'hélicoptère chavira de nouveau, brusquement tiré vers le bas, et l'habitacle tout entier vibra. Le cockpit bascula vers l'avant. Le ravisseur de Gabrielle perdit un instant l'équilibre sur son siège dans un bref moment d'inattention.

Le couteau quitta son cou.

Dans un brusque élan de détermination, elle se jeta au fond de son siège et lança les jambes en avant, envoyant son kidnappeur valser contre le siège du pilote. L'appareil fit un violent bond en avant. Gabrielle se précipita sur la poignée de la porte du cockpit.

Elle s'ouvrit brutalement et battit contre le flanc de l'appareil, pendant que tout l'habitacle tremblait et basculait. L'homme se redressa, près de la rattraper. Ses lunettes de soleil étaient tombées dans le chaos du cockpit. Il la fusilla d'un regard gris glacial et malveillant.

— Dis à Lucan que c'est loin d'être terminé, lui ordonna le chef des Renégats d'un souffle, derrière un sourire mauvais.

— Allez au diable, lui rétorqua Gabrielle.

Et aussitôt elle plongea par la porte ouverte et tomba un mètre plus bas sur le toit du bâtiment.

Aussitôt qu'il la vit, Lucan lâcha le patin d'atterrissage de l'hélicoptère. L'appareil s'éleva tout à coup et partit en vrille tandis que le pilote luttait pour maîtriser son ascension.

Il accourut près de Gabrielle et l'aida à se relever, passant ses mains sur tout son corps pour s'assurer qu'elle était indemne.

— Est-ce que tu es blessée ?

Elle esquissa un « non » de la tête.

— Lucan, derrière toi !

Sur le toit, un nouveau Renégat arrivait dans leur direction. Lucan accueillit le défi avec plaisir, à présent que Gabrielle était auprès de lui, et chaque muscle de son corps se tendit pour délivrer la mort. Il sortit un autre couteau et se rua sur l'ennemi qui approchait.

Le duel fut rapide et brutal. Dans une tornade de coups de poing et de lames, Lucan et le Renégat se livrèrent un combat acharné. Lucan encaissa plus d'un choc, mais rien ne l'arrêtait. Le sang de Gabrielle continuait à le fortifier, lui conférant une fureur suffisante pour affronter dix adversaires d'un coup. Il frappa fort, avec une efficacité meurtrière, et taillada le corps du Renégat d'un coup vertical.

Lucan n'attendit pas de voir le titane produire son effet. Il fit volte-face et revint en courant vers Gabrielle. Sitôt qu'elle fut à sa portée, il ne put s'empêcher de l'attirer entre ses bras et de la serrer contre lui. Il aurait pu rester là toute la nuit, à respirer son parfum, à sentir battre son cœur, à caresser sa peau douce.

Il lui souleva le menton et lui planta un baiser d'une fougueuse tendresse sur les lèvres.

— Il faut qu'on dégage d'ici, ma belle. Tout de suite.

Au-dessus de leurs têtes, l'hélicoptère continuait à monter.

Dans le cockpit transparent, le vampire de première génération qui avait enlevé Gabrielle les regardait à travers la coquille de verre. Il adressa à Lucan un vague salut en souriant de toutes ses dents tandis que son embarcation s'élevait dans le ciel nocturne.

— Oh, Lucan ! J'ai eu si peur. Si quelque chose t'était arrivé…

Les mots de Gabrielle lui firent oublier son ennemi qui s'échappait. La seule chose qui comptait pour lui, c'était qu'elle puisse lui parler. Elle respirait, elle se tenait à son côté, et il espérait qu'il en serait toujours ainsi.

— Comment ont-ils pu te kidnapper ? demanda-t-il, d'une voix qui tremblait encore sous l'effet de la panique et des retombées de sa frayeur.

— Après ton départ du complexe ce soir, j'ai ressenti le besoin de m'éloigner pour réfléchir. Je suis rentrée à la maison, et Kendra est arrivée peu après. Elle tenait Jamie en otage dans une voiture à l'extérieur. Je ne pouvais pas les laisser lui faire du mal. Kendra est… était… devenue un Laquais, Lucan. Ils l'ont tuée. Mon amie est morte. (Gabrielle lâcha subitement un sanglot.) Mais au moins Jamie a réussi à s'enfuir. Il est quelque part dans le centre-ville, probablement terrorisé. Il faut que je le retrouve et que je m'assure qu'il n'a rien.

Lucan entendit le vrombissement sourd de l'hélicoptère qui s'élevait plus haut dans les airs. Il devait envoyer le signal à Niko avant que les Renégats de l'asile puissent s'échapper, eux aussi.

— Dégageons d'ici. On s'occupera du reste plus tard. (Lucan souleva Gabrielle du toit et la prit dans ses bras.) Accroche-toi à moi. Aussi fort que tu peux.

— OK, dit-elle en passant ses bras autour du cou de Lucan.

Il l'embrassa de nouveau, infiniment soulagé de la tenir entre ses bras.

— Ne me lâche surtout pas, ajouta-t-il en plongeant son regard dans les yeux magnifiques de sa Compagne de sang.

Il franchit alors le rebord du toit et se laissa tomber, avec Gabrielle dans les bras, jusqu'au sol en contrebas.

— Lucan, parle-moi, mec ! cria Nikolaï dans l'oreillette. Où es-tu ? Putain, qu'est-ce qui se passe, à la fin ?

— Tout va bien, répondit-il en emportant Gabrielle à grandes enjambées en direction de l'endroit où attendait le 4 x 4 des guerriers. Tout va bien se passer maintenant. Appuie sur le détonateur et finissons-en.

Gabrielle était blottie au creux des bras puissants de Lucan lorsque le 4 x 4 bifurqua sur la route menant au domaine du complexe. Il la tenait ainsi depuis qu'ils s'étaient enfuis du parc de l'asile, et il lui avait protégé les yeux quand tout le réseau de bâtiments avait explosé dans une infernale boule de feu.

Lucan et ses hommes avaient finalement atteint leur but : ils avaient rasé le quartier général des Renégats en une seule colossale attaque. L'hélicoptère, lui, était parvenu à échapper à l'explosion et avait disparu dans le ciel nocturne, dissimulé par les fumées noires du brasier.

Lucan regardait fixement la voûte étoilée d'un air pensif à travers la vitre teintée. Gabrielle avait remarqué son expression de surprise – de stupeur incrédule – sur le toit, quand il avait ouvert la porte du cockpit de l'hélicoptère.

C'était comme s'il avait vu un fantôme.

Cette humeur soucieuse persistait alors même qu'ils pénétraient dans le parc et que Nikolaï prenait la direction du garage. Le guerrier arrêta le véhicule à l'intérieur de l'immense hangar. Ce n'est qu'une fois qu'il eut coupé le moteur que Lucan prit la parole.

— Cette nuit, nous avons remporté une victoire considérable contre nos ennemis.

— Carrément, approuva Nikolaï. Et nous avons vengé Conlan et Rio. Ils auraient adoré être là pour voir ce trou à rats sauter.

Lucan opina du chef dans le véhicule assombri.

— Mais ne vous méprenez pas : nous entrons dans une nouvelle phase du conflit contre les Renégats. C'est désormais la guerre, plus que jamais. Cette nuit, nous avons secoué l'essaim. Mais celui sur qui nous devions mettre le grappin – leur chef – est toujours en vie.

— Laisse-le courir. On finira bien par l'avoir, lança Dante avec un large sourire confiant.

Mais Lucan secoua la tête d'un air morne.

— Celui-là est différent. Il ne va pas nous faciliter la tâche. Il est capable d'anticiper nos mouvements, de décrypter nos tactiques. L'Ordre va devoir renforcer ses stratégies et grossir ses effectifs. Il va nous falloir réorganiser la poignée d'équipes disséminées de par le monde, et recruter de nouveaux guerriers. Le plus tôt sera le mieux.

Gideon pivota sur le siège passager.

— Tu penses que c'est le Gen-1 venu de la côte Ouest qui dirige les Renégats ?

— J'en suis certain, répondit Lucan. Il se trouvait dans l'hélico où Gabrielle était retenue, cette nuit. (Il caressa le bras de cette dernière d'un geste tendre et affectueux en s'arrêtant pour la regarder, comme si le simple fait de la voir parvenait à le rassurer.) Et ce salopard n'est pas un Renégat – plus maintenant en tout cas, s'il l'a jamais été. Il faisait autrefois partie des guerriers, comme nous. Il s'appelle Marek.

Gabrielle sentit un souffle froid venir du fond du 4 x 4 et sut que Tegan avait les yeux rivés sur Lucan.

Lucan aussi le savait. Il tourna la tête pour affronter le regard de l'autre guerrier.

— Marek est mon frère.

Chapitre 34

La révélation de Lucan pesait sur les guerriers tandis qu'ils sortaient du véhicule et empruntaient l'ascenseur du hangar pour regagner le complexe. Gabrielle se tint à côté de Lucan durant toute la descente, les doigts mêlés aux siens. La consternation et la compassion lui serraient le cœur, et lorsqu'il lui adressa un regard elle sut qu'il avait lu l'inquiétude dans ses yeux.

Gabrielle voyait les mêmes expressions soucieuses sur les visages des frères d'armes de Lucan – le constat tacite de ce qu'impliquait la découverte de cette nuit.

Un jour viendrait où Lucan devrait se résoudre à tuer son propre frère.

Ou à mourir par sa lame.

Gabrielle eut à peine le temps d'intégrer cette cruelle réalité que déjà les portes de l'ascenseur s'ouvrirent sur Savannah et Danika, qui attendaient avec angoisse le retour des guerriers. Elles accueillirent le groupe avec soulagement, et avaient des dizaines de questions à poser, sur le résultat de la mission, mais aussi sur ce qui avait bien pu pousser Gabrielle à quitter le complexe sans un mot à personne. Gabrielle était trop fatiguée pour leur répondre, trop épuisée par toutes ces épreuves pour exprimer ses sentiments.

Mais elle savait qu'elle aurait bientôt des réponses à fournir, au moins à Lucan.

Elle le regarda s'éloigner entouré des autres guerriers, qui l'entretenaient de tactiques de guerre et de nouveaux plans de bataille à déployer contre les Renégats. Gabrielle fut rapidement entraînée dans une direction opposée par Savannah et Danika. Elles s'inquiétaient de ses diverses éraflures et contusions, insistant pour qu'elle prenne un repas chaud et un long bain fumant.

Gabrielle accepta à contrecœur, mais ni la fabuleuse cuisine de Savannah ni les vapeurs parfumées du bain ne parvinrent à la détendre.

Elle repensait sans arrêt à Lucan, Jamie et tous les événements de la nuit. Lucan lui avait sauvé la vie. Elle l'aimait plus que tout, et lui serait à jamais reconnaissante, mais cela ne changeait rien à ce qu'elle ressentait quant à la façon dont les choses avaient tourné entre eux. Elle ne pouvait pas rester au complexe dans cette situation. Et, quoi qu'il en dise, elle n'avait pas la moindre envie d'intégrer un des Havrobscurs.

Quelle option lui restait-il, dans ce cas-là ? Elle ne pouvait pas non plus retourner vivre dans son appartement. Son ancienne vie ne collait plus, elle ne pouvait pas fermer les yeux sur tout ce qu'elle avait vécu ces dernières semaines aux côtés de Lucan, pas plus qu'elle ne pouvait l'oublier. Il était impensable de faire abstraction de tout ce qu'elle comprenait aujourd'hui à propos d'elle-même et de son lien avec la Lignée.

En vérité, elle ne savait plus à quel monde elle appartenait, et ne voyait pas où se tourner pour trouver des réponses. Pourtant, au fil du dédale de couloirs du complexe, les pas de Gabrielle la menèrent devant les appartements de Lucan.

La porte de la pièce principale était entrouverte ; une lumière douce filtrait de l'intérieur. Gabrielle poussa la porte et entra.

La lueur d'une bougie baignait la chambre à coucher adjacente. Elle suivit cette lumière chaleureuse jusqu'au seuil où elle s'arrêta, émerveillée par ce qu'elle vit. La chambre austère de Lucan avait été transformée en un décor de rêve. Quatre grandes bougies noires brûlaient dans des candélabres d'argent travaillé aux coins de la pièce. Le lit était drapé de soie rouge. Sur le sol devant l'âtre était agencé un nid douillet de coussins et d'oreillers également garnis de soie grenat. Tout cela était si romantique, si charmant.

Une chambre apprêtée pour l'amour.

Elle fit un pas de plus à l'intérieur, et entendit la porte se refermer doucement derrière elle.

Debout au fond de la chambre, Lucan la regardait. Ses cheveux fraîchement lavés étaient encore humides. Il portait un peignoir de satin rouge lâchement noué dont les pans s'enroulaient autour de ses chevilles nues. Il y avait une fièvre dans son regard qui la fit fondre sur place.

— J'ai fait ça pour toi, dit-il en désignant le cadre romantique. Pour nous. Je veux t'offrir quelque chose d'exceptionnel.

Gabrielle fut émue, et la vue de Lucan réveilla son désir, mais les choses s'étaient si mal terminées la dernière fois qu'ils avaient fait l'amour qu'elle ne se sentait pas prête à recommencer. Pas comme ça.

— Quand je suis partie ce soir, je ne comptais pas revenir, lui dit-elle en gardant ses distances. (Si elle s'approchait davantage, elle doutait d'avoir la force de lui dire ce qui devait être dit.) Je ne peux plus continuer ainsi, Lucan. J'ai besoin de certaines choses que tu ne peux pas m'offrir.

— Dis-moi lesquelles.

L'ordre était formulé d'une voix douce, mais demeurait un ordre. Il avança vers elle d'un pas mesuré, comme s'il sentait qu'elle risquait de lui filer entre les doigts à tout moment.

— Dis-moi de quoi tu as besoin.

Elle secoua la tête.

— À quoi bon ?

Encore quelques pas prudents. Il s'arrêta tout juste à portée de bras.

— J'aimerais savoir. Je me demande ce qui parviendrait à te convaincre de rester à mes côtés.

— Pour la nuit ? demanda-t-elle doucement, s'en voulant horriblement d'avoir tellement envie de sentir ses bras autour d'elle après les terribles épreuves de ces dernières heures.

— Je te veux, et je suis prêt à t'offrir tout ce que tu désires, Gabrielle. Alors, dis-moi de quoi tu as besoin.

— De ta confiance, répondit-elle, sachant que cette exigence risquait de lui être refusée. Je ne peux pas… continuer comme ça alors que tu ne me fais pas confiance.

— J'ai confiance en toi, affirma-t-il, sur un ton si solennel qu'elle fut tentée de le croire. Tu es la seule personne à m'avoir jamais vraiment connu, Gabrielle. Il n'y a rien que je puisse te cacher. Tu as été témoin de tout… et assurément du pire. J'aimerais avoir l'occasion de te montrer ce qu'il y a de bon en moi. (Il se rapprocha, et elle sentit la chaleur que dégageait son corps. Elle sentait son désir.) Je voudrais t'inspirer le même sentiment de sécurité que je ressens auprès de toi. Alors la question serait plutôt : peux-tu te fier à moi, en sachant sur moi tout ce que tu sais ?

— J'ai toujours eu confiance en toi, Lucan. Et ça ne changera jamais. Mais ce n'est pas…

— Quoi d'autre, alors ? demanda-t-il, coupant court à son objection. Dis-moi ce que je peux te donner d'autre pour que tu restes.

— Ça ne fonctionnera pas, répondit-elle, en reculant peu à peu. Je ne peux pas rester. Pas dans ces conditions. Pas quand mon ami Jamie…

— Il est sain et sauf.

Lorsque Gabrielle le regarda, interloquée, il ajouta :

— J'ai envoyé Dante à sa recherche, peu après notre retour. Il m'a signalé il y a quelques minutes qu'il avait retrouvé ton ami dans un poste de police du centre-ville et l'avait raccompagné chez lui.

Un immense soulagement la submergea, aussitôt suivi d'un soupçon d'inquiétude.

— Qu'est-ce que Dante lui a dit ? A-t-il effacé ses souvenirs ?

Lucan secoua la tête.

— Je n'ai pas jugé correct de prendre cette décision à ta place. Dante s'est contenté de lui assurer que tu étais toi aussi saine et sauve et que tu ne tarderais pas à le contacter pour lui expliquer. Tu es libre de dire ce que tu souhaites à ton ami. Tu vois ? Je te fais confiance, Gabrielle.

— Je te remercie, murmura-t-elle, touchée par son geste. Merci d'être venu à mon secours cette nuit. Tu m'as sauvé la vie.

— Alors pourquoi as-tu peur de moi ?

— Je n'ai pas peur, rétorqua-t-elle.

Elle s'éloignait malgré tout de lui, presque inconsciemment, jusqu'à ce qu'elle bute contre le lit derrière elle, acculée. En moins d'un instant, il était là devant elle.

— Que veux-tu encore de moi, Gabrielle ?

— Rien d'autre, dit-elle dans un presque murmure.

— Rien du tout ? insista-t-il d'une voix grave et chargée de désir.

— S'il te plaît. Ne m'incite pas à rester auprès de toi cette nuit alors que tu risques de le regretter demain. Laisse-moi m'en aller maintenant, Lucan.

— Je ne peux pas.

Il lui prit la main et la porta à sa bouche, lui effleura le bout des doigts de ses lèvres chaudes et douces dans une caresse qui l'affola comme lui seul savait le faire. Il approcha la main de Gabrielle plus près encore, et appuya la paume délicate sur son torse, sur le cœur qui battait comme un tambour dans sa poitrine.

— Jamais je ne pourrais te laisser t'en aller, Gabrielle. Car, que tu l'acceptes ou non, je t'offre mon cœur. Je t'offre également mon amour. Si tu le veux.

Elle déglutit.

— Pardon ?

— Je t'aime. (Elle ressentit ces paroles, murmurées et sincères, comme un baume sur son cœur.) Gabrielle Maxwell, je t'aime plus que la vie elle-même. Il y a si longtemps que je suis seul… j'étais trop stupide pour le reconnaître… jusqu'à ce que ce soit quasiment trop tard. (Il se tut alors, scrutant attentivement son regard.) Ce n'est pas… trop tard, n'est-ce pas ?

Il l'aimait.

Un torrent de joie pure et radieuse l'inonda lorsqu'elle entendit ces mots de la bouche de Lucan.

— Dis-le encore, murmura-t-elle, doutant de la réalité de cet instant, de sa pérennité.

— Je t'aime, Gabrielle. Je t'aime de toutes les fibres de mon être.

— Lucan.

Elle souffla son nom dans un soupir, et les larmes lui montèrent aux yeux pour ruisseler le long de ses joues.

Il l'attira contre lui et l'embrassa avec fougue, leurs lèvres unies dans un baiser passionné qui lui fit tourner la tête, gonfla son cœur de bonheur et changea en lave le sang dans ses veines.

— Tu mérites tellement mieux que moi, lui dit-il, son regard gris clair constellé d'ambre et sa voix empreinte de révérence. Toi qui connais mes démons, pourras-tu m'aimer… voudras-tu de moi… alors même que tu as été témoin de ma faiblesse ?

Elle posa tendrement la main sur sa mâchoire puissante et le laissa lire l'amour dans son regard.

— Tu n'es jamais faible, Lucan. Et je t'aimerai quoi qu'il arrive. Ensemble, nous pourrons tout surmonter.

— Grâce à toi, j'arrive à y croire. Tu m'as offert l'espoir, Gabrielle. (Il lui caressa amoureusement le bras, l'épaule, la joue, et promena son regard sur son visage.) Mon Dieu, tu es si parfaite. Tu pourrais obtenir n'importe quel mâle, vampire ou humain…

— Je ne veux personne d'autre que toi.

Il sourit.

— Et Dieu m'est témoin que je n'en veux aucune autre que toi. Je n'ai jamais rien désiré avec autant d'égoïsme qu'à cet instant. Accepte d'être mienne, Gabrielle.

— Je le suis déjà.

Il déglutit, baissant les yeux comme s'il était soudain pris d'un doute.

— Je veux dire, pour toujours. C'est tout ou rien, Gabrielle : acceptes-tu de me prendre pour compagnon ?

— Pour toujours, murmura-t-elle en se laissant aller sur le lit tout en l'entraînant avec elle. Je suis à toi, Lucan, pour toujours.

Ils s'embrassèrent de nouveau et cette fois, quand ils se séparèrent, Lucan s'empara d'une fine dague en or posée sur la table de chevet. Il l'amena vers son visage, et Gabrielle eut un léger sursaut en le voyant porter le tranchant de la lame à sa bouche.

— Lucan…

Il perçut sa nervosité et lui adressa un regard sérieux mais plein de tendresse.

— Tu m'as offert ton sang pour que je guérisse. Tu me fortifies et me protèges. Tu es tout ce que je désire, tout ce dont j'ai besoin.

Jamais elle ne lui avait entendu un ton aussi solennel. Ses iris commençaient tout juste à luire, le gris pâle s'y mêlant à l'ambre et à l'intensité de son émotion.

— Gabrielle, veux-tu me faire l'honneur d'accepter mon sang pour sceller notre lien ?

Elle répondit dans un très léger souffle :

— Oui.

Lucan inclina la tête et approcha la dague de sa lèvre inférieure. Quand il écarta la lame et releva la tête vers Gabrielle, sa bouche luisait d'un sang grenat.

— Viens là, et laisse-moi t'aimer, dit-il avant d'approcher ses lèvres écarlates des siennes.

Rien n'aurait pu la préparer à cette surprise délectable.

Plus riche que le vin, le sang de Lucan lui coulait sur la langue tel un élixir concocté pour les dieux, et l'enivra aussitôt. Elle sentit tout l'amour de Lucan affluer en elle, tout son pouvoir et toute sa force. Une lumière l'irradia de l'intérieur, lui laissant entrevoir l'avenir qui l'attendait en tant que Compagne de sang de Lucan. Un bonheur chaud la submergea et la fit rayonner d'un bien-être tel qu'elle n'en avait jamais connu.

Elle ressentit également du désir.

Plus intense que jamais.

Avec un petit grognement, Gabrielle plaqua sa main sur le torse nu de Lucan et le fit rouler sur le dos. En moins d'un instant, elle s'était débarrassée de ses vêtements et s'avançait sur lui, enserrant ses hanches entre ses cuisses.

Son sexe prodigieux se dressait devant elle, massif et dur comme la pierre. Le magnifique réseau de marques sur sa peau était d'un violet foncé strié de rouge vif et palpitait, prenant des tons plus profonds à mesure que Gabrielle excitait son appétit. Gabrielle se pencha et suivit de la langue les lignes enchevêtrées qui le décoraient des cuisses au nombril et montaient sur son torse et ses épaules musclés.

Il était à elle.

C'était une pensée farouchement possessive, primitive. Elle n'avait jamais eu plus envie de lui qu'en ce moment. Elle haletait, enflammée de désir et impatiente de le chevaucher comme une furie.

Savannah lui avait expliqué que le lien de sang rendait le sexe encore meilleur. Mon Dieu, c'était donc ça ?

Gabrielle dévorait Lucan du regard, débordant de désir charnel, sachant à peine par où commencer. Elle voulait l'engloutir, l'adorer, l'épuiser. Apaiser la faim bouillonnante qui montait de ses entrailles.

— Tu aurais dû m'avertir que c'était un aphrodisiaque.

Lucan leva la tête en souriant de toutes ses dents.

— Et gâcher l'effet de surprise ?

— Tu peux rire, vampire. (Gabrielle haussa un sourcil, puis empoigna le membre rigide et laissa lentement glisser sa main jusqu'à la base.) Tu viens de me promettre l'éternité, ne l'oublie pas. Je pourrais bien te le faire regretter.

— Ah ouais ? (Sa réponse se mua vite en un grognement étranglé tandis qu'elle l'enfourchait fougueusement et lui arrachait un sursaut. Ses yeux flamboyaient à présent et il sourit en lui laissant entrevoir un croc, savourant visiblement son martyre.) Essaie toujours, Compagne de sang. Je sens que ça va me plaire de te regarder faire.

Découvrez la suite des aventures
des guerriers de la Lignée :

MINUIT ÉCARLATE

Traduit de l'anglais (États-Unis) par Laurence Richard

Disponible chez Milady

Chapitre premier

Dante effleura du pouce la chair douce de la fille et s'attarda sur la carotide, là où le pouls humain bat le plus fort. Le sien s'accéléra aussi, comme en réponse à l'afflux de sang sous la délicate peau diaphane. Il pencha la tête et déposa un baiser à cet endroit exquis, puis fit courir sa langue sur la veine qui palpitait dans le cou de la fille.

— Dis-moi…, susurra-t-il contre elle, un grondement sourd dans la musique assourdissante du club, tu es une bonne ou une méchante sorcière ?

La fille se trémoussa sur les genoux de Dante et l'enserra de ses jambes gainées de résille en lui faisant l'offrande de sa poitrine mise en valeur par un bustier de dentelle noire. Elle entortilla un doigt dans sa perruque rose vif avant de le laisser glisser d'un geste suggestif le long de la croix celtique tatouée sur sa peau, jusqu'à la naissance de ses seins.

— Oh, je suis une très, très méchante sorcière.

Dante grogna.

— Ce sont celles que je préfère…

Elle avait le regard embrumé par l'alcool, et Dante lui adressa un sourire sans même se soucier de dissimuler ses canines. En cette soirée d'Halloween, il n'était qu'un vampire parmi d'autres dans ce club de Boston, même si la plupart n'étaient que des caricatures : des humains affublés de canines en plastique, de faux sang et de déguisements ridicules. Seuls lui et quelques autres – une poignée de mâles en provenance de l'un des sanctuaires Havrobscurs de la nation vampire qui traînaient près de la piste de danse – étaient bien réels.

Dante et les autres appartenaient à la Lignée et n'avaient rien à voir avec ces pâles imitations gothiques issues du folklore humain. Ni morts-vivants ni fils du diable, Dante et les siens représentaient une espèce à sang chaud, hybrides d'*Homo sapiens* et d'extraterrestres implacables. Les ancêtres de la Lignée, une poignée de conquérants extraterrestres depuis longtemps défunts qui avait atterri en catastrophe sur Terre des millénaires auparavant, s'étaient accouplés à des humaines et avaient transmis à leur progéniture une soif de sang primitive et impérieuse.

Ces gènes extraterrestres avaient conféré à la Lignée des aptitudes spectaculaires, mais aussi de funestes faiblesses. Seul le patrimoine humain de la Lignée – transmis par le côté maternel et mortel – maintenait dans l'espèce un semblant de civilisation et une certaine adhésion à l'Ordre. Ce qui n'empêchait pas certains de ses membres de succomber à leur sauvagerie et de se métamorphoser en Renégats, voie sans issue pavée de sang et de folie.

Dante n'éprouvait que du mépris pour ces Renégats et, en tant que membre de la classe des guerriers, son devoir était d'éradiquer tous ceux qu'il débusquait. En mâle qui ne boudait pas les plaisirs, Dante n'aurait su dire à quoi allait sa préférence : la veine chaude et juteuse d'une femme sous ses canines ou la sensation dans sa main d'une lame d'acier au fil de titane qu'il plongeait dans le corps de ses ennemis pour les renvoyer à la poussière.

— Je peux toucher ? (Sur ses genoux, la sorcière aux cheveux roses observait la bouche de Dante avec une intense fascination.) Putain, ils ont l'air drôlement vrai, tes crocs ! Il faut que je sente ce que ça fait.

— Attention ! gronda-t-il tandis qu'elle approchait son doigt des lèvres de Dante. Je mords.

— Ah ouais ? (Elle gloussa, les yeux écarquillés.) Ça ne m'étonne pas, mon chou.

Dante attira dans sa bouche le doigt qu'elle lui tendait et, tandis qu'il le suçait, se demandait comment amener le plus rapidement possible cette fille à se mettre en position horizontale. Il avait besoin de se nourrir, mais n'avait rien contre un peu de sexe aussi – en guise d'apéritif ou de digestif, peu importait. En la matière, tout lui allait.

Digestif, décida-t-il sous l'impulsion du moment. Ses canines percèrent la chair au bout du doigt à l'instant même où la fille esquissait un mouvement pour le retirer. Elle haleta tandis qu'il suçait la fine blessure, refusant de la laisser déjà s'écarter de lui. Le léger goût de sang l'embrasa, et ses pupilles se réduisirent à deux fentes verticales au centre de ses yeux aux reflets dorés. Un désir ardent le gagna, et son sexe se tendit contre le cuir noir de son pantalon.

La fille ferma les yeux et se cambra comme un chat avec un petit gémissement. Dante la laissa retirer son doigt, posa sa main sur sa nuque et l'attira plus près de lui. Il n'était pas du genre à prendre une Amphitryonne dans un endroit public, mais il s'ennuyait comme un rat mort et le changement serait le bienvenu. En outre, il doutait que quiconque s'en aperçoive, ce soir, dans l'atmosphère de faux danger et de sensualité débridée qui régnait dans le club. Quant à la fille assise sur ses genoux, elle ne ressentirait que du plaisir quand il prendrait ce qu'il voulait d'elle. Après, elle ne se rappellerait rien, le moindre souvenir de lui serait effacé.

Dante s'avança et inclina la tête de la fille ; la faim le faisait saliver. Il regarda derrière son Amphitryonne et aperçut deux vampires du Havrobscur, des membres de la population civile de la Lignée, qui l'observaient à quelques mètres. On aurait dit des gosses – la génération actuelle, sans le moindre doute. Ils avaient vraisemblablement reconnu le guerrier en lui, et échangèrent quelques mots, comme s'ils hésitaient à l'approcher.

Barrez-vous, pensa Dante à leur intention tandis qu'il entrouvrait les lèvres et se préparait à ouvrir la veine de son Amphitryonne.

Mais les deux jeunes vampires passèrent outre à son regard noir. Le plus grand des deux, un blond vêtu d'un treillis, de bottes de motard et d'un tee-shirt noir, s'avança. Son compagnon, affublé d'un jean trop large, de baskets hautes et d'un maillot des Lakers lui emboîta le pas.

— Merde.

Dante n'avait rien contre un peu d'indiscrétion, mais il n'avait vraiment pas besoin d'un public aux premières loges quand il se nourrissait.

— Qu'est-ce qui ne va pas ? se lamenta sa future Amphitryonne lorsqu'il s'écarta d'elle.

— Rien du tout, mon chou. (Il posa sa paume contre le front de la fille et effaça de son esprit la dernière demi-heure.) Va rejoindre tes copines.

Obéissante, elle se leva de ses genoux et s'éloigna, se mêlant à la foule des corps sur la piste de danse. Les deux vampires du Havrobscur ne lui jetèrent qu'un vague regard tandis qu'ils s'approchaient de la table de Dante.

— Bonsoir, les gars, lança Dante avec un regard qui indiquait clairement qu'il n'était pas d'humeur à papoter.

— Salut !

Le blond en treillis acquiesça et se campa devant lui, ses bras musclés croisés sur la poitrine. Pas un seul dermoglyphe sur cette jeune peau : il faisait effectivement partie de la jeune génération de la Lignée, et avait probablement moins de la trentaine.

— Désolés de t'interrompre, mec, mais on voulait te dire : c'est une sacrée raclée que vous leur avez collée, à ces Renégats, il y a quelques mois. On ne parle que de ça : comment l'Ordre a dégommé en une nuit toute une bande de sangsues, comment vous avez démoli ces fils de pute. Sérieux, c'était trop impressionnant.

— Ouais, ajouta son pote. Alors on se demandait… En fait, on a entendu que l'Ordre recrutait.

— Vraiment ?

Dante se cala dans son siège et laissa échapper un soupir d'ennui. Ce n'était pas la première fois qu'il était approché par des vampires du Havrobscur désireux de rejoindre les guerriers, loin de là. La descente sur le repère des Renégats installé dans l'ancien asile, l'été précédent, avait apporté à l'organisation des guerriers de la Lignée, jusque-là secrète, beaucoup de publicité non désirée. Voire une certaine célébrité.

Franchement, tout cela était plus qu'agaçant.

Dante repoussa sa chaise de la table et se leva.

— Ce n'est pas à moi qu'il faut vous adresser, répondit-il aux deux jeunots pleins d'espoir. En plus, le recrutement dans l'Ordre se fait exclusivement sur invitation. Désolé.

Il s'éloigna d'eux, soulagé de sentir la vibration de son portable dans la poche de sa veste. Il sortit le téléphone et accepta l'appel en provenance du complexe des guerriers de la Lignée.

— Allô ?

— Comment ça va ? (C'était Gideon, génie attitré de la Lignée.) Ça bouge à la surface ?

— Pas vraiment. C'est assez mort dans le coin pour le moment.

Du regard, Dante balaya le club bondé et remarqua que les deux vampires s'étaient décidés à partir. Ils se dirigeaient vers la sortie, deux humaines costumées à leurs côtés.

— Pas de Renégats dans les parages pour le moment. Et, si tu veux tout savoir, ça craint. Je ne dirais pas non à un peu d'action, moi.

— Allez, arrête de te plaindre, répondit Gideon d'un ton plaisant. La nuit est encore jeune.

Dante eut un petit rire.

— Dis à Lucan que je lui ai encore évité de se coltiner deux postulants. Tu sais quoi ? Je préférais de loin quand les gens nous craignaient. Maintenant qu'ils nous vénèrent, c'est l'enfer. D'ailleurs, il avance sur le recrutement, ou il est trop occupé avec sa belle Compagne de sang ?

— Les deux, répondit Gideon. Pour le recrutement, on a un candidat qui devrait arriver de New York et Nikolaï tâte le terrain avec certains de ses contacts à Detroit. On va devoir organiser des missions test pour les nouveaux – histoire de savoir ce qu'ils ont dans le ventre avant de nous engager.

— En gros, les laisser se faire botter le cul et voir qui en redemande ?

— T'as une meilleure idée ?

— Je suis ton homme, répliqua Dante d'un ton traînant tandis qu'il se frayait un chemin dans le club jusqu'à la sortie.

Il s'éloigna dans la nuit, évitant un groupe de clubbers humains déguisés en morts-vivants, affublés de vêtements en loques et le visage recouvert de maquillage zombie. Son ouïe fine capta des centaines de sons, du bruit de la circulation aux cris et aux rires de fêtards ivres encombrant les rues et les trottoirs en cette soirée d'Halloween.

Il entendit aussi autre chose, qui éveilla ses sens de guerrier et les fit grimper à un niveau d'alerte élevé.

— Faut que j'y aille, dit-il à Gideon. J'ai repéré une sangsue. Qui sait, peut-être que la nuit ne sera pas une totale perte de temps, après tout.

— Rappelle après l'avoir descendue.

— OK. À plus.

Dante coupa la communication et remit son portable dans sa poche.

D'un pas furtif, il emprunta une ruelle latérale et suivit les grognements faibles et l'odeur fétide d'un Renégat rôdant autour de sa proie. Comme les autres guerriers de l'Ordre, Dante n'éprouvait qu'un profond mépris pour les membres de la Lignée qui avaient rejoint les Renégats. Tous les vampires ressentaient la soif, tous devaient se nourrir – et parfois tuer – afin de survivre. Mais chacun d'eux savait aussi que la frontière entre nécessité et gloutonnerie était ténue, s'évaluant tout au plus à quelques malheureux grammes de sang. Si un vampire prenait trop de sang ou cédait trop souvent à son besoin, il risquait d'en devenir dépendant et de basculer dans un état de faim permanente connue sous le nom de « Soif sanguinaire ». Une fois touché par cette maladie, le vampire se métamorphosait en Renégat, junkie violent prêt à tout pour se procurer sa prochaine dose.

La sauvagerie et l'absence de discrétion des Renégats faisaient courir à la Lignée tout entière le risque de se faire repérer par les humains, menace que Dante et le reste de l'Ordre ne pouvaient accepter. Mais une autre menace les guettait, plus dangereuse encore : depuis quelques mois déjà, il était devenu manifeste que les Renégats s'organisaient, que leur nombre augmentait et qu'une stratégie était mise en œuvre dont l'objectif semblait être ni plus ni moins la guerre. Si on ne les arrêtait pas très vite, l'espèce humaine et la Lignée se retrouveraient au cœur d'un combat cauchemardesque et sanglant, susceptible de rivaliser avec les pires scénarios d'Armageddon.

À l'heure actuelle, tandis que l'Ordre s'efforçait de localiser le nouveau poste de commandement des Renégats, la mission des guerriers était simple : traquer et éliminer le plus grand nombre d'entre eux, les exterminer comme la vermine qu'ils étaient. Cette mission, Dante la prisait particulièrement, jamais tant à son aise que quand il arpentait les rues, armes au poing, prêt à se battre. Cet objectif le maintenait en vie, il en était persuadé ; plus encore, il lui permettait de tenir à distance ses propres démons.

Dante tourna au coin d'une rue puis se faufila dans une autre ruelle étroite entre deux vieux immeubles en brique. Il entendit une femme crier devant lui dans le noir. Il passa à la vitesse supérieure et fonça dans la direction d'où provenait le cri.

Il arriva juste à temps.

Le Renégat avait traqué les deux vampires du Havrobscur et leurs compagnes. Il paraissait jeune et portait une tenue de gothique sous un long trench-coat noir. Mais, jeune ou pas, il était grand et fort, et la faim l'avait rendu violent. Le vampire pris de Soif sanguinaire avait empoigné l'une des femmes dans une prise mortelle et s'affairait déjà sur sa gorge, sous les yeux des deux apprentis guerriers, sidérés par le choc et paralysés d'effroi.

Dante sortit une dague du fourreau fixé à sa hanche et la lança. La lame se ficha entre les épaules du Renégat. C'était une arme de facture spéciale, en acier recouvert de titane, ce dernier se révélant extrêmement toxique pour le système sanguin et les organes altérés des Renégats. Un baiser de cette lame mortelle suffisait à les envoyer en décomposition accélérée.

Mais pas cette fois.

Le Renégat décocha un regard assassin à Dante, les pupilles étincelant d'un ambre lumineux, et dévoila ses canines ensanglantées dans un sifflement d'avertissement haineux. Mais le Renégat avait survécu au coup de dague et s'accrochait fermement à sa proie, tête inclinée pour s'en nourrir avec plus d'avidité encore.

Putain de… ?

Dante se lança sur le vampire, une nouvelle dague à la main. Sans perdre une seconde, il visa le cou, avec l'intention de le trancher net. La lame s'enfonça, entaillant profondément la chair. Mais la sangsue se dégagea avant que Dante puisse l'achever. Dans un hurlement de douleur, il lâcha la femme et concentra toute sa rage sur Dante.

— Emmenez les humaines loin d'ici ! hurla Dante à l'intention des deux vampires du Havrobscur tandis qu'il arrachait la femme aux griffes du Renégat et la poussait vers les autres. Allez, bougez-vous ! Nettoyez-la, effacez leurs souvenirs à toutes les deux et faites-les déguerpir !

Tirés de leur paralysie, les deux jeunes vampires obtempérèrent. Ils empoignèrent les femmes dont les hurlements n'avaient pas cessé et les entraînèrent au loin tandis que Dante réfléchissait à l'étrangeté de ce qu'il lui avait été donné de voir.

Le vampire ne s'était pas désintégré comme il l'aurait dû avec la double dose de titane que Dante lui avait administrée. Ce n'était pas un Renégat, même s'il traquait des humains et se nourrissait comme le pire des vampires touchés par la Soif sanguinaire.

Dante observait les traits transfigurés, les crocs étirés et les pupilles en ellipse irradiant au centre des iris flamboyants. Un écoulement rose nauséabond s'était solidifié aux commissures de ses lèvres, et la puanteur retournait l'estomac de Dante.

Indisposé par l'odeur, il recula, tout en calculant que le vampire devait avoir à peu près le même âge que les deux jeunes du Havrobscur. Ce n'était qu'un gamin, putain ! Sans tenir compte de l'entaille sanglante à son cou, le vampire passa une main dans son dos et retira la dague de Dante. Il grogna, les narines dilatées comme s'il s'apprêtait à se jeter sur Dante.

C'est alors qu'il prit la fuite.

La sangsue partit en trombe, l'ourlet de son trench claquant comme une voile tandis que le vampire s'enfonçait plus profondément dans la ville avec force détours. Dante ne perdit pas une seconde. Il se lança à ses trousses et le suivit dans chaque ruelle, chaque quartier, jusqu'aux docks qui bordaient la ville de Boston, là où les usines abandonnées et les anciennes zones industrielles se dressaient comme des sentinelles menaçantes le long du fleuve. De la musique parvenait de l'un des bâtiments, où des basses sourdes et des lumières stroboscopiques rythmaient sans doute une rave battant son plein non loin de là.

À quelques centaines de mètres devant lui, le vampire accéléra sur un quai en direction d'un hangar à bateaux délabré. Impasse. Crachant furieusement de ses mâchoires béantes, la sangsue fit volte-face et passa à l'offensive, se jetant sur Dante en hurlant comme un fou. Du sang frais imprégnait le devant de ses vêtements après la brutale agression perpétrée sur la jeune femme. Le vampire essaya de mordre et d'agripper Dante, sa gueule béante dégoulinant de cette écume rosâtre et fétide. Dans ses yeux couleur d'ambre brillait le mal absolu.

Dante sentit le changement s'opérer en lui aussi, gagné par une rage belliqueuse qui le métamorphosa en une créature pas si différente de celle qu'il combattait. Avec un grondement féroce, il projeta la sangsue contre les planches en bois du quai. Un genou enfoncé dans la poitrine nue de son adversaire, Dante tira ses malebranches. Les lames incurvées, d'une beauté fatale, étincelaient au clair de lune. Même si le titane se révélait inefficace, il y avait plus d'une façon de tuer un vampire, Renégat ou non. Dante abattit ses dagues l'une après l'autre, taillada profondément la gorge charnue du vampire dément et, d'un geste précis, lui trancha la tête.

Dante balança le cadavre dans l'eau. Les eaux sombres du fleuve le dissimuleraient jusqu'au petit matin, puis les rayons du soleil feraient leur office.

Un vent s'éleva sur le fleuve, qui charriait la puanteur de la pollution industrielle ainsi qu'une odeur… différente. Dante perçut un mouvement tout proche, mais ce n'est qu'après avoir senti une brûlure déchirante à la jambe qu'il prit conscience d'être une nouvelle fois attaqué. Il fut de nouveau touché, cette fois à la poitrine.

Nom de Dieu !

Quelque part derrière lui, près de l'usine désaffectée, quelqu'un lui tirait dessus. La détonation de l'arme était étouffée par un silencieux, mais il s'agissait sans le moindre doute possible d'un fusil automatique.

Sa nuit barbante devenait soudain un peu trop intéressante à son goût.

Dante se jeta au sol lorsqu'une autre balle siffla près de lui avant de finir dans le fleuve. Il roula pour se mettre à couvert pendant que le sniper tirait une autre salve. Une balle atterrit dans l'angle de la structure du hangar, faisant voler en éclats le vieux bois comme des confettis. Dante avait un pistolet sur lui, un lourd 9 mm qui servait de renfort aux lames qu'il préférait utiliser en situation de combat. Il le sortit, tout en sachant qu'il serait inutile contre le sniper à cette distance.

D'autres balles trouèrent le hangar à bateaux, l'une d'elles effleurant la joue de Dante alors qu'il passait la tête pour voir où se trouvait son assaillant.

Mauvaise nouvelle.

Quatre silhouettes noires descendaient le remblai qui entourait l'usine, tous lourdement équipés. Bien que les vampires de la Lignée puissent vivre des centaines d'années et se remettre de blessures graves et multiples, ils n'en restaient pas moins des êtres de chair et d'os. Qu'on les crible de plomb ou qu'on leur tranche les artères principales – ou pire, la tête – et ils mouraient, comme tout autre être vivant.

Mais pas sans avoir combattu comme des diables.

Dante resta accroupi et attendit que les nouveaux venus se trouvent dans sa ligne de mire. Puis il ouvrit le feu et en toucha un au genou et un autre à la tête. Il fut vaguement soulagé de constater que ces adversaires-là étaient des Renégats : le titane des balles de facture spéciale les envoya immédiatement au sol, déclenchant une fusion quasi instantanée de leurs cellules.

Les deux autres Renégats ripostèrent ; Dante évita la salve de justesse et adopta une position encore plus en repli le long du hangar à bateaux. Il n'aimait pas devoir se mettre à couvert ainsi : cela impliquait de renoncer à mener l'offensive. Sans compter que cela l'empêchait de suivre l'avancée de ses ennemis. Il les entendit se rapprocher tandis qu'il engageait un nouveau chargeur dans son arme.

Puis le silence se fit.

Il attendit une seconde, évaluant les alentours.

Quelque chose de plus gros qu'une balle déchira l'air en direction du hangar à bateaux avant de tomber lourdement sur les planches du quai et de s'immobiliser.

Nom de Dieu.

Les salauds venaient de lui balancer une grenade.

Dante prit une profonde inspiration et se jeta dans le fleuve une fraction de seconde avant la déflagration, qui fit voler en éclats le hangar à bateaux et la moitié du quai dans une explosion gigantesque de fumée, de flammes et de fragments de métal. La détonation se répercuta comme un « bang » supersonique sous les eaux saumâtres. La tête de Dante fut rejetée en arrière, son corps tout entier en proie à une pression insupportable. Au-dessus de lui, les débris pleuvaient à la surface, éclairés par un jet aveuglant de flammes orange.

Sa vue se troubla tandis que le choc l'entraînait sous l'eau. Il commença à couler, attiré par la force du courant.

Incapable de bouger alors que le fleuve l'emportait, inconscient et blessé.